CHRISTIANE VON LAFFERT

Herz verloren, Glück gefunden

GOLDMANN
Lesen erleben

Buch

Ein Haus in einem schönen Vorort Hamburgs, ein erfolgreicher Ehemann und zwei süße, aufgeweckte Kinder – auf den ersten Blick führt Victoria ein Leben wie aus dem Bilderbuch. Doch die schüchterne 39-Jährige ist unglücklich in ihrer Ehe. Denn während sie sich liebevoll um Familie und Haushalt kümmert, hat ihr Mann Hubertus nur noch seine Karriere im Kopf. Schlimmer noch: Trotz all ihrer Bemühungen, die Beziehung zu retten, lässt er kein gutes Haar an ihr. Um über alles nachzudenken und dem Alltagstrott für ein paar Tage zu entfliehen, willigt Victoria in einen abenteuerlichen Plan ihrer besten Freundin Emily ein: Sie begleitet Single Emily auf einen Kurztrip in ein angesagtes Ski-Resort am Arlberg – und gibt sich dort als ungebundene Jetsetterin aus. Mit dem Rollentausch nimmt Victorias geordnetes Leben eine ungeahnte Wendung. Denn im Fahrstuhl des Luxushotels stolpert sie über den charmanten Constantin und verliebt sich Hals über Kopf in ihn. Er könnte der Mann ihres Lebens sein – wenn da nicht ihre kleine Lüge wäre und sie nicht eigentlich vergeben …

Autorin

Christiane von Laffert wurde 1975 in einer niedersächsischen Kleinstadt geboren und schrieb bereits in ihrer Schulzeit leidenschaftlich gern Geschichten für ihre Familie und Freunde. Nach einer Banklehre und einem Studium der Betriebswirtschaft arbeitete sie in einer PR-Agentur, bevor sie sich im familieneigenen Unternehmen um die Öffentlichkeitsarbeit kümmerte. Sie ist verheiratet und lebt mit ihrem Mann und Zwillingen in Hamburg. »Herz verloren, Glück gefunden« ist ihr erster Roman.

Weitere Informationen zur Autorin finden Sie unter www.christianevonlaffert.de

Christiane von Laffert

Herz verloren, Glück gefunden

Roman

GOLDMANN

Der Verlag weist ausdrücklich darauf hin, dass im Text enthaltene externe Links vom Verlag nur bis zum Zeitpunkt der Buchveröffentlichung eingesehen werden konnten. Auf spätere Veränderungen hat der Verlag keinerlei Einfluss. Eine Haftung des Verlags ist daher ausgeschlossen.

Dieses Buch ist auch als E-Book erhältlich.

MIX
Papier aus verantwortungsvollen Quellen
FSC® C014496
www.fsc.org

Verlagsgruppe Random House FSC® N001967

1. Auflage
Originalausgabe Mai 2016
Copyright © 2016 by Wilhelm Goldmann Verlag, München,
in der Verlagsgruppe Random House GmbH,
Neumarkter Str. 28, 81673 München
Umschlaggestaltung: UNO Werbeagentur, München
Umschlagmotiv: FinePic®, München
KS · Herstellung: Str.
Satz: omnisatz GmbH, Berlin
Druck und Bindung: GGP Media GmbH, Pößneck
Printed in Germany
ISBN: 978-3-442-48412-6
www.goldmann-verlag.de

Besuchen Sie den Goldmann Verlag im Netz

Für meine Schwester Nina

Kapitel 1

»Ähm … sexy.«

Hubertus kam, ohne anzuklopfen, ins Badezimmer und warf mir einen abschätzigen Blick zu, bevor er routiniert nach seiner Zahnbürste griff.

Ich stand mit offenem Bademantel vor dem Spiegel, betrachtete meinen nackten Körper und musste wieder einmal feststellen, dass es in den meisten Fällen nicht entscheidend war, was Hubertus sagte, sondern wie. Hätte er mich leidenschaftlich an sich gezogen und mir ins Ohr geflüstert, dass die Zahnpasta leer sei, hätte das durchaus etwas Erotisches gehabt. Mittlerweile – wir waren jetzt fast elf Jahre verheiratet – überkamen ihn jedoch keine erotischen Gelüste mehr, wenn er mich nackt sah.

Zugegeben, eine Modelfigur hatte ich definitiv nicht. Leichte Rundungen zeichneten sich an meinen Hüften und an meinem Bauch ab. Dafür hatte ich einen schönen vollen Busen, und angeblich stieg ja die Lebenserwartung, wenn man ein paar Kilos mehr auf den Rippen hatte. Das zumindest hatte mir meine Freundin Emily nach ihrem alljährlichen Gesundheitscheck verraten. Emily selbst war superschlank, sodass ich gute Chancen hatte, sie um ein paar Jährchen zu überleben. Ein schwacher Trost, der mir nicht wirklich über meine Speckröllchen hinweghalf.

Missmutig knotete ich meinen Bademantel zu und überließ das Badezimmer Hubertus.

In der Küche erwartete mich lautes Geschrei. Wie jeden Morgen zankten sich unsere Kinder.

Leonie war zehn und im vergangenen Herbst aufs Gymnasium gekommen, Vincent ging noch in den Kindergarten. Da auch er bald eingeschult wurde, hatte er keine Lust mehr, sich von seiner großen Schwester herumkommandieren zu lassen. Leonie hielt ihren kleinen Bruder jedoch nach wie vor für ein nerviges Kleinkind, das sie entweder störte oder sie vor ihren Freundinnen blamierte.

»Gib mir sofort meine Brotdose!«, schrie sie.

Vincent schüttelte heftig den Kopf und hielt seinen Rucksack fest an sich gepresst. »Man muss auch teilen und tauschen können, wenn man ein richtiges Schulkind sein möchte, sagt Frau Probst immer«, belehrte er seine Schwester.

Ich nickte. »Ja, da hat die Frau Probst recht. Komm, Leonie, jetzt lass Vincent doch das olle Ding und nimm stattdessen seine Brotdose. Ist doch völlig egal, welche du mitnimmst. Ihr müsst jetzt auch los.«

»Spinnst du? Ich geh doch nicht mit einer Capt'n-Sharky-Dose in die Schule! Da lachen mich ja alle aus!«, kreischte Leonie wutentbrannt.

Auch das leuchtete mir irgendwie ein. Trotz meines fortgeschrittenen Alters von neununddreißig Jahren konnte ich mich noch gut an meine eigene Schulzeit erinnern. Angesagte Klamotten, Rucksäcke oder Brotdosen waren sehr wichtig, wenn man zu den Coolen gehören wollte.

Also wandte ich mich an meinen Sohn, während ich die beiden sanft zur Tür schob: »Vinci, du magst doch Capt'n Sharky. Jetzt gib bitte Leonie ihre Brotdose zurück und dann ab ins Auto, okay?« Verlockend hielt ich ihm die blaue Capt'n-Sharky-Box vor die Nase.

»Ich will die Capt'n-Sharky-Dose auch nicht! Immer kriegt

Leonie die schöneren Sachen! Das ist voll ungerecht, du bist so eine Doofkuh!«, brüllte mich Vincent an.

Jetzt lag es an mir, der beginnenden Schimpfwörtertirade Einhalt zu gebieten. Wer wusste, wie er mich ansonsten in fünf Jahren nennen würde? Doofkuh wäre da wahrscheinlich noch einer der netteren Ausdrücke.

Während wir drei im Flur lautstark weiterstritten, kam Hubertus – wie immer geschniegelt und gebügelt – seelenruhig die Treppe herunter, warf mir seinen Kannst-du-als-Mutter-nicht-einmal-selbst-für-Ordnung-sorgen-Blick zu und flüsterte Vincent etwas ins Ohr.

Daraufhin öffnete Vincent freudestrahlend seinen Rucksack, überreichte Leonie die umkämpfte Brotdose und schnappte sich seine.

Dann nahm Hubertus ihn auf den Arm, setzte ihn ins Auto und brauste mit ihm davon.

Unterdessen überprüfte Leonie die zurückerhaltene Brotdose auf etwaige Kratzspuren und stellte zu ihrer – und besonders zu meiner – großen Erleichterung fest, dass der Aufdruck unversehrt war.

Auf pinkfarbenem Hintergrund strahlte uns neben einem Disney-Logo ein hübsches Mädchen entgegen.

»Ist das Cinderella?«, fragte ich lächelnd.

»Cinderella??? Du hast echt keine Ahnung! Das ist Violetta!« Leonie starrte mich so entsetzt an, dass ich mich nicht traute nachzufragen, wer denn Violetta sei.

Schnaubend stopfte sie die Brotdose in ihren Rucksack, stieg auf ihr Rad und warf mir zum Abschied an den Kopf, dass ihr Papa sie viel besser verstünde als ich.

Entnervt schloss ich die Haustür.

Bestimmt hatte Hubertus Vincent im Tausch für die Brotdose Süßigkeiten versprochen. Jetzt konnte er sich wieder als

Superpädagoge fühlen, der sofort jede schwierige Situation im Handumdrehen löste, und Vincent und Leonie sahen in ihm einmal mehr den Superpapa, der vollstes Verständnis für ihre Sorgen und Bedürfnisse hatte. Ich dagegen – die ich mich die meiste Zeit um die Kinder kümmerte, sie gesund zu ernähren versuchte, wusch und putzte – stand am Ende als Versagerin da.

In solchen Momenten fühlte ich mich unnütz, dumm und vor allem sehr unzufrieden. War das jetzt das Leben, das ich gewollt hatte?

Mit Mitte zwanzig war es mein größter Wunsch gewesen, mit einem netten, erfolgreichen Mann verheiratet zu sein und liebe Kinder zu haben. So hatte es sich auch erfüllt: Hubertus war Fondsmanager, gut aussehend und wirkte sympathisch, und zwei Kinder hatten wir auch. Ob sie lieb waren, kam auf die jeweilige Situation an – aber im Großen und Ganzen waren sie echt okay, vor allem wenn sie fernsahen. Ich müsste also wahnsinnig glücklich sein, da sich mein größter Wunsch erfüllt hatte. Doch warum war ich es nicht?

Auf den ersten Blick wirkte mein Leben perfekt. Ich gab mir auch alle Mühe, den Anschein zu erwecken, eine glückliche Ehefrau und Mutter zu sein, aber irgendwie fehlte mir etwas im Leben.

Seit wir vor fünf Jahren in Hamburgs Elbvororte gezogen waren, lebte Hubertus vor allem für seine Karriere. Das Familienleben fand vorwiegend ohne ihn statt, was ihn auch nicht allzu sehr zu bekümmern schien. Manchmal fragte ich mich, ob er mich eigentlich noch liebte oder eher als Mittel zum Zweck sah, da ich seine Erwartungen als vorzeigbare Bankiersgattin brav erfüllte.

Natürlich fand ich es auf der anderen Seite auch toll, einen BMW statt eines Fiat Panda zu fahren, trotzdem vermisste ich in unserer Ehe Lachen und Spontaneität.

Dabei hatte es bei uns mal tolle und verliebte Momente gegeben. Zum Beispiel als Hubertus den Kaufvertrag für das Haus unterschrieben hatte. Wir fuhren direkt vom Notar zur Tankstelle, kauften eine Flasche Sekt und tranken sie auf dem Rasen unseres neuen Gartens. Bis spät in die Nacht saßen wir dort, redeten, lachten und schauten in den Sternenhimmel.

Leider waren solche Momente zur Ausnahme geworden. Hubertus arbeitete rund um die Uhr, die Kinder spielten Hockey und Tennis, und ich engagierte mich mit anderen ehrgeizigen Müttern im Kindergarten und Gymnasium.

Hubertus schien zufrieden zu sein, ich hingegen träumte still davon, einen Partner an meiner Seite zu haben, der mich auf Händen trug und jederzeit alles andere für die Familie stehen und liegen ließ …

Leider verhielt es sich in der Realität genau umgekehrt. Sobald die Bank anrief, ließ Hubertus sofort mich stehen und liegen. »Mein Gott, wir sind doch keine Teenies mehr! Du weißt doch, wie viel ich gerade in der Bank zu tun habe«, pflegte er zu sagen.

In meine trüben Gedanken hinein klingelte das Telefon.

Es war Emily.

»Vicci, ich habe tolle Neuigkeiten«, quietschte sie aufgeregt in den Hörer. »Deine Schwiegermutter muss nächste Woche unbedingt auf die Kinder aufpassen. Wir beide machen nämlich einen Kurztrip!«

Ich ließ mich auf einen Stuhl am Küchentisch plumpsen und lächelte.

Emily war schon seit Schulzeiten meine beste Freundin, obwohl wir nicht gegensätzlicher hätten sein können. Sie wild, ich brav. Sie laut, ich leise. Sie kreativ, ich konservativ. Vielleicht waren es gerade diese Unterschiede, die uns verbanden.

Ich brachte ein bisschen Beständigkeit in ihr Leben, sie ein bisschen Abenteuer in meins.

Früher hatten sich meine Eltern besorgt gezeigt über meine Freundschaft mit dem »frühreifen Früchtchen«, wie mein Vater Emily damals genannt hatte. Sie waren vollkommen entsetzt gewesen, als ich mir mit ihr meinen ersten knallroten Lippenstift gekauft hatte. Viel zu früh für eine Fünfzehnjährige, hatte mein Vater befunden.

Heute war es Hubertus, der sich missbilligend über Emily äußerte, ihr ausgefallener Lebensstil passte nicht zu seinen konservativen Wertvorstellungen.

Wenn es um Emily ging, war mir die Meinung meiner Familie aber ausnahmsweise egal. Ich war stolz, eine solche Freundin zu haben, denn hinter ihrer bisweilen frechen Art steckte ein warmherziger, sensibler Mensch. Sie war immer da, wenn ich sie brauchte.

Nachdem mich Patrick, meine erste große Liebe, nach vier Jahren für eine andere verlassen hatte, war sie es, die mich aufgefangen und davon überzeugt hatte, dass mein wahrer Traumprinz noch irgendwo da draußen auf mich wartete. Dank ihrer lustigen und unkomplizierten Art waren so manche Krisen in meinem Leben weit weniger tragisch verlaufen, als es ohne sie möglich gewesen wäre. Und obwohl sie die Schule nicht mit einem Einser-Abi abgeschlossen hatte, hatte sie es karrieremäßig weit gebracht. Sie hatte einen gut bezahlten Job bei einem angesagten Lifestylemagazin, besaß eine traumhafte Eigentumswohnung an der Alster und sah darüber hinaus großartig aus.

Selbst mein Vater hat inzwischen bewundernd zugegeben, dass er nicht mit so einer Entwicklung bei ihr gerechnet hatte.

»Einen Kurztrip?«, fragte ich Emily, während ich mir mit der freien Hand eine Scheibe Toastbrot nahm.

Kurztrips und aufregende Events brachte Emilys Job mit sich. Ob Filmpremieren, Bambi-Verleihung oder die Festspiele in Cannes – sie war stets unterwegs, um über angesagte Stars und Trends zu berichten.

Ja, so ein Leben wünschte ich mir in Momenten wie an diesem Morgen auch.

Früher hatte ich Emily stets angebettelt, auf große Events mitkommen zu dürfen. Ich hatte es mir ungemein glamourös vorgestellt, mit Cate Blanchett oder Daniel Craig zusammen auf einer Party zu sein. Die Realität sah jedoch ganz anders aus. Ich fühlte mich dort jedes Mal wie der unwichtigste Mensch der ganzen Gesellschaft, der ich – gleich nach dem Tellerwäscher – wahrscheinlich auch war. Denn während Emily Prominente interviewte, wurde ich nur mit Sprüchen bedacht wie: »Hey, Sie da, raus aus dem Bild!«

Einmal hatte ich Emily gefragt, ob ich nicht auch mal für die Partyrubrik ihres Magazins abgelichtet werden könne. Das würde mein Ansehen im Freundes- und Bekanntenkreis enorm aufwerten.

»Das Ansehen der Zeitschrift würde dadurch aber enorm abgewertet«, hatte Emily trocken erwidert. »Oder glaubst du, die Leute kaufen *Life & Trends*, um eine gewöhnliche Hausfrau auf einer Party zu sehen?«

Von da an hatte ich es vermieden, sie zu solchen Events zu begleiten.

Jetzt war Emily regelrecht aus dem Häuschen. »Ich mache eine große Reportage über den Arlberg«, quiekte sie. »Hotels, Skigebiet, Nachtleben, Promis – einfach alles, was dazugehört. Und Tölle hat mir zugesagt, dass ich jemanden mitnehmen darf. Ist das nicht genial?!«

Dr. Thies Tölle war Emilys Chef. Vor einem Jahr hatten die beiden eine leidenschaftliche Affäre gehabt. Emily hatte sich mehr erhofft und Tölles Beteuerungen geglaubt, er würde ihretwegen seine Frau verlassen.

Wie ich befürchtete, entpuppten sich seine Liebesschwüre dann als abgedroschene Lügen. So sehr wie Tölle darauf geachtet hatte, nicht mit Emily in der Öffentlichkeit gesehen zu werden, war es ziemlich offensichtlich gewesen, dass sie für ihn nur eine Affäre war und er keinerlei ernste Absichten hegte. Emily hatte jedoch meine Bedenken und Einwände nicht hören wollen, und so konnte ich nichts anderes tun, als sie zu trösten, nachdem Tölle sie verlassen hatte.

Das einzig Gute an dieser unleidlichen Geschichte war, dass Dr. Tölle seitdem ein schlechtes Gewissen ihr gegenüber plagte und er fast all ihren Wünschen und Forderungen nachgab.

»Das hört sich wirklich gut an. Heißt das, wir können eine Woche lang all inclusive in einem Luxushotel wohnen und uns beim Fünfsternedinner verwöhnen lassen? Alles auf Kosten deiner Redaktion?«, fragte ich und biss in meinen Toast.

Das klang wirklich sehr vielversprechend. Vielleicht konnte ich bei der Gelegenheit auch ein bisschen was für meine Figur tun. Diese teuren Hotels hatten doch immer exzellente Spa- und Fitnessbereiche.

»Die Kosten übernimmt komplett das Magazin, das ist richtig. Allerdings werden wir nicht die ganze Zeit nur im Hotel abhängen. Ich kann schlecht vier Seiten unseres Magazins über das Hotel und die Speisekarte füllen. Das will ja kein Mensch lesen. Nein, der Schwerpunkt des Artikels liegt natürlich auf dem Nachtleben am Arlberg und dem Flirtverhalten der dortigen Gäste. Ist das nicht spannend?«, fragte Emily begeistert.

Klar, vor allem Emilys Reportage würde spannend werden …

Moment, versuchte sie gerade, mich als Versuchskaninchen zu ködern?

Vor meinem geistigen Auge sah ich schon ein Foto von mir mit der Bildunterschrift »Die zweifache Mutter Victoria Dansmann (39) beim Versuch, sich einen jungen Mann zu angeln«. Mein Amt im Elternbeirat am humanistischen Gymnasium unserer Tochter würde ich dann gleich niederlegen können, ganz zu schweigen davon, dass ein solcher Artikel wenig förderlich für das berufliche Ansehen meines Mannes wäre: »Die Frau des Bankmanagers Dr. Hubertus Dansmann ließ am Arlberg ordentlich die Champagnerkorken knallen.«

Nein, dann mochte ich lieber gar nicht in der Zeitschrift erwähnt werden.

»Wie stellst du dir das vor? Ich habe Familie und muss auch an ihren Ruf denken«, entgegnete ich also.

»Ich muss dich ja nicht namentlich erwähnen«, versuchte Emily, mich zu überzeugen.

»Auch wenn ich nicht in deinem Artikel erwähnt werde, so könnte es doch sein, dass mein Name in irgendeinem zwielichtigen Nachtclub registriert wird. Das will ich auf gar keinen Fall!«, protestierte ich.

Doch Emily gab nicht so schnell auf. »Mensch, Vicci, erstens gibt es keine zwielichtigen Läden am Arlberg, und zweitens hast du jetzt die einmalige Gelegenheit, einen richtig tollen Gratisurlaub zu machen. Und du fängst schon wieder mit solchen Kinkerlitzchen an. Wenn dein Name nirgendwo genannt werden soll, dann werden wir dich eben umbenennen. Denk dir einfach einen schicken Namen aus, und auf den werden wir dich überall einbuchen.«

Ich überlegte.

Mich mit meiner besten Freundin im Fünfsternehotel verwöhnen zu lassen und abends das Nachtleben zu erkunden hatte was. Ich könnte mich als eine adlige Prinzessin ausgeben.

Ach nein, das wäre doch zu peinlich. Wenn ich später im

Freundeskreis erzählte, ich hatte mich Prinzessin zu Sayn-Wittgenstein genannt und war mit Hoheit angesprochen worden, wäre ich unten durch.

Und was würde mein konservativer Mann dazu sagen? »Du, Hubi, ich werde nächste Woche unter falschem Namen mit meiner Singlefreundin Emily an den Arlberg fahren, um das Liebesleben dort zu testen. Es wäre schön, wenn du in der Zeit mit deiner Mutter auf die Kinder aufpassen könntest.« Er würde mich für komplett verrückt erklären.

»Emily, es geht beim besten Willen nicht. Vielleicht können wir ja nächstes Jahr an Silvester alle zusammen …«

»Entschuldige, Vicci«, unterbrach mich Emily, »unsere Redaktionssitzung beginnt in zwei Minuten. Überleg es dir noch mal und sag mir morgen Bescheid. Ciao!«

Leicht verärgert starrte ich auf das Telefon. Ich hasste es, mitten im Satz unterbrochen zu werden. Außerdem hatte ich ihr gerade eine klare Antwort gegeben.

Als ich meinen Kaffee trank, dachte ich noch einmal über unser Gespräch nach.

Mir fiel auf, dass sie sofort davon ausgegangen war, dass ich spontan nächste Woche Zeit haben würde. Wie die meisten berufstätigen Menschen war auch Emily der Meinung, dass Mütter und Hausfrauen nie weltbewegende Termine hatten.

Okay, klar hatte ich Zeit, dachte ich griesgrämig.

Ich leerte meine Tasse, warf einen Blick in die Zeitung und ging nach oben ins Bad, um zu duschen.

Als ich gerade meine Haare shampoonierte, klingelte erneut das Telefon.

Normalerweise war mir das ziemlich egal, wenn ich unter der Dusche stand.

Doch dann wurde ich nervös. Was, wenn es die Schule oder der Kindergarten war, um mir mitzuteilen, dass einem unserer Kinder etwas zugestoßen sei? Dass sich Vincent oder Leonie etwas gebrochen hätte oder aus einem anderen Grund dringend von mir abgeholt werden müsste?

Es konnte natürlich auch meine Schwiegermutter sein, die mich beleidigt fragen würde, ob unser Telefon kaputt sei und warum wir uns seit drei Tagen nicht bei ihr gemeldet hatten. Meine Schwiegermutter erfolgreich abzuwimmeln würde mich mindestens zehn Minuten Zeit kosten …

Das Telefonläuten hörte auf – nur um fünf Sekunden später wieder zu beginnen.

Also doch ein Notfall.

Nicht mal meine Schwiegermutter war so dreist, es ununterbrochen klingeln zu lassen, nur um mir von den neuesten Sonderangeboten bei Aldi zu berichten.

Ich sprang aus der Duschkabine, rutschte fast auf den Fliesen aus und japste ein »Ja???« in den Hörer.

»Ich bin's«, ertönte seelenruhig die Stimme meines Mannes.

»Mein Gott! Und ich dachte schon, den Kindern ist was Schlimmes passiert!«

»Warum soll den Kindern was Schlimmes passiert sein? Also manchmal bist du wirklich hysterisch«, sagte Hubertus ungeduldig.

»Warum lässt du es dann tausendmal klingeln?«, meckerte ich und wischte mir mit dem Handrücken Schaum aus dem Gesicht.

»Damit du rangehst! Ich hatte eben ein Meeting mit Tobias Körner. Er hat uns für heute Abend zum Essen bei sich eingeladen. Kannst du bitte einen Blumenstrauß besorgen? Ich hole dich gegen sieben zu Hause ab.« Dann legte er grußlos auf.

Blumensträuße als Mitbringsel zu einer Abendeinladung waren ganz und gar unpraktisch, so empfand ich es zumindest immer.

Erstens hatte ich nie eine passende Vase, und wenn ich dann endlich irgendeine im Keller gefunden hatte, stresste mich die Frage, wo ich die verdammten Blumen samt Vase am besten platzierte, damit der Besuch auch ja sah, dass der Blumenstrauß entsprechend gewürdigt wurde.

Derweil standen die Gäste immer noch in ihren Mänteln im Flur herum, weil Hubertus vergessen hatte, sie hereinzubitten. Dann bot er schon Getränke an, um im nächsten Augenblick entweder hilfesuchend nach mir zu rufen oder – noch schlimmer – die falschen Gläser aus dem Schrank zu nehmen. Er hatte nämlich die Angewohnheit, unterschiedlich große Gläser an Besucher weiterzureichen, was mir immer schrecklich peinlich war. Unsere Gäste mussten ja denken, dass wir nicht mal sechs einheitliche Gläser im Haus hatten.

Nein, ich freute mich mehr über Bücher, davon hatte ich auch richtig lange was. Blumen waren meist nach vier Tagen verwelkt – jedenfalls bei mir.

Na ja, Tobias Körners Frau würde sich vielleicht über einen Blumenstrauß freuen. Tobias Körner war ein wichtiger Geschäftspartner von Hubertus, er besaß eine Reederei und legte große Geldbeträge bei der Bank an, in der mein Mann arbeitete. Eine kleine Aufmerksamkeit zum Dank für die Einladung wäre das Mindeste.

Ich notierte mir also gedanklich, heute Vormittag einen Blumenstrauß zu kaufen, dann tapste ich vorsichtig über unseren Schlafzimmerteppich zurück ins Bad und wusch mir endlich das Shampoo aus dem Haar.

Einen Moment lang überlegte ich, ob ich mich über das Gespräch mit meinem Mann aufregen sollte oder nicht. Doch ein Blick aus dem Fenster überzeugte mich, dass der Tag einfach zu schön dafür war. Die Sonne strahlte vom Himmel, und die ungewöhnlich milde Februarluft kündigte bereits den Frühling an.

Ich zog mich an und machte mich auf den Weg ins *Café Magnus*, wo ich mit meiner zweitbesten Freundin Kathrin verabredet war.

Kathrin kannte ich schon genauso lange wie Emily. Sie gehörte zu den Menschen, die sich nie aufregten oder hektisch wurden, sondern alles ganz ruhig regelten – dies war der einzige Punkt, in dem wir uns unterschieden. Ansonsten führte Kathrin ein ebenso konservatives Hausfrauendasein wie ich.

Seit der Oberstufe war sie mit Tim Mörle zusammen. Beide hatten ein super Abitur gemacht und dann gemeinsam in Koblenz BWL studiert. Emily und ich hatten damals darauf gewettet, dass ihre Beziehung dem Studienstress nicht standhalten werde, täuschten uns aber. Nachdem beide ihr Diplom in der Tasche hatten, suchten sie sich eine Wohnung in Hamburg. Tim fing bei einer großen Unternehmensberatung an, Kathrin in einer renommierten Steuerkanzlei. Sie heirateten und bekamen vier (!) Söhne. Tim machte sich schließlich als Unternehmensberater selbstständig, und Kathrin gab ihren Job auf, um sich um die Erziehung der Kinder kümmern zu können.

Immer wenn ich die beiden zusammen sah, wirkten sie so harmonisch wie Hubertus und ich nur auf unserem alljährlichen Weihnachtsfoto.

Das *Magnus* lag im Stadtviertel Harvestehude direkt an der Außenalster. Nachdem ich mein Auto auf einem Sandparkplatz abgestellt hatte, stieg ich aus, holte tief Luft und genoss das vertraute Bild vor meinen Augen: durchtrainierte Jogger in angesagten Trikots, die alle zwei Minuten ihre Pulsuhr checkten, und topgestylte Frauen, die ihre Hunde ausführten, dabei aber aussahen, als seien sie gerade einem Modemagazin entstiegen. Ich liebte diesen Casual-Chic-Look. Selbst die Hunde – vorwiegend Labradore – trugen trendige Halsbänder mit witzigen Stickereien. Vielleicht etwas dekadent, aber nett anzuschauen.

Gut gelaunt schlenderte ich über die Wiese zur Alster und über einen Holzsteg zum Café.

Kathrin hatte an einem Tisch in einer kleinen Nische im hinteren Teil des Cafés Platz genommen. Ich winkte ihr fröhlich zu, doch sie saß wie versteinert da und erwiderte meinen Gruß nicht. Beim Näherkommen bemerkte ich ihre rot geweinten Augen. In den fünfundzwanzig Jahren, die ich sie nun schon kannte, hatte ich sie noch nie weinen sehen.

Ich ließ mich neben ihr auf die Sitzbank sinken. »Oh, Kathrin, was ist denn passiert?«, fragte ich besorgt.

»Tim betrügt mich«, schluchzte sie.

»Tim??? Mit wem denn? Mit seinem neuen Laptop?«

Aber Kathrin war nicht zum Scherzen aufgelegt. »Er hat es mir gestern Abend gesagt. Er hat gesagt, wir würden nur noch nebeneinanderher leben … in zwei verschiedenen Welten. Jetzt hat er eine Frau kennengelernt, die auf der gleichen Wellenlänge ist wie er.«

»Auf der gleichen Wellenlänge?« Ich war fassungslos.

Auf was für einer Welle schwamm dieser Typ eigentlich? Wie konnte er einer so sanften und liebenswerten Person wie Kathrin nur so wehtun? Kathrin hatte für ihn ihre Karriere aufgegeben, dafür gesorgt, dass er ein gemütliches Zuhause hatte, und für das gemeinsame Glück auf vieles verzichtet. Er hatte auf nichts verzichtet, sondern nur von ihr profitiert. Steckte er etwa in der Midlife-Crisis?

»Kathrin, vielleicht ist es ja nur ein kurzer Tiefpunkt, der vorübergeht«, versuchte ich, sie zu trösten.

»Nein, so ist Tim nicht. Wenn er einen Entschluss gefasst hat, dann zieht er ihn auch durch. Heute Nachmittag holt er seine Sachen.«

Meine Wut auf Tim stieg in Sekundenschnelle. Warum nur ließ er Kathrin nach all den Jahren plötzlich sitzen? Und vor allem: für wen?

»Wer ist sie?«, fragte ich grimmig.

»*Sie* heißt Melanie Koß und ist seit einem halben Jahr die Assistentin seines Partners.«

Jetzt wuchs meine Wut auch auf diese Melanie Koß. Sie musste ja wohl gewusst haben, dass ihr Chef verheiratet war und vier Kinder hatte. Wie abgebrüht musste man sein, um das Glück einer sechsköpfigen Familie zu zerstören?

In Gedanken schmiedete ich schon Rachepläne. Aber als ich die Verzweiflung in Kathrins Gesicht sah, wusste ich, dass sie noch lange nicht so weit war, sondern gerade erst in der Schockstarre angekommen. Erst wenn sie die überwunden hatte, konnte die Rachephase beginnen – doch das würde noch dauern.

Selbst ich konnte es kaum fassen. Wieso verließ Tim, der Kathrin in schweren Zeiten – erste Arbeitsjahre, Firmengründung, Schwangerschaften – abgöttisch geliebt hatte, sie nun in den guten Zeiten – erfolgreiche Firma, schönes Haus, süße Kinder?

Ich nahm Kathrins Hand. »Tim wird mit dieser Melanie nicht lange zusammen sein. Er wird sie wieder verlassen, sie werden niemals glücklich werden.« Ich versuchte, überzeugt zu klingen.

Kathrin nickte wie betäubt. Sie habe zwar, meinte sie, die ganze Nacht geweint, aber so richtig realisiere sie das Ganze immer noch nicht.

»Pass auf, du nimmst dir den Rest des Tages frei«, schlug ich vor, um sie aufzumuntern. »Deine Jungs hole ich von der Schule ab, sie können den Nachmittag bei uns bleiben. So hast du ein bisschen Zeit, um den Kopf freizubekommen. Und ruf

Emily an, wenn du nicht allein sein möchtest. Sie kommt sicher sofort.«

Kathrin rang sich ein Lächeln ab. »Nein, ich wäre jetzt lieber allein. Ist es wirklich okay, wenn die Kinder bei euch sind? Ist dir das nicht zu viel?«

»Üüüberhaupt nicht«, beteuerte ich. »Ob zwei oder sechs, ist egal.«

Nachdem sie mir erklärt hatte, wann welches Kind wo abgeholt werden musste, und ich mir gewissenhaft die Nachmittagsaktivitäten der vier Jungs in meinen Terminkalender eingetragen hatte, wollte Kathrin gehen. Ich hätte gerne noch einen zweiten Cappuccino getrunken, aber allein machte mir das auch keinen Spaß.

Also zahlten wir, ich umarmte Kathrin noch einmal fest, dann schlenderte ich gedankenversunken in Richtung der kleinen Einkaufsstraße oberhalb des Alsterufers.

Warum scheiterten eigentlich immer die harmonischsten und glücklichsten Ehen? Wenn da wirklich etwas dran war, brauchte ich mir um meine eigene Ehe keine Sorgen zu machen – demnach würden Hubi und ich wohl eines Tages steinerne Hochzeit feiern. Wieso war das Glück kein Dauerzustand, sondern nur ein flüchtiger Augenblick in unserem Leben?

Ich sah zum strahlend blauen Himmel hinauf.

Mit dem Glück verhielt es sich wie mit dem Wetter. Nachdem es die letzten zwei Wochen regnerisch und kalt gewesen war, war dieser schöne Tag wie ein großes Geschenk. Wäre das Wetter in den letzten zwei Wochen genauso wunderbar wie heute gewesen, wäre dieser Tag wie alle anderen auch, und niemand würde auf den Sonnenschein achten. Vielleicht waren wir Menschen so gestrickt, dass wir ab und zu Tiefschläge im Leben brauchten, um die Höhepunkte würdigen zu können. Wenn dem so war, sollten wir dann nicht aus den kleinen schönen Dingen Höhepunkte machen und uns an diesen erfreuen?

Mit diesem Gedanken ging ich zum nächstgelegenen Floristen und kaufte einen wunderschönen bunten Frühlingsstrauß für die Körners. Vielleicht konnte ich ihnen damit einen kleinen Glücksmoment bescheren.

Ein Blick auf die Uhr sagte mir, dass es Zeit war, nach Hause zu fahren und das Mittagessen vorzubereiten, denn heute mussten gleich sechs Kinder bekocht werden. Ich würde ein paar Stühle aus dem Wohnzimmer an den Küchentisch räumen müssen.

Da fiel mir ein, dass ich maximal vier Kinder in meinem Auto transportieren konnte. Leonie fuhr mit dem Rad von der Schule nach Hause. Blieben immer noch fünf Kinder, die von Kindergarten, Grundschule und Gymnasium nach Hause gebracht werden mussten. Ich beschloss, ein Großraumtaxi zu bestellen und so alle einzusammeln.

Als ich zu Hause angekommen war, blieben mir gerade noch fünfzehn Minuten, um etwas aufzuräumen, Stühle zu schleppen und den Tisch zu decken. Ich holte zwei Packungen Nudeln und ein großes Glas Tomatensoße aus unserem Vorratsraum. Das war jetzt ernährungstechnisch vielleicht nicht die erste Wahl, aber es ging schnell, und die Kinder mochten es. Ich könnte als Nachtisch ja noch ein paar Äpfel aufschneiden, dachte ich.

Da klingelte es auch schon an der Tür. Das Taxi war da.

Erhitzt und mit rotem Kopf stieg ich ein. »Wir fahren erst zum Kindergarten *Kleiner Zwerg* in der Montestraße, dann zur Grundschule *Waldwiese*, und zum Schluss holen wir noch drei Kinder vom *Christianeum* ab.«

»Alles Ihre?«, staunte der Taxifahrer.

»Nein, ich habe auch noch andere Hobbys«, lächelte ich.

Beim Kindergarten spielten die Kinder im Freien. Die Erzieherinnen, unter ihnen auch Frau Probst, die Vincent so gern zitierte, saßen auf einer Holzbank in der Sonne und unterhielten sich. Vincent baute mit zwei anderen Kindern im Sandkasten eine Burg.

»Och, Mami, warum kommst du denn so früh? Ich will noch nicht abgeholt werden!«, rief er enttäuscht, als er mich entdeckte.

»Vinci, Überraschung! Ich bin mit einem riesigen Taxi da, und gleich holen wir damit die vier Js ab. Die bleiben bis heute Abend bei uns.«

Kathrins Kinder fingen alle mit einem J an: Jonathan, Johannes, Joachim und Jost. Daher nannten wir sie einfach nur die vier Js.

Vincent riss die Arme hoch und jubelte. Blitzschnell entledigte er sich seiner übergezogenen Matschhose und rannte – natürlich ohne sich von Frau Probst zu verabschieden oder die Matschhose wegzuräumen – über die Wiese und an mir vorbei zum vor dem Eingangstor wartenden Taxi.

Da erhob sich Frau Probst, klaubte kopfschüttelnd Vincents Hose aus dem Sand und kam eilends auf mich zu. »Frau Dansmann, so geht das nicht! Ich muss dringend mit Ihnen über Vincents Ordnungssinn sprechen. So wie mit seiner Matschhose geht er mit allem um. Wir haben natürlich schon alles Mögliche versucht, aber Vincent hat einfach nicht die nötige Reife und Aufmerksamkeit, die ein Vorschulkind haben sollte. Daran müssen wir gemeinsam arbeiten und überlegen, wie wir in Zukunft vorgehen. Oberste Priorität haben hier auf alle Fälle Ruhe und Beständigkeit.«

Gehetzt sah ich mich nach dem Taxi um, in dem mein Sohn bereits angeschnallt saß und »Losfahren, losfahren!« brüllte.

O Gott, nicht dass der Taxifahrer einfach mit ihm davonfuhr – nach dem Motto, bei fünf Kindern kommt es ja auf eins mehr oder weniger ohnehin nicht an!

»Frau Probst, Sie haben natürlich völlig recht. Ich muss mich jetzt nur ganz furchtbar beeilen, weil wir gleich noch die Kinder einer Freundin abholen müssen.« Ich ließ Frau Probst, sprachlos und mit der Matschhose in der Hand, stehen und rannte zum Taxi.

»Jetzt bitte zur Grundschule«, wies ich den Fahrer an.

Dort sammelten wir Jost ein, Kathrins Jüngsten und Vincents besten Freund.

Das Abholen der übrigen drei Jungs gestaltete sich schwieriger. Jonathan, der Älteste, weigerte sich, mit uns mitzukommen, bevor er nicht genauestens wusste, warum Kathrin nicht da war. Da meine Erklärungen nicht gerade präzise waren, bestand er darauf, mit seiner Mutter zu telefonieren. Eine gefühlte Ewigkeit hing er dann am Handy.

Nervös schielte ich aufs Taxameter, das lief und lief und lief.

Endlich gab Jonathan sich zufrieden: »Okay, Mama, dann weiß ich jetzt Bescheid. Nein, sie hat mir keine vernünftige Auskunft gegeben. Ich bin ja nicht blöd und steig mit einer Fremden in irgendein Taxi!«

Was dachte sich dieser Rotzlöffel eigentlich? Dass ich ihn kidnappen wolle, um dann von meiner zweitbesten Freundin ein dickes Lösegeld zu kassieren?

Auch der Nachmittag verlief nicht ganz so unproblematisch, wie ich es mir erhofft hatte.

Nach dem Mittagessen musste ich Joachim zum Geigenunterricht fahren. Da ich nicht schon wieder ein Vermögen für ein Großraumtaxi ausgeben wollte, bat ich Jonathan, so lange auf die anderen aufzupassen, und kochte noch schnell eine Thermoskanne heißen Kakao für die Bande. Auch erlaubte ich den Kindern, ein bisschen fernzusehen, und zeigte ihnen die Süßigkeitenschublade in der Küche.

Als ich nach etwa einer halben Stunde zurückkam, dröhnte mir schon auf der Straße laute Musik aus unserem Garten entgegen.

Die Kinder hatten die Außenlautsprecher eingeschaltet und spielten Fußball.

Ich lief ins Haus, drehte die Musik leiser und ging dann hinaus auf die Terrasse. »Jonathan, alles okay bei euch?«, rief ich.

»Jaja!«, brüllte er zurück.

Ich wollte schon beruhigt wieder ins Haus gehen, als Leonie sagte: »Der Schrader stand zweimal am Zaun und hat irgendwas gerufen. Wir haben aber nicht verstanden, was.«

Carl Schrader war unser Nachbar und ein pensionierter Beamter, der nichts anderes zu tun hatte, als sich ständig beim Rest der Straße über irgendwelche Kleinigkeiten zu beschweren. Ein waschechter Blockwart und Choleriker. Da Hubertus sehr viel Wert auf eine gute Nachbarschaft legte, verhielten wir uns immer vorbildlich und hatten bisher noch keinen Ärger mit ihm gehabt.

Beunruhigt ging ich ins Haus.

Just in diesem Moment klingelte das Telefon.

Ich griff nach dem Hörer und stieß dabei die Thermoskanne mit dem heißen Kakao um. Natürlich hatten die Kinder sie nicht wieder richtig zugeschraubt, sodass sich jetzt ein Großteil des Inhalts über die Tischplatte ergoss.

Instinktiv riss ich die Kanne hoch, wobei dicke braune Spritzer auf meinem Gesicht und Pullover landeten.

Ich schrie laut auf – leider direkt in den Hörer. Der Anrufer legte sofort wieder auf.

Verärgert wischte ich mit einem Taschentuch an meinem ruinierten champagnerfarbenen Kaschmirpullover herum.

Mist, der war richtig teuer gewesen.

Da klingelte das Telefon erneut.

»Victoria Dansmann hier, hallo?«, meldete ich mich geistesabwesend.

Hätte ich mich bloß umgezogen, als ich aus der Stadt zurückkam!

»Ich wollte gerade die Polizei rufen!«, schrie mir daraufhin ein Mann ins Ohr. »Sie können doch Minderjährige nicht einfach unbeaufsichtigt lassen. Das ist ja wirklich das Allerletzte. Wissen Sie, was da alles passieren kann? Und dann noch dieser unerträgliche Lärm!«

Nun hatte ich die Stimme erkannt: Es war Carl Schrader – und ich durfte endlich auch mal einen seiner legendären Tobsuchtsanfälle erleben, von denen ich schon so viel gehört hatte.

Fieberhaft überlegte ich, wie ich ihn wohl wieder besänftigen könnte, als er brüllte: »Dass Ihre Kinder so ungezogene Rüpel sind, hätte ich wirklich nicht gedacht!«

Jetzt ging er mir aber zu weit. Ob Nachbar oder nicht, Choleriker hin oder her: Wenn jemand meine Kinder ungestraft beleidigen durfte, dann war ich das. Was bildete sich dieser Oberspießer eigentlich ein?

»Ich möchte nicht, dass Sie meine Kinder oder die Kinder meiner Freundin noch einmal Rüpel nennen. Ich bezeichne Sie ja auch nicht als verbitterten alten Greis«, meckerte ich zurück.

»Wie bitte? Wie haben Sie mich gerade genannt? Das ist ja wirklich die Höhe!« Carl Schraders Stimme überschlug sich förmlich.

»Sie haben nicht richtig zugehört. Ich habe gesagt, dass ich Sie ja auch nicht als verbitterten alten Greis bezeichne. Schönen Tag noch!« Ich legte auf und atmete tief durch.

So, mit Carl Schrader hatte auch ich es mir nun auf Lebzeiten verscherzt.

Ich schielte zur offenen Süßigkeitenschublade hinüber. Ein Schokoriegel würde meinen blank liegenden Nerven jetzt wahrlich guttun. Doch dort herrschte nur noch gähnende Leere.

Enttäuscht schaute ich aus dem Fenster. Unser Rasen war mit Snickers-, Lolly- und Bounty-Papierchen bunt besprenkelt.

Das sind wirklich Rüpel, dachte ich grimmig und marschierte mit meinem von Kakao durchtränkten Pullover ins Bad.

Die vier Js waren von Kathrin abgeholt worden, und ich tauschte gerade mein bloß liegendes Nervenkostüm gegen mein sündhaft teures dunkelblaues Seidenkostüm ein, mit dem ich bei Essenseinladungen das Image meines erfolgreichen Gatten aufzupolieren pflegte, als Hubertus um Punkt 19 Uhr zu Hause eintraf.

»Na, was gibt's Neues?«, fragte er und kam ins Schlafzimmer, um sich ebenfalls für das Essen bei den Körners umzuziehen.

»Unser Sohn ist für sein Alter zurückgeblieben, die Kinder sind totale Rüpel, und unser Nachbar ist ab sofort unser Erzfeind!«

Kapitel 2

»So, wir sind da.«

Das waren Hubertus' erste neutrale Worte nach einem halbstündigen Tobsuchtsanfall wegen meines Clinchs mit Carl Schrader.

Wie zu erwarten, war er deswegen ziemlich sauer auf mich. Aber so richtig aufgeregt hatte er sich über meine standhafte Weigerung, mich bei diesem kleinkarierten Spießer zu entschuldigen.

War mir doch egal, wenn dieser cholerische Vorgartenzwerg uns nun die nächsten zwanzig Jahre nicht mehr über den Zaun hinweg grüßen würde.

Mein Mann sah das aber ganz anders, und so versuchte er, mich während der gesamten Autofahrt davon zu überzeugen, dass ein kleiner Gang nach Canossa echt angesagt wäre.

Ich tat so, als höre ich zu, und war froh, als wir endlich vor dem großen weißen Tor der Körners hielten.

Das Haus – oder besser gesagt die Villa – von Tobias und Daniela Körner lag im Stadtteil Winterhude an der Bellevue und hatte einen fantastischen Blick über die Außenalster.

Wie schön es wäre, wenn wir jetzt einfach spazieren gehen könnten, dachte ich. Ohne Zeitdruck, ohne Zwang. Nur die Anwesenheit des anderen genießen.

»Wo ist der Blumenstrauß?«, holte Hubertus mich in die Realität zurück.

»Hinten«, seufzte ich und stieg aus.

Während Hubertus den Blumenstrauß aus dem Kofferraum holte, überprüfte ich schnell mein Kostüm. Der Seidenrock hatte nämlich die nervige Angewohnheit, beim Sitzen hochzurutschen und dann in dieser Position zu verweilen.

»Beeil dich«, zischte Hubertus mir zu, und ich stöckelte über den Kiesweg hinter ihm her.

Auf der Einfahrt vor der Garage parkte ein weißer Porsche mit dem Kennzeichen HH-DK-1.

Ich lachte. »Wie süß! DK 1 steht bestimmt für ›Dicker Kuss.‹

»DK steht für Daniela Körner, Tobias Körners Frau. Und jetzt hör mit diesen Kindergartenwitzen auf. Das ist peinlich«, knurrte Hubertus und ging die breitgeschwungene Treppe zur Eingangstür hinauf.

»Das Nummernschild ist peinlich. Wie kann man sich selbst als die Nummer eins bezeichnen«, murmelte ich beleidigt und verstummte sofort, als Hubertus mich böse anfunkelte und den Klingelknopf drückte.

Sobald die Klingel ertönte, legte er eine Wandlung hin, die Dr. Jekyll und Mr Hyde vor Neid hätte erblassen lassen: Aus dem gestressten, tobenden Ehemann wurde der entspannte, fröhliche Bankmanager – so wie Tobias Körner ihn kannte.

Insgeheim bewundere ich Menschen, die sich chamäleonartig innerhalb von einer Sekunde einer neuen Situation perfekt anpassen können. Ich schaffte das nie – leider. Vielleicht war deshalb meine Karriere in der Werbeagentur auch nicht richtig in Schwung gekommen, denn bis ich mich endlich mit einem Produkt vollkommen identifiziert hatte, hatte der Kunde unserer Agentur den nötigen Etat bereits wieder entzogen.

Eine sympathisch lächelnde Frau öffnete uns.

Hubertus und ich strahlten zurück, und ich ergriff ihre Hand: »Guten Abend, Frau Körner! Vielen Dank für die Einladung. Sie haben ein wunderschönes Haus.«

Die Frau sah mich irritiert an.

Plötzlich ertönte die schrille Stimme einer anderen Frau, die hinter ihr in die Eingangshalle schritt: »Also so was, Sie haben Franziska mit mir verwechselt! Na, das ist mir ja noch nie passiert!«

Frau Körner war sehr groß. Sie trug ein eng anliegendes edles Strickkleid mit Pelzbesatz, das ihre überaus schlanke Figur betonte, und ihre blonden Haare waren kunstvoll aufgetürmt.

Ich überlegte, wie groß wohl das Loch sein mochte, das sie mit tonnenweise Haarspray für diese Frisur in die Ozonschicht gerissen hatte. Wenn sie das jeden Tag machte, würde unsere gute alte Erde bald schmelzen.

Franziska, die nette Haushälterin, nahm uns die Mäntel und mir den Blumenstrauß ab, dem Frau Körner keinerlei Beachtung schenkte.

Daniela Körner geleitete Hubertus und mich in den Salon.

Dort erwartete uns ihr Gatte, ein dicklicher Mann, der von seiner Frau um einen Kopf überragt wurde. Er begrüßte mich herzlich mit Küsschen links, Küsschen rechts: »Frau Dansmann, ich freue mich sehr, Sie endlich kennenzulernen.«

Ich freute mich auch, vor allem weil er so viel freundlicher wirkte als seine Frau.

Dann sah ich mich im Salonzimmer um. Es war mit Möbeln aus dunklem poliertem Massivholz eingerichtet, und die zur Alster gerichteten Fenstertüren waren von cremefarbenen Seidengardinen eingerahmt. Mein Blick wanderte zu den großen Bildern an den Wänden, es waren Schwarz-Weiß-Porträts einer jungen Frau.

»Das ist Daniela, meine Frau«, sagte Herr Körner, der meinem Blick gefolgt war.

Nun betrachtete auch Hubertus aufmerksam die Fotografien. »Sehr schön«, schwärmte er.

Tobias Körner lächelte stolz. »Meine Frau war ein sehr gefragtes Model. Alle großen Designer rissen sich um sie.«

Geschmeichelt lächelte nun auch Daniela Körner. »Ja, aber jetzt arbeite ich lieber mit meinem Mann zusammen in der Firma. Ich fliege nur noch zu den großen Shows nach Mailand und Paris, um Karl und Giorgio zu unterstützen.«

Karl und Giorgio?

Ich tat ihr nicht den Gefallen, nachzufragen oder beeindruckt zu tun. Stattdessen nickte ich nur beiläufig und freute mich insgeheim auf das Essen an diesem Abend. Mir knurrte der Magen, weil ich den ganzen Tag vor lauter Hektik kaum etwas gegessen hatte, und ich hatte das Gefühl, ein halbes Wildschwein verzehren zu können.

Aber daraus würde wohl nichts werden.

»Wir kochen ausschließlich vegan. Franziska hat dafür extra eine dreimonatige Ausbildung bei einem Spitzenkoch absolviert«, sagte Daniela Körner zu mir, während unsere Männer sich in ein Gespräch über Geldanlagen vertieften.

Vegan? Was bedeutete denn noch mal vegan?

»Ernähren sich die Körners etwa ausschließlich von Körnern?«, rutschte es mir heraus.

Daniela Körner machte ein pikiertes Gesicht. »Unwissende denken, dass sich hinter veganer Küche nur Vogelfutter verbirgt. Vegane Ernährung hat jedoch viel mehr als nur Körner zu bieten. Und: Vegane Ernährung sorgt für einen gesunden schlanken Körper und straffes Bindegewebe.« Sie musterte mich von oben bis unten mit einem vielsagenden Blick.

Das war ja wohl die Höhe. Auch wenn sie die Frau eines wichtigen Bankkunden von Hubertus war, beleidigen ließ ich mich nun nicht.

»Also ich verbinde mit veganer Ernährung in erster Linie Unterernährung und Mangelerscheinungen«, erwiderte ich spitz und revanchierte mich mit einem ebenso unverschämten Scannerblick über ihre reizlosen Ecken und Kanten.

Zum Glück kam in diesem Moment Franziska ins Zimmer, um uns zu Tisch zu bitten.

Als Vorspeise servierte sie uns vietnamesische Frühlingsrollen, die mir erstaunlich gut schmeckten. Vielleicht lag das aber auch einfach an meinem tierischen Hunger.

»Und, wie schmeckt Ihnen die vegane Küche?«, erkundigte sich Tobias Körner.

»Also wirklich fantastisch! Ganz ausgezeichnet«, lobte Hubertus.

Mir war das zu viel Schleimerei, daher sagte ich nur: »Gut, aber schon etwas gewöhnungsbedürftig.«

Hubertus warf mir einen bösen Blick zu, doch Tobias Körner lachte nur. »Mir ging es am Anfang ganz ähnlich wie Ihnen, liebe Frau Dansmann. Aber glauben Sie mir: Je öfter man vegan isst, desto besser schmeckt es.«

Für kurze Zeit war es still am Tisch.

Dann wandte sich Daniela Körner an mich: »Was machen Sie eigentlich beruflich?«

Ich zögerte und ärgerte mich gleichzeitig über die Frage. Von allen am Tisch hatte ich vermutlich den anstrengendsten Tag hinter mir. Nichtsdestotrotz würde Daniela Körner herablassend auf meine Antwort reagieren, das wusste ich instinktiv.

»Ich bin hauptberuflich und leidenschaftlich gerne Mutter und Hausfrau«, sagte ich schließlich.

»Oh«, entfuhr es Frau Körner. Sie tat so, als sei ihr gerade ein schlimmer Fauxpas unterlaufen, und schaute gespielt betreten in die Runde.

Herr Körner lachte wieder. »Dani, nicht jede Frau ist so ein Workaholic wie du. Es gibt auch ganz normale Frauen, die ihr Leben einfach nur genießen.«

Schlagartig war meine Sympathie für Herrn Körner verschwunden. Er hatte ja keine Ahnung, was man alles als Hausfrau und Mutter vierundzwanzig Stunden am Tag leistete. Zumindest wenn man keine Franziska hatte, die einem die komplette Arbeit abnahm.

Und mein Mann – sichtlich um gute Stimmung bemüht – setzte noch eins drauf: »Ja, Vicci und ich haben ein Gemeinschaftskonto. Ich zahle ein, und sie hebt ab.«

Alle außer mir lachten.

Dann redeten Hubertus und Tobias Körner wieder über Geschäftliches.

Ich beschloss, mich für den Rest des Abends nicht mehr am Gespräch zu beteiligen, sondern konzentrierte mich, wie ich es mal in einem Yogakurs gelernt hatte, auf meinen Atem, um mich ein wenig zu entspannen.

Doch Daniela Körner plapperte dazwischen: »Jetzt hört doch auf, immer nur über Politik und Wirtschaft zu reden. Das ist für Frau Dansmann nicht sehr spannend. Die Arme langweilt sich schon richtig.«

In meinen Ohren klang das wie eine offizielle Kriegserklärung.

Fordernd sah ich Hubertus an. Wenn er diesem Hungerhaken neben mir jetzt nicht sofort sagte, dass er jeden Abend mit seiner intelligenten Frau über diese Themen sprach und ihre Meinung sehr schätzte, dann würde ich aufstehen und gehen.

Hubertus aber lächelte nur dümmlich, und Tobias Körner sagte: »Du hast vollkommen recht, Dani. Worüber würden Sie gerne reden, liebe Frau Dansmann?«

Alle schauten mich erwartungsvoll an.

»Also, was mich wirklich brennend interessieren würde …«, antwortete ich betont langsam, »… ist, warum Sie, liebe Frau Körner, nur Karl Lagerfeld und Giorgio Armani unterstützen. Ich finde, Donatella Versace würde viel besser zu Ihnen passen. Rein optisch könnten Sie doch fast als Zwillingsschwestern durchgehen.«

So, nun waren die Fronten geklärt. Daniela Körner fand mich dick und dumm, und ich fand sie dürr und hässlich.

Eineinhalb Stunden und zwei vegane Gänge später saßen Hubertus und ich schweigend im Auto. Ich hatte keine Lust zu reden, doch nachdem wir wortlos die dritte rote Ampel hinter uns gelassen hatten, wurde mir die dicke Luft zu viel.

»War ja wirklich ein reizender Abend«, giftete ich. »Das nächste Mal kannst du da allein hingehen.«

»Wäre auch besser«, knurrte Hubertus. »Du hast dich einfach unmöglich benommen. Die Körners verkehren in den besten Kreisen Hamburgs. Solche Kontakte sind wichtig für mich. Aber das kapierst du mit deinem kleinen Hausfrauenverstand ja nicht!«

»Hubertus, sag lieber nichts mehr, wofür du dich später entschuldigen musst. Du weißt ja, dich zu entschuldigen ist nicht gerade deine Stärke«, warnte ich ihn.

»Wofür soll ich mich denn entschuldigen?«, brüllte er. »Du lebst wie auf Wolke sieben in deiner kleinen Welt und bist nicht in der Lage, über den Tellerrand hinauszuschauen. Jeden Abend jammerst du mich mit dem ganzen belanglosen Kleinscheiß zu, den du tagsüber erlebst. Glaubst du wirklich, dass mich das interessiert? Es wäre echt besser, wenn du wieder arbeiten gehen würdest. Dann hätten wir auch mal wieder richtige Gesprächsthemen.«

»O ja, klar, so wie du sie bestimmt mit der tollen Karrieretussi Daniela Körner hättest. Da könntest du dann auch gleich erfahren, wie man mit veganer Ernährung zur dämlichen Bohnenstange mutiert.«

Hubertus schnaubte verächtlich. »Du bist ja nur neidisch. Aber ich sag dir was: Wenn du dich bei anderen Leuten *und* beim Essen etwas zurückhalten würdest, kämst du auch nicht wie eine Bauersfrau rüber.«

Wow, das hatte gesessen. Jeder einzelne Satz eine schallende Ohrfeige. Ich war zu verletzt, um darauf antworten zu können. Mein Mann hielt mich also für eine ungehobelte dicke Bauersfrau, die ihn langweilte.

Tief gekränkt sah ich aus dem Fenster. Ich spürte, dass dies einer der Momente war, die meinem Leben eine entscheidende Wendung geben würden.

Am nächsten Morgen saß ich müde am Küchentisch.

Ich hatte die ganze Nacht wachgelegen und gegrübelt. Bisher war ich mit meinem Leben die meiste Zeit zufrieden gewesen – ich war nicht überglücklich, aber doch zufrieden. Das hatte mir genügt. Nun musste ich wohl etwas ändern, wenn mein Mann mich als unattraktiv empfand.

Es hatte mal eine Zeit gegeben, da fand Hubertus mich sinnlich und eloquent statt dicklich und dreist. Doch seit einigen Jahren lief es zwischen uns nicht mehr. Im Restaurant warf er mir böse Blicke zu, wenn ich noch einen Nachtisch bestellte oder meinen Teller leer aß, anstatt wie andere Frauen die Hälfte wieder zurückgehen zu lassen. Mich wiederum ärgerte, dass Hubertus die Themen Kindergarten und Schule als Lächerlichkeiten ansah und komplett auf mich abwälzte.

Ich dachte an Kathrin, die gerade so schnöde von Tim abserviert worden war.

Wenn Hubertus mich und mein Leben langweilig und uninteressant fand, dann würde er ja vielleicht auch bald eine andere finden wollen, die mit ihm auf einer Welle schwamm, denn ich tat es ja anscheinend nicht.

Da ich jedoch noch keine Ahnung hatte, was ich anstellen konnte, damit wir beide uns wieder näherkamen, und ich auch keine Lust auf weitere Streitereien hatte, beschloss ich, mir eine Auszeit zu gönnen. Mit Emily zu verreisen war das Beste, was mir in dieser Situation passieren konnte.

Also rief ich sie in der Redaktion an.

»*Style & Trends* – guten Tag«, flötete Kim, Emilys Assistentin. Emily bezeichnete sie oft als blondes Dummchen, doch ich fand sie sehr nett.

»Hallo, Kim, hier ist Victoria Dansmann. Ich hätte gerne Emily gesprochen.«

Es dauerte einen kurzen Augenblick, dann meldete sich Emily fröhlich: »Hey, Süße, es ist schon alles gebucht für uns. Du verreist übrigens unter dem Namen Kati König.«

Das überraschte mich jetzt aber. Woher wusste sie, dass ich mitkommen wollte? Gestern hatte ich ihr doch ziemlich deutlich abgesagt.

»Wieso Kati König?«, fragte ich. Wenn ich schon mal die Gelegenheit hatte, mir einen anderen Namen auszusuchen, wollte ich mir einen außergewöhnlicheren Namen als »König« zulegen.

»Na, weil du dich die vier Tage wie ein König fühlen wirst«, lachte Emily. »Pass auf: Wir fahren am 1. März los und kommen am 4. wieder. Du bist also rechtzeitig zum Ferienbeginn zurück, um mit deinem lieben Mann und deinen süßen Kindern Ostern zu verbringen.«

Das wäre jetzt das Stichwort gewesen, um Emily mein Leid zu klagen. Da sie in der Redaktion allerdings meist im Stress war, verschob ich die Schilderung meiner leidvollen Geschichte auf später.

Nachdem wir uns verabschiedet hatten, rief ich meine Schwiegermutter an, um sie zum Kinderhüten zu überreden.

Da Lotti – genau wie ich – Hausfrau war, würde sie nächste Woche schon keine weltbewegenden Termine haben, womit ich richtiglag.

Trotzdem tat sie erst so, als ob sie furchtbar beschäftigt wäre. »Oh, das ist ja schon nächste Woche. Na, du bist lustig. Mein Terminkalender ist rappelvoll. Ich muss sehen, ob ich da überhaupt etwas schieben kann.«

Dann hörte ich sie minutenlang mit Papier rascheln. Zwischendrin murmelte sie: »Mmh ... das muss ich ja auch verschieben ...«

Endlich – ich hatte derweil entspannt den Hamburg-Teil im Abendblatt gelesen – sagte sie: »Da habt ihr aber Glück. Meine Termine kann ich so weit verschieben. Du brauchst für die Woche auch nichts einzukaufen, das mache ich lieber selbst. Ich habe nämlich ein paar tolle neue Rezepte. Da werden sich die Kinder und Hubertus freuen.«

Allen voran freute sich meine Schwiegermutter. Aber das gönnte ich ihr von Herzen.

Kapitel 3

Das gleichmäßige Brummen der Flugzeugmotoren machte mich schläfrig.

Ich sah auf meine Armbanduhr. In etwa einer Stunde würden wir landen – genug Zeit für ein Nickerchen.

Es war spät geworden gestern Abend. Ich hatte unbedingt noch alle Details der Reise mit Emily durchsprechen wollen. Da sie aber zur Store-Eröffnung irgendeines italienischen Schuhdesigners eingeladen war, hatte ich bis fast Mitternacht warten müssen, bis sie mich endlich zurückrief.

»Mach dir nicht so viele Gedanken! Die Reise wird dir guttun. Vicci, nach diesen vier Tagen wirst du ganz neue Erkenntnisse über deine Ehe haben«, hatte sie mir versichert.

Wie recht sie damit haben sollte, ahnten wir beide zu diesem Zeitpunkt allerdings nicht. Zunächst einmal ging es darum, mir eine neue Identität zuzulegen.

»Sei in den vier Tagen einfach eine ganz andere Person«, hatte Emily mir zugeredet. »Dann weißt du auch, ob du das überhaupt willst.«

Also machten wir ab, dass ich als Kati König Single und eine erfolgreiche Geschäftsfrau sein sollte. Deshalb hatte ich mir auch am Hamburger Flughafen eine FAZ gekauft statt einer Frauenzeitschrift.

Ein besseres Schlafmittel hätte ich mir für die Dauer des Flugs gar nicht kaufen können, stellte ich mit Genugtuung fest, als ich erwachte und wir zur Landung ansetzten.

»Wieso steigen wir eigentlich in Lech ab? Ist das nicht so ein verschnarchtes Skifahrerdorf? Wäre Zürs oder St. Anton nicht viel besser geeignet für deine Recherchen?«, fragte ich dann Emily im Taxi zum Hotel.

»Wir sind von Lech aus ganz schnell in den coolen Clubs in Zürs oder St. Anton. Keine Angst, dir entgeht schon kein Mann«, sagte sie trocken.

Im Rückspiegel sah ich, wie der Taxifahrer grinste.

In Lech waren die Dächer von einer dicken glitzernden Schneedecke überzogen. Die Dämmerung war angebrochen, und die ersten Skifahrer waren bereits in den Ort zurückgekehrt und versammelten sich zum Après-Ski an den Stehtischen vor den Cafés. Hier und da hörte man laute Musik.

Unser Taxi fuhr langsam die Durchgangsstraße entlang und eine kleine Straße bergauf, bevor es vor dem Hotel hielt.

Sofort eilte ein Page herbei, um uns das Gepäck abzunehmen. »Willkommen im *Hotel Berghaus*«, begrüßte er uns höflich.

Wir betraten die imposante Eingangshalle, die mit einem dicken roten Teppich ausgelegt und mehreren mit buntem Blumenmuster bezogenen Sitzgruppen ausgestattet war. Gemütlich und stilvoll zugleich.

An der holzgetäfelten Rezeption nahmen wir unsere Zimmerschlüssel in Empfang und folgten dann dem Pagen zum Fahrstuhl, der uns in die zweite Etage brachte.

Dort wies im Flur eine Tafel auf das abendliche Fünf-Gänge-Menü hin, bei dem mir augenblicklich das Wasser im Mund zusammenlief.

»Können wir heute Abend hier im Restaurant essen?«, fragte ich Emily erwartungsvoll.

Sie schüttelte den Kopf. »Sorry, wir haben heute Abend ein volles Programm. Aber keine Sorge, du wirst schon nicht verhungern. Ich habe uns für 21 Uhr einen Tisch im *Edelweiss* in Zürs reserviert. Und danach gehen wir ins *Zürserl* – du weißt schon, *den* Club am Arlberg schlechthin.«

War mir auch recht.

Als wir mein Zimmer betraten, schrie ich vor Freude auf.

In der Mitte des Raumes standen ein großes Bett, daneben ein kleiner Tisch mit zwei bunt bezogenen Sesseln und ein handbemalter, rustikal anmutender Schrank, in dem ein Fernseher und die Minibar untergebracht waren. Die letzten Strahlen der untergehenden Sonne fielen durch das Panoramafenster, das den Blick auf die Berge freigab. Ich war sofort verliebt in dieses herrlich gemütliche Zimmer.

Entzückt warf ich mich auf das Bett und versank in den dicken weichen Federkissen.

»Wollen wir nicht den Zimmerservice kommen lassen und fernsehen?«, fragte ich halb im Spaß.

Emily lachte nur.

Als sie mich zwei Stunden später frisch geschminkt und frisiert abholte, musterte sie mich kritisch. »Vicci, wir gehen nicht zum Kaffeekränzchen, sondern in einen angesagten Club. Du siehst voll muttimäßig aus.«

Ich sah an meinem dunkelbraunen, eng anliegenden Strickkleid hinunter. Es sah ein bisschen aus wie das Kleid, das Daniela Körner getragen hatte.

»Was ist daran falsch? Das Kleid ist doch sexy und körperbetont«, erwiderte ich beleidigt.

»Ja, es betont deine Problemzonen. Ob das sexy ist, wage ich zu bezweifeln.«

Manchmal war mir Emily einfach eine Spur zu direkt und zu ehrlich.

»Emily, du bist meine beste Freundin. Dein Job ist es, mein

Selbstbewusstsein zu stärken, und nicht, mich niederzumachen«, maulte ich eingeschnappt.

Doch Emily meinte nur: »Eine echte Freundin sagt die Wahrheit. Aber wenn es dich besser stimmt: Ich hätte liebend gerne so einen großen Busen wie du.«

Wir einigten uns schließlich auf eine schwarze Hose und ein schwarzes Top. Dazu zog ich Emilys trendige Wildlederjacke an.

Dann fuhren wir mit dem Taxi nach Zürs.

Die Musik dröhnte in meinen Ohren, und ich fühlte mich ein bisschen wie bestellt und nicht abgeholt.

Nach einem fantastischen Essen im *Edelweiss* waren wir ins *Zürserl* gegangen, wo Emily schon nach kurzer Zeit an der Bar von einem Typen angesprochen und zu einem Drink eingeladen worden war.

Ich saß auf einem rot gepolsterten Barhocker und schaute den anderen Leuten dabei zu, wie sie sich amüsierten, denn Emily hatte mir aufgetragen zu beobachten, wie sich Singles und auch Pärchen verhielten.

Ein Typ mit kinnlangen, nach hinten gegelten Haaren setzte sich auf den Barhocker neben mir.

Bestimmt ein Autohändler, dachte ich und sah auf die langen Koteletten, die sein breites Gesicht einrahmten.

Der Autohändler grinste mich mit gelben Zähnen an: »Na, noch auf der Suche?«

Ich bedachte ihn mit einem verächtlichen Blick. »Ja, nach gut aussehenden Männern. Bisher habe ich aber noch keinen entdeckt.«

Daraufhin wandte er sich dem Barkeeper zu und ließ mich in Frieden.

Gegen halb eins wurde ich richtig müde. Außer auf dem

Barhocker zu sitzen und ab und zu an meiner Cola zu nippen, hatte ich nichts zu tun.

Emily lachte, tanzte und flirtete immer noch mit dem Typen, den sie mir kurz als Thorsten vorgestellt hatte. Ich war mir nicht sicher, ob das zu ihrer Recherche gehörte oder ob sie tatsächlich Gefallen an ihm gefunden hatte.

Jedenfalls war ich ziemlich erleichtert, als wir gegen zwei endlich zum Hotel aufbrachen.

Zurück in meinem Zimmer kroch ich hundemüde ins Bett und unter die kuschelige Daunenfederdecke und sank augenblicklich in einen komatösen Schlaf.

Als ich am nächsten Morgen aufwachte, wusste ich zunächst nicht, wo ich war. Ich hatte so tief und gut wie schon lange nicht mehr geschlafen. Ob es an der Bergluft oder den dicken Daunenfedern lag, konnte ich nicht sagen.

Es klopfte.

Schlaftrunken tapste ich barfuß zur Tür. Emily – bereits topgestylt – drückte sich an mir vorbei, in der rechten Hand ein kleines Tablett mit Gebäck und Kaffee.

»Guten Morgen, du Schlafmütze! Frühstück ist fertig!«

»Woher hast du das denn?«

»Ich habe den Zimmerservice kommen lassen. Ich wollte keine unnötige Zeit im Restaurant verplempern, sondern lieber meine Mails checken.«

»Hast du etwa schon gearbeitet?«, gähnte ich.

»Na klar, ich bin schließlich nicht nur zum Spaß hier. Gleich treffe ich mich mit Thorsten in Oberlech. Ich dachte, wir teilen uns heute mal auf. Da du ja nicht die größte Skiläuferin bist, kannst du dir vielleicht die Boutiquen und die Cafés anschauen. Was wird dort geboten, was für Leute kaufen da ein und so weiter. Okay?«

Ich nickte und nahm Emily das Tablett ab. Dann goss ich Kaffee in eine der beiden Tassen.

»Und mach dir bitte Notizen, damit du nichts vergisst. Wir treffen uns dann heute Abend um sieben wieder hier im Hotel.« Damit marschierte sie gut gelaunt aus dem Zimmer.

Ich nahm ein Croissant aus dem Brotkorb und setzte mich zurück aufs Bett. Herrlich!

Als ich meinen Kaffee auf dem Nachttisch abstellte, fiel mein Blick auf die Hotelunterlagen. Ich griff nach der Mappe und blätterte darin, während ich genüsslich das Croissant verzehrte.

In der Broschüre stand, dass der Wellnessbereich nicht nur mit einem 180 Quadratmeter großen Hallenbad ausgestattet war, sondern auch mit fünf Saunas und einem Fitnessraum mit modernsten Geräten. Darüber hinaus gab es ein umfangreiches Angebot an Yoga- und anderen Sportkursen. Der Spa-Bereich sah auf den Bildern sehr einladend aus.

Also beschloss ich, erst einmal einen Abstecher dorthin zu machen, bevor ich mich meiner Recherche stellte.

Ich zog meinen Badeanzug und den flauschigen Hotelbademantel an und machte mich auf den Weg ins Spa im Souterrain des Hotels.

Dort entspannte ich in der Dampfsauna und anschließend im Whirlpool, den ich ganz für mich hatte. Die Wahrscheinlichkeit, in einem Skigebiet morgens um zehn und bei schönstem Sonnenschein jemand anders in der Saunalandschaft anzutreffen, war, wie ich verzückt feststellte, gleich null.

Natürlich hätte ich mich auch sportlich betätigen und die modernen Fitnessgeräte testen können, aber an diesem ersten Tag wollte ich es mir so richtig gut gehen lassen. Der Fitnessraum ist morgen auch noch da, dachte ich zufrieden, während ich das warme Wasser genoss und die kleinen Luftbläschen angenehm auf meiner Haut prickelten.

Mit völlig aufgeweichter Haut und im weißen Bademantel betrat ich eine Stunde später den Fahrstuhl.

Als die Türen sich schlossen, schlüpfte in letzter Sekunde noch ein Mann zu mir in die enge Kabine.

Er hatte Ähnlichkeit mit dem australischen Schauspieler Hugh Jackman: volles dunkles Haar, leicht melancholische, gutmütige blaue Augen und einen sinnlichen Mund. Wie ich trug er einen Bademantel des Hotels und schien – seinen feuchten, nach hinten gekämmten Haaren nach zu urteilen – im Schwimmbad gewesen zu sein.

»Morgen«, grüßte er mich kurz und drückte auf die Drei.

Ich erwiderte den Gruß und blickte verlegen auf den Boden, denn ich fühlte mich nicht sehr ansehnlich und hatte gehofft, auf meinem Weg zurück ins Zimmer niemandem zu begegnen.

Kaum hatte sich der Fahrstuhl in Bewegung gesetzt, fing die Kabine an zu ruckeln und blieb auf einmal stehen.

»Was ist los?«, fragte ich einigermaßen dämlich.

»Wir sind wohl stecken geblieben«, antwortete der Mann und drückte den Notknopf.

Ein schriller Ton folgte, sonst nichts.

»Und jetzt?«

»Jetzt drücke ich den Notknopf noch mal, bis uns jemand hört«, erwiderte der Fremde.

Er redet mit mir wie mit einem Kleinkind, dachte ich, als mich plötzlich eine Angst überfiel, von der ich glaubte, sie längst überwunden zu haben. Panik stieg in mir hoch. Dieses Gefühl hatte ich früher nur allzu oft in engen geschlossenen Räumen erlebt.

»Wieso hört uns denn keiner?«, stammelte ich, während ich mir mit der Hand Schweiß von der Stirn wischte und wie eine Irre auf dem Notknopf herumdrückte.

»Der Spa-Bereich liegt nun mal im hintersten Winkel des Hotels. Wahrscheinlich rechnet auch keiner damit, dass sich dort um diese Uhrzeit jemand aufhält«, sagte der Fremde mit ruhiger Stimme.

Für ihn war es bestimmt auch keine schöne Situation, auf engstem Raum mit einer ihm unbekannten, heulenden Frau eingesperrt zu sein, die dazu noch einen heftigen Schweißausbruch hatte.

Bitte jetzt nicht kollabieren, betete ich zu mir selbst. Sag am besten irgendwas. *Sofort!*

»Ich heiße übrigens Kati König«, plapperte ich los. »Ich bin selbstständige PR-Beraterin und begleite gerade eine Freundin auf einer Geschäftsreise.«

Der Mann nickte bloß.

Es war mir egal, ob ihn das interessierte oder nicht. Hauptsache, ich konnte mich von der Enge des Fahrstuhls ablenken.

»Ich reise viel durch die Welt. Am liebsten sind mir natürlich die großen Metropolen wie New York oder Istanbul. Dort kann man auch am besten shoppen. Ich liebe shoppen. Ich trage übrigens nur Designermode«, quasselte ich besinnungslos weiter.

Der Mann stöhnte etwas und drückte erneut den Notknopf.

O nein, vielleicht kollabierte er gleich von meinem Gerede?

Egal, darauf konnte ich in diesem Moment keine Rücksicht nehmen. »Für Kinder habe ich keine Zeit. Ich liebe das leichte Leben. Darum bin ich auch Single. Ein experimentierfreudiger Single.«

Was, verdammt noch mal, war in mich gefahren? War es die zunehmende Panik, die gleichsam mein Innerstes nach außen kehrte? Konnte es sein, dass mein vernebeltes Hirn kampflos meinem Bauch das Feld überließ und mich meine geheimsten Wünsche aussprechen ließ? Ja, sagte mein Bauch, in deiner Rolle als Kati König willst du genau das Gegenteil von Victoria

Dansmann sein. Experimentierfreudig statt vorsichtig, Single statt Mutti.

»Experimentierfreudiger Single?«, fragte der Fremde und grinste mich dabei leicht an.

Moment, hatte er eben auf meinen Bademantelgürtel geschaut?

Himmel noch mal, was war nur in mich gefahren? Was hatte ich bloß zusammengefaselt?

Hoffentlich dachte er jetzt nicht an Fesselspiele oder so was.

Gerade als ich fieberhaft überlegte, wie ich aus diesem Schlamassel wieder herauskommen könnte, gab es einen Ruck, und der Fahrstuhl setzte sich in Bewegung.

Wir hielten beide die Luft an und atmeten erst wieder aus, als sich die Fahrstuhltüren zum zweiten Stock öffneten.

Dann stieg der Mann zusammen mit mir aus.

»Wollten Sie nicht in den dritten Stock?«, fragte ich ihn.

»Das Risiko, noch einmal stecken zu bleiben, ist mir zu groß.« Er lächelte mir freundlich zu und ging in Richtung Treppe.

»He, Sie«, rief ich ihm hinterher, »ich habe Ihnen gerade so viel erzählt, und von Ihnen weiß ich nicht einmal den Namen.«

Er drehte sich zu mir um. »Ich heiße Constantin, wünsche Ihnen noch einen schönen Tag und viel Spaß beim Shoppen, Kati König.« Dann entschwand er in den dritten Stock.

Ich sah ihm nach.

Gerne hätte ich mich noch etwas mit ihm unterhalten, aber er machte nicht den Eindruck, als ob ihm der Sinn danach stünde. Konnte ich irgendwie auch verstehen – nach dem wirren Zeug, das ich von mir gegeben hatte.

Du meine Güte, wie peinlich war das denn gewesen? Und wie ich aussah!

Zurück in meinem Zimmer, stellte ich mich erst einmal unter die Dusche. Danach schminkte ich mich sorgfältig und zog mich winterfest an.

Nach einem letzten Blick in den Spiegel machte ich mich auf den Weg ins Dorf.

In den Straßen von Lech waren nur wenige Leute unterwegs. Bei dem herrlichen Sonnenschein waren wohl alle, die Ski fahren konnten, auf den Pisten. Der Schnee glitzerte, und ich genoss beim Spazieren die warmen Sonnenstrahlen auf meiner Haut.

Auf einmal hörte ich Musik und entdeckte ein paar Schritte weiter zwischen Bekleidungsgeschäften und Restaurants mehrere Cafés mit Stehtischen im Freien. Ich schloss daraus, dass ich mich auf der Amüsiermeile des kleinen Skifahrerdorfes befand.

Zwei große blonde Frauen kamen mir plaudernd und lachend entgegen, sie waren lässig und elegant zugleich gekleidet. Irgendwie eindrucksvoll.

Ich sah ihnen nach und überlegte, welchen Eindruck ich wohl auf andere machte.

Wahrscheinlich überhaupt keinen, denn die nächsten Passanten, die an mir vorübergingen, würdigten mich keines Blickes – obwohl ich sie sogar anlächelte.

Gar keinen Eindruck zu machen war eigentlich noch schlimmer, als einen schlechten Eindruck zu machen.

Unauffällig musterte ich mich im nächsten Schaufenster. Jeans, schwarze Daunenjacke, offene Haare. Eigentlich nicht schlecht, aber auch nicht überragend. Eben Durchschnitt, dachte ich.

Ich wollte aber nicht unauffällig und durchschnittlich sein. Wie sagte Emily immer so schön? Kleider machen Stars.

Wenn ich schon mal in einem angesagten Skiort war, konnte ich mich auch gleich neu einkleiden. Würde ja auch zu meiner Rolle als Kati König passen.

Mit diesem Vorsatz schlenderte ich zur nächsten Boutique. Daneben befand sich ein kleiner Laden, der Zeitschriften und Spielzeug anbot, was mich daran erinnerte, dass ich versprochen hatte, Leonie und Vincent etwas mitzubringen.

Ich betrat die Boutique und sah mich zögerlich um. Auf der linken Seite befand sich ein großer hölzerner Tresen und in der Mitte des Geschäfts ein rotes Sofa, auf dem ein dicklicher Mann mit zurückgegeltem Haar saß und auf das iPad in seiner Hand starrte. Neben ihm standen auf einem Glastischchen zwei Gläser Champagner, und vor der Umkleide ihm gegenüber beratschlagten eine Frau im Dirndl, offenbar die Verkäuferin, und eine schwarzhaarige, braungebrannte Frau, welche Jacke besser zur schwarzen Lederhose passen würde, die sie gerade trug.

Von mir nahm niemand Notiz, was mir auch ganz recht war. Ich fühlte mich immer genötigt, etwas zu kaufen, wenn eine Verkäuferin neben mir stand.

»Hase, jetzt schau doch mal. Findest du die rote oder die grüne Jacke besser?«, fragte die schwarzhaarige Schönheit den dicken Mann mit dem iPad.

Der Hase schien jedoch kein großes Modeinteresse zu haben.

»Komm, Chelsea, ist doch egal. Nimm halt beide. Ich hab keine Lust, den ganzen Tag hier drin zu verbringen«, brummte er, ohne den Blick von seinem iPad abzuwenden.

Chelsea zuckte mit den Schultern und nickte der Verkäuferin zu. Die hängte beide Jacken auf einen Ständer, auf dem sich bereits zahlreiche andere Kleidungsstücke befanden.

Ich konnte es nicht fassen. Wollten die etwa all diese Klamotten kaufen?

Während ich noch überlegte, wie viele Kleidungsstücke das wohl waren, fragte mich die Verkäuferin im Vorübergehen: »Brauchen Sie Hilfe? Dann rufe ich eine Kollegin.«

»Nein danke, ich schaue mich nur mal um«, lehnte ich schnell ab.

Die grüne Jacke sah wirklich hübsch aus.

Ich ging zu einem Ständer mit Jacken und zog das gleiche Modell, das Chelsea anprobiert hatte, heraus. Die Jacke war ungefüttert und ließ sich gut über einer Bluse oder einem T-Shirt tragen.

Rasch entledigte ich mich meiner Daunenjacke und zog sie über. Wohlwollend musterte ich mich dann im großen Spiegel neben dem Jackenständer.

Na bitte! Mein Spiegelbild wirkte gleich um einiges erfreulicher.

»Darf es diese Jacke sein?«, fragte mich eine andere Verkäuferin, die hinter mich getreten war.

»Ja, ich glaube, die nehme ich.« Begeistert drehte ich mich noch einmal vor dem Spiegel hin und her, bis mein Blick zufällig das am Ärmel hängende Preisschild streifte.

2844 Euro!

Schockiert hielt ich inne und fragte ungläubig die Verkäuferin: »Ist es richtig, dass die Jacke 2844 Euro kostet?«

»Das ist ein Caban aus einer doppelt gestrickten Kaschmir-Seiden-Mischung. Der hat natürlich seinen Preis«, erklärte sie mir daraufhin pikiert.

Ob Hase das auch wusste? Vielleicht glaubte er, seine Chelsea habe sich zwei ganz stinknormale Wolljacken ausgesucht. Spätestens an der Kasse würde er eines Besseren belehrt werden. Vielleicht war er aber auch sehr vermögend. Das würde wiederum erklären, warum eine bildschöne junge Frau wie Chelsea mit so einem dicken alten Mann zusammen war.

Da ich weder vermögend war noch einen reichen großzügigen Hasen an meiner Seite hatte, musste ich die Jacke leider zurückhängen.

Gerade als ich gehen wollte, entdeckte ich in einer Ecke einen Sale-Ständer. Ich schöpfte neue Hoffnung. Vielleicht war ja dort etwas für mich dabei.

Die Hoffnung währte jedoch nur kurz. Es handelte sich nicht nur um reduzierte Teile, sondern auch um Klamotten, die anscheinend niemand haben wollte: Grelle Shirts mit bunten Strasssteinen und zeltähnliche Pullover in langweiligen Brauntönen hingen lieblos nebeneinander.

Ich zog ein pinkfarbenes Shirt heraus, auf dem in bunten Strasssteinen »sweet and lovely« stand.

Leonie würde es sicher gefallen. Und von 120 Euro auf 40 Euro reduziert. Na, das war ja fast geschenkt. Bei realistischer Betrachtung waren 40 Euro für so ein Shirt immer noch zu viel, aber ich war mir inzwischen ziemlich sicher, dass ich in diesem Nobelkaff keine günstigere Alternative finden würde.

Ich griff mir das Shirt in Größe S und ging Richtung Kasse.

Gerade als ich es der Verkäuferin reichte, betrat der Mann aus dem Fahrstuhl das Geschäft.

Anscheinend war auch er kein großer Skiläufer, denn sonst wäre er um diese Uhrzeit sicherlich längst auf der Piste gewesen.

Als Constantin mich bemerkte, nickte er mir freundlich zu. »Und, passende Designerstücke gefunden?«, fragte er mit einem leichten Grinsen.

Ich grinste zurück, knüllte unauffällig das Shirt zusammen und schob es hastig der Verkäuferin zu.

»Ist das für Sie?«, fragte die mich sogleich.

»Ja«, antwortete ich beiläufig.

Mit hochgezogener Augenbraue sah sie mich an. »Das ist

doch viel zu klein für Sie. Das ist Größe S.« Den letzten Satz betonte sie so ausdrücklich, als wäre ich nicht ganz bei Trost.

»Ich hab's gerne körperbetont«, flüsterte ich ihr zu, damit sie das Teil endlich in einer Tüte verschwinden ließ.

Den Gefallen tat sie mir aber nicht. »Haben Sie das Shirt denn anprobiert?«

»Nein, aber wenn es nicht passen sollte, kann ich es ja später umtauschen.« Hektisch sah ich mich nach Constantin um. Zum Glück ließ er sich von einer anderen Boutiqueangestellten einen Wintermantel zeigen und schien von der Diskussion nichts mitzubekommen.

»Reduzierte Ware ist vom Umtausch ausgeschlossen. Sie sollten es lieber anprobieren.«

Was sollte ich nur tun? Um nicht noch länger mit der engagierten Verkäuferin debattieren zu müssen, nahm ich das Shirt, ging in eine der hinteren Umkleidekabinen und zwängte mich in das Shirt.

Natürlich hatte die Verkäuferin recht. Ich hätte es mindestens zwei Nummern größer gebraucht, aber schließlich war es ja nicht für mich. Die Nähte knackten bedenklich, und ich betete, dass sie nicht gleich aufplatzen würden. Andernfalls müsste ich mich nach einem neuen Geschenk für Leonie umsehen und hätte 40 Euro zum Fenster hinausgeworfen, denn die würde ich bestimmt bezahlen müssen.

»Und?«, ertönte die laute Stimme der Verkäuferin vor dem Vorhang.

»Äh … ja … es passt«, presste ich mühsam hervor und versuchte, mir das Shirt wieder vorsichtig auszuziehen.

»Wirklich?«, rief sie aus und, wusch, riss den Vorhang zur Seite. »Das passt ja hinten und vorne nicht! Jetzt kommen Sie schon raus und schauen sich es selbst im Spiegel an.«

Ich trat vor und blickte in den gegenüberliegenden Spiegel.

Es sah schlimmer aus als erwartet. Mein Oberkörper wirkte wie abgeschnürt, Arme und Bauch sahen dadurch überproportional dick aus wie bei Popeye. Auf meiner plattgedrückten rechten Brust stand »sweet«, auf der anderen »lovely«.

Oh, wie peinlich!

Ich hoffte inständig, dass Constantin mich nicht sah, und traute mich auch nicht, in seine Richtung zu schauen.

»Sehen Sie jetzt, dass es überhaupt nicht passt?« Die Verkäuferin schaute mich triumphierend an.

Ich gab mich geschlagen. Dann kaufe ich Leonie eben ein Buch am Flughafen, dachte ich.

»Also, ich finde, es steht Ihnen!«

Völlig entsetzt drehten die Verkäuferin und ich uns um.

Constantin lehnte an einer Säule und betrachtete mich lächelnd. »Wenn es Ihnen gefällt, sollten Sie es kaufen«, fügte er hinzu.

Die Verkäuferin wollte zunächst etwas erwidern, überlegte es sich dann aber anders.

Ich sah Constantin zweifelnd an. Machte er sich über mich lustig? Aber sein Lächeln wirkte offen und ehrlich. Vielleicht war er einfach nur extrem kurzsichtig.

»Ja, ich nehme es«, sagte ich zur Verkäuferin.

Als ich in die Umkleide zurücktrat, sah ich, dass mich der dickliche Mann mit dem zurückgegelten Haar völlig entgeistert anstarrte.

Na also, immerhin hatte ich geschafft, was der schwarzhaarigen Schönheit nicht gelungen war: Ich hatte die volle Aufmerksamkeit von Hase.

Als ich mich aus dem Shirt wieder herausgezwängt hatte – zwei Strasssteine waren dabei abgesprungen –, fühlte ich mich erschöpft. Es war mühsamer als gedacht, sich für eine andere Person auszugeben.

An der Kasse bezahlte Constantin gerade den Mantel, den er sich ausgesucht hatte. Er sah auf, als ich neben ihn trat, um der Verkäuferin 40 Euro für mein schwer erkämpftes Shirt auszuhändigen.

»Gehen Sie ins Hotel zurück?«, fragte er mich.

Ich nickte.

»Prima, dann können wir ja zusammen gehen.«

Ich fand das nicht prima. Menschen, die mich in peinlichen Situationen erlebten, mied ich normalerweise.

Doch er war wirklich nett.

Auf der Straße deutete Constantin auf den Zeitungsständer des Ladens nebenan. »Als PR-Frau müssen Sie doch ständig auf dem neuesten Stand sein.« Nacheinander zog er mehrere Magazine und Tageszeitungen heraus.

Will er damit irgendetwas bruchsicher verpacken, oder hat er vor, die nächsten Tage lesend in seinem Zimmer zu verbringen?, überlegte ich, während Constantin im Geschäft verschwand, um zu bezahlen.

Kurz darauf trat er wieder neben mich und hielt mir die Zeitungen entgegen. »Bitte bedienen Sie sich. Welche Zeitung interessiert Sie?«

Ich betrachtete sämtliche Tageszeitungen in seiner Hand, angefangen von der *FAZ* bis zur *Züricher Wirtschaftswoche*.

Definitiv gar keine, dachte ich, aber da ich mich ja als Karrierefrau ausgab, lächelte ich ihn an und wollte gerade nach der *FAZ* greifen, als ich weiter unten in seinem Stapel eine Ausgabe des *Stern* entdeckte.

Wunderbar, da waren wenigstens ein paar Bilder drin.

Ich bedankte mich und griff danach.

»Oh, den *Stern*?«, wunderte Constantin sich.

Verständnislos starrte ich ihn an.

»Na, ich dachte, Sie nehmen das *Handelsblatt* oder die

Wirtschaftswoche. Was interessiert Sie denn ausgerechnet am *Stern*?«

Was sollte ich darauf antworten? Die Bilder? Der Wirtschaftsteil? Hatte der *Stern* überhaupt einen? Wann hatte ich das letzte Mal in einer Ausgabe geblättert? Wahrscheinlich bei einem schon ziemlich lange zurückliegenden Zahnarztbesuch im Wartezimmer, weil *Bunte* und *Gala* bereits von anderen Patientinnen gelesen wurden.

Während ich noch über eine kluge Antwort nachdachte, klingelte mein Handy.

Das Display zeigte unsere Hamburger Nummer.

»Oh, Entschuldigung, da muss ich rangehen«, sagte ich erleichtert über die Störung und nahm das Gespräch an. »Hallo?«

»Ah, gut, dass ich dich erwische. Ich wollte dir nur sagen, dass ich Vincent heute nicht in den Kindergarten geschickt habe. Er hat Durchfall«, plärrte Lotti.

Ich schielte zu Constantin hinüber und fragte mich, ob er etwas von Lottis lautem Geplapper verstanden haben konnte.

Aber er hatte sich, ganz Gentleman, zwei Schritte von mir entfernt und ließ, eine Hand gegen die Sonne über den Augen, seinen Blick über die schneebedeckten Gipfel gleiten.

Vielleicht hatte ich ja Glück, und er war nicht nur kurzsichtig, sondern auch schwerhörig.

In geschäftsmäßigem Ton sagte ich laut zu Lotti: »Danke für die Info. Wegen des Falles melde ich mich in fünf Minuten noch einmal.«

Leider spielte Lotti mein Spielchen nicht mit. »Was für ein Fall? Er hat Durchfall. DURCHFALL!«

Das letzte Wort brüllte sie so laut, dass Constantin es auch hätte verstehen müssen, wenn er taub gewesen wäre.

Ich lief rot an und drückte Lotti schnell weg.

Verlegen lächelte ich Constantin an, der jedoch einfach nur in Richtung des Hotels deutete und mich fragte: »Wollen wir weitergehen?«

Nun hatte ich mich schon das zweite Mal innerhalb kürzester Zeit vor meiner Fahrstuhlbekanntschaft blamiert, und er hatte beide Mal ausgesprochen höflich und zuvorkommend reagiert. Obwohl ich Constantin wirklich sehr nett fand, war ich doch froh, dass ich ihn nach den vier Tagen in Lech nie wiedersehen würde.

Zurück im Hotelzimmer, warf ich erst den *Stern* auf das Bett, dann ließ ich mich darauf fallen.

Ich fühlte mich an diesem Ort völlig fehl am Platz. Wenn man hier dazugehören wollte, musste man entweder über ein überdurchschnittliches Vermögen oder über ein überdurchschnittliches Aussehen verfügen. Und ich verfügte über beides nur in durchschnittlichem Maße.

Für Emilys Artikel kritzelte ich ein paar meiner Gedanken auf den Notizblock auf dem Nachttisch, dann griff ich zu meinem Handy und rief wie versprochen zu Hause an.

Mein Sohn meldete sich.

»Hallo, mein Schatz«, freute ich mich. »Wie geht es dir? Hast du immer noch Bauchweh?«

»Nö, alles wieder gut. Mama, hast du schon Geschenke für uns?«

»Na klar, ganz tolle! Die bekommt ihr dann übermorgen.«

»Oh, super! Warte, ich geb dir jetzt noch Papa.«

Kurze Stille. Dann hörte ich meinen Sohn rufen: »Papi, Mami ist am Telefon, und sie sagt, sie hat schon viele tolle Sachen gekauft.«

»Na, das fehlte gerade noch«, brummte Hubertus, bevor er das Telefon ergriff. »Ich hoffe, du schmeißt in diesem Schickimicki-Ort jetzt nicht unser ganzes Geld zum Fenster raus«, meckerte er anstelle eines Grußes.

Ich finde es auch schön, deine Stimme zu hören!

»Ich dachte, du freust dich, wenn deine langweilige Ehefrau mal über ihren Tellerrand hinausschaut und Erfahrungen in der Welt der Reichen und Schönen sammelt. Sollten wir noch mal bei Körners eingeladen werden, könnte ich damit sicherlich punkten«, erwiderte ich lachend, aber Hubertus fand meinen Kommentar anscheinend gar nicht komisch.

»Ich glaube nicht, dass wir dort noch einmal eingeladen werden. Wenn überhaupt, dann höchstens ich. Ist das Hotel schon bezahlt?«

Welch ein Gedankensprung! Von den vermögenden Körners zu den sparsamen Dansmanns. War mein Mann eigentlich immer schon so knauserig gewesen?

»Ja, das Hotel ist bereits bezahlt. Und keine Sorge, das geht nicht von unserem Konto ab, sondern von dem des Verlags. Ich muss jetzt Schluss machen. Meine Handyrechnung übernimmt der Verlag nämlich nicht.«

»Alles klar. Tschüss, bis dann«, verabschiedete sich Hubertus noch, bevor ich ihn ärgerlich wegdrückte.

Das war ja ein tolles Gespräch gewesen! Als könnte ich nicht richtig mit Geld umgehen. Dabei war ich wirklich sparsam und vernünftig. Schließlich hatte ich die schicke grüne Jacke nicht gekauft, sondern mich stattdessen mit einem reduzierten Teenager-Shirt lächerlich gemacht.

Seufzend schlug ich den *Stern* auf.

Kurze Zeit später schaute Emily kurz und gut gelaunt bei mir vorbei, bevor sie sich bis zum Abendessen in ihr Zimmer vor den Laptop setzte, um ihre wichtigsten Erkenntnisse dieses Tages für den Artikel festzuhalten. Am Abend sollte sie Dr. Tölle einen ersten Entwurf ihrer Reportage mailen.

Der Einfachheit halber beschlossen wir daher, im Hotelrestaurant zu essen, worüber ich mich freute. Mir war nach einem gemütlichen entspannten Abend im Hotel zumute.

Der Speisesaal des Hotels befand sich im Erdgeschoss und war mit hellem Eichenholz getäfelt. An den großen Fenstern hingen grün-weiß geblümte Gardinen, und die Tische waren mit roten Kerzen dekoriert.

Emily und ich wurden von einem Ober in Tracht begrüßt: »Guten Abend, die Damen. Ich hoffe, Sie hatten einen schönen ersten Tag.«

Ich sah mich um. Überall saßen Familien zusammen. Ich war neugierig zu erfahren, wie die Frau von Constantin aussehen würde und ob und wie viele Kinder er hatte. Ich konnte ihn jedoch an keinem der Tische entdecken.

Der Ober führte uns zu einem hübschen kleinen Tisch in der Mitte des Raumes.

Wir bestellten eine Flasche Rotwein, und Emily begann, von ihrem Tag zu berichten.

Auf einmal unterbrach sie sich jedoch. »Ich glaub's nicht! Der Besitzer der Holt-Medien ist auch hier. Vielleicht kann ich unauffällig ein Foto von ihm machen. Das würde super zu meinem Artikel passen.«

Ich drehte mich um.

Meine Fahrstuhlbekanntschaft betrat gerade das Restaurant und setzte sich mit zwei weiteren Männern an einen Tisch am Fenster.

»Wer ist der Besitzer der Holt-Medien, und wieso willst du ein Foto von ihm machen?«, fragte ich verwirrt.

Emily lachte. »Du solltest wirklich mal den Wirtschaftsteil der Zeitung lesen anstatt immer nur das TV-Programm. Constantin von Holt gehören die Holt-Medien, einer der größten und ältesten Verlage überhaupt. Er ist sehr erfolgreich.«

Constantin?

Da erst dämmerte es mir.

Ich hatte Emily bis jetzt noch nichts von meinen Erlebnissen erzählt, und nun wollte ich ihr auch nicht mehr von ihnen erzählen.

»Emily, du machst kein Foto von ihm. Er ist hier im Urlaub und hat ein Recht auf seine Privatsphäre«, zischte ich.

Sie sah mich befremdet an, ging aber nicht weiter darauf ein. Stattdessen sah sie auf die Uhr und meinte: »Thorsten kommt gleich. Wir gehen heute Abend in die *Eisbar* im *Tannenbergerhof*, die ist total angesagt. Willst du so bleiben oder dich noch kurz umziehen? Wir warten dann im Foyer auf dich.«

Ich hatte mein braunes Strickkleid an, das ich gestern auf ihren Wunsch hin doch nicht getragen hatte. Sie konnte es nicht leiden, also sagte ich zähneknirschend: »Jaja, ich ziehe mich rasch um.«

Als wir später das Restaurant verließen, sah ich Constantin im Foyer. Er unterhielt sich mit einem der beiden Männer, mit denen er zuvor im Restaurant gewesen war.

Emily begrüßte derweil freudig ihren Thorsten.

Ich überlegte kurz und sagte dann zu ihnen: »Geht ihr doch schon vor. Ich komme nach.«

Emily hatte nichts dagegen – im Gegenteil, ich hatte das Gefühl, dass die beiden sehr froh darüber waren, allein zu sein. Arm in Arm zogen sie und Thorsten los.

Vielleicht würde sich ja etwas zwischen ihnen entwickeln, da wollte ich nicht als Anstandsdame im Strickkleid dazwischenstehen.

Gerade als ich nach oben gehen wollte, hörte ich Constantin »Kati! Kati!« rufen.

Erst als ich vor dem Fahrstuhl stand, realisierte ich, dass er mich meinte, und drehte mich um.

»Waren Sie so in Gedanken, oder wollten Sie mich einfach ignorieren?«, rief er und kam auf mich zu.

»Entschuldigung, ich war wohl in Gedanken.«

Constantin lächelte. »Immer dem Geschäft verhaftet, nicht wahr? Ich wollte Sie fragen, ob Sie Lust haben, mit mir und einem Freund etwas an der Bar zu trinken?«

Wie lieb von ihm.

»Sehr gerne«, strahlte ich. Emily und Thorsten würden mich sowieso nicht vermissen.

»Das ist Friedrich Thiele«, stellte er mir seinen Freund vor. »Wir kennen uns seit der Schulzeit.«

Friedrich Thiele war um einiges kleiner als Constantin und trug eine runde Brille. Nachdem wir uns die Hand gegeben hatten, setzten wir uns zu dritt an die Bar, und Constantin fragte nach unseren Getränkewünschen.

»Heute war der Schnee fantastisch. Schade, dass du nicht mit auf die Piste gekommen bist, Tino«, sagte Friedrich zu Constantin.

»Ich musste die Telefonkonferenz aufgrund der Zeitverschiebung mit Singapur leider auf heute Morgen legen. Aber ich war nicht der Einzige, der der Arbeit zuliebe aufs Skifahren verzichtet hat. Kati ist auch im Ort geblieben.«

Friedrich bedachte mich mit einem erstaunten Blick. »Was machen Sie denn beruflich, Kati?«

Es irritierte mich nach wie vor, mit falschem Namen angesprochen zu werden, aber irgendwie bestärkte es mich auch darin, mich in die Rolle einer berufstätigen Singlefrau zu versetzen.

»Ich bin selbstständige PR-Beraterin«, antwortete ich und sah Bewunderung in Friedrichs Augen aufblitzen. Das war Balsam für meine Seele und half mir, meinen Ärger über das Telefonat mit Hubertus zu vergessen.

»Dann bin ich ja der einzige Angestellte in dieser Runde.«

»Friedrich ist Seniorberater bei der BCK Group«, erklärte Constantin.

»Daher weiß ich, dass gute PR in der heutigen Welt immer wichtiger wird«, ergänzte Friedrich.

Ich lächelte zufrieden und fühlte mich, als wäre ich wirklich eine bedeutende PR-Agentin. Was für ein herrliches Gefühl! Genüsslich nahm ich einen Schluck von meinem Caipirinha.

»Und wo wohnen Sie?«, wollte Friedrich wissen.

»Hauptsächlich in London und Hamburg«, antwortete ich spontan. London hörte sich weltoffen an. Ich hätte natürlich auch New York sagen können, aber das kam mir nun doch zu dick aufgetragen vor.

»Ich habe in London studiert. Wo genau wohnen Sie?«

Mist, was sollte ich jetzt sagen?

Auf alle Fälle musste ich sofort reagieren. Wenn ich jetzt noch lange hin und her überlegte, würde er merken, dass ich ihn angeschwindelt hatte.

»In der Nähe vom Times Square«, sagte ich schnell und hätte mir im selben Moment am liebsten die Zunge abgebissen. Der Times Square war doch in New York.

»Times Square?«, hakte Friedrich auch gleich nach. »Sagten Sie nicht gerade, Sie wohnen in London?« Misstrauisch beäugte er mich durch seine Brillengläser.

Gerade als ich den tausendsten Tod an diesem Tag sterben wollte, kam Constantin mir erneut zu Hilfe. »Friedrich, kennst du nicht das *Times Square* in Chelsea? Ein klasse Restaurant in der Nähe der King's Road. Das haben Sie sicherlich gemeint, nicht wahr, Kati?«

Verdutzt schaute ich ihn an. Dann stimmte ich eilig zu: »Jaja, genau das Restaurant meinte ich. Also in der Nähe der King's Road, da wohne ich.«

Nun sah Friedrich uns beide kritisch an, sagte aber nichts.

Dankbar lächelte ich Constantin zu. Er hatte mich an diesem Tag bereits zum dritten Mal aus einer peinlichen Situation befreit.

Als ich ihn genauer betrachtete, fiel mir auf, dass er wunderschöne blaue Augen hatte und ein bezauberndes Grübchen auf der rechten Wange, wenn er lachte. Was er sagte, unterstrich er mit Gesten, seine Hände beschrieben seine Worte detailliert, aber dezent.

Seine wohlgeformten Hände.

Ein Mann zum Verlieben …

Ob er wohl vergeben war?

Friedrich warf jetzt einen Blick auf seine Uhr und erhob sich. »In einer halben Stunde treffen wir uns mit den anderen in der *Post*. Kommst du mit, Tino?«

Constantin winkte ab. »Geh ruhig vor. Ich trinke noch ein Glas mit Kati und komme später nach.«

Friedrich nickte und reichte mir die Hand. »Hat mich gefreut, Sie kennenzulernen, Kati. Vielleicht sieht man sich ja mal in London. Im *Times Square*.«

Ich schüttelte freundlich seine Hand.

Wer wohl die anderen waren? Ihre Frauen oder Freundinnen? Aber dann wäre Constantin sicherlich nicht bei mir geblieben.

Als Friedrich gegangen war, wandte sich Constantin wieder mir zu. »Und, wie gefällt Ihnen Lech?«

»Ich weiß nicht«, antwortete ich wahrheitsgemäß. »Ich habe nicht das Gefühl dazuzugehören.«

»Warum denn nicht?«

»Nun, ich laufe weder Ski, noch bin ich sonst irgendwie perfekt.«

»Und Sie halten die anderen Gäste hier für perfekt?«

»So ziemlich, ja.«

Constantin lachte. »Nun, ich bin auch weit davon entfernt, perfekt zu sein. Wie Sie heute feststellen konnten, verbringe ich meine Zeit lieber im Ort als auf den Pisten.«

»Sie hatten doch eine Telefonkonferenz mit Singapur.«

»Ja, aber danach wäre noch genügend Zeit zum Skifahren gewesen.«

»Ich wette, Sie laufen perfekt Ski«, sagte ich.

Er winkte ab. »Mehr schlecht als recht.«

Wie sympathisch!

»Da wir uns beide nicht für perfekt halten, könnten wir uns eigentlich auch duzen, oder?«, schlug Constantin schmunzelnd vor.

»Sehr gerne«, rief ich erfreut.

Constantin nahm sein Glas, und wir stießen an.

»Constantin«, sagte er.

»Victoria«, sagte ich automatisch und hielt dann erschrocken inne.

Mist, ertappt!

Ich hätte doch Kati sagen sollen. Ich war einfach eine schlechte Lügnerin.

Constantin zog eine Augenbraue hoch. »Victoria?«, fragte er dann.

»Ähm, ja, eigentlich heiße ich Victoria Dansmann«, gab ich zu und blickte verlegen auf mein Glas.

»Und Kati König ist nur ein Pseudonym, unter dem du Texte verfasst?«

Ich sah ihn an.

Er grinste.

Eigentlich konnte ich ihm jetzt auch die ganze Wahrheit sagen. Aber das Spielchen war auch sehr aufregend, und er forderte mich ja quasi dazu auf, es weiterzuspielen.

»Ja«, sagte ich also. »Kati König ist mein Pseudonym.« Und das war in Bezug auf mein Rollenspiel noch nicht mal gelogen.

Plötzlich piepste mein Handy. Eine Nachricht von Emily:

Bist du schon eingeschlafen? Wir sind im Pfefferkorn *gelandet und warten hier auf dich!!*

Ich räusperte mich und rutschte vom Barhocker. »Ich muss los. Emily wartet im *Pfefferkorn* auf mich.«

»Okay. Ich bringe dich hin und gehe danach in die *Post.*«

Ein wahrer Gentleman, dachte ich erneut.

Als wir hinaus in die Kälte traten, fröstelte ich. Es hatte begonnen, leicht zu schneien.

Nach zwei Schritten merkte ich, dass ich mir andere Schuhe hätte anziehen sollen. In meinen hochhackigen Wildlederstiefeln hatte ich fast keinen Halt auf dem glatten Asphalt.

Constantin reichte mir seinen Arm, und ich hakte mich dankbar bei ihm unter.

Der Sternenhimmel über uns war unglaublich schön.

»Kennst du dich mit Sternen aus?«, fragte ich, während ich in den Himmel schaute.

»Leider nein. Aber es wäre ziemlich romantisch, wenn ich dir jetzt die Sternbilder erklären könnte, oder?«, fragte er und sah mich lächelnd an.

»Ich glaube, mir hat noch nie jemand die Sterne erklärt«, sagte ich bedauernd.

»Es ist ungewöhnlich, dass eine emanzipierte Karrierefrau wie du sich überhaupt für die Sterne interessiert«, bemerkte Constantin trocken.

»Du hast recht. Das ist wahrscheinlich auch der Grund, warum mir bisher noch keiner etwas über die Sterne erzählt hat«, antwortete ich lachend.

Schon von Weitem schallte uns Musik aus dem *Pfefferkorn* entgegen. Ein paar Männer standen vor dem Eingang und rauchten. Den beschlagenen Fensterscheiben nach zu urteilen, war es drinnen brechend voll.

Als wir eintraten, bekam ich fast keine Luft mehr, so warm und stickig war es im Innenraum. Suchend sah ich mich nach Emily und Thorsten um, konnte die beiden aber nirgendwo entdecken.

Constantin deutete mit dem Kopf zur Treppe. »Dort unten ist die Tanzfläche«, rief er mir zu.

Es war jedoch so voll, dass ich nicht wusste, wie wir überhaupt bis zur Treppe gelangen sollten.

Kurzentschlossen ergriff Constantin meine Hand und zog mich einfach hinter sich her.

Im Untergeschoss waren weniger Leute, und ich hatte endlich wieder das Gefühl, atmen zu können. Ich wollte mich gerade nach Emily umschauen, als aus den Lautsprechern Gloria Gaynors »I am what I am« ertönte.

Ich liebte dieses Lied. In Hamburg hätte ich das niemals zugegeben, schließlich wollte ich dort nicht als langweilige Mutti gelten, die nur Oldies hörte. Als Kati König fühlte ich mich jedoch frei und konnte ausgelassen beim Après-Ski feiern.

»Du musst mit mir tanzen«, rief ich Constantin zu und zog ihn auf die Tanzfläche.

Er machte ein gespielt verzweifeltes Gesicht.

Ich schubste ihn jedoch so lange auf der Tanzfläche hin und her, bis er gar nicht mehr anders konnte. Er war ein großartiger Tänzer und konnte gut führen. Ich brauchte nicht nachzudenken, sondern ließ mich von ihm drehen und hin und her wiegen.

Als die letzten Takte des Liedes erklangen, hoffte ich auf weitere Stimmungslieder. Es kam aber Adeles »Someone like you«. Unentschlossen schaute ich Constantin an.

Doch er zögerte kein bisschen, sondern zog mich eng an sich und tanzte mit mir langsam weiter.

Ich wagte kaum zu atmen. An ihn gelehnt spürte ich die Wärme seines Körpers und roch den Duft seines Aftershave. Als seine Hand sanft über meinen Rücken strich, fühlte ich mich auf einmal wieder wie zwanzig. Damals war das ganze Leben noch so aufregend gewesen, ich hatte keine Ahnung, was alles passieren würde. Würde ich Karriere machen? Würde ich heiraten und Kinder bekommen? Und bei jedem Mann, den ich kennenlernte, fragte ich mich, ob er die Liebe meines Lebens war.

In Gedanken an dieses Gefühl schmiegte ich mich noch enger an Constantin. Er hielt meine Hand daraufhin noch etwas fester, und ich konnte seinen Herzschlag spüren. Vielleicht war es aber auch mein eigener. Ich schloss die Augen.

Als ich sie einen Moment später wieder öffnete, sah ich direkt in Emilys Gesicht. Sie stand neben uns auf der Tanzfläche und starrte uns mit großen Augen an.

Jäh in die Realität zurückgeschleudert ließ ich Constantin augenblicklich los und rief: »Emily, da bist du ja endlich! Darf ich dir Constantin vorstellen?«

Emily nahm Constantins ausgestreckte Hand. »Hallo, freut mich. Ich habe schon viel von Ihnen gehört.«

Erleichtert atmete ich aus, denn ich hatte schon befürchtet, sie würde irgendeinen komischen Kommentar ablassen.

Nachdem sie ein paar Worte mit Constantin gewechselt hatte – sofern dies bei der lauten Musik überhaupt möglich war –, drehte sie sich zu mir. »Wir sollten jetzt langsam ins Hotel zurück.«

»Jetzt schon?« Ausnahmsweise wäre ich an diesem wunderbaren Abend gerne länger geblieben, aus welchen Gründen auch immer – darüber wollte ich gar nicht so genau nachdenken.

Doch Emily war nicht zu erweichen. »Es gibt hier nichts, worüber ich schreiben kann«, erklärte sie mir.

Auch Constantin verabschiedete sich von uns. »Es war ein schöner Abend. Ich hoffe, ich sehe dich morgen«, flüsterte er mir ins Ohr.

Mein Herzschlag setzte für einen Moment aus.

»Das hoffe ich auch«, murmelte ich, aber so leise, dass er es bestimmt nicht verstand.

Auf dem kurzen Weg vom *Pfefferkorn* zum Hotel überschlug Emily sich fast vor lauter Fragen und Vorwürfen.

»Sag mal, wieso tanzt du eng umschlungen mit Constantin von Holt? Wann hast du ihn kennengelernt und wo bitte schön?«

»Heute Morgen im Hotel.«

»Und warum erzählst du mir das nicht sofort?«

»Ich dachte, es ist nicht so wichtig.«

»Nicht so wichtig?«, kreischte Emily. »Ich bin hier, um über genau solche VIPs zu schreiben!«

Genervt versuchte ich, sie zu beruhigen. »Emily, es war nur ein Tanz. Ich weiß sonst nichts über ihn. Er ist nett, mehr nicht.«

Letzteres war gelogen, denn inzwischen fand ich Constantin mehr als nur nett. Aber das würde ich Emily auf keinen Fall anvertrauen. Es fiel mir ja schon schwer genug, es mir selbst einzugestehen.

»Übrigens, Emily, auch als verheiratete Frau darf man auch mal mit anderen Männern tanzen.« Damit wollte ich das Thema beenden, aber Emily war nicht zu bremsen.

»Die Art, wie du mit ihm getanzt hast. Ich habe dich so noch nie mit jemandem tanzen sehen. Nicht mal mit deinem eigenen Mann!«

»Beim nächsten Fest wirst du mich so mit Hubertus tanzen sehen, versprochen. Ist es jetzt gut?«

Emily murrte leise, dann schwieg sie.

Eigentlich hatte sie ja recht. Ich hatte wirklich noch nie so mit Hubertus getanzt. Er hasste es zu tanzen und suchte auf Partys immer Ausflüchte. Ich dagegen tanzte sehr gerne, und Hubertus wusste das, doch nicht einmal mir zuliebe konnte er sich überwinden. Und so verhielt er sich in vielen Dingen, wenn es um unsere Beziehung ging.

Nein, ich musste einfach selbst die Initiative ergreifen und etwas für unsere Ehe tun. Jeder ist für sein Glück selbst verantwortlich, sagte mein Vater stets. Also lag es auch an mir, das zu ändern, was ich nicht gut fand. Ich wollte eine Ehe mit Krisen und Auseinandersetzungen und leidenschaftlichen Versöhnungen.

Ich überlegte, wann wir uns das letzte Mal heftig gestritten und leidenschaftlich wieder versöhnt hatten. Es fiel mir nicht ein. Meist gingen wir nach einem Streit einfach irgendwann wieder zum Alltag über.

Ich straffte die Schultern und schritt entschlossen durch den Schnee. *Ich will etwas verändern. Nicht mehr nur jammern, sondern handeln.* Ab sofort würde ich dafür sorgen, dass wieder Liebe und Leidenschaft in meiner Ehe Einzug hielten.

Kapitel 4

Am nächsten Morgen machten Emily und ich uns schon zeitig zum Frühstück fertig, weil Thorsten mit ihr nach St. Anton fahren und ihr das Städtchen zeigen wollte. Wahrscheinlich auch sein Hotelzimmer, dachte ich lächelnd bei mir.

»Warum nimmst du deine Zahnbürste mit nach St. Anton?«, fragte ich mit Unschuldsmiene, als sie ihre Tasche packte.

»Man weiß ja nie«, antwortete sie mit verklärtem Blick.

Ich freute mich darüber, dass sie so glücklich war, und gönnte es ihr von ganzem Herzen.

Als sie sich nach dem Frühstück bestens gelaunt von mir verabschiedet hatte, ging ich in mein Zimmer, um Hubertus anzurufen.

Ich sah auf die Uhr: 8:30 Uhr. Hubertus würde schon in der Bank sein, also rief ich dort an.

»Bankhaus *Jürgens und Partner*. Müller am Apparat. Guten Morgen«, meldete sich Hubertus' Sekretärin.

»Dansmann. Hallo, Frau Müller. Ich hätte gerne meinen Mann gesprochen.«

Normalerweise war ich Frau Müller gegenüber gesprächiger. Aber zum einen wollte ich die Telefonrechnung nicht unnötig in die Höhe treiben, und zum anderen hatte ich Sehnsucht nach der Stimme meines Mannes. Zumindest redete ich mir das ein.

Fünf Sekunden später hatte ich ihn auch schon dran.

»Dansmann«, meldete er sich förmlich.

Das fand ich nun wieder total affig und unpersönlich. Frau Müller hatte ihm doch bestimmt gesagt, dass ich in der Leitung war.

Egal, ich hatte eine Mission: mehr Leidenschaft und Liebe.

»Hallo, mein Schatz. Ich bin's«, flötete ich. »Ich wollte mich nur ganz kurz bei dir melden, um dir zu sagen, dass ich dich sehr, sehr vermisse und mich schon ganz doll auf morgen Abend freue, wenn ich wieder bei euch bin.«

»Mmh«, brummte Hubertus. »Wird auch Zeit, dass du zurückkommst.«

»Weil du mich auch so sehr vermisst?«

»Nein, weil meine Mutter nervt. Sie hat sich mit dem Schrader angefreundet, und der ist jetzt ständig bei uns.«

»Deine Mutter hat sich mit unserem cholerischen Nachbarn Carl Schrader angefreundet?«

Na, so was. Eigentlich schön, dass die beiden sich angefreundet hatten. Allerdings konnte ich nicht begreifen, was meine Schwiegermutter an ihm fand.

»Gibt es sonst noch was? Ich muss nämlich weiterarbeiten«, fragte Hubertus ruppig.

Was sollte ich dazu sagen? Mission gescheitert. Aber einen letzten Versuch wollte ich noch wagen.

»Ach komm, du wirst doch noch ein paar Minuten Zeit haben. Du fehlst mir sehr, ich liebe dich.« Gespannt auf seine Antwort hielt ich die Luft an.

»Victoria, ich habe keine Zeit für so was! Du scheinst vergessen zu haben, dass es auch Leute gibt, die arbeiten müssen«, wies mich Hubertus scharf zurecht.

Einmal mehr fühlte ich mich verletzt und kam mir wie das allerletzte dumme Huhn vor.

»Dann bis morgen«, sagte ich leise und legte auf.

Zusammengesunken saß ich auf der Bettkante, Tränen liefen mir über die Wangen. Gab es etwas Demütigenderes, als jemandem eine Liebeserklärung zu machen und daraufhin so abserviert zu werden? Was sollte ich jetzt tun?

Nachdem ich mich geschnäuzt und mir die Tränen weggewischt hatte, beschloss ich, einen Waldspaziergang zu machen, um mir über meine unterkühlte Ehe und mein ereignisloses Leben klar zu werden. Vielleicht hatte Emily als Single und Karrierefrau doch das bessere Leben von uns beiden.

Betrübt zog ich meine Winterjacke und die Moonboots an und verließ das Zimmer.

Als ich ins Foyer kam, traute ich meinen Augen nicht. In einem Ohrensessel neben dem Hoteleingang saß Constantin und strahlte mich an.

»Super! Ich dachte schon, du kommst gar nicht mehr«, sagte er lächelnd. Dann betrachtete er mich genauer. »Was ist los? Du siehst traurig aus.«

Ohne darauf einzugehen, fragte ich ihn: »Hast du heute schon wieder eine Telefonkonferenz, oder was machst du bei dem traumhaft schönen Wetter hier drinnen?«

»Keine Konferenz, ich warte auf dich«, erwiderte er. »Also, wenn du noch nichts für heute geplant hast, würde ich mich freuen, wenn wir etwas zusammen unternehmen.« Erwartungsvoll sah er mich an.

Ich zögerte. Natürlich war ich über alle Maßen geschmeichelt und froh, dass er auf mich gewartet hatte und mit mir den Tag verbringen wollte. Auf der anderen Seite wollte ich aber auch mit meinen Gedanken allein sein.

»Was hast du denn vor?«, fragte ich und schob warnend hinterher: »Für richtige Bergtouren bin ich nämlich nicht ausgerüstet.«

Hoffentlich wollte er nicht mit mir irgendeinen Gipfel erklimmen.

Constantin grinste. »Das habe ich befürchtet, und deshalb warten draußen Sonja und Ronja auf uns.«

Sonja und Ronja? Das klang nach Go-go-Tänzerinnen. Ob das »die anderen« waren, von denen Friedrich gestern Abend gesprochen hatte? Zwei heiße Models aus Schweden vielleicht? Was sollte ich dann dabei? Neben zwei Models würde ich nicht sonderlich gut abschneiden.

Ich sah ihn zweifelnd an. »Sonja und Ronja?«

Statt einer Antwort nahm Constantin meine Hand und zog mich nach draußen.

Vor der Tür stand eine Pferdekutsche.

Constantin machte eine leichte Verbeugung. »Darf ich vorstellen: Sonja und Ronja«, sagte er und deutete auf die beiden robusten Pferde.

Ich war sprachlos und verlegen. Was für ein Aufwand, und das alles für mich! So etwas war ich überhaupt nicht gewohnt.

»Das ist wirklich toll«, stammelte ich schließlich. »Wohin fahren wir denn?«

»Abwarten! Aber denk bloß nicht, dass du gar nicht zu laufen brauchst. Ein bisschen sportlich wird es schon. Schließlich wollen wir uns das Mittagessen auch redlich verdienen.« Constantin schob mich zur Kutsche.

Ich kletterte auf die dick gepolsterte Bank, und er setzte sich dicht neben mich. Der Kutscher legte uns eine gelbe Decke über die Beine, dann stieg er auf den Kutschbock, schnalzte einmal mit der Zunge, und Sonja und Ronja trabten gemächlich los.

Ich fühlte mich schlagartig besser. Ich, die unscheinbare Durchschnittsfrau, zusammengekuschelt mit einem zuvorkommenden, gut aussehenden Geschäftsmann bei einer Kutschfahrt in Lech. Wenn Hubertus mich jetzt so sehen könnte. Ha!

Ich nahm mir vor, mir jedes Detail zu merken und ihm haarklein davon zu berichten. Wenn er dabei nicht eifersüchtig würde und Gefühle zeigte, könnte ich unsere Ehe genauso gut für beendet erklären.

»Für welche Kunden arbeitest du eigentlich?«, riss Constantin mich aus meinen Gedanken.

Häh? Ach ja! Für ihn war ich immer noch die berufstätige Singlefrau.

Inzwischen machte mir das Spiel keinen besonderen Spaß mehr. Viel lieber wäre es mir gewesen, wenn Constantin mich, die echte Victoria, kennenlernen und respektieren könnte und nicht Kati König, die ich zu sein vorgab. Ich hatte allerdings keine Ahnung, wie ich ihm jetzt noch die Wahrheit sagen sollte, ohne mich zu blamieren.

Also flunkerte ich weiter. »Meine derzeitigen Hauptkunden sind das Bankhaus *Jürgens und Partner* und die Unternehmensberatung *TM*.«

Welch genialer Einfall von mir, Constantin die Bank meines Mannes und die Unternehmensberatung von Kathrins Mann zu nennen. Sollte er weitere Fragen zu den Firmen stellen, wäre ich durchaus in der Lage, diese zu beantworten. Und da beide Hamburger Unternehmen waren und die Holt-Medien in München ihren Stammsitz hatten, brauchte ich mir bestimmt auch keine Sorgen über mögliche Geschäftsbeziehungen zu machen.

»Oh, du bist im Financial-Communication-Bereich aktiv?«, fragte Constantin interessiert.

»Mmh«, nickte ich. Um zu verhindern, dass er mich mit weiteren Fragen zum »Financial-Communication-Bereich« bombardierte – was bedeutete das überhaupt? –, zeigte ich auf einen Hang und fragte schnell: »Bist du dort schon mal mit Skiern runtergefahren?«

Constantins Blick folgte meiner ausgestreckten Hand.

»Welche Piste meinst du genau?«, fragte er.

»Na dort, neben dem Wäldchen.«

»Da liegen doch nur Felsbrocken. Da kann man gar nicht runterfahren«, erwiderte Constantin mit zweifelnder Miene, als wolle ich ihn auf den Arm nehmen.

»Hast du dich schon mal mit einem Hubschrauber irgendwo hinfliegen lassen?«, versuchte ich einen zweiten Anlauf.

Zum Glück, denn Constantin lächelte wieder. Und dann erzählte er mir abenteuerliche Geschichten von Bergtouren, die mir in Anbetracht unseres bevorstehenden Ausflugs einen leichten Schauer über den Rücken jagten.

Plötzlich hielt die Kutsche an.

Ich sah mich um. Kein einladender Gasthof weit und breit, und auch den kleinen entzückenden Ort Zug hatten wir schon längst hinter uns gelassen. Vor uns lagen nur die schmale Straße und rechts und links davon schneebedeckte Hänge.

»Jetzt kommt der sportliche Teil«, sagte Constantin beschwingt, sprang aus der Kutsche und half dann mir beim Aussteigen.

»Wohin gehen wir denn?«, fragte ich misstrauisch.

»Siehst du die Hütte da oben? Da gibt es die beste Ente mit Kartoffelknödeln und Blaukraut, die du dir vorstellen kannst.«

»Wo ist denn der Weg dahin?«, fragte ich besorgt, weil ich nirgends einen entdecken konnte.

»Wir wandern querfeldein. Das macht es ja gerade sportlich.«

Der Kutscher schnalzte mit der Zunge, und Sonja und Ronja trabten langsam davon.

Ich sah ihnen sehnsüchtig hinterher.

»Durch den tiefen Schnee? Und wenn da ein Schneeloch ist, in das wir fallen?«, fragte ich angespannt.

»Schneelöcher? Da merkt man, dass du aus dem Flachland kommst. Das ist ein ganz normaler Wiesenhang, auf dem im Sommer die Kühe weiden. Schneelöcher gibt es da nicht.«

Ich zögerte. Natürlich wollte ich keine Spielverderberin sein, allerdings wollte ich auch kein unnötiges Risiko eingehen. Gerade jetzt, da mein Leben anfing, spannend zu werden, wollte ich es nicht unbedingt vorzeitig beenden.

»Ich habe eine Idee. Du gehst voran, und ich folge dir in ein paar Metern Abstand. Solltest du irgendwo einbrechen, kann ich Hilfe holen«, schlug ich vor.

Constantin sah mich stirnrunzelnd an.

Aber ich hielt meinen Vorschlag für großartig. Zumal Constantin so sicher war, dass nichts passieren würde. Sein Restrisiko würde ich abdecken.

So marschierten wir los und in den tiefen Schnee hinein, die Hütte mit dem leckeren Entenbraten im Blick.

Es war anstrengender, als ich gedacht hatte. Bei jedem Schritt musste ich die Moonboots wieder aus dem tiefen Schnee ziehen. Meine Jeans war schon nach wenigen Metern bis zum Knie von Schnee verkrustet und klatschnass. Die Kutschfahrt hierher war wirklich eine schöne Idee von Constantin gewesen, diese Tour über die verschneite Wiese hielt ich jedoch für komplett daneben. Bestimmt war es nicht einmal erlaubt, hier einfach durchzumarschieren.

Gerade als ich mich darüber aufregen wollte, brüllte Constantin: »Eine Lawine! Renn um dein Leben!«, und im selben Moment landete eine Ladung Pulverschnee in meinem Gesicht.

Dann hörte ich Constantin schallend lachen.

Na warte, dir werde ich's zeigen!

Ich bückte mich und griff so viel Schnee, wie ich konnte. Damit rannte ich auf ihn zu.

»Pass auf, hier ist bestimmt ein Schneeloch«, lachte er weiter.

»Ja, und in dem landest du gleich«, rief ich und stürzte mich samt meinem Arm voll Schnee auf ihn.

Constantin taumelte, verlor das Gleichgewicht, und wir fielen beide um.

»Alles in Ordnung?«, fragte er mich besorgt.

Ich richtete mich auf und formte unauffällig einen Schneeball neben mir.

»Jetzt schon«, rief ich und rieb ihm den Schnee ins Gesicht.

»Das kriegst du zurück«, schnaufte Constantin und steckte mir Schnee in den Jackenkragen.

Wir machten so lange weiter, bis wir beide komplett durchnässt waren.

»Stopp … Waffenstillstand«, japste Constantin schließlich. »Wir sollten jetzt bei Resi einkehren und uns von ihr trockene Sachen geben lassen, sonst haben wir morgen beide eine Lungenentzündung.«

Lachend klopften wir uns den Schnee von unseren Hosen und Jacken und stapften in doppeltem Tempo Richtung Hütte.

Auf den letzten Metern hatte ich das Gefühl, keinen Schritt weitergehen zu können. Mein Herz pochte wie wild, und in meinen Ohren hörte ich ein pfeifendes Geräusch. Ob das wohl Vorzeichen eines Herzinfarkts oder Kreislaufkollapses waren? Keuchend blieb ich stehen.

Constantin drehte sich zu mir um und fragte ironisch: »Soll ich die Bergwacht rufen?«

Ich konnte nur noch stumm nicken.

Er nahm meine Hand und zog mich das letzte Stück den Hang hinauf.

Völlig erschöpft, aber glücklich betraten wir oben die kleine Hütte, wo uns eine mollige Wärme und der Geruch von Braten empfingen.

Es riecht ein bisschen wie Weihnachten, dachte ich und fühlte mich sofort wohl.

Eine ältere Frau im Dirndl kam freudestrahlend auf uns zu. »Ja, wie seht ihr denn aus? Seid ihr in einen Schneesturm geraten?«

»Ja, so kann man es nennen«, antwortete Constantin schmunzelnd. »Resi, kannst du uns mit trockenen Sachen aushelfen?« Sanft schob er mich in ihre Richtung.

Resi nickte und führte mich in ein kleines Hinterzimmer. Dort gab sie mir ein Holzfällerhemd und eine graue Jogginghose und bedeutete mir, meine nassen Sachen über einen Wäscheständer zu hängen, der neben der Heizung stand, bevor sie die Tür hinter sich schloss.

Rasch zog ich mich um. Dann suchte ich den Waschraum auf, um mich frisch zu machen.

Mich traf fast der Schlag, als ich dort in den Spiegel blickte. Meine Mascara (natürlich nicht wasserfest) war komplett verschmiert, weshalb ich aussah wie eine Drogensüchtige auf Entzug. Meine Haare klebten tropfnass an meinem Kopf, und der Schlabberlook wirkte sich auch nicht gerade vorteilhaft auf mein Erscheinungsbild aus. Sogleich schrumpfte mein Selbstwertgefühl auf ein absolutes Minimum. Vielleicht hatte Constantin deshalb die ganze Zeit im Schnee so gelacht.

Ich wischte mir, so gut es ging, die Mascarareste aus dem Gesicht, dann hielt ich meine Haare kopfüber unter den warmen Luftstrahl des Händetrockners.

Mit gesenktem Kopf schlich ich in den Gastraum, wo Constantin bereits an einem der Tische am Kamin Platz genommen hatte.

Leider sah er umwerfend aus. Frisch und gepflegt. Selbst

das karierte Flanellhemd, das er von Resi bekommen hatte, stand ihm ausgezeichnet.

»Na, besser?«, fragte er.

»Mmh«, machte ich nur.

»Hier, trink das. Resis Grog wirkt wahre Wunder«, sagte er und schob mir eine dampfende blaue Henkeltasse zu.

Ich nahm einen großen Schluck, und tatsächlich fühlte ich mich augenblicklich besser. Das lag vermutlich am Alkoholgehalt des Grogs, aber das war mir in diesem Augenblick egal. Ich trank noch einen großen Schluck und genoss die wunderbare Wärme, die sich in meinem Körper verbreitete.

Resi trat an unseren Tisch und brachte uns Brot mit Schmalz, Tiroler Speck und Kren.

Nachdem wir ausgiebig von den leckeren Spezialitäten gekostet hatten, sah Constantin mich aufmerksam an. »Und wie geht es dir jetzt, geheimnisvolle Fremde?«

Ich musste lachen. Geheimnisvoll hatte mich noch nie jemand genannt. Verwirrt vielleicht, aber niemals geheimnisvoll.

»Wie kommst du darauf, dass ich geheimnisvoll bin?«

»Nun, du reist unter anderem Namen. Du sagst, du wärst eine leidenschaftliche Karrierefrau, willst aber nicht über Berufliches reden. Und für einen draufgängerischen Single bist du doch sehr zurückhaltend. Du gibst dich augenscheinlich für eine ganz andere aus, als du eigentlich bist.«

Mit gesenktem Blick murmelte ich: »Tja, ich wäre in der Tat oft gerne anders – sowohl innerlich als auch äußerlich.«

»Das wäre aber schade«, sagte Constantin sanft.

»Und du?« Fragend schaute ich ihn an. »Hast du Kinder? Oder hättest gerne welche?«

»Sarah, meine Exfrau, war zwei Jahre nach unserer Hochzeit schwanger. Leider nicht von mir.«

»Sie hat dich betrogen?«

»Ja, mit unserem Geschäftsführer, der nebenbei noch ein guter Freund von mir war.«

Betreten schaute ich in meinen leer getrunkenen Becher. »Das tut mir leid.«

»Warum warst du so traurig heute Morgen?«, wechselte Constantin das Thema.

Ich zuckte mit den Schultern. »Hat man mir das angesehen?«

»Nun, ich habe es gesehen.«

»Komisch, normalerweise sieht man mir meine Gemütslage nicht unbedingt an.«

»Vielleicht hat dich noch keiner so angesehen wie ich.« Er blickte mir tief in die Augen.

Ich hielt die Luft an. Bisher hatten wir nur harmlos miteinander geflirtet. Aber jetzt näherten wir uns langsam einem Bereich, den ich als verheiratete Frau nicht betreten durfte. Weder durfte ich mich in Constantin verlieben, noch er sich in mich.

Er hat so schöne Augen … Stopp!

Ich musste unser Gespräch sofort in andere Bahnen lenken. Betont burschikos sagte ich: »Jetzt habe ich aber einen Bärenhunger.«

Constantin lachte und rief nach Resi.

Aus Verlegenheit und um bloß nicht noch einmal in eine romantische Stimmung zu verfallen, konzentrierte ich mich aufs Essen und verputzte Ente mit Klößen und Rotkohl, Himbeersorbet und Resis selbst gemachten Apfelpfannkuchen mit Sahne. Danach war ich richtig froh um die bequeme Jogginghose und das weite Holzfällerhemd.

»Ich habe wirklich noch nie eine Frau wie dich getroffen«, staunte Constantin. »Die meisten Frauen achten beim Essen immer so sehr auf ihre Figur, dass ich mich jedes Mal frage, wie sie von dem bisschen, was sie essen, satt werden können. Bei dir ist es genau andersherum. Da frage ich mich, wird sie überhaupt mal satt?«

»Das war jetzt aber nicht sehr charmant«, entrüstete ich mich.

»Du bist einfach besonders.« Constantin strich sanft mit zwei Fingern über meine Wange.

»Kann ich noch deinen Keks haben?«, fragte ich hektisch, woraufhin er herzlich lachte.

Die Rückfahrt nach Lech machten wir mit dem Taxi.

Mir war speiübel. Ich hätte Constantin doch einfach sagen können, dass ich liiert war. Ich hätte ihm ja nichts von meinem Ehemann und meinen Kindern erzählen müssen, ein einfacher Freund irgendwo hätte schon gereicht. Stattdessen hatte ich mir vor lauter Unsicherheit den Bauch ohne Sinn und Verstand vollgeschlagen. Aber ich wollte ihn nicht enttäuschen und ehrlich gesagt auch nicht, dass es zwischen uns vorbei war.

Gott, war mir schlecht. Hoffentlich gab es in der Minibar meines Zimmers einen Verdauungsschnaps.

Als wir im Hotel ankamen, begleitete mich Constantin bis zu meiner Zimmertür.

Wir trugen immer noch die Sachen, die Resi uns gegeben hatte. Unsere eigenen feuchten Kleider hatte Resi in eine Tüte gepackt, die er mir nun reichte.

»Es war ein wundervoller Tag. Vielen Dank.« Ich stellte mich auf die Zehenspitzen und küsste ihn auf die Wange.

»Ich danke dir. Schlaf schön.« Constantin lächelte mich an, dann drehte er sich um und ging die Treppe zum dritten Stock hinauf.

Auf meinem Zimmer warf ich die Tüte mit der feuchten

Kleidung in die Badewanne und öffnete sogleich die Minibar. Darin fand ich unter anderem zwei Fläschchen Fernet-Branca.

Na bitte!

Ich öffnete beide und trank sie nacheinander in einem Zug aus.

Brrr!

Einen Augenblick später ging es mir schon viel besser. Ich legte mich aufs Bett und starrte an die Decke.

Wie mich Constantin angesehen hatte.

Vielleicht hat dich noch niemand so angesehen wie ich.

Vielleicht stimmte das sogar. Aber sah er mich oder nur die Frau, die ich vorgab zu sein? Verdammt, ich durfte mich nicht in ihn verlieben. Ich war kein Single, sondern verheiratet und Mutter zweier Kinder.

Ich spähte auf die Uhr. 21:30 Uhr. Schluss mit der Träumerei. Ich würde jetzt Hubertus anrufen. Morgen war es sowieso vorbei mit dem Rollenspiel, denn dann fuhren wir nach Hamburg zurück.

Hubertus ist auch toll, redete ich mir ein. Er ist … zuverlässig, zielstrebig und ein guter Vater.

Eine hämische Stimme in mir flüsterte sofort: »Ja, aber Constantin ist aufregend, charmant und witzig.«

Egal, ich war mit Hubertus verheiratet, und den würde ich jetzt anrufen.

Nach dreimaligem Tuten meldete er sich mit einem fröhlichen »Hallo«. Im Hintergrund erklang Musik.

»Hey Schatz, ich bin's«, sagte ich.

»Oh, Vicci, na wie geht's am Arlberg? Hast du schon ein paar Scheichs kennengelernt?« Er lachte.

»Oder einen smarten einheimischen Skilehrer?«, rief eine Frauenstimme im Hintergrund. Dann hörte ich Gelächter.

»Wer ist denn bei dir?«, fragte ich erstaunt.

»Carla und Bernd sind auf ein Glas Wein vorbeigekommen«, erwiderte Hubertus gut gelaunt.

Carla und Bernd, aha.

Carla war eine flüchtige Bekannte von Emily und mir, die wir versuchten zu meiden, wenn sie sich nicht mal wieder selbst einlud. Sie war eine eingebildete Schnepfe, die sich stets am Unglück anderer erfreute, dabei aber vordergründig immer überfreundlich und besorgt tat. Im Schlepptau hatte sie meist ihren Mann Bernd, der dümmlich über ihre schlechten Witze lachte, selbst aber nichts zu sagen hatte.

Dass die beiden ausgerechnet dann Hubertus besuchten, wenn ich verreist war, sprach Bände. Wahrscheinlich wollte die »herzensgute« Carla dem »armen, einsamen« Hubertus Gesellschaft leisten, während seine Frau auf dem Egotrip war.

»Ich wollte dir eigentlich ein paar Sachen erzählen, die ich hier so erlebt habe, aber das geht ja jetzt wohl nicht«, sagte ich leise.

»Hat Vicci schon irgendwelche Promis gesichtet?«, kreischte Carla.

»Carla fragt, ob du …«, setzte Hubertus an.

»Schon gut, ich habe sie auch so verstanden. Sag ihr, dass ich mir einen tätowierten Türsteher geangelt hab. Den werde ich für unser Haus in Hamburg engagieren, um uns ungebetene Gäste vom Hals zu halten. Ciao und bitte keine Grüße an Carla und Bernd.« Wütend drückte ich ihn weg.

Hubertus wusste, dass ich Carla nicht ausstehen konnte. Warum musste er ausgerechnet sie und Bernd zu einem Glas Wein einladen?

Grimmig putzte ich mir die Zähne und zog mein Nachthemd an. Ich konnte mich nicht beruhigen. Was sollte denn dieser dämliche Spruch zu Beginn unseres Gesprächs? *Hast du schon ein paar Scheichs kennengelernt?* Hubertus hatte sich über mich lustig gemacht, damit Madame Carla etwas zu lachen hatte.

Prima, war ihm ja gelungen.

Irgendwie musste ich meine Nerven beruhigen. Aber wie?

Da fiel mein Blick auf die Minibar.

Ich setzte mich davor auf den Boden, nahm eine Flasche Wodka und ein Glas heraus und goss mir zwei Finger hoch davon ein. Nachdem ich das Glas leer getrunken hatte, schenkte ich mir nach.

Ups.

Kurz drehte sich das Zimmer, dann stand es wieder still.

Meine Wut war noch nicht verraucht. Ich musste mit jemandem reden. Mit jemandem, der mich tröstete.

Aber mit wem?

Mittlerweile war es schon kurz nach zehn. Da konnte ich schlecht noch bei Kathrin anrufen.

Ich gehe zu Constantin hoch, beschloss ich. Er wird bestimmt etwas Lustiges über Carla sagen, dann ist alles wieder gut, und ich kann schlafen gehen.

Guter Plan.

Wie war noch mal seine Zimmernummer? 34 … nein, halt, 37 … 37 hatte er gesagt, als wir die Schlüssel an der Rezeption geholt hatten.

Rasch zog ich meinen Bademantel über und lief beziehungsweise torkelte mit den Hotelschläppchen an den Füßen in die dritte Etage.

Bevor ich an Constantins Tür klopfte, hatte ich das Gefühl, als schwanke das ganze Hotel.

»Victoria«, sagte er überrascht, als er öffnete. »Ist was passiert?«

»Nö … isch wollte nur kurz mit dir reden.«

Hatte ich gerade »isch« gesagt?

O je, vielleicht war es doch keine so gute Idee gewesen, in diesem Zustand zu ihm zu gehen. Kurz überlegte ich, ob ich schnell wieder den Rückzug antreten sollte, doch da zog Constantin mich schon in sein Zimmer.

»Hast du was getrunken?«, fragte er besorgt.

»Nur … ein kleines Fläsch…schen … oder zwei …«

O Gott, ich hörte mich an, als ob ich den ganzen Abend durchgetrunken hätte.

Constantin guckte mich auch dementsprechend erschrocken an.

Eine nette Suite hat er, dachte ich. Wir standen in einem Raum, in dem sich eine Sitzgruppe und ein Schreibtisch befanden. Eine offen stehende Tür gab den Blick auf ein großes Schlafzimmer frei. Und er hatte wohl noch gearbeitet, denn auf dem Schreibtisch stand ein aufgeklappter Laptop.

»Isch …« Ich suchte Halt am Schreibtisch.

Constantin klappte seinen Laptop zu und verstaute ihn in einer Schublade. »Ich glaube, ich sollte dich jetzt besser auf dein Zimmer bringen, und morgen früh reden wir über alles.«

Ich hievte mich auf seinen Schreibtisch und sah ihn an. Die oberen beiden Knöpfe seines Hemds waren offen, seine Haare ein wenig zerzaust.

Auf einmal verspürte ich den Drang, seine Haare noch mehr zu verwuscheln, sein Hemd noch weiter aufzuknöpfen und den Duft seines Aftershave einzuatmen.

Er stand ziemlich dicht vor mir, fast berührten wir uns.

Da wurde mir bewusst, dass ich unter meinem Bademantel nur mein kurzes Nachthemd mit Spaghettiträgern anhatte.

O Gott, was tat ich hier eigentlich?

Constantin stützte seine Hände rechts und links von mir auf dem Tisch auf, sodass sein Gesicht direkt vor meinem war. »Warum bist du hergekommen?«

»Ähm«, stotterte ich und starrte, da ich dem direkten Blick seiner Augen nicht standhielt, auf seinen Mund.

Er lehnte sich noch weiter nach vorne, und plötzlich spürte ich seine Lippen auf meinen. Zuerst wollte ich ihn wegstoßen, doch sein Kuss fühlte sich unglaublich gut an. Wie in Trance erwiderte ich den Kuss.

Bis mein Gehirn wieder die Oberhand übernahm.

Unsanft schob ich Constantin von mir. »Das geht mir jetzt alles zu schnell«, stammelte ich, rutschte vom Tisch und hastete zur Tür.

»Victoria, warte, ich bringe dich in dein Zimmer.«

»Nein!«, piepste ich panisch. Dann räusperte ich mich. »Ich meine, danke, aber ich gehe lieber allein.«

Hektisch schloss ich die Tür hinter mir und stolperte die Treppe hinunter. Ich konnte keinen klaren Gedanken fassen. Was war passiert?

Ich war nach Lech gefahren, um über meine Ehe nachzudenken, und stattdessen küsste ich einen anderen Mann. Aber es war gar nicht allein der Kuss, der mich so sehr verstörte. Die Gefühle, die ich dabei verspürt hatte und immer noch spürte, waren viel schlimmer. O Gott, am liebsten hätte ich mich in Constantins Arme sinken lassen und …

Den Gedanken weiterzudenken erlaubte ich mir nicht.

Zurück auf meinem Zimmer, öffnete ich das Fenster und atmete die kalte Bergluft ein.

Nach ein paar Minuten fühlte ich mich wieder halbwegs nüchtern. Ich schloss das Fenster und griff zum Telefon.

Wäre ich bloß nicht zu Constantin gegangen. Ich würde die Schuld gerne Carla und Hubertus geben, aber es gelang mir nicht. Ich musste Hubertus anrufen und ihm erzählen, was gerade passiert war. Wir mussten endlich miteinander reden, unsere Ehe neu überdenken. Und dieser Kuss war definitiv ein Grund, das zu tun. Doch das konnte ich nicht allein, das mussten wir gemeinsam tun.

Als ich Hubertus' Stimme hörte, sprudelte ich gleich los: »Ich bin's. Sind Carla und Bernd noch da?« Ich wollte auf keinen Fall, dass die beiden im Hintergrund lauschten, während Hubertus und ich unsere Ehekrise debattierten.

»Was? Rufst du deshalb jetzt noch an?«, fragte Hubertus genervt.

»Nein, ich muss dir etwas erzählen und will dieses Klatschmaul Carla ungern als Zeugin dabeihaben.«

»Wieso lästerst du eigentlich immer über alle Frauen, die schlank sind und gut aussehen?«

Empört hielt ich die Luft an. »Das stimmt doch überhaupt nicht!«

Hubertus gähnte laut. »Was gibt es denn nun so Wichtiges?«

»Ich habe hier jemanden kennengelernt«, sagte ich leise.

»Ach komm, soll das jetzt so eine billige Retourkutsche sein, nur weil Carla heute Abend hier war? Willst du mich etwa mit irgendeinem Ammenmärchen eifersüchtig machen? Lass es gut sein, Vicci. Ich bin müde und will jetzt schlafen gehen. Und ruf heute Nacht nicht mehr an, ja?«

»Ich muss dir aber etwas Wichtiges erzählen«, versuchte ich es erneut.

»Das kann auch warten, bis du wieder zurück bist«, sagte Hubertus.

Sein genervter Ton machte mich wütend. Unsere Ehe stand auf der Kippe, aber er schien überhaupt nichts zu merken. Ohne ein weiteres Wort legte ich auf.

Kurz darauf klingelte das Telefon.

Also wollte Hubertus doch mit mir reden.

Ich hob ab und rief in den Hörer: »Ich habe heute Abend

einen Mann geküsst. Einen sehr gut aussehenden Mann. Sexy und erfolgreich. Kein Ammenmärchen – er ist real und ganz verrückt nach mir!«

Hubertus hatte es offenbar die Sprache verschlagen, jedenfalls sagte er nichts.

Dann folgte ein Räuspern. »Ähm … ich wollte nur kurz fragen, ob alles okay ist.«

»Constantin?«, flüsterte ich entsetzt.

Bitte nicht! Was hatte ich gerade gesagt? *Er ist real und ganz verrückt nach mir.*

Die Einzige, die hier verrückt zu sein schien, war ich. Ich musste Constantin sofort die Wahrheit sagen.

»Darf ich dich morgen früh zum Frühstück abholen?«, fragte er mich, bevor ich etwas sagen konnte.

»Wie bitte? Warum?« Ich war verwirrt. Constantin müsste mich doch für eine durchgeknallte Irre halten.

»Weil ich verrückt nach dir bin«, lachte er.

»Constantin, bitte, ich muss dir da was erklären …«

»Du musst mir gar nichts erklären. Du sollst mir nur sagen, wann ich dich morgen früh zum Frühstück abholen darf.«

Ich war sprachlos.

»Wie klingt 9 Uhr? Ja? Okay, dann komme ich morgen gegen 9 Uhr bei dir vorbei. Gute Nacht und schlaf gut«, sagte er und legte auf.

Ich starrte das Telefon an und wusste nun gar nicht mehr, was ich denken sollte.

Am nächsten Morgen klopfte Constantin pünktlich um 9 Uhr an meine Tür.

Nachdem ich letzte Nacht hin und her überlegt hatte, war ich schließlich zu dem Entschluss gekommen, ihm nicht die Wahrheit zu sagen. Heute Nachmittag würde ich zurück nach

Hamburg fliegen und ihn nie wiedersehen. Warum also sollte ich den letzten Tag in Lech mit sinnlosen Erklärungen vertun?

»Guten Morgen.« Er lächelte mich an, als ich ihm die Tür öffnete. Dann reichte er mir meine Hotelslipper »Die hast du gestern Abend bei mir vergessen. Hast du gut geschlafen?«

Peinlich berührt nahm ich ihm die Dinger ab. Andere Frauen ließen Stilettos oder Spitzenunterwäsche als Andenken zurück, ich hingegen abgetretene Puschen. Echt attraktiv!

Ach, was soll's. Schnell warf ich die Slipper ins Bad, dann wandte ich mich wieder Constantin zu. »Äh, ja, danke! Entschuldige, ich habe mich gestern voll danebenbenommen. War doch ein bisschen zu viel Alkohol gewesen.« Diese Erklärung für mein Verhalten war zwar etwas mau, aber einigermaßen plausibel.

»Ich fand dich wunderbar«, sagte Constantin charmant.

»Danke, dass du so nett flunkerst.« Ganz lässig und freundschaftlich hakte ich mich auf dem Weg zum Fahrstuhl bei ihm unter.

Ich hatte mir vorgenommen, heute noch mal die coole Kati König zu sein, und das hieß, nicht verschämt über Komplimente zu kichern, sondern selbstbewusst zu reagieren.

Der Frühstücksraum war bereits gut gefüllt, als wir eintrafen. Sofort kam ein Kellner in Tracht auf uns zu. »Guten Morgen! Heute einen Tisch für zwei Personen, Herr von Holt?«

Constantin nickte, und der Kellner führte uns zu einem hübschen Tisch am Fenster. »Darf ich Ihnen einen Tee oder Kaffee bringen?«

»Die Dame«, ließ Constantin mir den Vortritt und sah mich fragend an.

»Ähm, für mich bitte Kaffee«, beeilte ich mich zu sagen.

Bin das gerade wirklich ich, die mit einem gut aussehenden Mann in einem Fünf-Sterne-Hotel frühstückt? Wenn ich das heute Abend Hubertus erzähle, wird er es sicher wieder nur für eine ausgedachte Story halten. Kurz erwog ich, den Kellner zu fragen, ob er mit meinem iPhone ein Foto von Constantin und mir machen könne, verwarf den Gedanken aber gleich wieder. Das wirkte doch zu sehr wie Lieschen Müller.

»Komm, lass uns zum Büfett gehen«, sagte Constantin und erhob sich.

Ich liebe große Frühstücksbüfetts, und dieses war gigantisch. An einer langen Tafel reihten sich verschiedene Müslivariationen, aufgeschnittenes Obst, allerlei Käse- und Wurstsorten bis hin zu Gebäck und kleinen Kuchen aneinander. Der größte Andrang herrschte beim Obst. Na wunderbar, Ananas und Erdbeeren reizten mich sowieso nicht. Ich wollte gar nicht darüber nachdenken, welch weiten Weg die zurückgelegt haben mussten, um hier auf dem Büfett gelandet zu sein.

Entspannt schlenderte ich zu dem großen Brotkorb und nahm mir zwei helle Brötchen. Dann füllte ich mir in ein Glasschälchen etwas Marmelade ab und schnitt mir schließlich noch ein Stück Marmorkuchen ab. Mein Teller war nun zwar gut gefüllt, sah jedoch trotzdem nicht aus wie der einer Pauschaltouristin, die sich den Bauch vollschlägt. Zufrieden ging ich zurück zu unserem Tisch.

»Wann fliegst du heute zurück?«, erkundigte Constantin sich.

»Am frühen Abend. Und du? Wie sind deine weiteren Pläne?«

»Ich weiß es ehrlich gesagt nicht. Meine Sekretärin gibt mir regelmäßig durch, wann ich wo sein muss.«

»Das klingt nicht gerade nach einem selbstbestimmten Leben.«

Bevor er antworten konnte, kam der Kellner und brachte Kaffee und für Constantin einen grünen Tee.

Constantin trank einen Schluck, dann lehnte er sich zurück.

»Da hast du recht. Mein Leben wird durch meine Arbeit bestimmt. Wie sieht es bei dir aus? Reist du gerne?«

»O ja!« Am liebsten an die Nordsee oder nach Mallorca, aber das sagte ich natürlich nicht laut.

»Meine Exfrau litt unter Flugangst, darum hat sie mich fast nie auf Auslandsreisen begleitet.«

»Oh, ich liebe fliegen. Nirgendwo kann ich besser entspannen als im Flugzeug.«

Mein Gott, was redete ich denn da schon wieder für einen Stuss! Vor jedem Flug war ich ein nervöses Wrack, und bei der kleinsten Turbulenz erfasste mich Panik.

»Es macht bestimmt viel Spaß, mit dir zu verreisen«, sagte Constantin und sah mich an.

»Ja, wir hätten sicherlich eine tolle Zeit zusammen«, erwiderte ich lächelnd. Im Konjunktiv machte alles viel Spaß, Probleme traten nur in der Realität auf.

Constantin sah auf seine Uhr. »Lass uns heute noch was unternehmen! Was möchtest du machen?«

Ich überlegte, wobei ich mich nicht blamieren konnte. »Schlittschuhlaufen«, rief ich dann freudestrahlend.

Meine Eltern hatten mich mit sechs Jahren das erste Mal auf eine Schlittschuhbahn mitgenommen, und seitdem liebte ich Eislaufen.

»Schlittschuhlaufen?«, fragte Constantin verblüfft und wenig begeistert. »Es gibt hier im Ort so viele andere Möglichkeiten. Zum Beispiel eine fantastische Rodelbahn, einen netten Wanderweg nach Oberlech oder ...«

»Bitte, bitte«, bettelte ich.

Constantin gab nach. »Na gut, aber ich muss gestehen, dass ich noch nie Schlittschuh gelaufen bin.«

Das war ja fantastisch, endlich war ich mal im Vorteil. Zufrieden schmierte ich Marmelade auf mein Brötchen.

Als ich eine halbe Stunde später übers Eis glitt, fühlte ich mich in meinem Element. Übermütig drehte ich ein paar Pirouetten und sah mich nach Constantin um, der sich bisher noch keinen Zentimeter vom Rand entfernt hatte und sich mit beiden Händen an der Bande festklammerte.

»Komm«, rief ich ihm zu.

»Ich glaube, ich schaue dir lieber zu«, rief er zurück.

»Nichts da! Ich bin mit dir durch den hohen Schnee gestapft. Jetzt musst du auch Schlittschuh laufen.« Ich lief zu ihm.

»Du siehst wie die Eisprinzessin aus dem Märchen aus«, sagte er.

Ich kicherte und reichte ihm die Hand. »Dann bist du der Prinz, und der Prinz darf die Prinzessin nicht im Stich lassen.«

Zusammen drehten wir – wenn auch etwas wacklig – eine Runde. Da es jedoch ganz gut ging, zog ich das Tempo ein bisschen an, woraufhin Constantin auch gleich der Länge nach aufs Eis stürzte. Zum Glück war er galant genug gewesen, noch rechtzeitig meine Hand loszulassen, sodass er mich nicht auch zu Fall brachte. Ein schlechtes Gewissen hatte ich aber schon.

Auch wenn keine äußeren Verletzungen zu sehen waren, beschlossen wir, ins Hotel zurückzukehren und die schmerzenden Stellen zu kühlen.

Langsam gingen wir durch den Schnee zum Hotel. Constantin legte den Arm um meine Schultern, und ich protestierte nicht, sondern schlang ebenfalls einen Arm um ihn. Ich redete mir ein, dass ich es nur tat, um ihn zu stützen. In Wahrheit genoss ich es, mit ihm eng umschlungen durch den Ort zu gehen. Ich fühlte mich wirklich wie eine Prinzessin, die ihren verwundeten Prinzen rettete – wie im Märchen.

Und zuvor auf der Schlittschuhbahn, aber auch jetzt an

Constantins Seite bemerkte ich etwas, das ich bisher eher selten erlebt hatte: Andere Menschen lächelten mir zu, und so mancher Mann sah mir hinterher. Lag es daran, dass aller Unmut und alle Zweifel aus meinem Gesicht verschwunden waren? Ich fühlte mich einfach glücklich, und das schien ich auch auszustrahlen.

Im Hotel bestellten wir beim Zimmerservice Eiswürfel, die uns in einem Sektkübel gebracht wurden.

Constantin zog seinen Pullover und das Hemd aus.

Ich starrte auf seinen leicht gebräunten, muskulösen Oberkörper. »Arbeitest du hauptsächlich im Fitnessstudio?«

»Wieso?«

»Na ja, Leute, die im Büro arbeiten, sind meistens eher blass. Deine Bräune und Muskeln hingegen deuten auf regelmäßiges Training und Solarium hin.«

Er lachte. »Ich brauche den Sport als Ausgleich zur Arbeit, und letzten Monat war ich in Miami.«

Hatten die Meetings dort in Badehose am Strand stattgefunden? Ich hakte jedoch nicht weiter nach. Stattdessen sagte ich: »So, du gefallener Held, wo tut es denn weh?«

Constantin deutete auf eine Stelle unterhalb der rechten Schulter.

Ratlos sah ich auf den Eiskübel. »Soll ich die Eiswürfel in ein Handtuch einschlagen oder aus der Küche eine Stoffserviette holen?«

»Nicht nötig. Ich denke, am besten wirkt es, wenn du das Eis direkt an meine Haut hältst.«

Zögerlich griff ich nach zwei Eiswürfeln. »Möchtest du das Eis nicht lieber selbst halten? Vielleicht drücke ich zu doll und tue dir weh.«

»Ich bin mir sicher, dass du mir niemals wehtun würdest, Prinzessin.«

Anderen Frauen wäre der Kosename bestimmt auf die Nerven gegangen, mich traf er jedoch mitten ins Herz. Und als ich den Eiswürfel sanft auf seine warme Haut drückte, schmolz nicht nur das gefrorene Wasser in meiner Hand, sondern auch mein Verstand. Ich war plötzlich nicht mehr die neununddreißigjährige Ehefrau eines ehrgeizigen Bankmanagers und Mutter zweier Kinder, sondern einfach eine glückliche Frau, die sich in einem märchenhaften Traum wiederfand.

»Du bist wunderschön«, murmelte Constantin.

»Das Eis ist geschmolzen«, sagte ich verlegen und sah auf meine Hand, die auf seinem Oberkörper ruhte.

Sanft hob Constantin meinen Kopf an. »Ja, endlich.«

Als er sich vorbeugte, um mich zu küssen, stieß ich ihn nicht mehr von mir. Seine Lippen öffneten zart meine, und er zog mich fest an sich.

Dann hob er mich hoch und trug mich zum Bett. Er trug mich wirklich, und zwar ohne dabei angestrengt das Gesicht zu verziehen.

Das einzige Mal, das Hubertus mich getragen hatte, war – auf meinen Wunsch hin – über die Türschwelle unseres neuen Hauses gewesen. Er hatte dabei geschnauft, als trage er einen alten Schrank, und hatte noch Tage später über Rückenschmerzen geklagt.

Beim Gedanken an Hubertus überkamen mich kurz Gewissensbisse. Aber ich fühlte mich das erste Mal seit Langem wieder attraktiv und begehrt, und Constantin war wahnsinnig sexy.

Ich wusste, auch wenn ich gerade den Fehler meines Lebens beging, würde ich es mein Leben lang bereuen, wenn ich es nicht tat.

Später, sehr viel später – ich musste eingeschlafen sein – schreckte ich hoch. Wie spät war es? Hatte ich etwa den Flug verpasst?

»Keine Angst, es ist erst 14 Uhr«, erriet Constantin meine Gedanken. »Komm her.« Er zog mich zurück in seine Arme.

Auf einmal war mir meine Nacktheit jedoch wahnsinnig unangenehm. Ich fühlte mich nicht mehr wie die wunderschöne Prinzessin, sondern wieder wie Victoria Dansmann mit all ihren Makeln. Ich schielte an mir herunter und war schockiert. Ich sah aus wie im sechsten Monat schwanger. Die gestrige Völlerei bei Resi verbunden mit meinem Trinkgelage hatte sich sofort gerächt. Trotz Rückenlage wölbte sich mein Bauch, und mein gewaltiger Busen sah aus wie kurz vor dem Milcheinschuss. Panisch griff ich nach der Decke, um meinen Körper zu verstecken.

»Hast du eine Sehschwäche?«, fragte ich Constantin.

»Wieso?« Verdutzt sah er mich an. Dann lächelte er und zog an meiner Decke. »Nein, zum Glück nicht. Wäre auch schade, wenn ich deinen Luxuskörper nicht richtig sehen könnte.«

Die Decke fest an mich gepresst rief ich: »Dann hast du irgendeinen anderen Schaden oder so. Von wegen Luxuskörper.«

Er lachte. »Die Einzige, die hier einen Schaden hat, bist du. Du bist eine wunderschöne und sinnliche Frau und viel anziehender als jedes Model da draußen.«

Nun, zwischen mir und einem klapperdürren Model lagen tausend Abstufungen. Aber ich entschied, dass es für mich günstiger war, ihn nicht darauf hinzuweisen.

»Mit was für Mistkerlen warst du eigentlich vor mir zusammen, dass du so ein negatives Bild von dir selbst hast?«

Tja, so ein »Mistkerl« hatte mir zum neununddreißigsten Geburtstag eine Pulsuhr und eine sprechende (!) Personenwaage mit automatischer Körperfettmessung und Speicherfunktion geschenkt. »Damit das Abnehmen endlich mal klappt«, hatte Hubertus altklug bemerkt, als er mir mein Geschenk überreichte.

Plötzlich musste ich darüber nachdenken, mit welchen Frauen Constantin bislang zusammen gewesen war. Bestimmt alle bildschön und durchtrainiert. Frauen, die wahrscheinlich Tricks kannten, von denen ich nicht mal wusste, dass es sie überhaupt gab. »Mit diesen Frauen kannst du niemals mithalten«, hatte Emily gesagt.

»Bis ich dir deine Minderwertigkeitskomplexe ausgeredet habe, wird es einige Zeit dauern«, sagte Constantin da.

»Willst du mich denn wiedersehen?«, fragte ich erstaunt.

Er runzelte verwundert die Stirn. »Natürlich will ich dich wiedersehen. Mehr als das. Und ich hoffe sehr, dass es dir genauso geht.«

»Warum?«, rutschte es mir heraus.

Constantin starrte mich irritiert an. »Wie meinst du das?«

»Nun, ich meine, warum willst du mich wiedersehen? Du kannst wahrscheinlich jede Frau haben, und ich spiele nun nicht gerade in der obersten Liga mit. Eher so Regionalliga.«

Mist, warum hatte ich das jetzt gesagt? Das klang total negativ, und außerdem, was sollte Constantin darauf antworten? Dass er durchaus auch solide Hausmannskost zu schätzen wusste?

Constantin antwortete gar nichts. Seine angespannten Gesichtszüge wurden wieder weich, und er beugte sich vor und küsste mich.

Als sich seine Lippen von meinen lösten, blieb sein Gesicht dicht an meinem. »Soll ich dir sagen, warum ich dich wiedersehen möchte?«

Mechanisch nickte ich.

»Weil mich deine Ausstrahlung vom ersten Moment an fasziniert hat.«

Abrupt setzte ich mich gerade auf. »Ehrlich? Meine Ausstrahlung?«

»Ja, deine Ausstrahlung«, bekräftigte Constantin sanft und lächelte.

Wow, noch nie im Leben hatte das jemand zu mir gesagt. Selbst mein Ehemann hatte noch nie ein Wort über meine Ausstrahlung verloren. Zumindest kein positives. Konnte es sein, dass Constantin etwas an mir wahrnahm, das andere gar nicht sahen? Vielleicht war er wirklich mein Seelenverwandter, durch den ich zur Märchenprinzessin wurde.

»Möchtest du mich denn wiedersehen?«, unterbrach Constantin meine Gedanken.

Ja, ich wollte ihn wiedersehen. Am liebsten für immer – doch da waren meine Kinder, mein Mann, mein ganzes bisheriges Leben.

»Doch, ich würde dich schon gerne wiedersehen …«, begann ich zögerlich.

»Aber …« Constantin zog eine Augenbraue hoch.

»… aber mit meinem Job wird das schwierig werden.«

Die Augenbraue immer noch oben, antwortete er: »Wir werden das schon hinkriegen.«

Ich lächelte schwach.

»Jetzt guck nicht so sorgenvoll.« Liebevoll nahm er mein Gesicht in seine Hände und küsste mich.

Gott, was konnte dieser Mann küssen.

Ich versuchte, den Moment zu genießen, doch langsam nahmen die Gewissensbisse und Zukunftsängste überhand. Sanft löste ich mich aus seiner Umarmung. »Ich muss jetzt meine Sachen packen und zu Emily.« Seufzend schaute ich in seine Augen und strich sanft über seine Bartstoppeln.

Constantin griff nach meiner Hand, und ich umklammerte seine. Ich wollte nicht gehen, ich wollte so gerne bei ihm bleiben, aber logischerweise ging das nicht. Schweren Herzens ließ ich seine Hand los und stand auf, um mich anzuziehen.

Constantin stand ebenfalls auf und zog sich den Hotelbademantel über.

»Okay, also … wir sehen uns.« Ich konnte ihm kaum in die Augen sehen, so schwer fiel mir der Abschied.

»Ich freu mich darauf!«

Ich nickte und wandte mich schnell ab.

Was habe ich nur getan?, dachte ich verzweifelt, als ich die Tür der Suite hinter mir schloss. Dieses Rollenspiel hatte mein ganzes Leben durcheinandergebracht. Statt wie geplant in mein bisheriges Leben zurückzukehren, hatte der Rollentausch bewirkt, dass ich tatsächlich nicht mehr diejenige sein wollte, die ich bisher gewesen war. Und jetzt?

Kapitel 5

Völlig durcheinander und mit unendlich schlechtem Gewissen stolperte ich in mein Zimmer. Nach der empfundenen Hochstimmung überfiel mich jetzt die Reue.

Was war passiert? Wie konnte ich nur mit einem Mann, den ich gerade einmal drei Tage kannte, im Bett landen? Ich, die ich die bisherigen neununddreißig Jahre meines Lebens immer so vorbildlich gewesen war, die bei Frauenabenden nie etwas zur Unterhaltung beitragen konnte, da ich nie etwas Aufregendes erlebte. Und kaum lernte ich einen Mann kennen, der mir ein paar Komplimente machte, glaubte ich wieder an Märchen. Bei fünfzehnjährigen Mädchen hätte man vielleicht noch Verständnis für solche Träumereien haben können, aber von Frauen in meinem Alter würde man doch Reife und Vernunft erwarten. Die Realität traf mich mit voller Wucht. Was nun?

Noch während ich beschämt auf dem Bett saß und grübelte, klopfte es an der Zimmertür. Emily.

»Hallo, Süße! Na, wie war es ohne mich? Was gibt's Neues? Also ich sag dir, St. Anton ist die Partyhochburg schlechthin. Allerdings mehr Richtung Ballermann. Da bleibt kein Single allein. Ich war so froh, dass ich Thorsten an meiner Seite hatte, sonst hätte ich mich wie ein Stück Freiwild gefühlt … Sag mal, ist alles okay bei dir?«, unterbrach sie ihren Redefluss und schaute mich skeptisch an.

Ich schüttelte den Kopf. »Ich habe mit Constantin von Holt geschlafen«, murmelte ich.

Meine allerbeste Freundin sah mich mit einer Mischung aus Bewunderung und Abscheu an, als hätte ich mich gerade in Boris Becker verwandelt. »Was? Soll das jetzt ein Scherz sein?«

»Schön wär's«, schniefte ich.

»Was um alles in der Welt … Warst du etwa betrunken?«

»Nein, ich war nicht betrunken. Ich wollte es sogar. Es war auch wunderschön, so wie im Märchen«, stammelte ich und schaute verlegen zu Boden.

Erst als Emily auf einmal anfing zu lachen, sah ich wieder hoch.

»Lachst du mich jetzt aus?«, fragte ich gereizt.

»Nein, nein! Dass ausgerechnet dir das passiert, ist echt großartig! ›Wie im Märchen‹, hihi, ich meine, dass ausgerechnet du so was sagst, du, die immer versucht, die perfekte Ehefrau und Mami zu sein.«

Voller Empörung riss ich die Augen auf. »Ich versuche überhaupt nicht, immer die perfekte Mutter und Ehefrau zu sein … ich … o Gott, ich bin die schlechteste Mutter und Ehefrau von allen!« Weinend ließ ich mich aufs Bett fallen.

Es war ja nicht nur der Seitensprung. Als ich in Constantins Armen gelegen hatte, hatte ich mir tatsächlich gewünscht, ungebunden und kinderlos zu sein. Was war ich denn für eine Mutter? Ich schluchzte hemmungslos.

»Mensch, Vicci, jetzt beruhige dich mal. So ein kleiner Ausrutscher kommt in den besten Ehen vor. Es ist schließlich keiner zu Schaden gekommen!«

Doch, dachte ich, mein bisheriges Leben! Wie sollte ich jetzt wieder ins lauwarme Ehegleis mit Hubertus zurückfinden? Trotz der schalen Zuneigung und den Problemen zwischen uns in den letzten Jahren hatte er diesen Betrug nicht verdient.

Ich schlug die Hände vors Gesicht. »Wie soll ich das nur Hubertus sagen?«

»Stopp! Du willst ihm doch nicht etwa davon erzählen?« Alarmiert sah Emily mich an.

»Natürlich, Emily. Ich meine, ich habe mit einem anderen Mann geschlafen. Es war auch nicht nur ein unbedeutender Ausrutscher, es waren Gefühle im Spiel. Zumindest von meiner Seite. Sonst wäre ich auch niemals so weit gegangen.«

»Mensch, Vicci, natürlich sind Gefühle dabei, das ist ja klar! Nimm sie als schöne Erinnerung für schlechte Zeiten, aber ruiniere deswegen nicht gleich dein Leben. Denk mal an die Konsequenzen!«, rief sie fassungslos.

»Aber ich empfinde wirklich viel für Constantin. Ich kann nicht so tun, als wäre nichts passiert.«

»Es ist ja völlig okay, dass du dich ein bisschen in Constantin von Holt verliebt hast – er ist ja auch ein Traummann. Aber glaubst du wirklich, dass ihr, nur weil ihr zwei schöne Tage zusammen hattet, eine gemeinsame Zukunft habt? Süße, du weißt, dass ich dich sehr lieb habe, aber Constantin könnte jede haben, und ihr beiden seid Welten voneinander entfernt. Wenn du den Seitensprung Hubertus beichtest, könntest du am Ende ganz allein dastehen.«

»Aber ich habe Hubertus betrogen.«

»Was meinst du, wie viele Menschen fremdgehen? Und glaubst du, die erzählen das sofort ihren Partnern? So ein Quatsch!«

»Emily, so bin ich nicht. Ich will trotz allem ein gutes Vorbild für meine Kinder sein. Das heißt auch, dass ich ehrlich bin und zu meinen Taten stehe.«

»Pah, und wohin bringt dich diese tolle Ehrlichkeit? Im günstigsten Fall vielleicht noch zum Paartherapeuten, im schlechtesten Fall verlässt Hubertus dich, und du landest als alleinerziehende Mutter irgendwo in einer Zweizimmerwohnung im zehnten Stock.«

»Woher willst du das denn wissen? Ich könnte wieder arbeiten gehen, vielleicht mache ich ja auch Karriere.«

»Klar, im zarten Alter von vierzig Jahren und nachdem du die letzten zehn Jahre zu Hause geblieben bist. Hör auf zu träumen und komm mal wieder auf den Teppich!«

Unschlüssig ging ich im Zimmer auf und ab.

Emily hatte ja recht, und dennoch war ich mir nicht sicher, ob ich mit einer solchen Lüge überhaupt würde leben können. Auch hegte ich still die Hoffnung, mit Constantin glücklich werden zu können, so unrealistisch sie auch erscheinen mochte. Ich wagte jedoch nicht, diesen Gedanken auszusprechen.

»Glaub mir, es ist besser, wenn du die ganze Sache einfach für dich behältst«, sagte Emily sanft und nahm mich in den Arm. Dann kreischte sie: »Oh, wir müssen los! Das Taxi zum Flughafen kommt in einer halben Stunde.«

»Warum schon so früh? Wir fliegen doch erst heute Abend.«

»Wir fahren mit Thorsten zum Flughafen. Sein Flug geht etwas früher.«

»Ich verabschiede mich noch schnell von Constantin«, rief ich und wischte mir die Tränen aus dem Gesicht.

Als ich losrennen wollte, griff Emily unsanft nach meinem Arm. »Himmel, Vicci! Willst du jetzt schon zum Klammeraffen werden? Wenn du die coole Karrierefrau sein willst, für die er dich hält, dann schreib ihm, dass du nach Hamburg zurückmusstest und dich bei Gelegenheit mal wieder meldest.«

Das entsprach nicht meinem Naturell, aber vielleicht hatte Emily nicht ganz unrecht. Wie sagte man doch gleich? Willst du gelten, mach dich selten.

Also packte ich meine Sachen zusammen und folgte Emily zur Rezeption.

Während sie für uns auscheckte, bat ich die Rezeptionistin um Stift und Papier und schrieb Constantin eine kurze Nachricht, in der ich mich für die schönen Tage bedankte. Oh, nicht einmal unsere Handynummern hatten wir ausgetauscht.

»Victoria, kommst du?«, drängelte Emily.

Schnell kritzelte ich meine Nummer auf den untersten Rand des Papiers.

»Ja, schon fertig!«

Mist, vielleicht wirkt das zu klammernd. Also strich ich die Nummer wieder durch, aber so, dass man die Zahlen noch gut lesen konnte. Eilig faltete ich den Zettel und übergab ihn der Hotelangestellten.

Draußen stand bereits das Taxi und daneben ein gut gelaunter Thorsten.

»Hey, wie geht's?«, grüßte er mich und wandte sich, ohne meine Antwort abzuwarten, Emily zu.

Nicht gerade höflich, dachte ich verstimmt, als ich auf der Rückbank Platz nahm.

Emily setzte sich neben mich, und Thorsten stieg auf der Beifahrerseite ein.

Als Emily mich über die Hütte ausfragte, in der Constantin und ich eingekehrt waren, war Thorstens Aufmerksamkeit schlagartig geweckt.

»*Der* Constantin von Holt?«, fragte er. »Der Medienunternehmer?«

Mir fiel ein, dass Emily mir erzählt hatte, Thorsten sei Chefredakteur einer Bremer Zeitung. Vielleicht witterte er jetzt irgendeine Story.

Ich zögerte.

»Wie ist er denn so?«, hakte Thorsten nach.

»Nett«, erwiderte ich.

»Ist er liiert?«, bohrte er weiter.

Das wüsste ich auch zu gern. Hoffentlich ist er es nicht.

»Weiß nicht«, antwortete ich wahrheitsgemäß.

»War er denn allein in Lech oder mit Freunden?«

»Weiß ich auch nicht.«

Thorsten warf Emily einen genervten Blick zu, bevor er sich wieder an mich wandte. »Worüber habt ihr euch denn beim Essen unterhalten?«

Das geht dich einen feuchten Dreck an, hätte ich am liebsten geantwortet. Da mir mein Gefühl jedoch sagte, dass Emily ganz verknallt in diesen Typen war, wollte ich nicht gemein sein.

»Och, es war wirklich interessant, was er mir erzählt hat …« Ich machte eine bedeutungsvolle Pause.

Thorsten reckte gespannt den Hals und quetschte seinen Oberkörper in den Spalt zwischen den Vordersitzen, um nur ja keines meiner Worte zu verpassen.

»Also, Constantin sagte …«

Thorsten nickte mir ungeduldig zu.

»… dass er gerne Kartoffelbrei isst.«

»Ja, und weiter?«

»Nicht den aus der Tüte, sondern selbst gemachten, in dem noch Stücke drin sind.«

»Soll das jetzt irgendwie witzig sein?«, fragte Thorsten genervt.

»Das ist das Einzige, woran ich mich noch erinnern kann«, lachte ich.

»Tja, viel miteinander geredet habt ihr offensichtlich nicht in eurer schönen gemeinsamen Zeit«, giftete Emily.

Zugegeben, Thorsten auf die Folter zu spannen war gemein gewesen. Trotzdem brauchte sie nicht gleich meine Gefühle für Constantin herauszuposaunen.

Thorsten hatte den Seitenhieb zum Glück nicht verstanden. Er sah wieder nach vorne und ignorierte mich die restliche Fahrt über. Auch die Stimmung zwischen Emily und mir war abgekühlt.

»Sag mal, was sollte das im Taxi?«, zischte sie mich dann an, als wir am Gate auf den Abflug warteten.

»Es geht Thorsten ja wohl nichts an, worüber ich mit Constantin gesprochen habe.«

»Trotzdem hättest du ruhig ein bisschen netter sein können. Schließlich mag ich ihn.«

»Tja, fragt sich nur, für wie lange«, rutschte es mir heraus.

»Spinnst du? Du betrügst deinen Mann, aber mir unterstellst du, dass ich beziehungsunfähig bin, oder was?«

»Nein, aber wieso soll ich zu irgendeinem Typen nett sein, nur weil du ihn gerade toll findest?«

Den Flug über war ich in meine Gedanken vertieft.

Das erste Mal seit Jahren hatte ich Emily Paroli geboten. In unserer Freundschaft waren die Rollen bisher immer klar verteilt gewesen. Emily war die Aufregende, Abenteuerlustige von uns beiden, die viel erlebte und zu erzählen hatte. Mir fiel der Part der Bodenständigen, Ruhigen zu, die stets gebannt Emilys Geschichten lauschte. Sie war die Bestimmerin, das Alphamädchen, und ich diejenige, die brav folgte.

Überhaupt hatte ich mich stets an die Ratschläge anderer gehalten. Zuerst an die meiner Eltern und Lehrer, dann meist an Hubertus'. Dabei hatte ich mein eigenes Leben vergessen.

Was wäre gewesen, wenn ich nicht auf Anraten meines Vaters hin ein Jurastudium begonnen hätte, sondern meinem eigenen Wunsch gefolgt und ein Jahr lang ins Ausland gegangen wäre?

»Was willst du denn in der ganzen Zeit machen?«, hatte mein Vater damals entsetzt gefragt, als ich ihm von meinen Plänen erzählt hatte.

»Jobben, vielleicht als Au-pair, oder quer durch die USA reisen«, hatte ich kleinlaut geantwortet.

»Du verschwendest nur wertvolle Zeit. Fang mit dem Studium an, wenn du was erreichen willst. Ein anständiger Lebenslauf darf keine Lücken enthalten«, war seine Meinung.

Und was hatte ich gemacht? Rebelliert oder wenigstens ansatzweise versucht, mich durchzusetzen? Nein, ich hatte mich brav gefügt und direkt nach dem Abitur mit Paragraphen gelangweilt und meine eigentlichen Wünsche und Fähigkeiten vernachlässigt. Und während ich Gesetzbücher durchgearbeitet hatte, um ja keine wertvolle Zeit zu verlieren, hatte Emily die Welt gesehen und danach zielstrebig ihre Karriere im Verlag begonnen. Ich hatte nur die Erkenntnis gewonnen, dass mir die Juristerei schnurzpiepegal war, und ein Mutti- und Hausfrauendasein.

Vielleicht lag es gar nicht so sehr an meinem mangelnden Selbstvertrauen als vielmehr an meiner Bequemlichkeit und Feigheit. Es war einfacher, andere bestimmen zu lassen. Wenn dann etwas schiefging, konnte mir hinterher keiner Vorwürfe machen. Zugegeben, schlecht ging es mir damit nicht. Alle in meiner Familie waren gesund, wir hatten keine finanziellen Sorgen. Das Leben plätscherte einfach so dahin.

»Jeder ist für sein Glück selbst verantwortlich«, hatte mir meine Mutter mal gesagt.

Ich nahm mir vor, mein Leben in die Hand zu nehmen und ab sofort selbst zu entscheiden, was ich für das Beste hielt, und das bedeutete, dass ich Hubertus von Constantin erzählen würde – egal, was Emily dazu meinte.

Wäre ich in meiner Ehe glücklich gewesen, hätte Constantin niemals mein Herz erreicht. Außerdem wollte ich sowieso mit Hubertus über unsere Beziehung sprechen, auch ohne Constantin hätte es so nicht mit uns weitergehen können. Und wer weiß? Vielleicht würde Hubertus um mich kämpfen, und wir würden wieder zueinanderfinden.

Die Hochstimmung über meinen Entschluss wurde getrübt, als Emily mir am Taxistand vor dem Flughafen noch einmal eindringlich sagte: »Denk daran: Kein Wort zu Hubertus über deinen Ausrutscher. Sei froh, dass du jetzt wieder in dein geordnetes Leben zurückkehren kannst.« Sie umarmte mich und stieg in ihr Taxi Richtung Eppendorf.

Ich sah ihr nach und fragte mich, warum ich in der letzten Zeit ihre Bemerkungen meist negativ aufnahm. Sie meinte es doch nur gut, und eigentlich war es schön, ein geordnetes Leben zu haben. Und doch klang das für mich nach Eintönigkeit und Langeweile, gerade so, als ob das Leben nichts anderes mehr für mich bereithielt. War das die berühmte Midlife-Crisis, die mich da erfasst hatte?

Seufzend nahm ich das nächste Taxi.

Als es eine halbe Stunde später vor unserer Haustür hielt, spürte ich eine unbändige Freude darüber, meine Familie wiederzusehen. Gleichzeitig hatte ich große Angst vor dem Gespräch mit Hubertus.

Gerade als ich aufschließen wollte, wurde die Tür aufgezogen, und ich schaute in das lächelnde Gesicht von Carl Schrader.

»Frau Dansmann, herzlich willkommen zu Hause. Wir haben das Taxi vorfahren gesehen, und Lotti bat mich, Ihnen die Tür aufzumachen. Sie ist gerade mit den Vorbereitungen für das Festessen beschäftigt«, berichtete er strahlend.

Ich war zu überrascht, um darauf antworten zu können. Lotti? Dann war die Beziehung zwischen meiner Schwiegermutter und unserem cholerischen Nachbarn wohl schon weiter gediehen.

»Vicci, mein Liebes, wie schön, dass du wieder da bist!«, rief meine Schwiegermutter und kam aus der Küche, um mich zu umarmen.

Wie angewurzelt stand ich immer noch im Türrahmen. Meine Schwiegermutter hatte noch nie »mein Liebes« zu mir gesagt. Aber mir gefiel diese neue Herzlichkeit. Also stellte ich meine Reisetasche im Flur ab und erwiderte ihre Küsschen.

»Wo sind die Kinder?«, fragte ich sehnsüchtig.

»Sie bereiten oben die Willkommensgeschenke für dich vor«, flüsterte Lotti mir zu.

Genau in dem Moment polterten die beiden die Treppe herunter.

»Mami!«, brüllte Vincent und warf sich in meine Arme.

Auch Leonie umarmte mich stürmisch.

Ich setzte mich auf den Boden und küsste und knuddelte die beiden ausgiebig. Voller Rührung und Dankbarkeit für meine wunderbaren Kinder wünschte ich mir in diesem Moment, meine kleine heile Welt zu bewahren. Vielleicht sollte ich doch Emilys Rat befolgen und den Mund halten.

Noch während ich gegen Tränen der Rührung ankämpfte, waren die Kids schon beim nächsten Thema.

»Wo sind unsere Geschenke?«, quiekte Vincent aufgedreht in mein Ohr, und Leonie verkündete stolz: »Wir haben dir auch was gebastelt.«

Also kramte ich aus meiner Reisetasche das Lego-Feuerwehrauto für Vincent hervor, das ich am Züricher Flughafen gekauft hatte, und das Glitzer-T-Shirt für Leonie, mit dem ich mich in der Boutique in Lech blamiert hatte.

Vincent und Leonie jubelten.

»Wo ist eigentlich Hubertus?«, fragte ich Lotti. Normalerweise war er um diese Zeit immer schon zu Hause.

Lotti zuckte nur die Schultern. »Er hat irgendwelche wichtigen Termine. Wir fangen jetzt einfach mit dem Essen an, sonst wird es für die Kinder zu spät«, sagte sie resolut und verschwand in der Küche.

Es wurde ein unerwartet netter Abend. Nachdem wir gegessen hatten und Vincent mit Carl Schraders Hilfe das Feuerwehrauto zusammengebaut hatte, brachte ich die Kinder ins Bett. Danach setzte ich mich wieder zu Lotti und Carl Schrader. Schließlich wollte ich auf Hubertus warten, um endlich mit ihm reden zu können.

Lotti öffnete eine Flasche Rotwein, und Carl Schrader erzählte Anekdoten aus seiner Jugend. Er konnte unglaublich witzig erzählen, und Lotti und ich lachten uns halb tot. Allmählich konnte ich sogar ihre Begeisterung für ihn verstehen. Komisch, da wohnten wir seit fast zehn Jahren neben ihm, aber seine positiven Seiten waren uns nie aufgefallen.

Meine Schwiegermutter war wie verwandelt. Normalerweise redete sie mit Vorliebe über Krankheiten und die neuesten Schnäppchen, und Wein trank sie höchstens an Feiertagen. Jetzt aber lachte und strahlte sie. Allein dafür, dass Carl Schrader meine Schwiegermutter glücklich machte, liebte ich ihn. Nach dem dritten Glas Wein bot er mir das Du an.

»Wie schön, dich endlich richtig kennenzulernen, Carl«, sagte ich und hörte im gleichen Moment, wie die Haustür aufgeschlossen wurde.

Hubertus kam grußlos in die Küche und gab mir einen flüchtigen Kuss. Lotti und Carl nickte er kurz zu. »Ich gehe schon mal hoch«, sagte er noch zu mir und entschwand.

Was war das denn gewesen? Hubertus legte doch stets Wert auf tadellose Manieren.

Verwundert wünschte ich Lotti und Carl noch einen schönen Abend und ging die Treppe hinauf, um nach Hubertus zu sehen.

Er stand bereits im Badezimmer und putzte sich die Zähne.

»Was ist los?«, fragte ich ihn – noch hatte er ja keinen Grund, auf mich sauer zu sein.

»Es war ein anstrengender Tag. Wir versuchen zurzeit, neue Kunden zu akquirieren«, brummte er.

»Nein, ich meine, warum warst du gerade so unhöflich unten in der Küche? Du legst doch sonst so großen Wert auf eine gute Nachbarschaft mit Carl Schrader.«

»Richtig, ich lege Wert auf eine gute Nachbarschaft. Worauf ich keinen Wert lege, ist, dass er jeden Abend bei uns in der Küche sitzt und meine Mutter anbaggert!«, schnauzte er.

»Wirklich jeden Abend?«, fragte ich schmunzelnd. »Na ja, aber wenn es deine Mutter glücklich macht. Ich glaube, ich habe sie noch nie so happy erlebt wie heute Abend.«

Hubertus winkte verächtlich ab. »Lieber eine griesgrämige Mutter als dauernd ihren Lover im Haus.«

Das fand ich nun ziemlich egoistisch von ihm. Und so unerträglich war Carl Schrader ja gar nicht. Wie sich herausstellte, musste man ihn nur etwas besser kennen.

Hubertus zog seinen Schlafanzug an und legte sich murrend ins Bett.

»Du, ich wollte noch mit dir reden«, sagte ich.

»Victoria, ich habe morgen wieder wichtige Konferenzen, unser gesamter Bankvorstand wird dabei sein. Ich habe jetzt wirklich keinen Nerv, irgendwas zu bereden.«

»Okay«, gab ich klein bei.

Der Zeitpunkt war nicht der günstigste, um die Sache mit Constantin anzuschneiden. Hubertus war abgearbeitet und müde. Ihn auch noch mit meinen Gefühlen für einen anderen Mann zu behelligen erschien mir doch herzlos. Ich musste eine bessere Gelegenheit abwarten, vielleicht ein entspanntes Essen, wenn in der Bank alles gut lief.

»Dann schlaf gut«, sagte ich verständnisvoll und zog mich ebenfalls um.

»Mensch, du hast ja richtig zugelegt in Lech.«

»Wie bitte?« Empört drehte ich mich zu Hubertus um.

»Na, du hast da ja eine richtige Speckfalte am Bauch. Du musst jetzt echt aufpassen, im Alter ist Abnehmen nicht leicht. Hast du eigentlich mal die Pulsuhr ausprobiert, die ich dir geschenkt habe? Und was ist mit der sauteuren Waage? Oder steht die nur als Staubfänger in unserem Bad rum?«

Unsere Ehe steckte wirklich in einer tiefen Krise. Nicht nur hatte mein Mann gerade die Unverschämtheit besessen, mich auf meine Fettpölsterchen hinzuweisen, sondern mich auch noch als alt bezeichnet.

»Es gibt Männer, die finden solche Rundungen sinnlich«, erwiderte ich erbost.

Hubertus gähnte. »Ich zumindest will keine Matrone als Ehefrau haben.« Versöhnlich fügte er hinzu: »Aber du bist ja keine Matrone. Ich meine nur, dass du aufpassen sollst. Freu dich doch, dass ich so aufmerksam bin.«

Ohne etwas zu erwidern, stapfte ich ins Badezimmer. Ich hätte bei der Hochzeit aufmerksamer sein sollen, dachte ich böse, dann hätte ich vielleicht auch mehr Selbstbewusstsein.

Ich betrachtete mich im Spiegel. Gut, mein Bauch sah wirklich nicht sehr attraktiv aus. Früher waren nur mein Po und meine Oberschenkel Problemzonen gewesen, inzwischen wuchsen weitere Körperteile zu Problemzonen heran. Genau genommen war mein ganzer Körper eine einzige Problemzone, nichtsdestotrotz brauchte Hubertus mich nicht ständig darauf hinzuweisen.

Ich dachte an Constantin. Zurück in Hamburg, erschienen mir die Erlebnisse in Lech wie ein Film, den ich mir angeschaut hatte, ohne darin mitgespielt zu haben.

Als ich wieder ins Schlafzimmer kam, schlief mein aufmerksamer Ehemann bereits tief und fest, und auch ich legte mich schlafen.

In der Nacht hatte ich einen fürchterlichen Albtraum: Carl Schrader machte mir einen Heiratsantrag. Entsetzt wollte ich ablehnen, bekam aber keinen Ton heraus. Unterdessen hüpfte Emily ins Zimmer und rief: »Carl Schrader ist der passende Mann für dich! Ich hab's schon immer gewusst.« Neben ihr tauchte Hubertus auf, grinste diabolisch und sagte, er hätte nichts gegen die Heirat, speckige Frauen wie ich würden eh nur seinem Image schaden. Daraufhin schleifte mich Carl in ein aus tausenden kleinen Legosteinen gebautes Haus. Fasziniert berührte ich ein kleines rotes Steinchen, woraufhin das gesamte Haus um uns herum zusammenstürzte und Carl in blinder Wut das Gesicht zu einer hässlichen Fratze verzog.

Schweißgebadet erwachte ich.

Die Uhr zeigte 5:40 Uhr an. Eigentlich konnte ich noch dreißig Minuten liegen bleiben, da ich aber Angst hatte, wieder in einem absurden Traum zu landen, stand ich auf und ging in die Küche. Dort schenkte ich mir ein Glas Wasser ein, setzte mich an den Tisch und dachte nach.

Heute Abend musste ich unbedingt mit Hubertus reden.

Was Constantin wohl gerade machte? Dachte er an mich, oder hatte er mich schon als einen netten Urlaubsflirt ad acta gelegt? Diese Vorstellung tat mir sehr weh, und ich rief mir sehnsüchtig jedes Detail unserer gemeinsamen Zeit in Erinnerung.

Der Rest des Morgens verlief wie immer. Die Kinder stritten sich, ich meckerte, und Hubertus schnappte sich schließlich gedankenversunken Vincent und fuhr mit ihm los. Als auch Leonie mit dem Fahrrad auf dem Weg zur Schule war, kam meine Schwiegermutter aus ihrem Zimmer.

»Guten Morgen, Lotti«, begrüßte ich sie fröhlich. »Trinkst du einen Kaffee mit mir?«

In erster Linie war ich natürlich neugierig. Lief da wirklich etwas zwischen ihr und unserem Nachbarn, oder hatte Hubertus restlos übertrieben?

Lotti nickte verlegen und folgte mir in die Küche. Sie hatte sich bereits angezogen und sorgfältig geschminkt, ich lief noch im Schlafanzug herum. Wir setzten uns an den Küchentisch, und ich musterte sie neugierig.

»War Carl gestern Abend noch lange hier?«, fragte ich und kam mir gleichzeitig vor wie ihre Mutter.

»Och, nein, es war ja schon spät«, antwortete sie.

»Wie habt ihr euch eigentlich kennengelernt?«

»Ach, Carl hat wegen der Anzeige hier geklingelt.«

»Wegen welcher Anzeige?«

Hatte sie etwa eine Kontaktanzeige aufgegeben, oder was?

»Na, Carl wollte dich doch anzeigen. Wegen Beleidigung und Lärmbelästigung.«

Mir klappte der Unterkiefer herunter. »Er wollte mich anzeigen?«

Was für eine Frechheit. Erst wollte er mich anzeigen, und jetzt tat er so, als würde er mich mögen, nur um bei meiner Schwiegermutter zu landen.

Gerade als ich mich angemessen aufregen wollte, piepste mein Handy zweimal. Ich kramte in meiner Tasche und schaute auf das Display. Eine unbekannte Nummer. Ich öffnete die Nachricht.

Schon wieder in Arbeit versunken? Wenn es deine Zeit zulässt, würde ich dich morgen gerne sehen! Passt dir 13 Uhr im Vier Jahreszeiten*? Kuss, Constantin*

Mein Herz setzte erst einen Schlag aus, dann klopfte es wie verrückt.

Constantin wollte mich sehen! Morgen! Ich bedeutete ihm vielleicht wirklich etwas, sonst hätte er sich bestimmt nicht gemeldet.

»Sicherlich wirkt Carl auf den ersten Blick etwas streng, aber wenn man ihn erst einmal kennenlernt …«, redete Lotti weiter.

O Gott, ich konnte keinen klaren Gedanken mehr fassen und hatte auch keine Zeit mehr, über Carl Schrader nachzudenken.

»… er ist ein herzensguter Mensch. Die wenigsten …«

»Entschuldige bitte, Lotti«, unterbrach ich ihren Redefluss. Aus Erfahrung wusste ich, dass sie gerne Monologe hielt, die mindestens zehn Minuten dauerten. Selbst wenn ihre Zuhörer extremes Desinteresse bekundeten – zum Beispiel durch lautes Gähnen oder wiederholtes Auf-die-Uhr-Schauen –, plauderte sie unbeirrt weiter. Da half nur, ihr das Wort abzuschneiden.

Lotti sah mich empört an. »Was ist denn?«

»Ich habe heute so viel zu tun und muss jetzt dringend duschen und mich anziehen. Du erzählst mir nachher alles, okay?« Ohne ein weiteres Wort sauste ich aus der Küche und die Treppe hoch.

Im Schlafzimmer tanzte ich durchs Zimmer.

Constantin will mich sehen! Das Märchen geht weiter!

Auf einmal hielt ich inne.

Wenn ich Hubertus heute Abend alles erzählte, könnte ich mich tags darauf schlecht mit Constantin treffen. Aber ich wollte ihn unbedingt sehen. Falls Constantin keine tieferen Gefühle für mich hatte, gerne auch als lieben Freund, redete ich mir ein. Gute Freunde brauchte man – besonders in Krisenzeiten. Und momentan glich mein ganzes Leben einer einzigen Krise – mit einem Mann, der mich als Dickwanst sah, und einer Schwiegermutter, die sich in einen Choleriker verliebt hatte, der mich hatte anzeigen wollen. Wenn Hubertus dann noch von meinem Seitensprung erfuhr, würde es ziemlich anstrengend werden. Also würde mir ein bisschen seelischer Beistand guttun.

Mit zittrigen Händen schrieb ich zurück. *Stecke in der Tat bis zum Hals in Arbeit* – zwar nicht die Art von Arbeit, die Constantin vermutete, aber Wäsche waschen war schließlich auch Arbeit – *komme aber morgen gerne. Was machst du denn in Hamburg? Kuss zurück, V.*

Zwei Sekunden später schrieb er zurück.

Hab Geschäftstermine. Freu mich auf dich.

Insgeheim hatte ich gehofft, dass er meinetwegen nach Hamburg gereist war. Okay, das wäre vielleicht doch zu viel des Guten gewesen.

»Victoria«, hörte ich Lotti rufen. »Telefon für dich! Es ist Andrea.«

Andrea war die Mutter von Vincents zweitbestem Freund.

Ich lief nach unten und griff zum Telefonhörer. »Hallo, Andrea!«

»Hallo, Victoria, ich wollte nur kurz fragen, ob du mich heute Abend im Auto mitnehmen kannst.«

»Wohin denn?«, fragte ich zurück.

»Na, heute ist doch der Elternabend wegen des Abschiedsfests. Um 20 Uhr im Kindergarten.«

War das schon heute? Ich warf einen Blick auf den Kalender an der Wand. KG-Elternabend stand dort in Rot.

»Klar hole ich dich ab. Kurz vor acht bin ich bei dir.«

Nachdem wir uns verabschiedet hatten, lief ich wieder nach oben, um zu duschen. So langsam nahmen mich die alltäglichen Dinge wieder in Beschlag und verdrängten ein wenig Constantin aus meinen Gedanken. Heute Abend Kindergarten, morgen Mathearbeit bei Leonie, Hubertus' Anzüge mussten in die Reinigung gebracht werden – und was essen wir heute Mittag? Okay, eins nach dem anderen. Erst einmal einkaufen.

Als ich fertig war, holte ich den Einkaufskorb aus der Küche und nahm meine Handtasche. Dann warf ich noch einen schnellen Blick ins Wohnzimmer, wo Lotti saß und in der *Hörzu* blätterte.

»Ich gehe kurz einkaufen. Hast du irgendeinen besonderen Wunsch fürs Mittagessen?«

»Nein, mach dir meinetwegen keine Umstände. Ich bin unkompliziert.«

Kaum war ich aus der Tür, rief sie: »Aber gedünsteter Fisch wäre toll zu Mittag. Kein weißer, sondern lieber Lachs. Der enthält auch mehr Omega-3-Fettsäuren. Und ein bisschen gedünstetes Gemüse dazu. Sonst nichts.«

Lachs mit gedünstetem Gemüse? Da war das Gemecker der Kinder ja schon vorprogrammiert. Allerdings würde meiner Figur so ein Mittagessen auch besser tun als Fischstäbchen mit Kartoffelbrei, und nachdem meine Schwiegermutter vier Tage lang die Kinder gehütet hatte, war es das Mindeste, dass ich ihren Wunsch erfüllte. Also fuhr ich zum nächstgelegenen Einkaufszentrum. Dort gab es ein kleines Fischgeschäft und auch einen Gemüseladen.

Im Einkaufszentrum war es wie immer brechend voll. Ich musste mich erst einmal beim Fischhändler in die Schlange stellen, dann noch mal eine gefühlte Ewigkeit im Gemüsegeschäft warten. Allein deshalb bevorzugte ich den Supermarkt. Man stapelte einfach alles im Einkaufswagen und musste nur einmal an der Kasse anstehen.

Nachdem ich Lachs, Möhren, Brokkoli und Äpfel gekauft hatte, ging ich in den Drogeriemarkt, wo mir ausgerechnet Carla über den Weg lief.

Auch das noch!

»Hey, Vicci, das ist ja ein lustiger Zufall«, rief sie und hauchte affektiert Luftküsschen zur Begrüßung.

»Warum lustig?«, fragte ich ein wenig patzig. Die Tüte mit den Äpfeln war ziemlich schwer und schnitt unangenehm in meine Handfläche. Außerdem hatte ich keine Lust, irgendwelche vorgetäuschten Nettigkeiten auszutauschen.

»Na, ich habe gerade mit Emily telefoniert und ein bisschen von eurer Arlbergtour erfahren. Muss ja schön gewesen sein für dich.«

Jetzt war ich verunsichert. Was hatte Emily ihr erzählt? Doch bestimmt nichts von meinem Seitensprung mit Constantin, höchstens vielleicht, dass ich ihn kennengelernt hatte.

»Welchen Promis seid ihr denn über den Weg gelaufen?«, fragte Carla auch prompt ganz scheinheilig.

Vielleicht war das nur eine Fangfrage, und wenn ich jetzt sagte, dass wir dort keinem Promi begegnet waren, würde sie vielleicht Verdacht schöpfen.

»Wir haben ein paar ganz nette Leuten getroffen, aber ob das nun echte Promis waren, weiß ich gar nicht so genau«, antwortete ich vage und fügte noch hinter vorgehaltener Hand hinzu: »Du weißt ja, ich kenne mich da nicht so aus.«

»Wen denn? Oder willst du das lieber für dich behalten?«, bohrte sie mit schriller Stimme nach.

»Aber nein, warum auch? Also ich war einmal mit einem Ehepaar Hase shoppen.«

»Hase?«, hakte Carla sofort hektisch nach. »Von der Immobilienfirma?«

»Nein, ich glaube, die sind eher im elektronischen Bereich

unterwegs.« Zumindest war Hase von seinem iPad ganz angetan gewesen.

»Hm, das sagt mir jetzt gar nichts. Und sonst?«

»Und einmal war ich mit einem gewissen Constantin von Holt essen.«

»Doch nicht der von den Holt-Medien?« Carlas Augen wurden schmal vor Neid.

»Schon möglich«, entgegnete ich vage.

»Habt ihr Nummern ausgetauscht?«

»Nein«, erwiderte ich halb wahrheitsgemäß.

Carlas Gesichtszüge entspannten sich etwas. »Na, dann war die Begegnung ja wohl nicht so von Bedeutung.«

»Du, Carla, ich muss weiter. Meine Einkaufstüten werden langsam schwer.«

Sie hielt mich zurück. »Also der Abend bei Hubertus war supernett. Er hat sich solche Mühe für uns gemacht.«

Ich lächelte kalt. »Wie schön.«

»Ja, wirklich! Bernd war schon ganz eifersüchtig, weil Hubertus mir andauernd Komplimente gemacht hat.« Dabei sah sie an sich herunter und strich demonstrativ über ihre Taille.

Ich kochte innerlich vor Wut, bemühte mich aber, betont gleichgültig zu reagieren. »Das tut mir leid für Bernd. Ich habe Hubertus schon tausendmal gesagt, dass er es nicht immer so übertreiben soll. Weißt du, unsere Putzfrau hat schon richtig Angst vor ihm, weil er ihr auch immer so viele Komplimente macht. Das hat aber nichts zu bedeuten.«

Carlas Augen verengten sich kurz, dann lächelte sie. »Na, bei eurer Putzfrau vielleicht nicht. Aber, ach, lassen wir das. Ich freue mich für dich, dass du mal rausgekommen bist aus deinem Trott. Immer nur Kinder hüten und putzen ist doch kein Leben. Also Ciao und grüß Hubi ganz lieb von mir.« Damit rauschte sie aus dem Laden.

Ich hätte schreien können vor Wut. Wie immer hatte sie das letzte Wort gehabt. Ob Hubertus ihr wirklich Komplimente gemacht hatte? Eigentlich war das gar nicht seine Art, zumindest nicht mir gegenüber. Aber vielleicht lag es auch an mir und meinem dicken Hintern.

Ach, Constantin, ich vermisse dich so sehr!

An der Kasse kaufte ich mir dann einen großen Schoko-Karamell-Riegel für mein angeschlagenes Nervenkostüm.

Nachdem ich um die Mittagszeit Vincent vom Kindergarten abgeholt hatte und auch Leonie von der Schule zurück war, tischte ich Lachs mit gedünstetem Gemüse auf.

»Bäh, was ist das denn?!« Vincent verzog das Gesicht und schob seinen Teller von sich.

Okay, der Lachs sah tatsächlich nicht sehr appetitlich aus. Während ich wütend Carlas Geschwätz hatte Revue passieren lassen, war der Fisch in der Pfanne angebrannt und das Gemüse verkocht.

»Ich esse keinen Fisch, und Gemüse mag ich auch nicht!« Leonie verschränkte bockig die Arme.

»Dann esst halt nur die Kartoffeln. Vinci, geh bitte und sag Lotti, dass das Essen fertig ist.«

»Ooooommiiiiii«, brüllte Vincent, ohne sich vom Stuhl zu erheben.

»Rumschreien kann ich selber. Du sollst gucken, wo sie ist, und ihr Bescheid sagen, nicht brüllen«, meckerte ich ihn an.

Da kam Lotti schon in die Küche.

»Oh, keinen Blumenkohl oder Zucchini?«, fragte sie enttäuscht, nachdem sie einen Blick in die Töpfe geworfen hatte. »Dann für mich bitte auch nur Kartoffeln.«

Ich hätte ausflippen können. Wieso hatte ich mir eigentlich die ganze Arbeit gemacht?

»Weißt du was, Vicci? Solange ich bei euch zu Besuch bin, kann ich ja kochen. Ich glaube, das schmeckt uns allen besser«, schlug Lotti mit einem zuckersüßen Lächeln vor.

Leonie und Vincent jubelten.

Gerade als ich protestieren wollte, fiel mir ein, dass ich am nächsten Tag mit Constantin zum Mittagessen verabredet war. »Ja, das wäre großartig. Vielen Dank, Lotti«, stimmte ich freundlich zu und lächelte liebenswürdig.

Lotti guckte mich mit großen Augen an. Mit einer solchen Reaktion hatte sie nicht gerechnet.

Den restlichen Nachmittag verbrachte ich damit, die Wäsche zu waschen und Leonie beim Lernen für die Mathearbeit zu helfen. Auch dabei waren meine Nerven gefordert.

»So geht das nicht. Das ist falsch«, maulte sie bei jeder meiner Erklärungen.

»Wenn du es besser weißt, brauche ich dir ja nicht zu helfen«, antwortete ich.

»Jetzt motz doch nicht gleich wieder rum!«, schrie Leonie mich daraufhin an.

Ich konnte nur hoffen, dass Vincent in der Schule ein Überflieger werden würde. Bei zwei Kindern Lernhilfe zu leisten würde mich in die Klapsmühle bringen.

Gegen Viertel vor acht machte ich mich auf den Weg zu Andrea, froh, das Haus verlassen zu können.

Sie wartete schon vor ihrem Haus.

»Wie lieb, dass du mich abholst. Geht's euch gut?«

»Ja, super! Und euch?«, fragte ich zurück.

»Auch alles bestens.«

Für kurze Zeit war es still im Auto, und ich überlegte, wie Andrea wohl reagiert hätte, wenn ich ihr die Wahrheit gesagt hätte: Nee, du, bei uns zu Hause ist alles scheiße. Leonie wäre auf der Hauptschule wahrscheinlich besser aufgehoben als auf dem Gymnasium, mein Mann findet mich total fett und überschüttet meine Erzfeindin mit Komplimenten, und ich sehne mich nach dem Mann, mit dem ich einen One-Night-Stand hatte. Vielleicht hätte Andrea mir ja auch ein paar Wahrheiten aus ihrem Familienleben anvertraut. Vielleicht wäre sie aber auch total schockiert gewesen und nie wieder bei mir mitgefahren. Schweigen war eben doch Gold …

Als wir den Kindergarten betraten, fiel mir auf, dass ich viele der anderen Eltern gar nicht kannte. Komisch, als Leonie im Kindergarten gewesen war, hatte ich alle beim Namen gekannt und mich mit den meisten geduzt. Beim ersten Kind war alles einfach noch spannend und aufregend gewesen, und sogar Hubertus war zum allerersten Elternabend mitgekommen. Allerdings nur das eine Mal. Danach hatte er immer irgendwelche wichtigen Geschäftstermine vorgeschützt.

Andrea und ich nahmen in der letzten Reihe auf den winzigen Kinderholzstühlchen Platz. Hoffentlich redete Frau Probst nicht so lange, bis sich meine Bandscheiben meldeten.

»Guten Abend, liebe Eltern, heute geht es um das Abschiedsfest unserer Vorschulkinder«, begann Frau Probst.

Unauffällig massierte ich mir den unteren Lendenwirbelbereich. Ich hatte jetzt schon das Gefühl, mir eine dauerhafte Rückgratverkrümmung zuzuziehen.

Nach ein paar Anekdoten aus dem letzten Kindergartenjahr bat Frau Probst um Vorschläge für das Büfett des anstehenden Fests.

»Ich könnte zwei Schüsseln Tiramisu machen«, meldete sich Andrea neben mir eifrig zu Wort.

»Oh, bitte nicht so viel Süßkram. Das verleitet nur zum Naschen, und mein Hans-Peter verträgt das gar nicht«, sagte eine Frau mit Pagenkopf vor mir.

Komisch, nicht einmal mehr die Kinder kannte ich. Von einem Hans-Peter hatte Vincent noch nie erzählt.

»Wieso? Ihr Kleiner muss das ja nicht essen«, ereiferte sich jetzt eine Frau mit Brille in der ersten Reihe.

»Hans-Peter hat sich gerade das Rauchen abgewöhnt und hat deshalb immer Heißhunger auf Süßes«, entgegnete die Frau mit dem Pagenkopf.

Mit fiel die Kinnlade herunter. Erst als Frau Probst meinte, das Fest wäre ja in erster Linie für die Kinder gedacht und nicht für die Eltern, dämmerte mir, dass Hans-Peter ihr Mann sein musste.

»Ist Ihr Mann Diabetiker?«, fragte ich den Pagenkopf.

»Nein, aber er bekommt von zu viel Zucker Verdauungsprobleme, auf die ich jetzt nicht näher eingehen möchte.«

Das mochte ich auch gar nicht genauer wissen. Die Vorstellung, dass Hans-Peter nach dem Verzehr von Andreas Tiramisu schlimme Blähungen bekam, fand ich nicht so appetitlich. Zumal der Gruppenraum, in dem die Verabschiedung stattfinden sollte, nicht sehr groß war.

»Dann lieber kein Tiramisu«, rief ich.

Damit war die Brillenfrau in der ersten Reihe nun überhaupt nicht einverstanden. »Nur weil ein erwachsener Mann Süßes nicht verträgt, sollen wir alle darauf verzichten? Wenn er sich nicht beherrschen kann, soll er doch zu Hause bleiben«, entrüstete sie sich.

Bevor die Diskussion entglitt, ergriff Frau Probst wieder das Wort und schlug vor, das süße Büfett neben der Garderobe aufzubauen. Wer Süßes nicht vertrug oder nicht essen durfte, der solle die Garderobe einfach meiden. Damit war das Thema erledigt, und Frau Probst ließ eine Liste herumgehen, auf der alle eintragen konnten, was sie zum Kindergartenfest beisteuern würden.

Eine halbe Stunde später sprach Frau Probst das Schlusswort, und ich erhob mich mit schmerzendem Rücken von dem roten Kinderstuhl. Andrea war noch in ein Gespräch mit zwei anderen Müttern vertieft.

»Victoria, bist du mit dem Auto da? Kannst du mich mitnehmen?« Ulrike, Timmis Mutter, war neben mich getreten.

»Na klar«, sagte ich.

Andrea gesellte sich zu uns, und wir schlenderten zu dritt zum Auto.

Während der kurzen Autofahrt zu Andreas Haus erfuhr ich, dass sie und Ulrike oft gemeinsam etwas unternahmen. Es war sogar von Wochenendausflügen beider Familien die Rede. Wie nett! Wir haben keine Familienfreunde, dachte ich etwas neidisch. Ich hatte meine Freundinnen, also Emily und Kathrin, und Hubertus traf sich mit Arbeitskollegen oder ehemaligen Kommilitonen. Die jeweiligen Partner unserer Freunde fanden wir jeweils zwar nett, trotzdem hatte sich nie eine tiefergehende Freundschaft entwickelt.

Als Andrea ausstieg, warf sie uns beiden eine Kusshand zu. »Danke fürs Mitnehmen, Vicci! Ulrike, wir sehen uns Freitag beim Pilates.«

Ulrike winkte eifrig, und ich fuhr weiter.

»Ach, die Arme!«, seufzte Ulrike. »Sie hat's auch echt nicht leicht.«

Ich verdrehte innerlich die Augen. Kaum war eine aus dem Auto raus, wurde gleich über sie getratscht. Eigentlich hätte ich souverän ein anderes Thema anschneiden sollen, doch dafür war ich zu neugierig.

»Wieso?«, fragte ich.

»Na, Stefan betrügt sie doch nach Strich und Faden. Der hüpft jeder Frau hinterher, die einigermaßen attraktiv ist.«

Betroffen schwieg ich.

»Da bin ich echt froh, einen Mann wie Michael zu haben. Er ist zwar nicht der große Entertainer, aber wirklich eine treue Seele.«

Dass Michael nicht der große Entertainer war, hielt ich für die Untertreibung des Jahrtausends. Er rangierte auf der Langweiligkeitsskala noch weit vor Carlas Bernd, und das sollte echt was heißen. Klar war Michael total treu. Wer wollte schon mit einer Schlaftablette eine Affäre haben?

»Und Hubertus?«, fragte Ulrike. »In der Bank laufen doch bestimmt auch ein paar Singlefrauen rum, die sich an einen wie Hubertus ranschmeißen.«

Warum gingen viele verheiratete Frauen immer davon aus, dass ledige Frauen sich an jeden Mann ranschmissen? Vielleicht weil in ihrem Hausfrauen-Mami-Dasein der Ehemann den Dreh- und Angelpunkt darstellte. Ihre Trophäe, die sie eisern verteidigten, weil sie sonst nichts im Leben hatten.

»Also, ich glaube, gefährlicher sind da eher die frustrierten Ehefrauen. Die, die langweilige Ehemänner haben. Die würden sich eher an einen verheirateten Mann ranschmeißen als eine erfolgreiche Singlefrau«, überlegte ich laut und meinte nicht unbedingt Ulrike.

Sie schien sich aber persönlich angegriffen zu fühlen und schwieg beleidigt. Als wir vor ihrem Haus ankamen, zischte sie mir nur ein »Tschüss« zu und ging hinein.

Ein paar Minuten später parkte ich das Auto vor unserer Garage und schloss die Haustür auf. Im Haus war es dunkel, offenbar schliefen bereits alle.

Leise schlich ich mich ins Wohnzimmer und schaltete den Fernseher an, denn ich war noch nicht müde.

Sonja Zietlow präsentierte gewohnt zynisch und gefühlskalt die zehn größten Liebesromanzen aller Zeiten. Gerade als ich kopfschüttelnd umschalten wollte, begann der erste

Beitrag. König Edward VIII. hatte am 10. Dezember 1936 der Liebe wegen auf den englischen Thron verzichtet. »Es ist mir unmöglich, die schwere Last der Verantwortung zu tragen und meine Pflichten als König zu erfüllen ohne die Hilfe und Unterstützung der Frau, die ich liebe.« Mit diesen Worten hatte er den Engländern seine Abdankung per Radioansprache mitgeteilt.

Betroffen schaltete ich den Fernseher wieder aus.

Wie musste es sich anfühlen, so sehr geliebt zu werden, dass jemand für einen sogar auf ein ganzes Königreich verzichtete?

Als ich zehn Jahre zuvor Hubertus vorgeschlagen hatte, nach Düsseldorf umzuziehen, weil dort meine Eltern lebten, hatte er nur abgelehnt: »Nee, also ich bleibe auf alle Fälle in Hamburg. Hier habe ich weitaus bessere Karrierechancen. Wenn du unbedingt nach Düsseldorf willst, musst du alleine gehen.«

Hörte sich so die große Liebe an? Wohl kaum. Trotzdem hatte ich ein halbes Jahr später seinen Heiratsantrag angenommen. Warum eigentlich? Weil alle um mich herum heirateten? Weil ich Kinder und eine Familie wollte?

Nein, ich hatte ihn wirklich geliebt, und wir hatten viele schöne Momente gehabt. Einmal hatte er mich mit einem Candle-Light-Dinner überrascht. Er hatte mich von der Arbeit abgeholt und mir bedeutet, kurz vor der Tür seiner Wohnung zu warten, bevor er mich dann hineinführte. Überall waren Teelichter aufgestellt, und im Hintergrund lief eine CD von Elton John. Ich war hin und weg gewesen. Hubertus war das Essen angebrannt, wofür er sich zerknirscht entschuldigte, aber mir hatte es besser geschmeckt als in jedem Sternerestaurant.

Mit Hubertus' Aufstieg in der Bank wurden solche romantischen Abende dann immer seltener, bis sie irgendwann ganz ausblieben. Die Karriere war das Einzige, was für ihn zählte. Auch wenn ich seinen intensiven Arbeitseinsatz bewunderte, so hatte ich doch gehofft, dass er eines Tages wieder mehr Zeit für mich hätte. Stattdessen entfremdeten wir uns, und inzwischen hatte ich nicht einmal mehr das Gefühl, noch von ihm geliebt zu werden.

Doch war es nicht genau das, wonach wir alle strebten? Nach Liebe und Anerkennung? Vielleicht steigerte ich mich genau aus diesem Grund in meine Gefühle für Constantin hinein. Der Traummann, der mich schön fand, so wie ich war und ohne gleich nach der Pulsuhr zu fragen.

Morgen würde ich ihn wiedersehen und dann Hubertus alles erzählen. Morgen würde sich entscheiden, welche Richtung mein weiteres Leben nehmen würde.

Der nächste Tag startete wie immer: Frühstück, Streit, Gemecker, Verabschiedung von Kindern und Mann.

Als ich die Haustür wieder schloss, spürte ich, wie Aufregung meinen ganzen Körper erfasste.

»Guten Morgen«, flötete Lotti. »Willst du einen Kaffee mit mir trinken?«

Lieber nicht. Mein Herz raste jetzt schon viel zu schnell.

»Nein danke, Lotti, ich habe heute Mittag einen Termin in der Stadt. Deswegen ist es großartig, dass du heute kochst. Soll ich noch irgendwelche Zutaten besorgen?«

Lotti schaute mich ganz verwundert an. »Du bist ja richtig nervös. Was hast du denn für einen Termin?«

Ich schluckte. Nicht dass sie etwas merkte.

»Nur einen lästigen Zahnarzttermin«, sagte ich und verzog mich schleunigst ins Schlafzimmer.

Dort öffnete ich den Kleiderschrank und überlegte, was ich

anziehen sollte. Da Constantin ja dachte, ich sei eine erfolgreiche Geschäftsfrau, entschied ich mich für einen schwarzen Hosenanzug und ein graues Top. Die Haare band ich streng zurück und legte dezent Make-up auf. Noch einen Hauch Lipgloss, und ich war mit meinem Spiegelbild zufrieden. So konnte ich in der Tat als erfolgreiche Geschäftsfrau durchgehen. Zwar wollte ich Constantin heute die Wahrheit sagen, dabei aber keinesfalls muttimäßig aussehen. Vielleicht sollte ich mir noch eine von Hubertus' Aktentaschen unter den Arm klemmen.

»Du hast ein Bewerbungsgespräch, oder?«

Erschrocken drehte ich mich zu Lotti um, die lautlos ins Zimmer gekommen war. »Äh, nein. Ich wollte mich nur ein bisschen nett anziehen«, stotterte ich.

Sie lächelte. »Ach, Vicci, ich habe gestern schon gemerkt, dass was im Busch ist. Ich finde es toll, dass du wieder berufstätig sein möchtest. Eine Frau sollte sich nicht nur über ihren Ehemann definieren, sondern etwas Eigenes haben. Glaub mir, ich spreche aus Erfahrung.«

»Aber du warst doch nie berufstätig?«, fragte ich verwirrt.

»Deshalb weiß ich ja, wie es ist, wenn man von den Launen eines Ehemanns abhängig ist. Hubertus kommt genau nach seinem Vater. Die Dansmanns sind zwar Traummänner, aber eben nicht ganz einfach.« Sie nahm meine Hand. »Darum freue ich mich ja auch so, dass du es jetzt anders machst. Du hast dir neue Ziele gesetzt, nicht wahr? Hubertus wird sich auch freuen, dass er so eine tüchtige Frau hat. Ich drücke dir die Daumen für heute. Und er wird selbstverständlich nichts von mir erfahren, das wird eine Überraschung.«

Ja, das würde es wohl werden, allerdings keine erfreuliche, dachte ich schuldbewusst. Einen Augenblick lang überlegte ich, ob ich Lotti alles erzählen sollte. Aber erstens war sie Hubertus' Mutter, und zweitens gäbe es dann schon zwei Menschen, die von meiner »Affäre« wussten, während mein Ehemann noch immer nichts ahnte.

Also lächelte ich nur und sagte: »Sollte ich den Job bekommen, bist du die Erste, die es erfährt.«

Allmählich entwickelte ich mich zu einer notorischen Lügnerin.

Als ich das Haus verließ, rief Lotti mir noch hinterher: »Toi, toi, toi! Denk daran: Neid muss man sich erarbeiten, Mitleid bekommt man geschenkt.«

Was wollte sie mir damit sagen? Dass ich bisher ein mitleiderregendes Geschöpf gewesen war und jetzt die Chance auf ein wenig Anerkennung hatte? Das kam mir aber übertrieben vor. Vielleicht verglich sie mich auch nur mit sich selbst?

Ich nahm mir vor, mehr Zeit mit Lotti zu verbringen. Ich hatte sie nie nach ihrer Ehe gefragt, fiel mir auf. Überhaupt sollte ich mich mehr für meine Mitmenschen interessieren. Vielleicht würde ich mein eigenes Leben auch besser begreifen, wenn ich mich mehr mit den Sorgen und Problemen der anderen beschäftigte als nur mit meinen eigenen.

Gedankenversunken stieg ich ins Auto und fuhr in die Stadt.

Ich versuchte gelassen zu bleiben, aber je mehr ich mich dem *Vier Jahreszeiten* näherte, desto nervöser wurde ich. Die Tage in Lech waren wie ein Traum gewesen, aber Hamburg war Realität. Vielleicht hatten Constantin und ich uns hier nichts mehr zu sagen.

Als ich durch die Drehtür des Hotels und die Stufen zum Foyer hinaufging, klopfte mein Herz wie wild. Aus der Tagesbar erklang gedämpfte Klaviermusik. Und dann sah ich ihn.

Wie in Lech saß Constantin in einem der Sessel und wartete auf mich. Allerdings nicht in Jeans und Pullover wie am Arlberg, sondern in beigefarbener Flanellhose, weißem Hemd und dunklem Blazer. Er wirkte förmlicher und nicht ganz so leger, wie ich ihn in Erinnerung hatte.

Wir blickten uns an, und er kam auf mich zu. Unsicher, wie wir uns begrüßen sollten, standen wir uns nervös gegenüber.

Constantin beugte sich schließlich vor und küsste mich auf die Wange. »Schön, dass du kommen konntest.«

»Wieso bist du hier? Du wolltest doch noch ein paar Tage in Lech bleiben«, fragte ich.

»Pläne ändern sich«, sagte er lächelnd. »Wie geht es dir?«

Es rührte mich, dass er sich stets als Erstes nach meinem Befinden erkundigte und dass immer aufrichtiges Interesse in seinen Worten lag und er nichts einfach so dahin sagte.

»Es geht mir gut, danke.« Ich lächelte ihn an.

»Das ist gut. Komm, lass uns essen gehen. Ich möchte etwas mit dir besprechen.«

Mit diesen Worten schob er mich ins Restaurant, wo uns der Ober zu einem Tisch am Fenster führte.

Verstohlen blickte ich mich um, um zu sehen, ob irgendwo jemand da war, den ich kannte. Erleichtert stellte ich fest, dass kein bekanntes Gesicht unter den vielen anwesenden Geschäftsleuten war.

Am Tisch rückte mir der Ober galant den Stuhl zurecht, und ich fühlte mich richtig wichtig.

Nachdem unsere Getränkewünsche aufgenommen worden waren, sah Constantin mich an. »Nachdem du abgereist warst, hat mir Lech keinen Spaß mehr gemacht. Ich habe dich vermisst.«

Er hatte mich vermisst!

Ein wohliger Schauer jagte über meinen Rücken. Gleichzeitig wusste ich, dass ich ihm jetzt die Wahrheit sagen musste. Ich wusste nur nicht, wie ich anfangen sollte. Meine Angst, ihn zu verlieren, war riesengroß. Immerhin war er zurzeit der einzige Lichtblick in meinem Leben. Aus Verlegenheit griff ich zum Brotkorb.

»Schöne Grüße übrigens von Friedrich.«

Ich nickte mit vollem Mund.

»Er fliegt nächste Woche nach London«, fuhr Constantin fort und lachte. »Bin gespannt, wie lange er in der King's Road nach dem *Times Square* sucht.«

Es dauerte eine ganze Weile, bis ich den Sinn seiner Worte verstanden hatte.

»Es gibt gar kein Restaurant namens *Times Square*?«, fragte ich schwach. Wenn Constantin für mich gelogen hatte, dann war ihm klar gewesen, dass ich keine Ahnung von London hatte, und damit natürlich auch, dass ich dort überhaupt nicht wohnte.

Constantin schüttelte grinsend den Kopf. »Und jetzt möchte ich wissen, wer du wirklich bist, Victoria.«

Ich schluckte und nickte. Ich musste ihm jetzt alles erklären und hoffte inständig, er würde mich danach noch mögen.

Ich würgte also den Rest meines Brotes hinunter und sah ihm in die Augen. »Du hast recht. Ich bin keine erfolgreiche PR-Beraterin. Ich bin …«

Weiter kam ich nicht, denn in diesem Moment rief eine schrille Stimme: »Constantin, was machst du denn in Hamburg?«

Wir drehten uns beide gleichzeitig um, und ich erstarrte.

Daniela Körner kam quer durch den Raum auf uns zu.

Hektisch blickte ich zu Boden.

Constantin erhob sich und umarmte sie.

O Gott, er kennt sie auch noch gut.

»Constantin, wie schön, dich zu sehen. Ich hatte ja keine Ahnung, dass du in Hamburg bist«, säuselte Daniela Körner.

Er lachte. »Das hat sich auch erst kurzfristig ergeben. Darf ich dir eine gute Freundin von mir vorstellen: Victoria Dansmann. Victoria, das ist Daniela Körner. Ihr Mann ist ein enger Freund von mir.«

Auch das noch!

Daniela Körner wandte sich strahlend zu mir um – dann stockte sie und erkannte mich. Augenblicklich verschwand ihr Lächeln. »Wir kennen uns doch. Sie sind mit Constantin befreundet?«

Ich war starr vor Schreck und unfähig, etwas zu sagen.

Zum Glück antwortete Constantin für mich: »Ja, Victoria ist eine sehr gute Freundin.«

Einen Moment lang musterte Daniela Körner mich abschätzend, dann lächelte sie wieder.

»Eine meiner Stärken ist es, nicht nachtragend zu sein, und Constantins Freunde sind auch meine Freunde. Vergessen wir also, was gewesen ist«, sagte sie bedeutend freundlicher, ergriff meine Hand und schüttelte sie.

O Gott, hoffentlich erwähnt sie Hubertus nicht.

»Wie geht es Tobias?«, fragte Constantin. »Ist er auch hier?«

Bitte nicht.

»Ich warte auf ihn. Ich denke, er wird gleich hier sein«, antwortete Daniela Körner.

»Schön«, freute sich Constantin. »Dann sehe ich ihn endlich mal wieder.« Mit einem Blick auf mich sagte er dann zu Daniela Körner: »Dani, sei uns nicht böse, aber wir haben Wichtiges zu besprechen. Wir sehen uns später noch, ja?«

Daniela Körner lächelte verständnisvoll. Bevor sie ging, entnahm sie ihrer Chanel-Tasche eine Visitenkarte und überreichte sie mir. Auf dem naturfarbenen Büttenpapier standen in goldener Schrift *Dr. Daniela Körner* und drei verschiedene Telefonnummern. Privat und geschäftlich. Aha. Ich hätte sie gern gefragt, woher der Doktortitel kam. Dass sie eine anerkannte Doktorarbeit geschrieben hatte, konnte ich mir beim besten Willen nicht vorstellen.

»Wir können uns ja mal zum Lunch treffen«, sagte sie betont großzügig zu mir und lächelte Constantin an, bevor sie an ihren Tisch zurückkehrte.

Ich hatte jedoch nur einen einzigen Gedanken: Ich muss weg sein, bevor Tobias Körner hier auftaucht. Ich konnte mir bildhaft vorstellen, wie er durchs Restaurant brüllen würde: »Liebe Frau Dansmann, wie schön, Sie wiederzusehen! Wie geht es Ihrem geschätzten Gemahl?« Und dann? Wie würde Constantin reagieren? Vielleicht würde er seinem »engen Freund« Tobias Körner gleich alles erzählen. Angefangen von der Londoner Lüge bis hin zu der Tatsache, dass wir zusammen im Bett gelandet waren. Mein Ruf wäre für alle Zeiten ruiniert. Mich überkam eine Gänsehaut.

»Also, du bist keine erfolgreiche PR-Beraterin?«, nahm Constantin den Faden unseres Gespräches wieder auf.

»Wie bitte? Nein, aber mir fällt ein, dass ich noch einen ganz dringenden Termin habe. Bitte, Constantin, sei mir nicht zu böse, aber ich muss jetzt sofort gehen«, stammelte ich und stand auf.

Constantin erhob sich ebenfalls. »Du musst gehen? Jetzt? Was ist los?«

»Ich ruf dich an.« Ich hatte das Gefühl, schon die dröhnende Stimme von Tobias Körner im Foyer zu hören. Hastig küsste ich Constantin auf die Wange, dann verließ ich eilig das Restaurant.

Der Arme! Er musste denken, er hätte es mit einer Geistesgestörten zu tun. Aber mir war lieber, er hielt mich für verrückt als für ein berechnendes kaltes Luder. Und genau so fühlte ich mich gerade.

Kapitel 6

Ich stürzte aus dem Hotel und lief Richtung Alster. Das Auto hatte ich in der entgegengesetzten Richtung geparkt, aber ich brauchte frische Luft, um nachdenken zu können.

Es regnete leicht, und der Wind war eiskalt. Nur wenige Spaziergänger waren unterwegs. Die kargen Bäume, die vereinzelt am Weg standen, sahen trist und grau aus. Genau das richtige Ambiente, um einen klaren Kopf zu bekommen.

Das Rollenspiel war aus dem Ruder gelaufen. Ich hatte zu spät die Reißleine gezogen, war zu glücklich in der Rolle der ungebundenen Karrierefrau gewesen, als dass ich in die Rolle der braven Hausfrau und Mutti zurückgewollt hätte. Und so wie sich die Dinge derzeit entwickelten, würde es wahrscheinlich auch bald gar kein Zurück mehr in mein gesichertes Leben geben. Was dann? Das war schließlich das Leben, für das ich mich vor über zehn Jahren entschieden hatte. Warum genügte mir das auf einmal nicht mehr? Weil ich erfahren hatte, wie es ist, mehr Anerkennung, mehr Fürsorge, mehr Bewunderung zu bekommen. Mit Constantin hatte ich mich so jung und frei gefühlt.

Aber genau darin bestand das Problem: Ich war vielleicht noch jung – ich meine, relativ betrachtet –, aber ich war nicht frei, ich hatte Verpflichtungen. Meine Kinder waren das Allerwichtigste in meinem Leben. Mein Leben war bisher immer klar strukturiert und vorhersehbar verlaufen. Was würden meine Eltern und meine Freunde sagen, wenn sie erfuhren, dass ich gar nicht so solide war, wie sie alle dachten? Mein Vater hatte stets betont, dass Sicherheit und Struktur von größter Bedeutung im Leben seien. Das war bestimmt richtig und ein Grund, warum ich Hubertus geheiratet hatte, aber Sicherheit allein füllte mich nicht mehr aus. Die Leidenschaft, die ich mit Constantin erlebt hatte, war wie ein Feuer, das mich immer noch von innen heraus erstrahlen ließ. Doch wie lange brannte so ein Feuer? Würde ich nach ein paar Jahren mit Constantin da landen, wo ich jetzt mit Hubertus war? Aber hatte ich überhaupt mit Hubertus je das erlebt, was ich mit Constantin in drei Tagen erlebt hatte?

Ich musste an Emilys Worte denken. *Ich habe dich noch nie so mit Hubertus tanzen sehen.* Damals war ich empört gewesen, aber es stimmte: Hubertus und ich waren immer sehr freundschaftlich miteinander umgegangen – wir hatten die gleichen Ansichten und Vorstellungen vom Leben, aber an eine feurige Leidenschaft zwischen uns konnte ich mich nicht erinnern. Hatte ich den falschen Mann geheiratet? Aber was empfand Constantin für mich? Empfand er überhaupt etwas, oder war es mehr das Unbekannte, das ihn lockte? Er hatte damals in der Bar meine Lüge durchschaut, mich aber trotzdem vor seinem Freund nicht auffliegen lassen. Warum? Wollte er abwarten, welche weiteren Lügen noch folgen würden? Konnte man für jemanden, der sich als andere Person ausgab, überhaupt Gefühle entwickeln? Über meine eigenen Gefühle für Constantin mochte ich nicht nachdenken, denn ich empfand leider viel zu viel für ihn. Was sollte ich denn jetzt tun?

Am liebsten hätte ich Emily, Kathrin oder meine Eltern angerufen und um Rat gefragt. Einfach jemand anderen entscheiden lassen, aber erstens wollte ich ab sofort mein Leben selbst in die Hand nehmen, und zweitens wusste ich ganz genau, was die anderen mir raten würden: Vergiss Constantin und rette, was zu retten ist. Ich musste logisch denken. Mit großer Wahrscheinlichkeit würde Constantin sich gerade mit seinem Freund Tobias Körner über mich unterhalten. Und dann? Würden sie meine Geschichte als das ansehen, was sie war – der klägliche Versuch einer Hausfrau, etwas mehr Glanz in ihr Leben zu bringen? Oder würden sie denken, sie hätten das bizarre Doppelleben einer Verrückten aufgedeckt? Das wäre natürlich ziemlich unschön, da Tobias Körner einen beträchtlichen Teil seines Vermögens dem Ehepartner der Verrückten zur Verwaltung anvertraut hatte. Was wäre, wenn er voller Sorge meinen Mann anrief? Hubertus konnte ihn dann noch nicht einmal beruhigen, weil er ja keine Ahnung hatte. Ich muss jetzt sofort mit Hubertus reden, schoss es mir durch den Kopf, bevor Tobias Körner Gelegenheit dazu hat.

Ich zog mein Handy aus der Tasche und rief in der Bank an.

Frau Müller war in Plauderlaune. »Ah, Frau Dansmann! Sie habe ich ja lange nicht gesehen. Wie geht es Ihnen denn? Was machen die …«

»Frau Müller, ist mein Mann zu sprechen?«, würgte ich ihre Fragen ab.

»Hm, nein, er ist im Gespräch mit einem Kunden, und das kann dauern.«

Mist! Aber zumindest würde ihn dann auch ein Tobias Körner nicht erreichen können.

»Wie lange dauert das? Ich müsste ihn dringend sprechen.«

»Momentchen, ich schaue mal in seinen Terminkalender«, flötete sie.

Kurz darauf war ich in der Warteschleife und einem beschwingt-zermürbenden Vivaldi-Konzert ausgeliefert.

»Also, ich denke, so gegen 17 Uhr müssten sie durch sein. Dann steht auch nichts mehr in seinem Terminkalender«, meldete sich Hubertus' Sekretärin wieder.

»Ich komme dann in die Bank und hole ihn ab«, sagte ich.

»Soll ich Ihnen vielleicht in einem Restaurant einen Tisch reservieren?«, fragte Frau Müller, die gute Seele.

Eigentlich gar keine schlechte Idee. In der Bank konnte ich kaum mit Hubertus reden, und zu Hause waren Lotti, die Kinder und eventuell auch noch Carl Schrader. Und wenn ich etwas gerade nicht gebrauchen konnte, so waren das weitere Mitwisser meines Seitensprungs. Außerdem hatte ich Hunger, denn ich hatte ja das Mittagessen mit Constantin ausfallen lassen.

»Das ist eine gute Idee. Vielleicht im *Rive* um 18 Uhr. Danke, Frau Müller. Bis dann!«

Ich legte auf und sah auf die Uhr. 15:40 Uhr. Ich würde jetzt einfach schon zur Bank gehen und mich bei Frau Müller ins Büro setzen, bis Hubertus' Besprechung zu Ende war. So könnte ich ihn abfangen, bevor Tobias Körner die Gelegenheit hatte, ihn zu erreichen.

Ich machte kehrt und ging die Alster entlang zurück Richtung Innenstadt. Zwar hatte der Regen nachgelassen, aber der Wind war immer noch eiskalt. Die anderen Fußgänger hetzten an mir vorbei, um möglichst schnell an ihr Ziel zu kommen. Nur ich ging langsam und überlegte, wie ich das Gespräch mit Hubertus beginnen sollte.

Hubi, ich habe mich in Lech als ledige Geschäftsfrau ausgegeben, weil du mich als Hausfrau ja so langweilig findest.

Nein, noch mal.

Hubi, da du so lieblos zu mir warst …

Nein, auch das klang nach Anklage. Gut, ich hatte mich auf das Rollenspiel eingelassen, weil ich mich gekränkt gefühlt hatte, doch trug Hubertus deshalb eine Mitschuld an meinem Handeln? Ich war mir sicher, dass ich niemals so weit gegangen wäre, wenn Hubertus und ich eine glückliche Ehe geführt hätten.

»Ich klinge schon genauso wie diese Typen, die ihre Ehefrauen betrügen und hinterher behaupten, die Ehefrauen seien selber schuld«, murmelte ich und verfluchte mich gleichzeitig selbst, weil ich solch ein Verhalten hasste.

Inzwischen war ich am Bankgebäude angekommen. Ich holte noch einmal tief Luft, dann schritt ich durch die Drehtür in die große Eingangshalle. Herr Jacobs, der Portier, sah kurz auf. Ich grüßte ihn und sagte, dass ich zu meinem Mann wolle. Er nickte kurz und vertiefte sich wieder in seine Lektüre. Mit dem Fahrstuhl fuhr ich in die fünfte Etage, wo mich der vertraute Geruch von Aktenstaub und Kaffee erwartete, nach dem auch Hubertus' Anzüge rochen, wenn er abends nach Hause kam.

Auf dem Flur war es sehr ruhig, alle Türen waren geschlossen. Ich ging zu Frau Müllers Büro und klopfte an. Keine Antwort. Gerade als ich zögerlich die Tür öffnen wollte, kam sie den Flur entlang, in den Händen ein Tablett mit gefüllten Sektgläsern.

»Oh, hallo, Frau Dansmann, da sind Sie ja schon! Die Präsentation ist gerade zu Ende. Kommen Sie doch gleich mit. Die Herren werden sich freuen.«

Mir stand jetzt überhaupt nicht der Sinn nach Smalltalk mit irgendwelchen Bankkunden, aber ich konnte schlecht »Nö, keine Lust« sagen. Also folgte ich Frau Müller brav in den Konferenzraum.

Zuerst glaubte ich an eine Sinnestäuschung, doch nach fünf Sekunden begriff ich, dass es keine war. Im Konferenzraum standen mein Mann, Herr Völckel, der Vorstandsvorsitzende der Bank, zwei weitere mir unbekannte Männer und – Constantin.

Ich erstarrte.

O Gott, war ich zu spät? Hatten sie sich bereits über mich ausgetauscht?

»Victoria, hallo! Das gibt's ja nicht!«, freute sich Constantin, als er mich entdeckte.

»Sie kennen meine Frau?«, fragte Hubertus überrascht.

»Ihre Frau?« Constantin schaute jetzt noch verwirrter als Hubertus.

Okay, sie hatten wohl nicht über mich gesprochen.

Was sollte ich nur tun? Weglaufen war mein erster Gedanke, einen Ohnmachtsanfall vortäuschen mein zweiter. Aber ich war eine miserable Schauspielerin und auch nicht besonders scharf darauf, mein Gesicht in dem muffigen Bankteppich zu versenken. Außerdem wollte ich einmal im Leben Stärke beweisen.

Ich versuchte, mir meine Panik nicht anmerken zu lassen, und sah Constantin an. »Es tut mir leid. Die Londoner Wohnung war nicht die einzige Lüge.«

In sein Gesicht trat ein Ausdruck schmerzlicher Erkenntnis. »Ich verstehe«, sagte er kühl.

»Also ich verstehe ehrlich gesagt gar nichts«, lachte Herr Völckel. »Wollten Sie in London eine Wohnung kaufen, Herr Dansmann?«

»Nein, ich verstehe ehrlich gesagt auch nicht, worum es geht«, sagte Hubertus weitaus weniger fröhlich als Herr Völckel.

Constantin räusperte sich. »Tja, meine Herren, ich verabschiede mich. Die Dokumente sind so weit unterzeichnet. Ich erwarte dann Ihren Anruf in der nächsten Woche, Herr Völckel.« Ohne jemandem die Hand zu geben, verließ er den Raum.

O Gott, jetzt hasst Constantin mich und wird mich nie wiedersehen wollen. Hochmut kommt eben doch vor dem Fall. Aber ich war ja gar nicht hochmütig gewesen, sondern hatte einfach nur die Liebe und Aufmerksamkeit genossen, die er mir geschenkt hatte. Ich musste ihm alles erklären und meine Gefühle gestehen, bevor er ging.

»Victoria, kannst du uns jetzt bitte mal erklären, was hier läuft«, drängte Hubertus mit unterdrückter Wut in der Stimme.

»Ich bin gleich wieder da«, rief ich und rannte Constantin hinterher, der schon im Fahrstuhl stand.

Gerade als sich die Türen schlossen, quetschte ich mich noch hinein. »Constantin, bitte, es tut mir so leid.« Mit Mühe unterdrückte ich die aufsteigenden Tränen.

»Du bist also verheiratet?«, fragte er abweisend.

»Ja.«

»Hast du auch Kinder?«

»Ja. Zwei.«

Er schüttelte bestürzt den Kopf und wandte sich ab.

Mit Entsetzen stellte ich fest, dass wir bereits den zweiten Stock hinter uns gelassen hatten. Gleich würde der Fahrstuhl im Erdgeschoss ankommen, und dann würde Constantin in ein Auto steigen und wegfahren. Kurzentschlossen drückte ich die Stopptaste, und mit einem Ruck hielt der Fahrstuhl an.

»Was soll das, Victoria? Ich dachte, du leidest unter Platzangst, oder war das auch eine deiner zahlreichen Lügen?«

»Nein, das war keine Lüge. Aber meine Angst, dich jetzt zu verlieren, ist größer als jede andere Angst. Constantin, ich wollte dich nicht belügen. Ich bin keine Karrierefrau, sondern eine ganz durchschnittliche Hausfrau und Mutter. Leider hält mein Mann das nicht für so bewundernswert. Ich wollte mich in Lech daher einfach mal anders fühlen. Eben wichtig und besonders.«

Constantin sah mich ernst an. »Ich bin nicht dumm, Victoria. Es war ziemlich offensichtlich, dass du nicht diejenige warst, für die du dich ausgegeben hast.«

War es das?

»Für wen hast du mich denn gehalten?«, fragte ich erstaunt.

»Ich weiß nicht genau. Vielleicht für eine Kassiererin oder Verkäuferin. Auf alle Fälle hätte ich nicht gedacht, dass du verheiratet bist und zwei Kinder hast.«

Ich war entsetzt. »Du dachtest, ich wäre eine Kassiererin? Bei Aldi oder wo?«

»Ich weiß nicht … Es war mir auch egal. Ich habe dich als Mensch gesehen, und dieser Mensch hat mir sehr gut gefallen.«

Er hatte mich für eine Kassiererin gehalten, eine wohlgenährte Kassiererin, der er mal was Gutes tun wollte, oder wie? Pretty-Woman-mäßig, nur dass ich leider nicht so aussah wie Julia Roberts.

Constantin drückte die E-Taste, und der Fahrstuhl setzte sich wieder in Bewegung.

Es war vorbei. Ich wusste sowieso nicht, was ich noch sagen sollte. Sollte ich etwa erwähnen, dass ich ein abgeschlossenes Studium hatte? Offenbar hatte er mir ja nicht einmal einen Hauptschulabschluss zugetraut.

Der Fahrstuhl hielt im Erdgeschoss, die Türen öffneten sich, und Constantin trat hinaus.

»Wenn du mich für eine Kassiererin gehalten hast, warum hast du dann für mich gelogen und das Restaurant *Times Square* erfunden?«, rief ich aufgebracht hinter ihm her.

Hatte er sich in Lech über mich lustig machen wollen? Oder hatte er Mitleid mit der kleinen Kassiererin gehabt, die noch nie in London gewesen war?

»Willst du das wirklich wissen?«, fragte Constantin wütend.

»Sonst hätte ich wohl nicht gefragt«, entgegnete ich.

Egal was passiert war und egal für wen er mich hielt, er hatte kein Recht, mich so von oben herab zu behandeln.

»Ich habe dein Spielchen mitgespielt, weil ich mich in dich verliebt hatte!«

Ich starrte ihn mit offenem Mund an. Mit diesem Bekenntnis hatte ich nun nicht gerechnet.

»Ich wünsche dir alles Gute.« Constantin wandte sich um und verließ das Gebäude.

Ich blieb erstarrt im Fahrstuhl zurück, der sich wieder in Bewegung setzte.

Er war in mich verliebt gewesen?

Meine Wut darüber, für eine Kassiererin gehalten worden zu sein, verschwand. Er hatte echte Gefühle für mich gehabt. Ich auch für ihn. Und die hatte ich immer noch. Zum ersten Mal erlaubte ich mir einzugestehen, dass ich noch nie in meinem Leben so verliebt gewesen war wie in diesem Augenblick.

Der Aufzug hielt an, die Türen öffneten sich, und ich blickte in die aufgeregten Gesichter von Herrn Völckel, Frau Müller und Hubertus.

»Victoria, was ist hier los?«, zischte Hubertus. An seinem Hals zeichneten sich rote Flecken ab.

»Ich hoffe nicht, dass es zu irgendwelchen Missstimmungen bei Herrn von Holt gekommen ist«, sorgte sich Herr Völckel.

»Nein, es ging um etwas rein Privates«, versuchte ich, ihn zu beruhigen.

»Ob privat oder nicht, ich möchte auf keinen Fall, dass irgendein schlechtes Licht auf unser Haus fällt«, erwiderte Herr Völckel und warf Hubertus einen strengen Blick zu, der wohl so viel bedeuten sollte wie: Wenn deine Alte hier Probleme macht, gibt's Ärger.

Bevor sich Herr Völckels ganze Wut entladen konnte, sprang Frau Müller zum Glück hilfreich ein. »Oh, es ist bald 18 Uhr. Ich hatte Ihnen doch einen Tisch im *Rive* reserviert. Sie sollten sich jetzt besser auf den Weg machen.«

Danke, Frau Müller, dachte ich erleichtert und verabschiedete mich mit einem schnellen Händedruck von ihr und Herrn Völckel. »Bis gleich im *Rive*«, sagte ich zu Hubertus und betrat den Aufzug.

Bevor die Fahrstuhltüren sich schlossen, hörte ich Herrn Völckel noch zu meinem Mann sagen: »Sie geben mir dann noch einmal Bescheid, Herr Dansmann, ja?«

Und Hubertus versicherte ihm: »Natürlich, ich melde mich später bei Ihnen.«

Wie unverschämt. Gerade hatte ich doch gesagt, dass es sich um eine private Angelegenheit handele, und nun wollte Herr Völckel darüber informiert werden. Und Hubertus setzte seine Prioritäten wieder ganz eindeutig: Stets zu Diensten der Bank – könnte ja der Karriere förderlich sein. Seine Untertänigkeit machte mich richtig wütend, aber mir war klar, dass es nicht sehr klug wäre, ihm jetzt wegen seines Verhaltens Vorhaltungen zu machen und dann zehn Minuten später meinen Seitensprung zu beichten.

Auf dem Weg zum *Rive* dachte ich an Constantin. Er hatte gesagt, er hätte sich in mich verliebt. In mich Durchschnittsfrau, die stets mit ihrem Gewicht haderte, und das bei der weiblichen Konkurrenz in Lech. Hätten wir einen dreimonatigen Sozialdienst im Altersheim ohne jeglichen Kontakt zur Außenwelt absolviert, hätte ich es noch verstehen können. Aber in Lech? Dort waren ausnahmslos langbeinige Schönheiten unterwegs gewesen, die nach Männern wie ihm Ausschau hielten, und trotzdem hatte er sich in mich verliebt. Ich konnte es immer noch nicht fassen, dass er dasselbe für mich empfunden hatte wie ich für ihn.

Jetzt aber musste ich erst einmal mit Hubertus reden und versuchen, ihm alles zu erklären.

Eigentlich liebte ich die unkomplizierte, schlichte Atmosphäre des *Rive*. An diesem Abend jedoch empfand ich die stählerne Decke mit den grauen Rohren dagegen als kalt und ungemütlich. Nervös strich ich die Tischdecke glatt.

Keine fünf Minuten nach mir und mit rotem Gesicht erschien Hubertus. »Kannst du mir mal erklären, was das gerade sollte? Dein Auftritt in der Bank war ja wohl oberpeinlich«, herrschte er mich an.

Ich atmete tief durch. »Es tut mir leid.«

»Woher kennst du überhaupt Constantin von Holt?«

»Ich habe ihn in Lech kennengelernt. Allerdings habe ich mich dort als jemand anders ausgegeben.«

Verwirrt starrte Hubertus mich an. »Als jemand anders ausgegeben? Bist du total verrückt?«

»Ich wollte dir abends am Telefon alles erzählen, aber du wolltest lieber schlafen. Erinnerst du dich?«

Er schien kurz nachzudenken. »Ich konnte ja nicht ahnen, dass es sich dabei um Constantin von Holt handelte.«

»Ach, dann hättest du zugehört, oder wie?«

»Victoria, du warst es, die mittendrin aufgelegt hat. Aber egal, wieso hast du dich jetzt in Lech als jemand anders ausgegeben?«

»Ich war in Lech unter einem Pseudonym unterwegs, als erfolgreiche Karrierefrau Kati König, wenn du es ganz genau wissen willst.«

»Wer ist Kati König?«

»Den Namen hat sich Emily ausgedacht. Ich wollte mich die vier Tage mal anders fühlen als sonst.«

Hubertus' Halsschlagader trat bedrohlich hervor – wie immer, wenn er sich aufregte. »Sag mal, tickst du noch ganz richtig? Pseudonym, Pseudonym! Ich nenne das eher Betrug. Ist dir eigentlich klar, wohin so ein Verhalten im Ernstfall führen kann?«

Er führte sich auf, als hätte ich eine Bank überfallen. Nachdem ich mir fünf Minuten lang sein Gemecker über meine potenzielle kriminelle Energie und Verantwortungslosigkeit angehört hatte, beschloss ich, ihm die ganze Geschichte in der Kurzfassung zu präsentieren.

Mitten in seinen erbosten Redeschwall hinein sagte ich: »Und dann habe ich mit Constantin von Holt geschlafen.«

Hubertus verstummte schlagartig.

»Das ist jetzt nicht wahr«, zischte er dann.

»Doch, es ist einfach passiert. Es tut mir leid«, murmelte ich.

»Es tut dir leid? Bist du noch ganz dicht? Wenn das die Runde macht, bin ich geliefert. Willst du mich ruinieren? Willst du alles zerstören, was ich aufgebaut habe?«, fuhr er mich an.

Ich starrte ihn stumm an und war zu keiner Reaktion fähig. Er hatte ja recht.

»Ich arbeite von morgens bis abends. Ich habe uns eine Existenz aufgebaut und das Haus gekauft. Ich sorge dafür, dass die Kinder in den richtigen Kreisen aufwachsen. Ich habe einen guten Ruf in Hamburg.«

Ich, ich, ich.

»Hubertus, das weiß ich auch alles zu schätzen. Aber jetzt geht es um uns. Willst du wissen, warum es passiert ist oder wie es dazu kam?«, fragte ich so ruhig wie möglich.

»Nein, das will ich nicht! Wahrscheinlich hast du dich mit deiner tollen Freundin betrunken.«

Den letzten Satz schrie er fast, sodass die Gäste an den Nebentischen uns verstohlen musterten. Auch der Kellner umkreiste seit geraumer Zeit unseren Tisch, um endlich unsere Bestellung entgegenzunehmen, traute sich jedoch nicht, uns zu stören.

»Weißt du, Hubertus, das ist genau unser Problem: Für dich

zählen nur deine Karriere und dein Ansehen. Ich brauche aber einen Partner, der mir zuhört und versucht, mich zu verstehen.«

»Erwartest du jetzt im Ernst noch Verständnis von mir? Wofür? Dafür, dass du lügst und betrügst? Und was meine Karriere angeht: Ich denke, du und die Kinder, ihr lebt ganz gut davon.«

In diesem Augenblick fasste sich der Kellner ein Herz und fragte nach unseren Essenswünschen.

»Mir ist der Appetit vergangen.« Hubertus sprang auf und marschierte Richtung Ausgang, kehrte auf halbem Weg aber wieder um. »Und glaubst du im Ernst, dass ein Constantin von Holt an dir interessiert ist? Der wollte doch nur mit dir ins Bett, weiter nichts!« Dann stürmte er wutentbrannt aus dem Restaurant.

Der Kellner und ich schauten uns ratlos an. Ging es noch eine Spur peinlicher? Die nächsten zehn Jahre würde ich wohl keinen Fuß mehr ins *Rive* setzen, mal abgesehen davon, dass wir die nächsten zehn Jahre auf der schwarzen Liste der Gäste stünden, die keinen Tisch mehr bekamen, denn wir hatten nur herumgeschrien und nichts bestellt. Der Kellner war trotzdem sehr nett zu mir, wahrscheinlich tat ich ihm leid. Ich drückte ihm als kleine Entschädigung ein dickes Trinkgeld in die Hand und verließ das Restaurant.

Im Auto wurde ich dann richtig traurig. Hubertus und ich waren seit zwölf Jahren ein Paar, zehn davon verheiratet, und trotzdem waren wir uns fremd. Wir verstanden einander nicht, versuchten es vielleicht auch nicht. Woran lag das? An Bequemlichkeit, an mangelnder Liebe? Oder war unsere Beziehung nach zehn Jahren einfach in der berüchtigten Krise, die jedes Paar irgendwann einmal erwischte?

Ich dachte an meine Eltern. Auch sie hatten verschiedene

Krisen durchlebt, aber trotzdem war für beide in jeder Sekunde klar gewesen, dass sie zusammengehörten. Ein derartiges Zusammengehörigkeitsgefühl empfand ich leider nicht. Lag es daran, dass wir Frauen heutzutage einfach selbstständiger waren und es uns darum schwerer fiel, die eigenen Bedürfnisse zugunsten des Partners zurückzuschrauben? Denn das machte doch eine gute Partnerschaft aus, dass man nicht zuerst an sich, sondern an den anderen dachte. Vielleicht waren wir beide auch einfach zu egoistisch.

Als ich zu Hause eintraf, konnte ich Hubertus' Auto nirgendwo entdecken. Wohin war er gefahren? Zurück in die Bank, um Herrn Völckel wie versprochen Bericht zu erstatten? Was würde er sagen? Vielleicht: Meine Frau hatte mit Herrn von Holt Geschlechtsverkehr. Und Herr Völckel würde vielleicht erwidern: Hauptsache, auf die Bank fällt kein Schatten. Hubertus würde darauf vermutlich erwidern: Bei der Figur meiner Frau wäre ich mir da nicht so sicher.

Matt und ausgelaugt schlich ich mich ins Haus.

Leonie und Vincent sahen sich einen pädagogisch eher sinnfreien Film auf Super RTL an. So viel Wert meine Schwiegermutter auf gesunde Ernährung legte, so wenig interessierten sie die möglichen Folgeschäden übermäßigen TV-Konsums, sprich, Lotti hatte nichts dagegen, wenn die Kinder den ganzen Tag vor der Glotze hingen, solange sie dabei hin und wieder einen Bioapfel aßen.

Müde winkte ich ins Wohnzimmer: »Hallo, ihr Süßen, ich bin wieder da.«

»Pssst«, ertönte es nur vorwurfsvoll von Vincent, und Leonie erklärte: »Omi hat uns erlaubt, den ganzen Film zu sehen.«

Was sollte ich dazu sagen? Außerdem hatte ich jetzt keine Kraft mehr, auch noch mit den Kindern zu streiten. Ich ging weiter in die Küche, aus der es köstlich duftete.

Lotti stand am Herd und rührte in einem großen Topf, auf dem Küchentisch stand ein frisch gebackener Apfelkuchen. Nachdem ich mit meinem verbrannten Fisch mit verkochtem Gemüse aus dem Rennen war, blühte sie förmlich auf in ihrer Rolle als beste Köchin der Familie.

»Vicci! Wie war es? Hast du den Job bekommen?«

Verwirrt schaute ich sie an. Ach stimmt, da hatte ich ja auch gelogen.

»Nein, hat leider nicht geklappt.«

»Ach, lass mal den Kopf nicht hängen. Ich habe damit schon gerechnet und Plan B für dich parat.«

»Plan B?«, fragte ich skeptisch.

»Ta-daa!« Sie zog einen Flyer aus ihrer Handtasche und überreichte ihn mir feierlich – gerade so, als wäre es ein Lottogewinn. Darauf war ein Mann mit Schnurrbart abgebildet, der sich lächelnd einen Löffel zum Mund führte. Darüber stand: »Kochen kann jeder – Volkshochschule Hamburg«.

Ich sah Lotti verständnislos an.

»Na, du meldest dich zu einem Kochkurs in der Volkshochschule an. Da hast du was Eigenes, und Hubertus wird sich auch freuen.«

Sie sah mich so begeistert an, dass ich mich zu einem Lächeln zwang. »Oh … ja … tolle Idee …«

Vor allem wenn dort solche Leute wie der Schnurrbärtige mitmachten. Ich sah ihn mir noch einmal genauer an. Leicht gelbliche Zähne und ein rot-blaues Ringel-T-Shirt, das seine stark behaarten Arme besonders gut zur Geltung brachte. Im Text darunter hieß es: »Kochen mit Lust und Leidenschaft gehört zu den schönsten Beschäftigungen der Welt.« Mag sein, aber warum hatten sie dann kein attraktiveres Model genommen? Weil sich das Kursangebot wahrscheinlich auch nicht an Models richtete, sondern an ganz normale Leute wie mich, gab ich mir gleich selbst die Antwort. Ich käme wahrscheinlich genauso wie Mister Gelbzahn rüber. Frau Speckbauch.

»Ich überlege es mir. Danke, Lotti«, sagte ich und stopfte den Flyer in meine Jackentasche.

In dem Moment stürmten die Kinder in die Küche.

»Der Film ist fertig. Dürfen wir noch ein Stück Kuchen?«, rief Leonie und holte sich bereits einen Teller aus dem Schrank.

Bevor Lotti ihr ein Kuchenstück abschneiden konnte, sagte ich bestimmt: »Nein, ihr geht jetzt endlich ins Bett. Vom Kuchen könnt ihr morgen probieren.«

Leonie schnitt eine Grimasse, und Vincent heulte los.

Kurzentschlossen packte ich die beiden an der Hand, wünschte Lotti eine gute Nacht und zog meine protestierenden Sprösslinge hinter mir die Treppe hinauf. Die beiden waren jedoch so müde, dass sie zehn Minuten später in ihren Betten lagen und schliefen.

Auch ich ging ins Schlafzimmer, legte mich angezogen, wie ich war, aufs Bett und starrte an die Decke.

Und jetzt? Jetzt verabscheuten mich sowohl Hubertus als auch Constantin. Ich musste einfach noch einmal mit beiden über alles sprechen.

Ich zog mein iPhone aus der Tasche und schrieb Constantin eine SMS.

Es tut mir alles so schrecklich leid! Bitte lass es mich dir erklären. Liebe Grüße, Victoria

Dann legte ich das Handy auf meinen Nachttisch und den Flyer mit dem Schnurrbärtigen daneben. Eigentlich sieht er doch ganz nett aus, dachte ich noch, bevor ich einschlief.

Kapitel 7

Am nächsten Morgen erwachte ich mit Kopfschmerzen. Ich tastete zur anderen Seite des Bettes. Hubertus war nicht da. Auch sein Kissen und seine Decke waren verschwunden, er musste auf dem Gästesofa geschlafen haben.

Ich schlurfte ins Badezimmer und betrachtete mein Gesicht im Spiegel. Wieder einmal musste ich feststellen, dass es ziemlich dumm von mir gewesen war, mich nicht abzuschminken. Meine Haut sah um Jahre gealtert aus. Griesgrämig stellte ich mich unter die Dusche.

Als ich mich abtrocknete, steckte Hubertus, bereits im Anzug, den Kopf zur Tür herein.

»Ich fahre jetzt in die Bank und komme erst spät wieder«, teilte er mir so sachlich mit, als wäre ich seine Sekretärin.

»Warte«, rief ich, als er gerade wieder gehen wollte. »Hubi, können wir bitte reden?«

»Ich wüsste nicht, worüber«, antwortete er kalt.

»Über uns! Wie es mit uns weitergehen soll.«

»Ich werde mir überlegen, wie es weitergeht, und sage dir dann Bescheid.«

»Du sagst mir dann Bescheid? Hubertus, diese Sache betrifft uns beide, also sollten wir auch gemeinsam darüber reden und entscheiden.«

Hubertus lachte verächtlich. »Ach ja? Vielleicht hättest du mit mir reden sollen, bevor du mit Constantin von Holt ins Bett gestiegen bist!« Mit diesen Worten verließ er den Raum.

Kurz darauf hörte ich die Haustür zuschlagen.

Was sollte ich jetzt tun?

Ich ging ins Schlafzimmer, wo mich vom Nachtschränkchen der Schnurrbärtige voller Zuversicht anlächelte. Inzwischen fand ich ihn schon fast gut aussehend.

Auf meinem Handy war keine Nachricht eingegangen. Entweder hatte Constantin meine SMS noch nicht gelesen, oder er wollte keinen weiteren Kontakt mehr zu mir. Tja, das ist jetzt die gerechte Strafe, dachte ich und spürte, wie mir die Tränen in die Augen traten. Schlimm genug, von einem Menschen verachtet zu werden, aber gleich von zweien war unerträglich.

Von unten drangen Lottis Stimme und die der Kinder zu mir. Ich musste mich zusammenreißen. Entschlossen wischte ich mir die Tränen aus den Augen und ging hinunter in die Küche.

»Na, da bist du ja endlich! Guten Morgen«, flötete mir Lotti entgegen.

»Wieso endlich?«, fragte ich verwundert und warf einen Blick auf die Küchenuhr. »Es ist doch erst halb neun.«

»Wochenende ist Familienzeit, da kann man auch mal früh aufstehen, um gemeinsam etwas zu unternehmen.«

Am liebsten hätte ich den Tag heulend im Bett verbracht, aber das wäre egoistisch gewesen. Ich musste auch an Lotti und die Kinder denken.

»Ich habe auch schon eine tolle Idee«, strahlte Lotti und hielt mir einen weiteren Flyer unter die Nase.

Mein Gott, wo hatte sie denn nur diese ganzen Flyer her? Auf diesem war eine Familie wie aus der Margarine-Reklame abgebildet. Oma, Opa, Mama, Papa und zwei Kinder lachten einträchtig in die Kamera und sahen dabei allesamt unglaublich gut und glücklich aus. Bilder, auf denen eitel Sonnenschein herrschte, machten mir schon im Normalzustand schlechte Laune, aber an diesem Tag machte mich dieses Happy-Family-Foto richtiggehend aggressiv. Da war mir mein schnurrbärtiger Freund vom Kochkurs-Flyer doch weitaus sympathischer. Das war wenigstens ein Foto, bei dem man sich entspannt zurücklehnen konnte, da er nicht besser aussah als man selbst.

»Na, was sagst du?«

»Entschuldige, ich habe den Text noch gar nicht gelesen.«

»Aber du starrst doch schon eine Ewigkeit darauf«, regte sich Lotti auf. »Pass auf, ich erkläre es dir kurz. Die machen heute im Wedeler Puppenmuseum einen Kasperletheater-Wettbewerb. Jede teilnehmende Familie hat zehn Minuten Zeit, zu einem Thema ein Stück aufzuführen, und das Publikum entscheidet am Schluss, wer gewonnen hat. Sogar der NDR ist dabei.«

»Du willst, dass wir da mitmachen?«, fragte ich ungläubig. Das fehlte mir gerade noch in meinem jetzigen Zustand.

»Natürlich, so etwas schweißt eine Familie richtig zusammen.«

Eine intakte Familie bestimmt. Aber einer Chaotenfamilie wie der unseren würde es sicher den Rest geben. Außerdem war Hubertus sowieso nicht da.

»Hubertus kann heute gar nicht. Er muss arbeiten, und ohne Papa oder Opa wäre es doch komisch, als Familie dort aufzutauchen.« Zum ersten Mal an diesem Tag war ich ein wenig dankbar, dass Hubertus in der Bank war.

»Der Bub ist arbeiten? Am Wochenende? Ihr seid wirklich eine merkwürdige Familie. Ruf ihn an und sag ihm, dass wir einen Termin haben«, nörgelte Lotti. »Das Wochenende gehört der Familie.«

Wenn ich jetzt Hubertus in der Bank anriefe und ihn bitten

würde, mit uns zum Kasperle-Wettbewerb zu gehen, würde er mich definitiv für geisteskrank halten.

»Lotti, Hubertus hat wirklich viel zu tun. Lass uns doch lieber mit den Kindern in den Zoo gehen.«

Ein entspannter Spaziergang mit Eis und Popcorn wäre auch für meine angeknackste Seele erholsam.

Lotti verzog beleidigt das Gesicht und stapfte aus der Küche.

Ich setzte erst mal Wasser für Tee auf und stellte Brot und Marmelade auf den Tisch.

Fünf Minuten später kam Lotti zurückgesaust. »Ich habe alles geregelt. Wir können doch zum Wettbewerb! Carl kommt mit!«

Ich zuckte zusammen. Lotti erwartete doch nicht im Ernst, dass ich mich mit Carl Schrader hinter ein Kasperletheater zwängte und mich dort mit ihm zum Kasper machte, noch dazu vor laufenden Kameras. Mein Leben war schon Drama genug, da brauchte ich nicht auch noch freiwillig bei einem Doku-Drama mitzumachen.

»Lotti, es tut mir leid, ich kann heute nicht. Ich muss auch noch deinen anderen Flyer lesen. Ich möchte ja deinen Rat befolgen und mir etwas Eigenes aufbauen.« Dabei lächelte ich schuldbewusst.

»Gut, wie du meinst. Wenn dir dein eigenes Wohl wichtiger ist … dann gehen Carl und ich eben mit den Kindern ohne euch da hin.«

Lotti war zwar beleidigt, drängte mich aber zum Glück nicht dazu mitzukommen. Jedenfalls waren Leonie und Vincent begeistert von dem Wettbewerb, Vincent, weil er sicher war, dass es dort Süßigkeiten gäbe, und Leonie, weil sie hoffte, vom Fernsehen entdeckt zu werden.

»Vielleicht werde ich Schauspielerin. Dann brauch ich auch kein Abi«, rief sie schwärmerisch.

»Du hast auf alle Fälle das Potential dazu«, bestärkte Lotti ihre Träumerei.

Ich erwiderte nichts, sondern war einfach nur dankbar, daheimbleiben zu dürfen.

Nachdem die vier in Carl Schraders grünem Audi losgefahren waren, atmete ich tief durch. Ein freier Samstag lag vor mir. Was also konnte ich tun? Natürlich hätte ich mich ins Bett legen und mich bedauern können, aber irgendwie verspürte ich einen Tatendrang in mir. Lotti hatte recht. Ich sollte mir etwas Eigenes aufbauen. Dabei dachte ich natürlich nicht an einen Kochkurs, sondern an einen Job. Den würde ich gut gebrauchen können, falls ich demnächst ohne Hubertus dastünde.

Ich setzte mich an den Küchentisch und überlegte, in welchem Bereich ich gerne arbeiten wollte. PR oder Journalismus vielleicht. Nach einem Blick ins Internet stellte ich jedoch ernüchtert fest, dass ich den Anforderungsprofilen der angebotenen Jobs in diesen Bereichen nicht ganz entsprach. Selbstverständlich verfügte ich als Mutter über »Innovationsstärke« und »Kreativität«, aber bei den Punkten »abgeschlossene journalistische Ausbildung« oder »mehrjährige PR-Erfahrung« musste ich passen.

Dann eben mit Vitamin B, dachte ich. Aber welche hilfreichen Beziehungen hatte ich überhaupt? Emily hatte mir in Lech ja ziemlich deutlich zu verstehen gegeben, dass sie es für unwahrscheinlich hielt, dass ich nach zehn Jahren Hausfrauendasein den Sprung zurück in die Arbeitswelt schaffen könnte. Von meinen Qualitäten schien sie nicht sehr überzeugt zu sein und würde mir bestimmt nicht helfen.

Mir fiel meine alte Agentur ein, bei der ich bis zu Leonies Geburt gearbeitet hatte. Mein Chef damals, Harald Silberbaum, hatte bei meiner Verabschiedung gesagt, dass ich jederzeit wieder zurückkommen könnte. Vielleicht war das ja nur eine Floskel gewesen, trotzdem wollte ich am Montag dort anrufen und nachfragen.

Am späten Nachmittag kehrte meine kleine Theatergruppe enttäuscht zurück. Nicht mal für einen Trostpreis hatte es gereicht. Auch als Hubertus abends um acht nach Hause kam, war die Enttäuschung noch nicht verflogen, weshalb er erst mal die Kinder tröstete, bevor er sich mit Lotti unterhielt. Mich behandelte er sachlich und kühl.

Am Sonntag blieb Hubertus zwar zu Hause, verhielt sich aber weiterhin äußerst distanziert mir gegenüber.

»Wohnst du jetzt im Keller?«, fragte ich, als wir kurz allein in der Küche waren.

»Ja, bis auf Weiteres«, erwiderte er knapp und verzog sich ins Wohnzimmer.

Ich lernte mit Leonie Latein und ging am Nachmittag mit Lotti und Vincent spazieren.

»Hast du dich schon für einen Kurs entschieden?«, wollte Lotti wissen. »Du wirst sehen, sobald du erst mal ein eigenes Hobby hast, wirst du eine ganz andere Ausstrahlung haben.«

Ein Hobby brauchte ich nicht unbedingt, aber eine andere Ausstrahlung wünschte ich mir wirklich.

Am Montagmorgen saß ich dann mit klopfendem Herzen am Küchentisch und wählte die Nummer meiner alten Agentur. Mir war klar, dass ich nach knapp zehnjähriger Berufsabstinenz nicht die besten Chancen hatte. Wie ich auf der Internetseite recherchiert hatte, war Harald Silberbaum immer noch der Geschäftsführer.

»*Elbdesign*, hallo?«, meldete sich eine junge Frauenstimme.

»Hallo, Victoria Dansmann mein Name. Ich hätte gerne Herrn Silberbaum gesprochen.«

Eine Sekunde später hatte ich Harald Silberbaum in der Leitung. Nicht nur dass er sich erst nach mehreren Erklärungen meinerseits an mich erinnerte, er konnte auch seine Freude über meinen Wunsch, wieder bei ihm arbeiten zu wollen, gut kaschieren.

»Tja, Victoria, Sie waren also die letzten zehn Jahre Mutter und Hausfrau?«

O Mann, das hatte ich ihm nun schon fünfmal gesagt.

»Also, momentan sind wir hier gut besetzt. Aber ich werde mir mal Ihre Unterlagen raussuchen, und sobald sich etwas tut, melden wir uns bei Ihnen, okay?«

Enttäuscht legte ich auf. Ich war mir sicher, dass ich nie wieder etwas von ihm hören würde.

Doch dann klingelte das Telefon. Wollte er mich vielleicht doch zurück?

»Victoria Dansmann«, hauchte ich erwartungsfroh in den Hörer.

»Na hoffentlich!«, lachte Emily. »Hättest du jetzt Kati König gesagt, hätte ich gleich wieder aufgelegt.«

»Haha, übrigens war das Ganze deine Idee, inklusive dieses bescheuerten Namens.«

»Na, ich konnte ja nicht wissen, dass du dich da so reinsteigern würdest. Hast du dich denn zu Hause wieder gut eingelebt?«

In ein paar kurzen Sätzen erzählte ich Emily, was in den letzten Tagen alles passiert war.

»Das ist ja furchtbar! Vicci, es tut mir so leid. Aber dass der Holt sich bei dir meldet, hätte ich nie gedacht. Den scheint es ja doch erwischt zu haben. Respekt, Vicci!«

»Hör auf, so zu reden. Ich habe Constantin jetzt drei SMS geschickt, aber er antwortet nicht, und Hubertus überlegt noch, ob er bei mir bleibt oder nicht. Solange er in der Findungsphase ist, spricht er nicht mit mir.«

»Hm, das klingt alles nicht so toll. Du musst ja am Boden zerstört sein.«

»Nein, erstaunlicherweise bin ich das nicht. Ich glaube, es liegt daran, dass mir klar geworden ist, dass ich schon vor unserer Reise mit meinem Leben nicht zufrieden war, sonst wäre das mit Constantin nie passiert. Also ist die Situation jetzt eine Chance, was zu ändern.«

»Und wie willst du das machen?«

»Ich suche mir einen Job.«

»Einen Job?«, staunte Emily.

»Ja, ich habe früher auch gearbeitet, und die Kinder sind aus dem Gröbsten raus.«

Emily schwieg kurz, dann meinte sie: »Ich hätte was Cooles für dich. In unserer Fotoredaktion brauchen sie gerade Verstärkung. Zwei Kolleginnen sind krank, und eine ist im Mutterschutz. Sie schicken dauernd Mails rum, ob irgendwer jemanden kennt, der sie vorübergehend unterstützen könnte.«

»Also nur ein befristeter Job?«

»Ja, aber wenn du gut bist, dann wird sich da bestimmt was anderes ergeben.«

Warum eigentlich nicht? In der Fotoredaktion bei *Life & Trends* zu arbeiten machte bestimmt viel Spaß. Fotos von Promis zu sichten hörte sich absolut verlockend an, nur dass ich sofort anfangen sollte, machte mir etwas Angst. Ich hätte gerne ein bisschen Zeit gehabt, um mich darauf einzustellen.

Aber wie immer war Emily ganz pragmatisch. »Jetzt oder nie! Ich ruf schnell dort an und kläre das mit der Redaktionsleiterin. Beate ist übrigens auch Mutter, ihr Sohn ist etwa in Leonies Alter. Und die anderen dort sind auch sehr nett. Melde mich gleich wieder bei dir.« Dann legte sie auf.

Ich fühlte mich ein wenig überrumpelt, war aber auch froh, dass sich Emily meinem Jobproblem annahm.

Kaum hatte ich mir einen Kaffee eingeschenkt, rief sie erneut an und sagte, dass ich bei *Life & Trends* anfangen könne und gleich vorbeikommen solle, um mich vorzustellen. Bezahlt würde ich auf Stundenbasis. Gut, der entsprechende Stundenlohn war zwar nicht gerade hoch, aber Hauptsache, ich hatte erst einmal einen Job.

Gerade als ich mich bei Emily bedanken und auflegen wollte, sagte sie noch: »Ich habe übrigens gesagt, dass du mehrere Fremdsprachen beherrschst. Also fließend Englisch und Spanisch sprichst und ein bisschen Griechisch und Portugiesisch kannst. Nur damit du Bescheid weißt.«

»Waaas? Emily, was soll der Quatsch? Ich will nicht mehr lügen. Ich kann mich auf Englisch unterhalten und besitze maximal Grundkenntnisse in Spanisch.«

Mit diesen »Grundkenntnissen« konnte ich auf Mallorca gerade mal einen Cappuccino bestellen oder in einer Boutique die Verkäuferin fragen, ob sie das Kleid noch eine Nummer größer dahätte.

»Komm, jetzt reg dich nicht gleich wieder auf. Niemand wird dich testen, und kein Mensch hier hat etwas mit Portugal oder Griechenland zu tun. Es steigert einfach nur deinen Marktwert. Sonst wäre dein Stundenlohn noch niedriger ausgefallen.«

Ich sagte nichts mehr, sondern hoffte einfach, dass Emily recht behalten würde. Sie kannte sich schließlich aus.

Schnell flitzte ich nach oben und machte mich fertig.

Als ich fünfzehn Minuten später mit zurückgebundenen Haaren und im beigen Hosenanzug die Treppe herunterkam, hörte ich Lotti in der Küche hantieren. Welch ein Glück, dass sie immer noch bei uns wohnt, dachte ich erfreut. Falls ich gleich länger im Verlag bleiben müsste, könnte Lotti sich heute um die Kinder kümmern. Erleichtert ging ich über den Flur in die Küche.

»Guten Morgen, Lotti.« Ich bemühte mich, das laute Scheppern zu übertönen, das Lotti beim Stapeln der Töpfe verursachte.

»Ah, gut, dass du da bist«, lächelte sie mich an.

»Ja, aber nicht mehr lange!« In kurzen Worten berichtete ich ihr von dem neuen Job und bat sie, heute auf die Kinder aufzupassen. »Leonie und Vincent werden sich so sehr darüber freuen, wenn sie mit dir den Tag verbringen dürfen«, versuchte ich, ihr die Extraaufgabe schmackhaft zu machen. Da sie ja eine leidenschaftliche Oma war, war ich mir sicher, dass sie sich über meine Bitte freuen würde. Weit gefehlt!

Lotti machte ein langes Gesicht. »Wieso Job? Ich dachte, du machst jetzt einen Kochkurs«, maulte sie.

»Aber, Lotti, es ging doch darum, etwas Eigenes zu haben. Ein Job ist doch mindestens genauso gut wie ein Kochkurs, oder etwa nicht?«

»Bei einem Kochkurs lernst du aber was fürs Leben.«

Häh? Okay, es war zwecklos, mit ihr zu diskutieren. Außerdem lief mir die Zeit davon.

»Lotti, ich fahre jetzt zu *Life & Trends* in die Redaktion. Wenn irgendwas ist, ruf mich auf dem Handy an. Tschüüüs!« Damit flitzte ich aus der Küche, griff mir meinen Schlüsselbund von der Kommode und verließ das Haus.

Im Auto überkam mich dann ein schlechtes Gewissen. Vielleicht hatte Lotti die vielen Töpfe hervorgeholt, um mir ein paar Kochtricks beizubringen, mit denen ich dann in der Volkshochschule punkten könnte. Hm, ich hatte ihr gegenüber nicht gerade nett reagiert. Ach verdammt, es war mein erster Job seit zehn Jahren. Da hatte ich jetzt wirklich nicht den Nerv, noch unnötige Diskussionen mit meiner Schwiegermutter zu führen.

Trotzdem tat mir meine Reaktion leid. In letzter Zeit enttäuschte ich ständig geliebte Menschen. Warum? Lag es daran, dass ich nun zum ersten Mal in meinem Leben anfing, meine eigenen Interessen zu verfolgen? War ich deshalb zur Egoistin mutiert? Aber muss man nicht einen gewissen Grad an Egoismus haben, um erfolgreich im Leben zu sein? Everybody's darling is everybody's Depp, fiel mir ein. Als Depp war ich die letzten Jahre nicht glücklich gewesen. Also war es vielleicht gut, jetzt mal ein paar Ecken und Kanten zu zeigen. Möglicherweise war es ja genau das, was meinem Leben bisher gefehlt hatte.

Der Portier von *Life & Trends* erkannte mich sofort, weil ich Emily schon oft von der Arbeit abgeholt hatte, und fragte mich auch gleich: »Sie möchten bestimmt zu Frau Harder, nicht wahr?«

Ich schüttelte den Kopf. »Heute mal nicht. Könnten Sie bitte in der Fotoredaktion Bescheid sagen, dass Victoria Dansmann da ist? Ich werde ab heute auch hier arbeiten.«

»Na dann: Willkommen bei uns, Frau Dansmann«, sagte er lächelnd und griff zum Hörer.

Ein großer Mann Mitte dreißig und mit wuscheligem blondem Haar holte mich kurze Zeit später im Foyer ab. »Hallo, du bist Victoria, oder?«, lachte er mir entgegen und gab mir die Hand. »Ich heiße Marco. Super, dass du so schnell einspringen kannst.«

Marco führte mich den Korridor entlang, bis wir in ein großes Büro kamen, wo er mir seine beiden Kolleginnen vorstellte.

»Das ist Beate, unsere Teamleiterin, und das ist Hanne. Hanne arbeitet eigentlich als Redakteurin im Bereich Unterhaltung, ist aber hier vorübergehend eingesprungen. Julia und André sind krank, und Nicola ist im Mutterschutz, daher sind wir zurzeit nur zu dritt.«

Ich gab Beate und Hanne die Hand, die beiden waren mir auf Anhieb sympathisch. Beate schätzte ich auf Mitte vierzig, ihr blondes Haar war zu einem kurzen Bob geschnitten, und an der Wand über ihrem Computer hing ein Foto von einem ebenfalls blonden Jungen, der fröhlich in die Kamera grinste. Hanne war nicht ganz so groß wie Beate und hatte lange glatte braune Haare. Sie war etwa Ende zwanzig und trug einen kurzen Jeansrock und braune Wildlederstiefel.

»Hast du schon mal in einer Fotoredaktion gearbeitet?«, fragte sie.

Ich schüttelte den Kopf.

»Wenn du Promis und Klatsch und Tratsch magst, wirst du begeistert sein. Komm, ich zeige dir unser System.«

Hanne führte mich zu einem Schreibtisch, den ich vorübergehend als den meinen betrachten durfte. Dann zeigte sie mir auf dem großen Monitor, nach welchem System die verschiedenen Bilddateien sortiert waren und wie ich mit ihnen arbeiten konnte.

Die Datenbank umfasste alle möglichen berühmten Persönlichkeiten. Klickte ich eine an, erschien eine Liste mit unterschiedlichen Kategorien wie Kindheit, Freunde oder Lebenspartner der jeweiligen Person. Es gab auch eine Kategorie »ungünstig/nicht druckbar«. Hier verbargen sich die Fotos, auf denen die Fotografierten sehr unvorteilhaft aussahen. Ich gab »Heidi Klum« ein und klickte auf den Reiter »ungünstig/nicht druckbar«. Wow, statt der strahlenden Schönheit, die man aus dem Fernsehen kannte, war auf diesen Fotos eine ganz normale durchschnittliche Frau zu sehen, eine Frau wie du und ich.

»Wieso druckt ihr nicht mal solche Fotos von den Stars?«, fragte ich Hanne. »Das würde nicht nur das Selbstbewusstsein aller Frauen stärken, sondern vielleicht auch die Auflage der Zeitung erhöhen.«

Hanne lächelte. »Sicher, es wäre zumindest ehrlicher. Aber wir hätten dann mit großer Wahrscheinlichkeit ein paar Klagen am Hals. Außerdem heißt die Devise von *Life & Trends*: Wir zeigen schöne Menschen mit schönen Geschichten. Und oft werden Fotos auch nur freigegeben, wenn sie vorher entsprechend retuschiert wurden.«

Schade, trotzdem fand ich den Gedanken ungemein aufbauend, dass selbst ich nach umfassender digitaler Bildbearbeitung wie ein Topmodel aussehen könnte.

Nach dieser belebenden Erkenntnis gab mir Marco eine Liste mit zehn Namen und zeigte mir eine Fotodatei mit über fünfhundert Bildern. Aus diesen sollte ich nun die Fotos heraussuchen, auf denen die zehn Personen abgebildet waren. Wichtig war dabei, dass die Abgelichteten auf den Fotos nett aussahen, also nicht gerade den Mund verzogen oder die Augen geschlossen hielten und so weiter.

»Deine Hauptaufgaben sind die Bildrecherche und das Verfassen entsprechender Bildunterschriften. Die Archivpflege erkläre ich dir später«, überließ er mich meiner Arbeit.

»Wieso ruft er nicht an?«, jammerte Hanne. »Unser Date ist schon fünf Tage her.«

»Du solltest beim ersten Date auch nicht gleich mit dem Typen in die Kiste springen«, erwiderte Beate trocken.

»Das hat sich einfach so ergeben, und es war fantastisch. Für ihn auch. Das hat er zumindest gesagt. Hoffentlich ist ihm nichts zugestoßen.«

»Ach, hör doch auf mit dem Quatsch! Der Typ hatte seinen Spaß, und das war's. Glaub mir, wenn ein Mann wirklich an einer Frau interessiert ist, will er sie erst kennenlernen, bevor er Sex mit ihr hat«, rief Marco hinter seinem Computer hervor.

»Toll, und wenn mich nie ein Mann richtig kennenlernen will, dann werde ich so eine untervögelte Tante wie die Schuster.« Hanne vergrub ihr Gesicht in den Händen.

»Wieso, die Schuster ist doch verheiratet«, sagte Beate.

»Ja, aber das ist doch eine Scheißehe. Die streiten sich nur. Da läuft allerhöchstens noch das Standardprogramm. Das sieht man an ihrem verkniffenen Mund. Wer guten Sex hat, sieht einfach viel entspannter aus.«

Ich starrte auf meinen Bildschirm und sagte keinen Ton. Eigentlich war ich sehr kommunikativ, aber über intime Sachen redete ich nur äußerst ungern. Emily nannte das verklemmt, ich nannte das diskret. Hoffentlich hatte ich keinen verkniffenen Mund. Und was, bitte schön, war das Standardprogramm? Hieß es nicht, dass Ehepaare im Durchschnitt zwei- bis dreimal pro Woche miteinander schliefen? Dann schafften Hubertus und ich auf keinen Fall das Standardprogramm, nicht mal in unseren besten Zeiten. Wann hatten wir überhaupt das letzte Mal miteinander geschlafen?

Während ich noch überlegte, fragte mich Hanne: »Wie sieht es bei dir aus, Victoria? Bist du verheiratet oder anderweitig vergeben?«

»Verheiratet und alles super«, antwortete ich schnell. Gut, das hatte jetzt etwas selbstgefällig geklungen und war auch komplett gelogen, aber ich wollte damit weiteren persönlichen Fragen aus dem Weg gehen. Außerdem wollte ich, dass sie mich für eine glücklich verheiratete Frau hielten.

Nachmittags gegen 15 Uhr war ich mit dem Sortieren der Bilddateien fertig, und Beate schien mit meiner Arbeit zufrieden zu sein, denn ich sollte am nächsten Tag wiederkommen.

Gut gelaunt verließ ich das Verlagsgebäude und fuhr nach Hause. Der erste Schritt in ein neues Leben war geschafft.

Unterwegs beschloss ich, noch kurz in den Supermarkt zu gehen und ein paar Dinge einzukaufen. Ich hoffte, dort jemanden aus unserem Bekanntenkreis zu treffen, dem ich von meiner derzeitigen Berufstätigkeit erzählen konnte.

Als ich den Supermarkt betrat, kam ich mir ungeheuer wichtig vor. Leider war die einzig mir bekannte Person, die meinen Weg kreuzte, Vincents Kindergärtnerin. Sie stand an der Fleischtheke.

»Haben Sie schon erste Schritte eingeleitet?«, fragte Frau Probst, nachdem wir uns begrüßt hatten.

Ich sah sie verständnislos an.

»Na, wegen des derzeitigen Problems.«

Derzeit hatte ich viele Probleme. Ich wusste nur nicht, welches sie meinte.

Sie schien mir wohl anzusehen, dass ich gerade auf dem Schlauch stand, und wurde etwas präziser. »Na, Vincent kann sich nach wie vor nur schwer auf seine Aufgaben konzentrieren. Haben Sie mit Ihrem Mann darüber gesprochen?«

Stimmt, mein Sohn litt ja angeblich unter einer schweren Konzentrationsstörung. Ich hatte es auch Hubertus erzählt, aber dann war so viel bei uns passiert, dass dieses Problem komplett untergegangen war.

»Was gedenken Sie zu unternehmen?« Frau Probst musterte mich mit strengem Blick.

»Nun«, sagte ich, »wir könnten das Fernsehen etwas einschränken.«

»Frau Dansmann, ein Kind in Vincents Alter sollte überhaupt nicht fernsehen«, schnaubte sie empört.

Allmählich ging sie mir auf die Nerven. »Was schlagen Sie – als Supernanny – denn vor?«

Sie überhörte meinen ironischen Unterton und erwiderte ernst: »Ergotherapie wäre ein erster Schritt. Ob das ausreichend ist, kann ich jedoch nicht einschätzen.«

Ergotherapie? Gesellschaftsspiele spielen und basteln konnten die Kinder auch zu Hause, und klettern sollten sie sowieso lieber auf Bäumen im Wald. Aber wahrscheinlich waren all diese Dinge bei uns in der letzten Zeit viel zu kurz gekommen. Ich versprach Frau Probst, Vincent sofort für eine Ergotherapie anzumelden, und schob dann hastig meinen Einkaufswagen weiter Richtung Kasse. Mein Hochgefühl war leider wieder dahin.

Abends saß ich mit Lotti und den Kindern beim Essen. Eigentlich hatten wir auf Hubertus warten wollen, aber als er gegen halb acht immer noch nicht zu Hause war, fingen wir ohne ihn an.

Ich war gespannt, wie Hubertus reagieren würde, wenn er erfuhr, dass ich wieder arbeitete. Natürlich erwartete ich nicht, dass er vor Begeisterung gleich den Seitensprung vergäße und unsere Beziehung sofort wieder intakt wäre, aber ich hoffte doch darauf, dass er meine Bemühungen, mich zu ändern, anerkennen und mir mehr Respekt entgegenbringen würde.

»Ich möchte eigentlich gerne bald wieder nach Hildesheim zurückfahren«, sagte Lotti zu mir, als die Kinder im Bett waren.

Ich schreckte hoch. »Hast du Streit mit Carl?«

Die letzten Tage war ich so sehr mit mir selbst beschäftigt gewesen, dass ich gar nicht auf Lotti und ihre Freundschaft zu Carl Schrader geachtet hatte.

»Nein, natürlich nicht, aber mein Zuhause ist nun mal in Hildesheim, und da möchte ich jetzt wieder hin.«

Ich nickte schuldbewusst. »Natürlich, Lotti. Entschuldige, ich habe dich schon viel zu lange in Beschlag genommen.«

»Ich bin ja auch wirklich gerne bei euch, aber trotzdem musst du langfristig jemand anderen für die Kinder organisieren – wenn du wirklich weiterhin arbeiten möchtest«, sagte sie resolut.

Ich glaube, sie nahm es mir immer noch übel, dass ich sowohl den Kasperle-Wettbewerb als auch den Kochkurs verschmäht hatte. Aber das konnte ich auch nicht ändern. Erst einmal hatte ich jetzt noch ein Problem mehr: Für die Zeit bis zu den Sommerferien brauchte ich eine zuverlässige Nachmittagsbetreuung für Leonie und Vincent.

Hubertus kam erst gegen 23 Uhr nach Hause. Lotti schlief schon, und ich hielt mich mit Crime-Serien auf Vox wach, obwohl mir ein paar Folgen einer Comedy-Show lieber gewesen wären. Die nächsten Nächte würde ich bestimmt wieder Albträume von Serienkillern und Frauenschändern haben und in jedem fremden Mann, der mich etwas länger anguckte, Jack the Ripper vermuten.

Als ich den Schlüssel im Schloss hörte, setzte ich mich aufrecht und erwartungsvoll hin.

Hubertus ging jedoch grußlos am Wohnzimmer vorbei und weiter ins Untergeschoss.

Ich sprang auf und rief ihm hinterher: »Du kannst wenigstens Hallo zu mir sagen.«

»Ich wollte dich nicht beim Fernsehen stören«, sagte er schneidend. »Außerdem hatte ich einen anstrengenden Abend und möchte jetzt schlafen.«

»Ich arbeite seit heute wieder«, rief ich triumphierend.

»Schön für dich. Gute Nacht«, entgegnete er und schloss die Tür hinter sich.

Das war ja jetzt super gelaufen. Er hatte nicht mal gefragt, was und wo ich arbeitete. Dafür hatte ich jetzt zwei Stunden gewartet. Wütend stapfte ich ins Wohnzimmer zurück, um den Fernseher auszuschalten. Die soeben gezeigte blutverschmierte Leiche konnte mich nun auch nicht mehr schocken.

Kapitel 8

Die nächsten Tage verliefen alle nach dem gleichen Muster: Hubertus kam spät nach Hause und sprach kaum ein Wort mit mir, Lotti jammerte, dass sie jetzt endlich nach Hildesheim zurückwolle, und ich versuchte, meine Arbeit in der Fotoredaktion so gut wie möglich zu machen und nebenbei eine geeignete Kinderbetreuung zu finden.

Die Suche gestaltete sich schwieriger als gedacht. Professionelle Kinderfrauen kosteten ein richtiges Vermögen, das ich mit meinem Job in der Fotoredaktion gar nicht aufbringen konnte. Schüler und Studenten wiederum wollten sich meist nicht festlegen oder hatten nicht jeden Nachmittag Zeit.

Zudem bekam ich allmählich Angst, dass, sollten Hubertus und ich uns tatsächlich trennen und wäre ich auf mich allein gestellt, ich kläglich scheitern würde. Ich wünschte mir sogar schon den Zustand zurück, der vor meiner Reise an den Arlberg in unserer Beziehung geherrscht hatte. Vielleicht war eine Ehe ohne Liebe doch besser als gar keine? Irgendetwas musste geschehen, ich wusste nur nicht was.

Und dann kam der Mittwoch.

Nachdem ich mir einen Kaffee geholt hatte, fand ich auf meinem Schreibtisch eine neue Namensliste, die mir Marco hingelegt hatte. Darauf stand sein Name: *Verlagsboss Constantin von Holt mit Lebensgefährtin Amelie Schell.*

Fast verschüttete ich meinen Kaffee. Mein Herz setzte einen Schlag aus, bevor es heftig zu pochen begann.

Ich hatte Constantin nach dem Telefongespräch mit Emily noch zwei weitere SMS geschickt mit der Bitte, mich anzurufen, aber er hatte keine der Nachrichten beantwortet. Offensichtlich wollte er nichts mehr mit mir zu tun haben. Das und die Tatsache, dass er doch eine Lebensgefährtin hatte, taten mir ziemlich weh. Seit wann er wohl mit ihr zusammen war? Ob sie schon seine Freundin gewesen war, als wir uns in Lech kennenlernten? Vielleicht hatte er sie genauso betrogen, wie ich Hubertus betrogen hatte. Und vielleicht war ich doch nur ein unbedeutender Flirt für ihn gewesen.

Mit zitternden Händen öffnete ich die Datei »Ausstellung im Bayerischen Nationalmuseum«. Ich scrollte die Bilder durch, bis ich die Fotos von Constantin entdeckte. Da stand er im grauen Anzug mit weißem Hemd, lächelnd und Arm in Arm mit einer blonden Schönheit in einem pinkfarbenen kurzen Kleid – Amelie Schell. Sie lächelte bezaubernd und hatte ein wenig Ähnlichkeit mit Cameron Diaz. Genau zehn Fotos gab es von den beiden. Ich betrachtete jedes einzelne davon eingehend und versuchte zu analysieren, ob die beiden vielleicht schon länger ein Paar waren oder nicht. Hatte er sie an sich gedrückt, oder hielt er sie nur locker im Arm? Ich drückte mir beinahe die Nase am Monitor platt, um zu erkennen, ob Constantin und Amelie vielleicht sogar Ringe trugen.

Da rief Beate mir von ihrem Schreibtisch aus zu: »Victoria, du kannst doch perfekt Spanisch, oder?«

»Ja klar«, antwortete ich, ohne nachzudenken. Meine ganze Aufmerksamkeit galt der Frage, ob Constantin einen Ring am Finger hatte oder nicht.

»Prima, dann stelle ich dir jetzt den Redakteur der *¡Hola!* durch, es geht um irgendwelche Bildrechte.«

Erschrocken hob ich den Kopf und starrte Beate an. »Spricht denn von euch keiner Spanisch?«

»Nö, nur Nicola, und die ist ja nicht da.«

Da klingelte auch schon mein Telefon.

Was sollte ich jetzt tun? Ich konnte schlecht sagen: »Oh, mir fällt gerade ein, dass ich auch kein Spanisch kann«, sondern musste das Gespräch wohl oder übel annehmen, wenn ich nicht als Lügnerin dastehen wollte. Vielleicht reichten meine Spanischkenntnisse ja auch aus, und ich würde wenigstens ein bisschen was verstehen.

»Hallo … äh … hola?«, fragte ich vorsichtig in den Hörer.

Eine männliche Stimme antwortete etwas, das wie »Habla español?« klang.

Ob ich Spanisch spreche? »Sí«, sagte ich todesmutig.

Daraufhin ratterte der Anrufer auf Spanisch und in einem Affentempo einen ganzen Monolog herunter. Ich verstand kein einziges Wort.

»Por favor, demasiado rapido«, versuchte ich, ihn zu bremsen. Auf gut Deutsch: Bitte nicht so schnell.

Der Mann am anderen Ende der Leitung war kurz irritiert, zumindest herrschte drei Sekunden Stille. Dann ratterte er mit doppelter Geschwindigkeit einen weiteren Wortschwall herunter.

Was sollte das denn? Vielleicht hatte der Typ verstanden: Más rapido, bitte schneller. Marco schaute auch schon ganz komisch zu mir herüber. Ich musste mir etwas einfallen lassen. Den Inhalt des Gesagten würde ich sowieso nicht kapieren, so viel stand schon mal fest. Jetzt galt es nur noch, vor Marco, Beate und Hanne das Gesicht zu wahren.

Mitten in den spanischen Redeschwall sagte ich lachend: »Sí claro, el tiempo en Hamburgo está muy bien también.« Dass das Wetter auch in Hamburg gut sei, war einer meiner Standardsätze, mit denen ich immer die Kellner auf Mallorca beeindruckt hatte.

Jetzt war der Spanier verärgert und schien irgendwelche Fragen zu stellen.

Ich lachte wieder und sagte einfach: »Oh, muchas gracias. Sí, sí, es verdad.«

Der Typ legte einfach auf.

Ich tat, als wäre er immer noch in der Leitung und gab nickend ein paar zustimmende Laute von mir.

»Okay, muchas gracias. Hasta luego«, sagte ich dann und legte auch auf.

Beate guckte mich fragend an. »Was wollte der denn?«

»Ach«, winkte ich lächelnd ab. »Er wollte sich erst einmal vorstellen. Er will sich noch mit seinen Kollegen besprechen und meldet sich dann wieder.«

Dessen war ich mir ganz sicher, und damit ich nicht noch einmal in die Verlegenheit kam, mit ihm sprechen zu müssen, sagte ich schnell: »So, ich gehe jetzt in die Kantine, hab einen riesigen Hunger«, und trippelte hurtig aus dem Büro.

In der Kantine war es um diese Zeit noch sehr ruhig. Ich kaufte mir zwei Snickers und eine Cola und setzte mich damit an einen der hinteren Tische.

Was für eine Blamage! Ich konnte nur hoffen, dass der spanische Redakteur unser Gespräch mit Humor nahm und sich nicht allzu heftig über mich beschweren würde.

»Ist das zweite Snickers für mich?«, hörte ich eine vertraute Stimme hinter mir sagen.

Ohne mich umzudrehen, sagte ich: »Wenn du meine Freundin bleiben willst, Emily, dann erfinde niemals wieder irgendwelche Geschichten über mich. Verstanden? Und nein, das zweite Snickers esse ich auch noch.«

Emily nahm mir gegenüber Platz. »Was ist los? Gefällt es dir bei Beate im Team nicht?«

Ich stützte meinen Kopf in die Hände und dachte nach.

»Doch, sie sind supernett, aber irgendwie habe ich das Gefühl, nicht da reinzupassen. Ich meine, ich kann mich nie richtig an ihren Gesprächen beteiligen. Entweder sie reden über irgendwelche angesagten Clubs oder … äh … andere Dinge.« Die intimen Gespräche der drei wollte ich Emily gegenüber gar nicht erwähnen. »Jedenfalls immer über etwas, zu dem ich nichts beitragen kann.« Oder mag, fügte ich in Gedanken hinzu.

Emily sah mich nachdenklich an. »Vielleicht ist es auch wirklich nicht deine Welt. Weißt du, ich war gestern Abend mit Karl Prager was trinken. Karl arbeitet bei uns im Ressort Medizin und Psychologie. Ich war wieder mal tierisch genervt von Tölle und habe zu Karl gesagt, dass ich alle Frauen beneide, die nicht arbeiten müssen, sondern sich ausschließlich um Mann und Kinder kümmern. Und weißt du, was er gesagt hat? Er meinte, instinktiv suche sich jede Frau das Lebensmodell raus, das zu ihr passe. Ich wäre nun mal eine Karrierefrau und das reine Hausfrauendasein niemals mein Ding. Die Unzufriedenheit über die eigene Situation entstehe nur durch falsche Vorstellungen. Sprich, der Mensch denkt immer, dass das, was er nicht hat, viel besser sei als das, was er hat. Wir geben uns nie zufrieden mit dem, was wir haben. Du bist eben einfach mehr die Hausfrau, Vicci. Darum war der Rollenwechsel doch großartig. Du hast erkannt, wo du dich wohlfühlst.«

Ich sah Emily an und überlegte. Wann und wobei hatte ich mich wohlgefühlt? Wann war ich wirklich glücklich in meinem Leben? Welches Lebensmodell war das richtige für mich?

Abrupt stand ich auf. »Emily, entschuldige, ich muss wieder in die Redaktion.«

Wie in Trance lief ich zurück ins Büro. Ich sagte Beate, dass ich fürchterliche Kopfschmerzen hätte, und bat darum, nach Hause fahren zu dürfen. Ich hatte eine Idee im Kopf, und ich wusste, dass ich diese nicht umsetzen würde, wenn ich mit irgendjemandem darüber redete. Ich würde jetzt nicht logisch und pflichtbewusst handeln, sondern aus dem Bauch heraus. Vielleicht war das der einzige Weg, um mein wahres Glück zu finden.

Zu Hause setzte ich mich vor den Computer und suchte mir den nächstbesten Flug nach München heraus. 15:40 Uhr, Air Berlin. Ich schaute auf die Uhr: 12:50 Uhr. Total knapp und total hirnrissig, aber ich wollte das jetzt durchziehen. Der letzte Flug zurück nach Hamburg ging um 22:30 Uhr.

Ich raste die Treppe hinunter und rief nach Lotti. Sie stand in der Küche und kochte mit Carl Schrader zusammen das Mittagessen.

»Lotti, ich bin heute noch mal unterwegs und komme erst spät wieder. Kümmerst du dich um Vincent und Leonie? Bitte! Es ist wirklich das allerletzte Mal. Ich organisiere dann auch eine Kinderbetreuung, versprochen.«

Lotti warf Carl einen vielsagenden Blick zu und sagte mit herablassendem Ton: »Natürlich kümmere ich mich um meine Enkelkinder. Es soll ihnen ja gut gehen!«

Den Hieb hatte ich verstanden. Unter normalen Bedingungen hätte ich sofort versucht, mich zu rechtfertigen, aber ich war zu sehr im Stress. Erst als ich beim Rausgehen hörte, wie Carl meiner Schwiegermutter zuraunte: »Die nutzt dich nur aus. Das solltest du dir nicht mehr bieten lassen«, wurde ich sauer. Was tat er denn, bitte schön? Er ließ sich ständig von Lotti bekochen, aber auf den Gedanken, sie mal zum Essen einzuladen, kam er nicht.

Als ich zwei Stunden später im Flugzeug saß, dachte ich zum ersten Mal darüber nach, was ich da eigentlich gerade tat. Ich hatte ein Vermögen ausgegeben, nur um für ein paar Stunden in München zu sein. Und wozu? Um einen Mann zu sehen, der mich bestimmt nicht sehen wollte. Der auf meine SMS nicht reagierte und der eine blonde Schönheit als Lebensgefährtin hatte. Rational betrachtet konnte ich durchaus als Stalkerin durchgehen. Aber dann dachte ich daran, wie liebevoll und aufmerksam Constantin mich mit seinen wundervollen Augen angesehen hatte. Wie ihm sofort aufgefallen war, dass ich traurig war. Wie er mir zum Kauf eines viel zu engen T-Shirts geraten hatte. Wie er ausgelassen mit mir durch den Schnee getobt hatte. Wie er für mich seinen Freund belogen hatte, nur um mir eine Blamage zu ersparen. Alles Situationen, die bei Hubertus undenkbar waren. Vielleicht war Constantin der Richtige. Nur leider hatte ich ihn zum falschen Zeitpunkt kennengelernt. Doch genau das wollte ich ihm sagen. Er sollte wissen, dass auch ich starke Gefühle für ihn hatte.

Als die Maschine in München landete, schien die Sonne, und es fühlte sich bedeutend wärmer an als in Hamburg. Ich nahm ein Taxi und nannte dem Fahrer die Adresse der Holt-Medien.

Mein Herz schlug mir bis zum Hals, nur um dann wieder einige Schläge ganz auszusetzen. Ich konzentrierte mich darauf, ruhig zu atmen und die aufsteigende Panik zu unterdrücken. Hätte die Fahrt noch zehn Minuten länger gedauert, hätte ich wohl einen Herzinfarkt erlitten, und der Fahrer hätte mich gleich weiter ins nächstgelegene Krankenhaus bringen können. Bevor mich die Panik jedoch komplett vereinnahmt hatte, hielt das Taxi vor einem großen grauen Gebäude. Auf dem Messingschild neben der imposanten Eingangstür stand: »HOLT-MEDIEN – gegründet 1947«.

Vor dem Empfangstresen in der Eingangshalle standen ein paar Leute Schlange. Ich stellte mich an und wartete, bis ich an der Reihe war.

»Hallo, ich möchte bitte zu Herrn von Holt«, bat ich schüchtern.

»Firma?«

Ich überlegte kurz, dann sagte ich: »Ich bin selbstständige PR-Beraterin.«

Die Leute neben mir musterten mich.

»Haben Sie einen Termin?«

Nach einigem Hin und Her schickte mich die kurz angebundene und mürrische Empfangsdame schließlich in die vierte Etage. Dort sollte ich mich bei einer Frau Keil melden.

Hoffentlich ist Frau Keil nicht auch so ein Drache wie du, dachte ich ängstlich, denn dann würde ich es wohl nie zu Constantin schaffen.

Frau Keil wirkte jedoch sehr sympathisch. Meine Erleichterung hielt aber nur kurz an, denn schon zur Begrüßung sagte sie: »Ich hoffe, es ist für Sie in Ordnung, wenn Sie mit mir sprechen. Herr von Holt ist nämlich nicht im Haus.«

Verdattert starrte ich sie an. Damit hatte ich nun gar nicht gerechnet. Mist, er hatte mir in Lech doch gesagt, dass er ständig auf Reisen sei. Was jetzt?

Frau Keil schien meine Verzweiflung zu bemerken und Mitleid mit mir zu haben, denn sie sagte: »Herr von Holt ist bei der Einweihungsfeier unserer neuen Büroräume im gegenüberliegenden Gebäude. Wenn es bei Ihnen so dringend ist und Herr von Holt Sie kennt, können Sie gerne kurz rübergehen. Ich sage am Empfang Bescheid.«

Vor Erleichterung wurde ich ganz schwach. Gott sei Dank, er war da! Dankbar lächelte ich Frau Keil an.

Als ich den gegenüberliegenden Gebäudekomplex betrat, hörte ich schon von Weitem Stimmengewirr. Unauffällig sah ich an mir herunter. Ich trug eine eng anliegende Jeans, einen schwarzen Pullover und einen schwarzen Blazer. Meinen

Mantel zog ich aus und klemmte ihn mir unter den Arm. So fühlte ich mich ganz passabel angezogen.

Die ältere Dame am Empfang bedeutete mir, in den Veranstaltungsraum am Ende des Foyers durchzugehen.

Langsam betrat ich den Saal. Schwarze Anzüge, so weit das Auge reichte, doch dann sah ich sie: Amelie Schell. Sie trug ein knallrotes eng anliegendes Kostüm, ihre blonden Haare fielen seidig glänzend auf ihre Schultern. Zwischen all den Anzugträgern um sie herum wirkte sie wie der strahlende Mittelpunkt. Neben ihr stand Constantin. Sie lachte und umarmte ihn, und er erwiderte ihre Umarmung. Die beiden wirkten glücklich und verliebt.

Ich stand da, starrte Constantin und Amelie an und kam mir auf einmal so entsetzlich dumm vor. Dumm, durchschnittlich und dick. Emily hatte doch recht gehabt. Warum sollte Constantin mich lieben, wenn er eine Frau wie Amelie Schell haben konnte? Sie war größer, schöner, jünger und höchstwahrscheinlich auch witziger und intelligenter als ich. Enttäuschung und ein Gefühl der Demütigung machten sich in mir breit. Weg, dachte ich, bloß weg von hier, bevor er mich sieht. Hektisch drehte ich mich um und fegte dabei mit meinem Mantel die Gläser von einem Stehtisch. Es klirrte, und die umstehenden Leute drehten sich allesamt zu mir herum.

Was nun? Einfach weglaufen ging nicht mehr. Also hielt ich panisch Ausschau nach einem Kellner, der sich des Scherbenhaufens annehmen würde. Dabei streifte mein Blick Constantin, der ebenfalls in meine Richtung sah. Erst flüchtig, doch dann blitzten seine Augen auf, als er mich erkannte.

Bitte nicht!

Ich starrte auf die zerbrochenen Gläser zu meinen Füßen. Sie erschienen mir in diesem grauenhaften Augenblick wie ein Symbol für mein derzeitiges Leben. Zu meinem eigenen

Entsetzen spürte ich, dass mir Tränen in die Augen stiegen. Warum erfüllten sich anderer Menschen Träume, während die meinen stets zerplatzten?

Plötzlich spürte ich eine Hand auf meinem Arm.

»Victoria, was machst du denn hier?« Constantin starrte mich ungläubig an.

Ich zuckte nur mit den Schultern. Sprechen konnte ich nicht, denn dann hätte ich sofort hemmungslos zu weinen angefangen.

Er nahm meinen Arm und führte mich in ein angrenzendes leeres Büro, die Tür schloss er hinter sich. »Warum bist du hier?«

Die Kälte seines Tonfalls erschreckte mich.

»Ich wollte einfach noch einmal mit dir reden … dir alles erklären«, stammelte ich hilflos.

»Es gibt nichts zu erklären. Du hattest einen Auftrag und hast ihn anscheinend zur vollen Zufriedenheit deiner Journalisten-Freundin ausgeführt.«

»Was für einen Auftrag? Wovon redest du?«

»Meine liebe Victoria, ich mag zwar ein naiver Volltrottel sein, aber zum Glück habe ich doch noch ein paar loyale Freunde in so mancher anderen Verlagsetage. Und einer hat mir dankenswerterweise das Geschmiere deiner Freundin zukommen lassen, bevor es in Druck gehen konnte.«

»Und eines kann ich dir versichern«, fuhr er fort, »sollte auch nur ein Wort davon in irgendeinem dieser grässlichen Klatschblätter erscheinen, leite ich rechtliche Schritte ein. Dann kann sich deine Freundin einen Job als Putzfrau suchen, das garantiere ich dir.«

Ich fing an zu frösteln. Constantin kam mir so fremd vor. Wo waren das Liebevolle und der Humor geblieben, die mich so angezogen hatten?

»Was hat sie denn über dich geschrieben?«

Constantin zog eine Augenbraue hoch, bevor er die Tür öffnete. »Ich bin mir sicher, dass du das besser weißt als sonst jemand auf dieser Welt. Und jetzt geh bitte.«

»Constantin, bitte … Ich habe mich auch in dich ver…« Ich wollte ihm sagen, dass ich ihn nicht hintergangen hatte. Dass ich mich in ihn verliebt und mich noch nie in meinem Leben so sehr nach jemandem gesehnt hatte. Doch dann sah ich ihn an, sah die abgrundtiefe Ablehnung, ja fast schon so etwas wie Abscheu vor mir, in seinen Augen.

»Geh jetzt.« Constantin hob abweisend eine Hand.

Ich öffnete den Mund, um noch etwas zu sagen, doch kein Ton kam über meine Lippen. Niedergeschlagen presste ich nur meinen Mantel fester an mich und ging.

Wie betäubt verließ ich das Gebäude und hätte hinterher nicht einmal mehr sagen können, wie es mir überhaupt gelungen war, den Weg nach draußen zu finden. Zu viele Gefühle auf einmal stiegen schlagartig in mir hoch, Fassungslosigkeit, blankes Entsetzen, Wut und eine bodenlose Traurigkeit. Ich konnte mir beim besten Willen nicht vorstellen, was Emily da über Constantin geschrieben hatte. Doch seiner Reaktion nach zu urteilen, war es mit Sicherheit keine ehrerbietende Lobeshymne auf ihn gewesen.

Ich zog mein Handy aus der Tasche und wählte Emilys Nummer, erreichte aber nur die Mailbox. Also rief ich in der Redaktion an.

»Tut mir leid, aber Emily hat das Büro heute schon ziemlich früh verlassen«, sagte ihre Assistentin Kim mit ihrer piepsigen Stimme.

Ich überlegte kurz. Bestimmt war es Kim untersagt, irgendwelche internen Details weiterzugeben, aber da sie bekanntermaßen nicht die Hellste war, probierte ich es einfach. »Emily ist bestimmt ziemlich niedergeschlagen, weil Herr von Holt sie verklagen will, oder?«

Kim kicherte. »Ach Quatsch, da lacht sie drüber. Und Dr. Tölle hat ihr völlige Rückendeckung zugesichert, sollten die Holt-Medien sie wirklich verklagen.«

»Hm, sag mal, Kim, was genau hat sie denn da über Constantin von Holt geschrieben?«

Jetzt zögerte sie. »Das darf ich nicht sagen.«

»Komm, Kim, du weißt doch, dass ich mit am Arlberg war. Ich habe den Beitrag doch sozusagen mitgeschrieben. Ich möchte einfach nur wissen, was genau den Verleger da so auf die Palme gebracht hat.«

Kurzes Schweigen. Anscheinend wusste Kim nicht so recht, was sie antworten sollte.

»Okay«, sagte sie schließlich, »ist ja auch nur der eine Satz. Warte, den kann ich dir kurz vorlesen.«

Nur ein einziger Satz! Wegen eines einzigen Satzes dreht der Mann fast durch. Vielleicht ist Constantin ja ein bisschen paranoid.

»Ah, hier ist es«, piepste Kim. »Achtung, ich lese vor: ›Auch Multimillionär Constantin von Holt gehörte zu den liebeshungrigen Männern am Arlberg. Unserem Lockvogel Kati K. ging er direkt in die Fänge. Der Arlberg scheint für viele Touristen eine Art …‹ Na ja, das war's eigentlich schon. Mehr steht nicht drin über ihn. Victoria? Bist du noch dran?«

Ich ließ die Hand sinken und drückte Kim einfach weg. Mich überkam das Gefühl, keine Luft mehr zu bekommen. Wie konnte Emily mir das antun? Wie konnte sie mich so hintergehen? Verdammt, sie war wie eine Schwester für mich. Wie konnte sie Constantin so bloßstellen, obwohl sie von meinen Gefühlen für ihn wusste? Jetzt verstand ich auch, warum er mich mit einer solchen Verachtung angesehen hatte.

Er musste doch denken, dass ich ihn im Auftrag von Emily verführt hatte, wie ein Lockvogel. Wut und Ekel überkamen mich. Ich war kurz davor, mich zu übergeben.

Plötzlich vibrierte mein Handy. Das Display zeigte unsere Festnetznummer von zu Hause an. Also riss ich mich zusammen und versuchte, mich mit normaler Stimme zu melden.

»Mama, wo bist du? Mein T-Shirt fürs Hockey ist nicht gebügelt, und ich muss gleich los!«

Leonie.

»Süße, ich bin in München. Tut mir leid, ich hab's gestern Abend nicht mehr geschafft zu bügeln.«

»Na super! Und was soll ich jetzt anziehen?«

Keine Nachfrage, warum ich in München war und wann ich wiederkäme. Solange ihre Bedürfnisse erfüllt wurden, interessierte es meine Kinder eigentlich auch nicht weiter, was ich machte oder wo ich war.

»Dann spielst du heute ausnahmsweise mal mit einem ungebügelten Hemd Hockey, oder du ziehst dir ein anderes weißes Hemd an, das gebügelt ist, okay?«, versuchte ich, meine Tochter zu besänftigen.

Leonie schnaufte. »Ich soll in einem stinknormalen weißen T-Shirt Hockey spielen? Hey, du raffst echt überhaupt nichts!«, brüllte sie und legte auf.

Ich ließ das Handy wieder sinken und starrte in die Ferne.

Du raffst echt überhaupt nichts.

Leonie hatte recht. Ich raffte wirklich überhaupt nichts. Über fünfundzwanzig Jahre lang hatte ich eine Frau für meine beste Freundin gehalten, die in Wirklichkeit ein egoistisches Miststück war. Und seit über einem Jahrzehnt war ich mit einem Mann verheiratet, der nur die Karrierepiste vor Augen hatte und mich bestenfalls duldete, solange ich ihm störende Steinchen aus dem Weg kehrte, der mich aber nicht um meiner selbst willen liebte. Warum hatte ich das nicht schon früher erkannt? Wahrscheinlich weil ich es nicht hatte sehen wollen.

Auf Biegen und Brechen hatte ich ein Leben führen wollen, um das mich andere beneideten. Aber war ich damit glücklich? In meinem fortwährenden Bemühen, den Anschein einer heilen Welt aufrechtzuerhalten, die allenfalls für einen verlogenen Werbespot getaugt hätte, war mir gar nicht mehr aufgefallen, dass ich eigentlich nur noch funktionierte wie ein Automat. Wann hatte ich das letzte Mal herzlich gelacht oder mich wirklich glücklich gefühlt?

Mit Constantin, schoss es mir durch den Kopf. Mit ihm war ich zum ersten Mal seit Langem wieder glücklich und unbeschwert gewesen. Aber dank Emilys Boshaftigkeit würden auch diese Momente nicht wiederkehren.

»Jetzt habe ich es gerafft!«, sagte ich laut. Ich war bereit, mein Leben radikal zu ändern. Glücklich ist nicht der, der anderen so erscheint, sondern der, der sich selbst dafür hält. Das hatte ich jetzt begriffen. Auch wenn ich vielleicht meine materielle Sicherheit verlieren würde, so war das doch immer noch besser als ein Leben voller Lug und Trug.

Nach meiner Ankunft am Hamburger Flughafen nahm ich ein Taxi zu Emilys Wohnung. Inzwischen war es schon nach 23 Uhr, aber das war mir egal. Erbarmungslos drückte ich den Klingelknopf, wieder und wieder. Kurz, lang, lang, kurz – bis schließlich die Lichter in ihrer Wohnung angingen.

»Wer ist da?«, hörte ich Emilys verschlafene Stimme aus der Gegensprechanlage.

Ich unterdrückte den Impuls, sie anzuschreien. »Warum hast du das getan?«, fragte ich sie stattdessen mit kalter Stimme.

Kurzes Schweigen.

»Vicci? Bist du das? Was ist passiert? Warte!«

Der Türöffner summte, aber ich blieb unbeweglich stehen.

»Kommst du jetzt hoch?«, fragte Emily ungeduldig durch die Sprechanlage.

»Nein, ich werde deine Wohnung nie wieder betreten. Ich bin nur hier, um dich aufzufordern, den Satz über Constantin aus deinem Artikel zu streichen«, knurrte ich.

»Was? Moment, ich komme runter.«

Einen Moment später öffnete Emily im seidenen Bademantel die Eingangstür. »Victoria, was ist denn los? Können wir nicht in aller Ruhe darüber reden?«

Ich strich mir eine Haarsträhne aus dem Gesicht. »Da gibt es nichts zu reden. Lösch einfach den einen Satz aus deinem Artikel, nichts weiter!«

Emily verzog das Gesicht. »Spinnst du? Der Sinn der ganzen Reise bestand doch darin, so einen Artikel zu schreiben. Du wusstest das! Und im Übrigen, Victoria, hast du ja auch vier Tage schön auf Kosten der Redaktion Urlaub gemacht, oder?«

»Ich erstatte das Geld gerne zurück«, sagte ich und hoffte, dass sie mich nicht beim Wort nehmen würde. Hubertus würde keinen Cent davon bezahlen, und mit meinem Aushilfsjob würde ich das Geld wohl erst in zehn Jahren zusammengespart haben. »Aber nimm diesen Satz raus!«

»Victoria, ich habe dich nicht bei deinem richtigen Namen genannt, ich habe auch nicht gelogen oder mir irgendwelche Storys ausgedacht. Mein Job ist es, solche Geschichten aufzuspüren und darüber zu schreiben. Es wird immer Leute geben, die die Wahrheit nicht veröffentlicht sehen wollen, aber so funktioniert Journalismus nun mal. Willst du im Ernst deswegen unsere Freundschaft aufs Spiel setzen? Wegen irgend so einem Typen, den du gerade mal fünf Minuten lang kennst und der wahrscheinlich auch nie wieder in deinem Leben auftauchen wird?«

In ihren letzten Satz hatte sich ein drohender Unterton eingeschlichen. Ihrer Assistentin konnte sie damit sicherlich Angst einflößen, mir jedoch nicht mehr.

»Verdammt, Emily! Es geht hier nicht nur um Constantin. Ich hatte dir im Vertrauen etwas erzählt. Etwas, das nur für dich bestimmt war. Etwas, das mir wirklich viel bedeutet.« Dann sah ich ihr fest in die Augen. »Nimmst du diesen Satz jetzt raus?«

Sie verschränkte die Arme. »Nein! Bei aller Freundschaft, aber mein Job bedeutet mir auch sehr viel.«

Ich holte tief Luft. Schon im Flugzeug hatte ich mich auf eine solche Situation gefasst gemacht. Allerdings hatte ich gehofft, dass es nicht so weit kommen würde. Emilys Sturheit zwang mich jedoch dazu, diesen letzten Schritt zu gehen. Mit einer Stimme, die mir selbst fremd vorkam, sagte ich: »Gut, du hast mein Vertrauen missbraucht, jetzt werde ich auch dein Vertrauen missbrauchen!«

Dann ging ich zum wartenden Taxi zurück. Auf halber Strecke drehte ich mich noch einmal zu ihr um. »Nett, dass Tölle dir Rückendeckung gibt. Tja, es ist doch bestimmt auch für die Öffentlichkeit interessant, warum er dir immer zur Seite steht.«

Ich stieg ins Taxi und fühlte mich wie tot. Auch als ich mir in den Arm kniff, spürte ich keinen Schmerz. Eine Minute später vibrierte mein Handy und zeigte – wie zu erwarten – Emilys Namen an, doch ich drückte sie einfach weg und schaltete das Handy aus.

Als ich nach Hause kam und meinen Mantel an die Garderobe hängte, fiel mein Blick auf das eingerahmte Foto an der Wand. Hubertus und ich mit Leonie und Vincent. Alle vier fröhlich in die Kamera blickend.

Mir hatte das Bild immer so gut gefallen, weil wir darauf wie eine glückliche Familie aussahen. In Wirklichkeit hatte es, kurz bevor das Foto entstand, einen schlimmen Streit gegeben. Irgendetwas mit den Kindern. Ich glaube, Hubertus hatte mir vorgehalten, dass Leonie und Vincent komplett verzogen seien. Er hatte rumgebrüllt, ich geheult, und die Kinder hatten verschüchtert danebengestanden. Anschließend hatte ich den beiden hinter vorgehaltener Hand Süßigkeiten versprochen, wenn sie nun brav in die Kamera lächeln würden.

»Lüge, alles Lüge«, murmelte ich.

Schluss mit diesem gespielten Scheinleben! Ich beschloss, sofort mit Hubertus zu reden. Hastig lief ich die Kellertreppe hinunter und öffnete die Tür zum Hobbyraum.

»Hubertus?«, fragte ich ins Dunkle.

Keine Antwort.

»Hubertus«, sagte ich lauter und schaltete die Deckenbeleuchtung an.

»He, mach das Licht aus!«, brummte es aus unserem Gästebett. Hubertus drehte sich verschlafen auf die andere Seite.

»Hubertus, ich will jetzt mit dir reden! Und es ist mir egal, ob du gerade müde bist oder keine Lust auf ein Gespräch mit mir hast. Liebst du mich eigentlich?«

»Was soll das denn jetzt? Wie spät ist es überhaupt?« Ärgerlich schaute er auf sein iPhone. »Halb eins! Bist du komplett übergeschnappt, mich mitten in der Nacht zu wecken und so einen Quatsch zu fragen?«

»Hubertus, ich weiß einfach nicht mehr, ob ich dich liebe. Weißt du, wo ich heute war? In München. Ich wollte Constantin sagen, dass ich in ihn verliebt bin.«

Mit einem Ruck setzte Hubertus sich auf. »Sag mal, bist du völlig verrückt geworden? Bist du irgendwie krank im Kopf? Wenn das in der Bank bekannt wird, bin ich geliefert. Der Völckel denkt doch jetzt schon, dass du nicht mehr ganz dicht bist, nach der Aktion letztens. Verdammt, Victoria, willst du mich total lächerlich machen?«

Völlig ruhig sah ich ihn an. »Hast du gehört, was ich gerade gesagt habe? Ich glaube, ich liebe einen anderen Mann. Aber das Einzige, was dich interessiert, sind die Bank und dein blöder Herr Völckel. Dir geht es immer nur um das Geschäft und deinen guten Ruf. Darum, was die anderen sagen und denken könnten. Ist das der Grund, warum du mit mir zusammen bist? Weil ich deinen Ansprüchen immer so perfekt nachgekommen bin?«

»Du kennst meinen Job. Ich trage Verantwortung. Ich kann es mir nicht leisten, eine Partnerin an meiner Seite zu haben, die sich öffentlich auf irgendwelche Selbstfindungstrips begibt.«

Es war wie immer. Keiner von uns beiden war in der Lage, auf den anderen einzugehen.

»Vielleicht wäre eine Trennung wirklich das einzig Vernünftige«, fügte Hubertus hinzu.

Ich schluckte. »Dann ist es jetzt so weit? Du willst dich von mir trennen?«

»Victoria, du hast mit einem anderen Mann geschlafen, und gerade hast du mir gesagt, dass du ihn liebst. Du hast es anscheinend auch ihm gesagt. Gott, wie peinlich! Welche Rolle spiele ich dabei? Die des dummen Ehemanns, der das Geld ranschafft, aber sonst zu nichts zu gebrauchen ist?«

Auch wenn er sicherlich recht hatte, schockierte es mich trotzdem, dass er nicht den geringsten Versuch unternahm, um unsere Beziehung zu kämpfen. Ich bedeute ihm wirklich nichts, schoss es mir durch den Kopf. Zudem fühlte ich mich nicht so cool, wie ich mich gerade gab. Ich hatte Angst davor, eine alleinerziehende Mutter zu sein. Ich hatte zwar immer

Emilys Unabhängigkeit bewundert, aber insgeheim war ich doch immer froh gewesen, einen Mann an meiner Seite zu haben.

»Ich ziehe morgen ins Hotel. Dort bleibe ich, bis du etwas Neues gefunden hast«, sagte Hubertus.

Ich hielt den Atem an und glaubte, mich verhört zu haben. »Ich soll hier ausziehen? Das ist nicht dein Ernst!«

»Nach der Trennung können wir wohl schlecht unter einem Dach wohnen bleiben.«

Ich konnte es nicht glauben. Er wollte mich tatsächlich aus dem Haus werfen.

»Dann zieh du doch aus!«, schrie ich ihn an.

»Victoria, soweit ich mich erinnern kann, ist dies mein Haus. Ich habe die Anzahlung geleistet und stottere die Hypothek ab.«

Ich starrte ihn ungläubig an und fühlte mich wie in einem schlechten Film. »Ja und? Ich habe dafür die Kinder großgezogen, das Haus geputzt, die Wäsche gewaschen«, hörte ich mich mit zunehmend schriller Stimme sagen.

»Na, deine Kindererziehung war ja nicht gerade von Erfolg gekrönt. Ein Hort wäre vermutlich die bessere Alternative gewesen. Dann hätten wir jetzt wenigstens nicht solche Luschen als Kinder.«

Mir verschlug es für einen Moment die Sprache. Ich verspürte so viel Wut in mir, dass ich kaum klar denken konnte.

»Spinnst du, unsere Kinder als Luschen zu bezeichnen?«, zischte ich ihn an.

»Na, Überflieger sind sie ja nun definitiv nicht. Ständig wirst du zu irgendwelchen Problemgesprächen in die Schule oder in den Kindergarten bestellt. Da ist doch wohl mächtig was schiefgelaufen bei den beiden.«

Bis vor wenigen Minuten hatte ich geglaubt, dass Emily die

schlimmste Person in meinem Leben war. Jetzt erkannte ich, dass Hubertus noch weitaus egoistischer und herzloser war.

»Du bist erbärmlich, Hubertus! Es war ein Fehler, dich zu heiraten, aber mein größter Fehler war, so lange mit dir zusammenzubleiben!« Damit rauschte ich aus dem Raum und knallte die Tür mit aller Kraft zu.

Im Schlafzimmer warf ich mich auf unser Bett und weinte. Ich weinte, weil meine Kinder so einen furchtbaren Vater hatten, ich weinte, weil sie nun bald Scheidungskinder sein würden, und ich weinte, weil ich mir selbst so leidtat. Zehn Jahre hatte ich alles getan, um eine glückliche Familie zu haben, und es war alles umsonst gewesen. Das erste Mal in meinem Leben fühlte ich mich wirklich einsam. Ich hatte keinen Mann mehr, keine beste Freundin, und Constantin hatte ich auch verloren.

Kapitel 9

Mit einstündiger Verspätung betrat ich die Redaktion.

Da meine Augen trotz intensiver Kühlung und sorgfältig aufgelegtem Make-up vom vielen Weinen immer noch total verquollen aussahen, hatte ich mir eine große schwarze Sonnenbrille aufgesetzt. Nicht gerade der unauffälligste Look.

»Ist alles in Ordnung bei dir?« Beate schaute mich verdutzt an.

Auch Hanne und Marco hatten aufgehört zu arbeiten und starrten zu mir herüber.

Ich ließ mich an meinem Schreibtisch nieder und winkte mit leiser Stimme ab. »Ist nur eine leichte Augenentzündung.«

Mit meiner, wie ich fand, plausiblen Erklärung begnügte sich Beate jedoch nicht, kam zu mir und legte mir die Hand auf den Arm. »Ist wirklich alles in Ordnung?«

Zu meinem Entsetzen merkte ich, wie mir schon wieder die Tränen die Wangen hinunterliefen. Es half auch nicht, dass ich meine Fingernägel fest in die Handflächen krallte.

»Hubertus und ich haben uns getrennt, und jetzt muss ich mir eine neue Bleibe suchen.« Ich nahm die Brille ab.

Wenn Beate geschockt war, so wusste sie es gut zu verbergen. »Willst du darüber reden?«, fragte sie sanft.

Wollte ich? Ja, ich wollte. Es störte mich auch nicht, dass Marco und Hanne ebenfalls aufgestanden waren und uns umringten, um zuzuhören.

Während Hanne meinen Redefluss mit »So ein Schwein«

und »Arschloch« kommentierte, stellte Beate rein sachliche Fragen: »Wie viel Geld zahlt er dir? Und habt ihr einen Ehevertrag?« Als ich geendet hatte, fasste sie meine Lage zusammen. »Du brauchst einen Anwalt, und zwar schnell. Ich kenne euren Ehevertrag nicht, aber es hört sich so an, als ob du dabei nicht gut wegkommen wirst.«

Ich seufzte. »Erst einmal brauche ich jetzt eine Wohnung.«

Beate räusperte sich. »Dein Mann muss natürlich Unterhalt für die Kinder zahlen, aber ich glaube nicht, dass das für ein Haus in den Elbvororten ausreichen wird.«

Ich starrte sie entsetzt an. »Wieso? Hubertus muss doch dazu verpflichtet sein, den Kindern und mir eine adäquate Unterkunft zu stellen!«

Schulterzuckend erwiderte sie: »Das kommt dann ganz auf den Ehevertrag an.«

Ich sank in mich zusammen und schloss die Augen. Lars Schwarz, ein Freund von Hubertus, hatte vor unserer Hochzeit den Ehevertrag aufgesetzt, und ich hatte unterschrieben, ohne mir von Lars die einzelnen Passagen erklären zu lassen. Hubertus hatte beteuert, dass es sich sowieso nur um eine reine Formsache handele, weil wir ja für immer zusammenbleiben würden. Und ich blöde Kuh hatte voller Enthusiasmus glücklich zugestimmt. Gott, was war ich dämlich gewesen! Hubertus hatte sich abgesichert und sich mit ein paar romantischen Floskeln meine bedingungslose Unterschrift erschlichen.

»Was soll ich nur tun?«, flüsterte ich und sah Beate verzweifelt an.

Sie überlegte kurz. »Hm, Conny, mein Freund, feiert am Samstagabend seinen Geburtstag. Komm doch auch, dann kann ich dich mit ein paar Leuten bekannt machen, die dir weiterhelfen.«

Ich sah einen leichten Hoffnungsschimmer am Horizont. »Danke!«, seufzte ich.

Beate erhob sich und sah in die erwartungsvollen Gesichter von Marco und Hanne. »Ja, ihr könnt natürlich auch kommen!«

Sie brachen in Lachen aus, und auf einmal hatte ich das Gefühl, die drei schon ewig zu kennen.

»Hey, ich weiß die perfekte Unterkunft für dich!«, rief Hanne plötzlich.

»Wirklich? Wo denn?«, fragte ich ungläubig.

»In Ottensen. Meine Freundin Tessi hat dort in einer richtig coolen WG gewohnt. Sie ist gerade mit ihrem Freund zusammengezogen, und die suchen noch einen Nachmieter.«

Ich bemühte mich, nicht allzu entsetzt zu gucken. Eine coole WG? Niemals im Leben würde ich für die Kinder und mich eine Wohngemeinschaft mit fremden Leuten in Erwägung ziehen. Allein die Vorstellung ließ mir die Haare zu Berge stehen. Selbst während des Studiums hatte ich nie in einer WG gewohnt, dafür war ich irgendwie zu konservativ gestrickt. Hanne meinte es ja gut, aber …

»Das ist sehr lieb, aber ich habe ja auch die Kinder. Das geht in einer WG doch gar nicht«, versuchte ich, einigermaßen nett abzulehnen.

»Doch, gerade für Kinder ist das Haus ein absoluter Traum. Es hat sogar einen großen Garten mit Apfelbäumen. Kristian, der Besitzer, ist Tischler und super kinderlieb.«

»Meinst du Kristian Schröder?«, fragte Beate neugierig dazwischen.

Hanne nickte, und Beate lächelte begeistert.

»Stimmt! Hanne hat recht. In Kristians Haus wäre viel Platz für euch, und Kristian ist wirklich ein toller Typ. Er kommt übrigens auch am Samstag zu unserer Feier.« Sie überlegte kurz, dann erklärte sie überschwänglich weiter: »Er hat das

Haus vor ein paar Jahren von seiner Großtante geerbt. Damals war es ziemlich heruntergekommen, aber er hat es wunderschön restauriert. Du solltest es dir unbedingt anschauen.«

»Und wer wohnt da noch außer diesem Kristian?«, fragte ich vorsichtig.

»Manfred und Anna. Manfred ist Künstler, und Anna arbeitet in einer Eventagentur in der HafenCity.«

Kristian, Manfred und Anna? Die Namen hörten sich nicht sonderlich cool an.

Beate stieß mich mit dem Ellbogen an. »Ist perfekt! Solltest du machen.«

War sie übergeschnappt? Ich konnte mir nicht vorstellen, dass sie mit ihrem Sohn bei fremden Leuten einziehen würde.

Damit war das Thema für sie erledigt. Sie klatschte in die Hände. »So, Kinder, an die Arbeit, sonst müssen wir heute Abend alle länger bleiben.«

Das wirkte. Hanne und Marco sausten zurück an ihre Schreibtische, und die nächste Stunde arbeiteten wir stillschweigend vor uns hin.

»Ich geh kurz raus, eine rauchen«, sagte Beate schließlich und erhob sich vom Schreibtisch. »Kommst du mit?«, fragte sie mich. »Du musst auch keine rauchen. Kannst mir ja trotzdem Gesellschaft leisten«, setzte sie hinzu, als sie mein Zögern bemerkte.

Das fand ich nett.

»Wir sind gleich wieder da! Hanne, ich habe mein Telefon auf dich umgestellt«, rief sie und zog mich nach draußen.

In den fünf Minuten, die wir im zugigen Hinterhof standen, erzählte Beate mir von ihrer Scheidung. »Ich musste mit Tom um jeden Cent feilschen. Das war echt furchtbar. Ich war psychisch so unten. Ich kann dir wirklich nur raten: Nimm dir sofort einen Anwalt und lass den alles regeln.«

Ich nickte ernst. Ohne Anwalt würde Hubertus mich wahrscheinlich auch gnadenlos über den Tisch ziehen.

Beate warf ihre Zigarette auf den Boden und trat sie mit dem Absatz aus. »Wäre auch ganz hilfreich, wenn du dir was Nettes zur Ablenkung suchst.« Dabei zwinkerte sie mir zu.

Wieder nickte ich, obwohl ich gar nicht verstanden hatte, was sie damit meinte.

Als wir wieder ins Büro zurückkehrten, hielt der Tag eine weitere böse Überraschung für mich parat.

»Da war ein Anruf für dich«, rief Hanne mir zu. »Du sollst bitte zu Dr. Tölle kommen.«

Ich zuckte zusammen. O Gott, das Thema hatte ich ja total ausgeblendet. Anscheinend hatte Emily ihrem Chef von meiner Drohung erzählt, und jetzt zitierte der gute Mann mich in sein Büro.

»Was will der Tölle denn von dir? Will der dich abwerben, oder was?«, fragte mich Beate neugierig.

Ich schüttelte den Kopf. »Eher das Gegenteil.«

So knapp wie möglich berichtete ich ihr, was vorgefallen war. Klar, dass auch Hanne und Marco wieder aufhörten zu arbeiten und interessiert zuhörten. Dieser Tag war nicht gerade produktiv für den Verlag.

»Wow, ich habe dich echt falsch eingeschätzt«, sagte Marco bewundernd, nachdem ich geendet hatte.

»Wieso?«, fragte ich verblüfft.

»Na, ich hab gedacht, du bist so eine von diesen verwöhnten Hausfrauenmuttis, die sich nur einen Job suchen, um nicht vor Langeweile umzukommen. Aber hey, bist echt locker drauf! Schön mal eben den Redakteur erpressen.«

Ich lächelte schief. Von Erpressung konnte nun wirklich keine Rede sein. Eigentlich traf seine erste Beschreibung ziemlich genau auf mich zu, während »locker« ein Adjektiv war, das überhaupt nicht zu mir passte. Angespannt oder hektisch würden eher zutreffen.

»Dir würde es wirklich voll gut in Kristians Haus gefallen. Hier, ich hab dir seine Nummer aufgeschrieben«, schaltete sich Hanne ein und streckte mir ein Post-it entgegen.

Ich tat so, als ob ich mich darüber freuen würde, und steckte den Zettel in meine Hosentasche.

»Na, dann werde ich mal zu Herrn Dr. Tölle gehen«, sagte ich.

»Mach dir keinen Kopf. Er kann dir nichts. Außer in seiner Redaktion hat er nichts zu sagen«, rief Beate mir hinterher.

Das war gut zu wissen.

»Hat er sich jetzt eigentlich von seiner Frau getrennt?«, fragte ich noch. Laut Emily stand er ja schon seit einem halben Jahr kurz vor der Scheidung.

»Von seiner Frau getrennt? Das wäre ziemlich dumm von ihm. Sie hat das Geld und dazu angeblich einen knallharten Ehevertrag«, grinste Beate und wandte sich wieder ihrem Computer zu.

Ich hatte die Bedeutung eines Ehevertrags immer unterschätzt. Wenn ich zehn Jahre zuvor nicht so naiv gewesen wäre, stünde ich jetzt weitaus besser da, dachte ich, während ich mit dem Fahrstuhl in den dritten Stock fuhr.

Tölles Büro wurde von einer älteren Dame in roter Seidenbluse bewacht.

»Was kann ich für Sie tun?«, fragte sie mich spitz.

»Ähm, ich bin Victoria Dansmann. Herr Tölle wollte mich sprechen?«

Sie musterte mich missbilligend über den Rand ihrer Lesebrille hinweg. »Herr Dr. Tölle hat Sie bereits vor zwanzig Minuten rufen lassen. Jetzt telefoniert er. Setzen Sie sich dort hin, und warten Sie.«

Folgsam ging ich zu dem schwarzen Ledersofa am Fenster und ließ mich auf das kalte Polster fallen. Ich fragte mich, wie Dr. Tölle wohl sein mochte, wenn schon seine Sekretärin wie ein furchteinflößender Drache wirkte.

Der Drache erhob sich jetzt und stolzierte mit einigen unter den Arm geklemmten Aktenmappen den Gang hinunter. Als sie außer Sichtweise war, klingelte das Telefon.

Ich betrachtete meine Fingernägel und überlegte, wie lange ich hier wohl würde warten müssen.

Kurz darauf erschien Tölles Sekretärin wieder.

»Ihr Telefon hat geklingelt«, teilte ich ihr freundlich mit.

»Ja, und? Wer war dran?«, fragte sie streng.

»Hätte ich etwa rangehen sollen?«, erwiderte ich überrascht.

Der rote Drache musterte mich finster und schüttelte verständnislos den Kopf. »Sie arbeiten doch hier im Haus. Dann kann es ja nicht zu viel verlangt sein, dass Sie ein Gespräch annehmen. Tsss.«

Ich sagte nichts mehr.

Fünf Minuten später stand sie auf und verschwand wieder mit ein paar Akten auf dem Flur. In diesem Moment läutete erneut das Telefon.

Nervös blickte ich den Gang hinunter und hoffte, die rote Seidenbluse dort auftauchen zu sehen. Da dem nicht so war und auch das Klingeln nicht aufhörte, stand ich auf und näherte mich unschlüssig dem Apparat. Zögerlich hob ich den Hörer ab und meldete mich: »Sekretariat Tölle … äh, Dr. Tölle …«

»Meinen Mann, bitte!«, forderte mich barsch eine Frauenstimme auf.

Also so was! Da hatte mein fünfjähriger Sohn noch bessere Manieren. Eine kurze Begrüßung konnte man ja wohl erwarten. Aber vielleicht war das hier der normale Kommunikationsstil und Tölles arme Sekretärin deshalb zum roten Drachen mutiert?

»Guten Tag, Ihr Mann ist gerade in einem Gespräch. Kann ich ihm etwas ausrichten?«, bot ich betont höflich an.

»Ja, sagen Sie ihm, es wird heute später. Anni geht es nicht so gut.«

Zack, und schon hatte Tölles Frau aufgelegt.

Merkwürdig. Wer war Anni? Ihre Tochter? Oder ein Pferd vielleicht?

Kaum hatte ich mich zurück auf das schwarze Ledersofa plumpsen lassen, erschien Tölles Sekretärin wieder. Sie schaute demonstrativ auf ihre Armbanduhr und sagte dann schnippisch: »So, jetzt können Sie reingehen!«

Von wegen wichtiges Telefonat.

Dr. Tölle residierte in einem großen hellen Büro, das dezent eingerichtet war, aber gerade dadurch eine gewisse Eleganz ausstrahlte. Auf dem riesigen gläsernen Schreibtisch standen zwei Laptops sowie zwei Flaschen Cola. An der Wand dahinter hingen eingerahmte, mit Widmung versehene Fotografien einer Vielzahl Prominenter. Neben einigen Promis war auch Tölle zu sehen.

»So, Frau Dansmann, dann nehmen Sie mal Platz«, wies Tölle mich an und deutete auf den Stuhl vor seinem Schreibtisch.

Er war ein kleiner, schmächtiger Mann mit rotem Gesicht, das übersichtliche Haar trug er streng zurückgekämmt. Ein wenig erinnerte es mich an Hubertus, wobei der immerhin volles Haar hatte und es nicht ganz so schmierig aussah wie bei Tölle. Was Emily wohl an diesem Kerl gefunden haben mochte? Das Geld oder die tollen Kontakte, die er als Beweis an die Wand hinter sich gepinnt hatte? Oder gab es doch noch etwas anderes, das sie an ihm anziehend fand? Sollte ich je wieder mit ihr sprechen, musste ich sie fragen.

»Ich habe Sie hergebeten, weil ich zwei Dinge klarstellen will«, unterbrach Tölle barsch meine Gedanken. »Weder dulde ich es, dass die Arbeit meiner Mitarbeiter ausspioniert wird, noch, dass diese Arbeit manipuliert wird. Haben wir uns verstanden?«

Er sprach mit lauter und abgehackter Stimme. Ich konnte mir gut vorstellen, dass er seine Leute auch oft anbrüllte. Doch ich wollte mich nicht einschüchtern lassen.

»Constantin von Holt wird in einem ganz falschen Licht dargestellt«, entgegnete ich. »So war es nicht. Das ist eine Lüge. Bitte nehmen Sie diesen einen Satz aus dem Artikel raus!«

Tölle stützte die Unterarme auf den Schreibtisch und beugte sich vor. Die roten Äderchen in seinem Gesicht traten deutlich hervor.

»Was haben Sie von dem soeben Gesagten nicht verstanden?« Seine Stimme hatte jetzt einen drohenden Unterton angenommen.

Ich schwieg erschrocken.

Tölle lehnte sich wieder zurück. »Gut, dann wären wir uns ja einig. Und nun gehen Sie wieder an die Arbeit!« Dann schaute er betont desinteressiert von mir weg und auf seinen rechten Laptop.

Ich spürte eine geballte Wut in mir hochsteigen, wusste aber nicht, was ich noch erwidern sollte.

Beim Aufstehen fiel mein Blick auf ein Foto, das Tölle mit Beyoncé und einer weiteren mir unbekannten Frau zeigte. Plötzlich hatte ich eine Idee.

Betont lässig ging ich zur Tür und öffnete sie. Dann drehte

ich mich noch einmal um und sagte: »Ach, das hätte ich fast vergessen. Schönen Gruß von Ihrer Frau.«

Tölle starrte mich mit zusammengekniffenen Augen misstrauisch an. »Woher kennen Sie denn meine Frau?«

Ohne darauf einzugehen, lächelte ich nur und sagte: »Sie kommt heute später. Anni geht es nicht so gut.« Damit schloss ich die Tür und hatte trotzdem noch lange genug Zeit, Tölles entsetztes Gesicht zu sehen. Er wusste, dass ich über seinen Seitensprung mit Emily informiert war, und wenn er jetzt noch zusätzlich dachte, ich hätte irgendeine Art von Beziehung zu seiner Frau und könnte ihr daher jederzeit von der Untreue ihres Mannes berichten, war alles in Ordnung.

Auf dem Weg zurück in die Redaktion lächelte ich, denn ich wusste, dass ich gewonnen hatte. Und so wunderte es mich nicht allzu sehr, als eine halbe Stunde später der rote Drache anrief und mir mitteilte, dass Herr Dr. Tölle meinen Änderungswunsch akzeptieren würde. Zum ersten Mal seit Langem war ich ein kleines bisschen stolz auf mich.

Kapitel 10

Eine Woche später hing das scheinheilige Familienfoto immer noch neben der Garderobe.

Inzwischen hatten wir meinen Eltern, Lotti und den Kindern von unserer Trennung erzählt. Den Freunden – sofern es da überhaupt noch welche gab – wollten wir es bei passender Gelegenheit mitteilen. Hubertus war vier Tage zuvor ins Hotel gezogen. Dort würde er bis zu meinem Auszug bleiben.

Meine Eltern waren schwer schockiert gewesen. Nur mit viel Mühe hatte ich sie davon abhalten können, nach Hamburg zu fahren, um »Versöhnungsgespräche mit Hubertus zu führen«. Lotti hingegen hatte geweint. Vor allem weil sie Angst hatte, sie würde die Kinder nicht mehr sehen, wenn ich mit ihnen auszöge. Diese Angst hatte ich ihr in einem langen Gespräch zu nehmen versucht.

Vincent und Leonie schienen das Ganze überhaupt noch nicht zu realisieren, vielmehr schien unsere Trennung für sie ein aufregendes Abenteuer zu sein. Sie waren geradezu begeistert von der Aussicht, bald zwei Wohnsitze und damit zwei Kinderzimmer zu haben. Zumal die vier Js von Kathrin ja auch zwei Wohnsitze hatten und es »voll cool« fanden.

Mein Problem bestand nun darin, dass alle darauf warteten, dass ich mit den Kindern auszog. Aber wohin? Mein spärliches Gehalt reichte nicht für eine Wohnung in den Elbvororten. Natürlich würde noch der Unterhalt für die Kinder hinzukommen, den Hubertus mir zahlen musste, und hoffentlich auch eine entsprechende Zahlung an mich, aber die gesamte finanzielle Seite war noch nicht einmal ansatzweise geklärt. Andererseits wollte ich es den Kindern auch nicht zumuten, sich von ihren Freunden trennen zu müssen, weil wir in eine komplett andere, günstigere Wohngegend zogen. Nichtsdestotrotz wollte ich so schnell wie möglich ausziehen. Jetzt fühlte ich mich stark genug dafür, doch ich wusste auch, dass solche Phasen bei mir nicht lange anhielten.

Ich seufzte. Ich brauchte dringend einen Anwalt, der das ganze Finanzielle schnell und unkompliziert für mich regelte. Am nächsten Tag sollte die Geburtstagsparty von Beates Freund stattfinden, und ich hoffte inständig, dort den perfekten Anwalt kennenzulernen. Aber bis dann alles geklärt war, musste ich eine Übergangslösung finden.

Hannes Vorschlag fiel mir wieder ein. Ob ich doch mal diesen Kristian anrufen sollte? Für einen Monat oder so in einer WG zu wohnen wäre vielleicht okay.

Zögerlich durchsuchte ich meine Handtasche und zog schließlich den Zettel heraus. *Kristian 355278* hatte Hanne darauf gekritzelt. Nervös tippte ich die Nummer in mein Handy.

Nach dreimaligem Tuten meldete sich eine forsche männliche Stimme: »Schröder.«

»Ähm … hallo … Victoria Dansmann … ich bin eine Bekannte von Hanne. Sie hat mir Ihre Nummer gegeben«, stammelte ich schüchtern.

»Hi. Was kann ich für dich tun?«

Ich überhörte das Du, ein bisschen Distanz war mir lieber. »Ich rufe Sie wegen Ihres Hauses an … also, ich suche nämlich eine vorübergehende Bleibe für meine Kinder und mich. Meine Kinder sind …«

»Ja klar! Komm einfach vorbei und schau dir alles an«, unterbrach Kristian mich.

»Wie? Jetzt gleich?« Das ging mir nun doch ein bisschen zu schnell. Spontaneität war nicht gerade eine meiner Stärken.

»Nein, an Weihnachten. Natürlich jetzt, Mann«, lachte Kristian fröhlich.

Was soll's, dachte ich und schrieb mir die Adresse auf, die er mir nannte. Es ist ja nur eine unverbindliche Besichtigung. Wenn mir das Haus nicht gefällt, kann ich gleich absagen.

Ich nahm meine Jacke und rief Lotti und den Kindern in der Küche zu, dass ich zu einer Wohnungsbesichtigung fahren würde und bald zurück wäre.

»Cool, ich will mit!«, kreischte Leonie aufgeregt und rannte auch schon zur Haustür.

»Auf gar keinen Fall! Du bleibst schön hier und übst deine Vokabeln. Ich frage dich nachher ab.«

Leonie schnitt eine Grimasse und verschwand in ihrem Zimmer.

»Wo liegt die Wohnung denn?«, fragte Lotti interessiert.

»Ganz in der Nähe«, erwiderte ich vage.

»Mit Blick auf die Elbe?«

Lotti hatte keine Ahnung von meinen Finanzen, und ich konnte ihr auch schlecht sagen, dass ich mir eine Wohnung mit Elbblick erst würde leisten können, wenn ihr Sohn von meinem Anwalt zur Kasse gebeten wurde.

»Ich erzähl's dir, wenn ich wieder da bin«, rief ich ihr auf dem Weg nach draußen zu.

Als ich im Auto saß, überlegte ich, ob ich für eine WG-Besichtigung überhaupt passend angezogen war. Ich trug eine weiße, mit Blümchen bestickte Bluse und eine dunkelblaue Cordhose. Cool war das nicht gerade – sondern eher was für ein Bewerbungsgespräch im Seniorenwohnheim. Aber zum Umziehen war jetzt keine Zeit mehr.

Als ich im Auto bei der von Kristian angegebenen Adresse

im Stadtteil Ottensen vorfuhr, hielt ich beeindruckt inne. Das Haus entpuppte sich als eine wunderschöne Jugendstilvilla in einer ruhigen Seitenstraße. Die Fassade war in einem zarten Blau gehalten und bildete einen willkommenen Gegenpol zu den kräftigen Farben der Nachbarhäuser. Neben dem Haus gab ein Weg den Blick auf den Garten dahinter frei, wo große Apfelbäume wuchsen. Ein wahrhafter Traum für jedes Kind, das gerne kletterte – wie Hanne gesagt hatte! Und mitten zwischen den Bäumen entdeckte ich einen Holzschuppen. Wahrscheinlich für Fahrräder oder Gartengeräte.

Ich sah auf die Uhr. Genau dreizehn Minuten hatte ich von zu Hause bis hierher gebraucht. Das war auch gut. Ein vorsichtiger Optimismus erfasste mich. Wenn das Haus von innen nur annähernd so schön war wie von außen, dann war es perfekt.

Als ich mich auf die Suche nach einem Parkplatz machte, stellte ich fest, dass mir auch die Gegend gefiel. Es sah hier zwar nicht so ordentlich und gepflegt aus wie in den Elbvororten, dafür aber viel lebendiger. Eine Vielzahl kleiner Läden und Kneipen säumte die Straßen, auf denen es von Menschen unterschiedlichster Herkunft wimmelte. Der einzige Haken war, dass es hier ebenso wenige Parkplätze gab wie in der City. Ich brauchte sage und schreibe dreißig Minuten, bis ich endlich eine Parklücke vor einem Dönerladen fand, und weitere fünfzehn Minuten, bis ich zu Fuß wieder an der Jugendstilvilla angekommen war.

Auf mein Klingeln hin öffnete mir ein großgewachsener blonder Mann in blauer Latzhose. »Ah, du bist bestimmt Victoria. Komm rein! Ich bin Kristian.«

Aus dem Haus schallten mir tiefe, unmelodische Klaviertöne entgegen. Erschrocken sah ich Kristian an.

»Keine Sorge, das ist nur Manni, er übt. Nun komm schon rein.«

Ich betrat die geräumige Eingangshalle. Durch die großen Fenster schien die Abendsonne auf den glatten Holzfußboden. Wirklich schön, aber diese schrägen Klaviertöne irritierten mich dermaßen, dass meine Zuversicht wieder schrumpfte.

Kristian schien meine Gedanken zu erraten. »Am besten stell ich dir gleich mal unseren Künstler vor.«

Er öffnete die Tür zu dem Zimmer, aus dem die furchterregenden Töne schallten. »Manni, darf ich dir Victoria vorstellen? Sie wird vielleicht bei uns einziehen.«

Der weitläufige Raum schien das Wohnzimmer zu sein. In der Mitte befanden sich zwei große graue Sofas, davor ein kleiner hölzerner Tisch. An einer Wand stand ein dunkelbraunes Klavier, auf dessen Tasten ein mit einem roten T-Shirt bekleideter Mann einhämmerte.

Die schauderhaften Töne brachen abrupt ab, als er sich umdrehte. »Scheiße, Kristian, jetzt hast du mich mitten aus einem Höhenflug gerissen. Das kriege ich nie wieder so hin.« Dann sah er mich an. »Kannst du kochen?«

»Ja«, antwortete ich verdutzt.

Manni erhob sich von seinem Klavierhocker und ließ sich auf eines der grauen Sofas plumpsen. »Gibt's auch was zu trinken?«, fragte er.

Kristian setzte sich sofort in Bewegung. »Klar! Wie unaufmerksam von mir. Ich hole mal was. Bitte setz dich doch, Victoria.«

Bevor ich noch sagen konnte, dass ich nichts trinken wolle, war er auch schon verschwunden und ich mit Manni allein, der nichts mehr sagte. Um das unangenehme Schweigen zwischen uns zu beenden, fragte ich ihn, ob er in einem Orchester spiele.

Manni machte ein entgeistertes Gesicht. »Um Gottes willen, so ein Spießerverein wäre nichts für mich. Ich brauche Freiraum, um mein Talent voll entfalten zu können.«

Aha. Mich hätte ja brennend interessiert, womit er dann sein Geld verdiente. Bei seinem Klavierspiel würden die Leute ihm bestenfalls nur etwas bezahlen, wenn er damit aufhörte.

Manni lehnte seinen Kopf ans Polster und schloss die Augen. Da er anscheinend nicht an einem Gespräch mit mir interessiert war, ließ ich meinen Blick durch das Zimmer schweifen. Bis auf ein paar leere Bierflaschen neben dem Klavier und einigen Kleidungsstücken auf einem der Sofas sah es ordentlich und sauber aus, was mir sehr wichtig war. Gut, der Plastikblumenstrauß auf der Fensterbank entsprach nicht ganz meinem Geschmack, aber die eingerahmten Schwarz-Weiß-Fotografien von Paris gaben dem Raum eine gewisse stilvolle Note.

Kristian kam mit einem Tablett zurück, das er vorsichtig auf dem hölzernen Wohnzimmertisch abstellte. Manni öffnete sofort die Augen und sah begierig darauf. In Windeseile stopfte er sich sieben Schokokeksröllchen in den Mund. Eines ließ er für Kristian und mich übrig.

»Da hatte aber jemand Hunger«, rutschte es mir heraus.

»Ey, beim Komponieren verbraucht man wahnsinnig viele Kalorien«, nuschelte er mit vollem Mund.

Ich wandte mich Kristian zu. »Das Haus ist wunderschön! Ich mag die Architektur des Jugendstils. Wann wurde es erbaut?«

»Ich glaube, so etwa 1880. Das war sogar noch die Gründerzeit, nicht der Jugendstil. Der Umbau in eine Jugendstilvilla erfolgte in den Jahren 1910 bis 1912. Davon stammen auch die großen Fenster und Anbauten.«

Beeindruckt sah ich mich um. »Und wieso wird das Haus als WG genutzt?« Die Frage war zwar etwas indiskret, aber ich konnte nicht verstehen, warum jemand ein so prächtiges Haus mit anderen Menschen teilte – vor allem mit jemandem wie diesem Manni neben mir.

Kristian lachte. »Die nutzbare Wohnfläche des Hauses beträgt ungefähr 370 m^2. Viel zu viel Platz für mich allein.«

Aha, dann war er wohl Single.

Das kurze Schweigen, das folgte, wurde durch Mannis Schmatzen gestört, der auch das letzte Schokokeksröllchen verschlang.

Eigentlich hatte ich erwartet, dass Kristian mir ein paar Fragen stellen würde. Ob ich geschieden sei, wie alt die Kinder seien, wie lange ich hier wohnen bleiben wolle usw. Da aber nichts kam, fragte ich ihn, ob er mir die zu vermietenden Zimmer zeigen könne.

Kristian nickte und erhob sich.

Da fiel die Eingangstür ins Schloss, und zwei Sekunden später erschien eine junge blonde Frau im Wohnzimmer. »Hey, Jungs! Na, sieh einer an, kaum bin ich mal länger weg, ladet ihr euch gleich ein Mädel ein.«

Ich starrte auf ihren üppigen Busen. Wow, dagegen sah ich aus wie ein Brett.

»Das ist Victoria, und vielleicht zieht sie hier ein«, erklärte Kristian.

»Sie wird dann hier das Kochen übernehmen«, fügte Manni hinzu.

Ich lachte, bis ich merkte, dass Manni das wohl ernst gemeint hatte.

»Wow, wie cool! Ich bin Anna«, rief die Blondine begeistert und umarmte mich. »Dann haben wir wieder Gleichstand, zwei Mädels und zwei Jungs«, freute sie sich.

Als ich mich vorsichtig aus ihrer Umklammerung befreite, überlegte ich, warum eine Frau wie sie mit Männern wie Manni und Kristian zusammenwohnte. Anna sah aus, als wäre sie gerade der Titelseite eines Hochglanzmagazins entstiegen. Ihr hübsches Gesicht wurde von langen blonden Locken eingerahmt, ein enges weißes T-Shirt und eine Skinny Jeans betonten ihre schlanke Figur. Ich schätzte sie auf Mitte zwanzig. Ob sie die Freundin von Kristian war? Eigentlich war sie zu jung für ihn, aber heutzutage hatten junge Frauen ja oft ältere Männer.

»Komm, wir zeigen dir jetzt die Zimmer«, unterbrach Kristian meine Gedanken und schob mich aus dem Wohnzimmer.

Anna und Manni folgten neugierig.

Wir gingen die hölzerne Treppe hinauf, die bei jedem Schritt knarrte. In der oberen Etage waren ebenfalls überall Holzdielen verlegt.

»Im rechten Flügel hat Anna ihr Reich. Die Zimmer, die du bewohnen würdest, befinden sich auf der linken Seite«, erklärte Kristian, während wir den Flur entlanggingen.

Am Ende des Flurs drehte er sich um und deutete hinter sich. »Diese drei Zimmer und das Bad hier wären dann euer Bereich.« Er öffnete eine der Türen und ließ mich vorangehen.

Gespannt trat ich hinein. Der Raum war großzügig und in L-Form geschnitten. Er hatte zwei große Fenster, aus denen man die Kronen der Apfelbäume sehen konnte. Und in die Einrichtung verliebte ich mich sofort. Das Zimmer war komplett mit weiß lackierten und mit kleinen Rosen bemalten Holzmöbeln eingerichtet: einem großen Bett mit verschnörkeltem Kopfteil, dazu passend Schrank und Schreibtisch und in der hinteren Ecke sogar noch einer Frisierkommode.

»Wenn dir die Möbel nicht gefallen, können wir sie selbstverständlich rausnehmen«, bemerkte Kristian hinter mir.

»Auf keinen Fall, sie sind großartig! Wem gehören sie denn?«, rief ich begeistert aus.

»Kristian hat sie für seine Frau angefertigt, aber …«, warf Anna ein, ließ den Satz jedoch unvollendet, als Kristian ihr einen bösen Blick zuwarf.

Er musste also auch geschieden sein, dachte ich.

Wir gingen nacheinander in alle drei Räume, und ich warf noch einen Blick in das kleine angrenzende Badezimmer. Zu meiner Freude war es weiß gefliest und sauber.

»Wo schlaft ihr?«, fragte ich Kristian und schaute dann Manni an.

»Manni und ich haben unsere Zimmer im Erdgeschoss. Manni bewohnt die linke Seite und ich die rechte.«

Großartig! Jeder hatte seinen eigenen Bereich, dann würden die Kinder und ich Manni vielleicht nicht so oft zu sehen oder zu hören bekommen. Mit seiner schroffen, unhöflichen Art schien er mir auch der einzige Haken an der ganzen Sache zu sein. Und 400 Euro monatliche Miete war mehr als fair.

Ich drehte mich fröhlich zu den dreien um. »Also Leonie und Vincent werden begeistert sein!«

»Wer sind Leonie und Vincent?«, fragte Manni verwirrt.

Oh, offenbar hatte Kristian seinen Mitbewohnern noch nichts von meinem Anhang erzählt. »Ähm, ich würde mit meinen Kindern hier einziehen.«

Manni verzog ablehnend das Gesicht. »Kinder? Nee, du, das geht gar nicht!«

Anna hingegen rief verzückt: »Oh, wie süß, du hast Kinder! Wie alt sind sie denn?«

»Leonie ist zehn, und Vincent wird bald sechs.«

»Super!« Sie klatschte in die Hände. »Ich nehme das Mädchen, und, Manni, du kannst den Jungen haben!«

»Um Gottes willen!« und »Auf keinen Fall!«, riefen Manni und ich gleichzeitig aus.

Dann räusperte ich mich und sagte zu Manni: »Wenn wir hier einziehen dürfen, verspreche ich dir, dass ich die Kinder von dir fernhalten werde.«

In diesem Punkt waren Manni und ich einer Meinung.

Als ich etwa eine halbe Stunde später wieder im Auto saß, rief ich sofort Hubertus an, um ihm zu sagen, dass ich kommenden Sonntag mit den Kindern nach Ottensen ziehen würde.

»Eine WG in Ottensen? Das wirst du keine Woche aushalten!«, höhnte er.

»Ich habe auch nicht vor, lange dort wohnen zu bleiben, aber für den Übergang geht es«, erwiderte ich kühl.

»Für den Übergang? Aha, und wo willst du danach mit den Kindern hinziehen? Vielleicht in ein Loft auf der Reeperbahn? Haha.« Er rang sich ein paar künstliche Lachgeräusche ab.

»Ich ziehe dann in ein hübsches kleines Haus oder in eine schöne Eigentumswohnung in den Elbvororten«, antwortete ich sachlich.

»Na klar, ein Haus in den Elbvororten! Und wo, bitte schön, willst du das Geld dafür hernehmen?«

»Von deinem Konto!«, sagte ich und bremste, weil vor mir ein Kind über die Straße lief.

»Sehr witzig! Bleib doch mal ernst.«

»Ich bin vollkommen ernst, Hubertus. Du kannst es dir durchaus leisten, uns ein Haus zu kaufen!«

Kurz herrschte Stille in der Leitung.

»Ich habe keine Lust, mit dir über Dinge zu reden, von denen du keine Ahnung hast, Victoria!«, blaffte Hubertus dann.

Ich lächelte. »Da hast du recht! Und daher wirst du zukünftig auch nicht mehr mit mir, sondern mit meinem Anwalt reden.« Damit drückte ich ihn weg und gab Gas.

Zur Geburtstagsparty von Beates Freund zog ich meinen beigefarbenen Hosenanzug an. Erstens wollte ich seriös wirken, wenn Beate mir meinen zukünftigen Anwalt vorstellte, und zweitens hatte ich mein restliches Zeug schon in Umzugskartons gepackt.

Am Sonntag wollten Kristian, Manni und Anna kommen und mir beim Umzug helfen. Ich war ganz gerührt gewesen, als Kristian mir seine Hilfe angeboten hatte. Verlegen hatte ich mit den Worten abgelehnt, dass es nicht nötig sei. Dabei hatte ich wieder vollste Unterstützung von Manni erhalten, der diese Hilfe ebenfalls vollkommen überflüssig fand, zumal er so wertvolle Künstlerhände hätte, die geschont werden müssten. Ein strenger Blick von Kristian genügte jedoch, um ihn zum Schweigen zu bringen. So hatte ich das Angebot schließlich dankbar angenommen.

In der Wohnung von Beate und Conny war schon einiges los, als ich um kurz nach acht dort ankam. Ein paar Leute kannte ich vom Sehen aus dem Verlag. Nachdem ich Beate begrüßt und ihrem Freund gratuliert hatte, gesellte ich mich am Büfett zu Hanne.

»Victoria, Anna hat mir gesagt, dass du morgen zu ihnen ziehst. Find ich super! Die drei sind echt toll. Kristian kommt heute Abend vielleicht auch vorbei«, sprudelte sie los. »Das Haus ist ein absoluter Traum, nicht wahr?«, fuhr sie fort und biss von einem dampfenden Pizzastück ab.

»Kristian kommt?« Es erstaunte mich, wie sehr ich mich darüber freute – obwohl er rein optisch mit seiner Latzhose nicht zu den Leuten in meinem Freundeskreis passte.

»Zumindest ist er eingeladen, wir werden sehen. Er ist ein klasse Typ.« Hanne zwinkerte mir zu.

Gerade als ich sie über Kristian, Manni und Anna ausfragen wollte, entdeckte sie am Eingang zwei Freunde und ließ mich stehen.

Nervös betrachtete ich die vielen anderen Gäste.

Beate fing meinen suchenden Blick auf und winkte mich zu sich. »Ich stelle dir jetzt mal Henning vor«, sagte sie und steuerte auf einen dicklichen Mann mit Halbglatze zu.

»Ist das der Anwalt?«, flüsterte ich.

»Das ist genau der richtige Mann für dich! Henning, darf ich dir meine Arbeitskollegin Victoria Dansmann vorstellen?«

Henning ergriff freudig meine Hand und schüttelte sie ausgiebig, während er mich von oben bis unten musterte.

»Na dann, bis später«, sagte Beate und verzog sich.

»Ich freue mich so sehr, Sie kennenzulernen«, stieß ich dankbar hervor.

Henning lächelte geschmeichelt. »Du kannst mich ruhig duzen. Wie alt bist du eigentlich?«

Die Frage irritierte mich. Weshalb wollte er mein Alter wissen? Da ich jedoch nicht gleich einen zickigen Eindruck erwecken wollte, antwortete ich brav: »Fast vierzig.«

Darüber wirkte Henning dann doch etwas besorgt. »Hui, das ist nicht mehr ganz so jung.«

»Ist das irgendwie schlecht?«, fragte ich verdattert. Hatte man vor Gericht weniger Chancen, wenn man älter war?

»Na ja, zwei oder drei Kinder will ich natürlich schon noch haben«, antwortete er und kratzte sich an der Glatze.

Was meinte er damit? Dass mein Fall so wenig abwerfen würde, dass er sich von dem Honorar keine Kinder würde leisten können?

»Bin ich denn dein einziger Fall?«, fragte ich. Wenn er außer mir keine Aufträge hatte, sprach das nicht gerade für seine anwaltlichen Qualitäten.

Henning lachte. »Nein, nein! Die Damenwelt reißt sich um mich, aber ich habe natürlich meine Ansprüche.«

Allmählich dämmerte mir, dass wir aneinander vorbeiredeten.

»Aber du bist doch Anwalt, oder?«, fragte ich zaghaft.

»Anwalt? Wie kommst du denn darauf? Ich bin Anzeigenleiter beim *Hamburg Report*.«

Ich starrte ihn sprachlos an. Warum um alles in der Welt hatte Beate mir einen Anzeigenleiter vorgestellt? Als ich kurz unser bisheriges Gespräch überdachte, wurde mir klar, dass dies ein Verkupplungsversuch war. Ich sah von Hennings Bierbauch auf seine Halbglatze und fühlte mich beleidigt – Beate wollte mich ausgerechnet mit dem hässlichsten Mann der ganzen Party zusammenbringen.

»Nun schau nicht so entsetzt. Ich verdiene richtig gut. Nach meinem Gehalt würde sich so mancher Anwalt die Finger lecken.«

Ich sah mich suchend nach Beate um. Der würde ich was erzählen! Endlich entdeckte ich sie in der Nähe des Büfetts. Ohne ein weiteres Wort wandte ich mich von Henning ab und stapfte wütend zu ihr hinüber.

»Warum hast du mir Henning vorgestellt? Er ist überhaupt kein Anwalt!«, meckerte ich sie an.

»Ach so, ja, der Mattes hat leider abgesagt. Krank. Aber Henning ist voll süß und würde richtig gut zu dir passen.«

Ich schaute zu Henning hinüber, der sich gerade mit der Hand über seine nicht vorhandene Haarpracht fuhr und mir dabei zulächelte.

»Willst du damit sagen, dass ich auch so fett bin, oder was?«, zischte ich.

»He, stopp mal! Ich hatte dich gar nicht so oberflächlich eingeschätzt. Was schwebt dir denn für ein Mann vor? Hugh Jackman vielleicht?«

Beim Namen Hugh Jackman musste ich kurz an Constantin denken.

»Beate, ich will überhaupt keinen Mann, ich will nur einen Anwalt, damit ich nicht den Rest meines Lebens in dieser WG verbringen muss!«

Auf einmal tippte mir jemand von hinten auf die Schulter.

Als ich mich umdrehte, grinste Henning mich an. »Na, hast du mich schon gesucht?«

Beate hob lächelnd die Hände und verdrückte sich wieder.

»Henning, ich muss da mal was klarstellen. Beate hat hier einiges falsch verstanden. Ich bin nicht auf der Suche nach einem Mann, okay?«

Er sah mich einen Moment fassungslos an. Dann grinste er wieder. »Ah, du willst erobert werden? Verstehe! Finde ich auch viel reizvoller. Auf Emanzen stehe ich überhaupt nicht.«

Ich verdrehte die Augen. »Dann habe ich ja noch Hoffnung«, sagte ich genervt.

O mein Gott, wie wurde ich nur diesen Kerl wieder los? Ich sah mich nach einem anderen Gesprächspartner um, aber Hanne war nirgendwo zu sehen, und von den anderen Gästen kannte ich niemanden.

»Du kannst dich wirklich glücklich schätzen, dass ich gerade Single bin«, redete Henning weiter auf mich ein.

Das »gerade« bezog sich sicher auf die letzten fünfzig Jahre. Ich hatte definitiv genug. Und da der Anwalt nicht da war, konnte ich jetzt genauso gut auch nach Hause fahren. Entschlossen marschierte ich zur Garderobe, um meine Jacke zu holen. Henning folgte mir.

»Wohin willst du?«, fragte er, als ich meine Jacke überzog.

»Nach Hause. In mein Bett«, sagte ich.

»Wow, du gehst aber ganz schön ran. Na gut, warte, ich hole schnell meinen Mantel aus Beates Arbeitszimmer. Den wollte ich nicht an der normalen Garderobe aufhängen. Ist hundert Prozent Kaschmir, wenn du verstehst. Dann können wir gleich los.«

Jetzt war ich wirklich sauer. »Sag mal, welcher von den tausend möglichen Gründen ist eigentlich dafür verantwortlich, dass du keine Frau findest?«, fuhr ich ihn an.

Noch bevor er irgendetwas erwidern konnte, entdeckte ich Kristian an der Tür. Er sah gut aus, die Latzhose hatte er gegen Jeans und einen blauen Pullover eingetauscht, der seine Augen noch mehr zum Strahlen brachte.

»Kristian!«, rief ich freudig und ließ Henning einfach stehen. Endlich jemand, den ich kannte.

Kristian lächelte mich an, dann bemerkte er meine Jacke. »Willst du schon gehen?«

Ich nickte, und er bot sofort an, mich zu meinem Auto zu begleiten. Das fand ich wirklich sehr nett. Überhaupt fand ich Kristian sehr nett – er war fröhlich, unkompliziert und fürsorglich. Außerdem sah er ganz gut aus, wenn er keine Latzhose trug.

Als wir den kurzen Weg zu meinem Auto gingen, fühlte ich mich wieder gut. Kristian hatte etwas Beruhigendes an sich – wie ein großer Bär. Wenn Hubertus nur die Hälfte dieser Ausstrahlung besäße, wäre ich jetzt vermutlich die glücklichste Frau der Welt. Die Exfrau von Kristian musste wirklich dumm sein, wenn sie so einen Mann verlassen hatte.

Am nächsten Morgen erwachte ich vor lauter Aufregung schon um 7 Uhr. In vier Stunden würden meine neuen Mitbewohner kommen. Damit wäre ein wichtiges Kapitel meines Lebens, die Zeit als vierköpfige Familie in gutbürgerlichen Verhältnissen, zu Ende.

»Hier werden wir glücklich werden«, hatte Hubertus damals beim Einzug in dieses Haus verkündet, und ich hatte ihm geglaubt.

Was war nur schiefgelaufen bei uns? Das Scheitern unserer Ehe allein Hubertus anzulasten wäre zu simpel. Auch ich hatte Fehler gemacht. Jeder Mensch macht Fehler. Das Fatale war nur, dass wir nicht aus unseren Fehlern gelernt, sondern uns immer weiter verrannt und voneinander entfernt hatten. Jetzt war es zu spät.

Wehmütig dachte ich an die schönen Zeiten zurück: die Sommertage, an denen wir im Garten gegrillt hatten, unseren Küchentisch, an dem die Kinder Hausaufgaben gemacht und wir im Winter zusammen gebastelt hatten, die vielen Weihnachtsfeste. Dies und noch einiges mehr würde in wenigen Stunden unwiederbringlich der Vergangenheit angehören. Die Erinnerungen trieben mir Tränen in die Augen.

Wie wohl die Kinder mit der neuen Situation zurechtkämen? Ihre Freunde und Lehrer würden Fragen stellen. Und ich fühlte mich als hundsmiserable Mutter. Handelte ich zu egoistisch, weil ich in erster Linie nur an mich gedacht hatte? War es richtig, die Familie zu zerstören, nur weil ich der Meinung war, nicht genug Liebe und Anerkennung von meinem Ehemann zu bekommen? Hätte ich mich den Kindern zuliebe zusammenreißen und weiterhin heile Familie spielen sollen?

Das Schlimmste in diesem Augenblick war, dass die Zukunft meiner Kinder und auch meine eigene so ungewiss war. Was, wenn der Ehevertrag doch so wasserfest war, dass Hubertus mir keinen Cent zahlen musste? Dann würde ich mit den Kindern auf immer und ewig mit diesem Manni zusammenwohnen müssen. O Gott, was hatte ich nur getan? Meine armen Kinder!

Jetzt weinte ich richtig.

Dann hörte ich, wie vorsichtig die Schlafzimmertür geöffnet wurde und Vincent hereinschlüpfte.

»Mami?«, fragte er.

Ich wischte mir schnell über die Augen.

»Ist mein neues Zimmer schön?«

Wie er da so verloren vor mir stand, krampfte sich mein Herz zusammen, und ich schwor mir, ab sofort nur noch auf die Bedürfnisse der Kinder zu achten. Sie waren das Wichtigste in meinem Leben.

»Dein neues Zimmer ist superschön, und die Apfelbäume dort sind riesig!«, versuchte ich ihn aufzumuntern.

Vincent sah unverändert traurig aus.

»Was ist denn los, mein Schatz? Bist du traurig?«

Vincent nickte heftig.

»Weil wir umziehen?«

Fast hätte ich auch wieder angefangen zu weinen.

»Nein, weil wir kein Haustier haben. Und wenn wir jetzt in eine KG ziehen, werde ich auch nie eines bekommen«, schniefte er.

Ich nahm ihn in den Arm und knuddelte ihn.

»Was für ein Haustier wünschst du dir denn?«

Mit leidvoller Miene schaute er mich an. »Vielleicht einen Hamster? Dem könnte ich abends einen Gutenachtkuss geben, weil Papi doch dann nicht mehr da ist.«

Oh, mein armes Kind! Wahrscheinlich hätte ich in diesem Moment auch zugestimmt, wenn er nach einem Kamel verlangt hätte. Ein Mutterherz war einfach stärker als jede Vernunft.

»Weißt du was? Nächste Woche kaufen wir dir einen süßen Hamster, okay?«

Vincent schlang jubelnd die Arme um meinen Hals. »Hurra! Ich bekomme einen Hamster!«

Dann tanzte er lachend aus dem Zimmer, und ich fragte mich, ob seine Traurigkeit wirklich echt gewesen war oder ob er mich soeben sehr geschickt ausgetrickst hatte. Auf alle Fälle war zu meinen hundert Problemen nun noch eines hinzugekommen. Wie konnte ich einen Hamster in das Haus schmuggeln, ohne dass Manni es merkte?

Zwei Stunden später erschien Hubertus.

»Du bist zu früh! Wir sind noch da«, bemerkte ich trocken, als er die Haustür aufschloss und den Flur betrat.

»Ich wollte mich von den Kindern verabschieden!«, antwortete er barsch und ging an mir vorbei.

»Bitte mach es nicht so dramatisch. Die Kinder werden ja jedes Wochenende bei dir sein.«

Der tränenreiche Abschied von Lotti eine halbe Stunde zuvor hatte mir schon ziemlich zugesetzt. Hubertus würde Leonie und Vincent bereits am kommenden Samstag wiedersehen. So hatten wir es vorläufig vereinbart: Von Montag bis Freitag waren die beiden bei mir und samstags und sonntags bei Hubertus. Ich hielt das für eine gute Idee, da die Kinder so ihr ursprüngliches Zuhause behalten würden. Sobald wir – hoffentlich in naher Zukunft – in ein neues Domizil in den Elbvororten gezogen waren, sollten die Kinder dann selbst entscheiden, wo sie ihre Wochenenden verbringen wollten.

»Was steht denn da für ein Verrückter in der Auffahrt?«, rief Hubertus eine Stunde später.

Ich war gerade dabei, oben im Badezimmer meine Kosmetikartikel einzupacken. Neugierig warf ich einen Blick aus dem Fenster und erkannte bei genauerem Hinsehen, dass es Manni war. Aber warum trug er eine Skibrille und Fäustlinge?

Ich lief die Treppe hinunter zur Haustür und öffnete sie. »Guten Morgen, Manni!«, begrüßte ich ihn.

»Hast du was zu essen da? Ich hab totalen Kohldampf«, meinte er nur und marschierte grußlos an mir vorbei ins Haus.

Wirklich sympathisch!

Zwei Sekunden später erschienen Anna und Kristian.

»Morgen! Wir haben das Auto da vorne geparkt. Ich hoffe, das ist okay«, lachte mich Kristian an.

Ich schaute auf die Straße. Ein schwarzer VW Touareg parkte direkt vor Carl Schraders Einfahrt.

»Ja, da steht es wunderbar«, lächelte ich zurück. Das war das Gute an meinem Auszug: Jetzt konnte es mir egal sein, wenn Carl Schrader einen Tobsuchtsanfall bekam, weil sein grüner Audi zugeparkt war.

»Na dann, wo sind die Kisten?«, fragte Kristian und krempelte die Ärmel seines Pullovers hoch.

»Die stehen alle oben im Schlafzimmer. Hier entlang«, sagte ich und deutete die Treppe hoch.

Anna saß schon bei Leonie und Vincent, spielte mit den beiden und zeigte Leonie ihr Schminktäschchen.

»Es ist so lieb, dass ihr mir beim Umzug helft«, bedankte ich mich auf der Treppe bei Kristian.

»Pure Berechnung. Du hast gesagt, du kannst kochen.« Er grinste, und ich hoffte, dass es diesmal wirklich als Scherz gemeint war. Trotzdem nahm ich mir vor, ab und zu mal für alle zu kochen. Einfach als Dankeschön.

»Victoria, kannst du bitte mal kommen?«, hallte die strenge Stimme von Hubertus durchs Haus.

Dieser bestimmte Tonfall ließ mich immer noch zusammenzucken. Hektisch rannte ich hinunter ins Wohnzimmer.

»In der Küche sitzt ein Wahnsinniger mit Skibrille und futtert alle Brötchen, die ich gerade mitgebracht habe, und im Flur spielt eine Prostituierte mit meinen Kindern«, herrschte Hubertus mich an.

»Schscht!«, machte ich erschrocken und guckte zur Tür. »Spinnst du? Wenn sie dich hören«, zischte ich dann ärgerlich.

»Du spinnst! Sind das die Leute aus der WG? Ich glaube, du bist übergeschnappt! Dort werden meine Kinder nie und nimmer einziehen! Ist das klar?«, brüllte er.

Ich öffnete den Mund, wusste aber nichts zu erwidern.

Plötzlich klopfte es leise an die Tür, und Kristian steckte den Kopf herein. »Gibt es Probleme?«

Hubertus starrte ihn an. Erst böse, dann ungläubig. »Herr Schröder?«

»Mensch, Herr Dansmann, das ist ja eine Überraschung!«

»Ihr kennt euch?«, fragte ich fassungslos.

Woher kannte denn mein erzkonservativer Fast-Exmann Kristian?

Ohne mich weiter zu beachten, schüttelte Hubertus Kristians Hand. »Das ist ja ein netter Zufall. Jetzt sagen Sie nicht, Sie wohnen auch in dieser WG!«

Kristian lachte. »Ja, mir gehört das Haus.«

Wenn Hubertus so schleimfreundlich war, musste Kristian ein vermögender Bankkunde sein – gut, er war natürlich Besitzer dieser wunderschönen Jugendstilvilla, allerdings sahen seine karierten Hemden und verwaschenen Jeans nicht nach unermesslichem Wohlstand aus. Hm, vielleicht versuchte er, mit den Klamotten seinen Reichtum zu verbergen? Hubertus bot jetzt sogar an, Kristian beim Kistentragen zu helfen. Ich beschloss, der Sache später auf den Grund zu gehen. In diesem Moment war ich einfach nur dankbar für diese merkwürdige Bekanntschaft.

Kapitel 11

Die ersten Wochen in Ottensen waren grauenhaft. Mit drei mir weitestgehend unbekannten Menschen zusammenzuwohnen erdrückte mich regelrecht. Mannis geleerte Bierflaschen neben dem Klavier im Wohnzimmer gingen mir ebenso auf die Nerven wie Kristians Joghurtbecher, die nie im Mülleimer landeten, sondern sich in der Spüle darüber stapelten. Und die Tatsache, dass der Küchentisch in aller Regel mit leeren Kaffeetassen und zerlesenen Zeitungen übersät war, machte mich jedes Mal wütend, wenn ich von der Arbeit nach Hause kam. Was war das nur für ein rücksichtsloses Benehmen! Hier fehlte eindeutig eine Putzfrau, aber den Part wollte ich bei aller Dankbarkeit nun wirklich nicht übernehmen.

Als ich eines Abends für Leonie, Vincent und mich ein paar Brote schmieren wollte, fand ich die Bäckertüte zusammengeknüllt neben ein paar Krümeln auf dem Boden. Verdammt, ich hatte das Brot erst gestern gekauft. Manni!

Ärgerlich stampfte ich zu seinem Zimmer und klopfte energisch an die Tür. Ohne eine Antwort abzuwarten, öffnete ich sie. Manfred lag mit geschlossenen Augen auf dem Bett. War ja klar! Wenn er nicht gerade irgendwelche merkwürdigen Lieder komponierte, schlief er. Entweder auf dem Sofa oder auf dem Bett. Das Erstaunliche daran war, dass auch die meisten der Dinge, die mit ihm in Berührung kamen, ebenfalls lagen – nämlich auf dem Boden verstreut. Leergefutterte Kekspackungen oder ausgetrunkene Bierflaschen waren zwei der Sachen, über die ich am meisten stolperte.

»Ich hatte gestern ein ganzes Landhausbrot gekauft, und jetzt ist es alle«, meckerte ich los.

Manfred öffnete schwerfällig die Augen. »Ich befinde mich gerade in einer Schaffensphase und will nicht gestört werden.«

»Stell dir vor, ich befinde mich auch gerade in einer Schaffensphase: Ich will meinen Kindern Abendbrot machen. Leider ist das aber nicht möglich, weil du das ganze Brot weggefuttert hast.« Wütend funkelte ich ihn an, was ihn überhaupt nicht zu stören schien.

»Ah, ich dachte mir gleich, dass du es warst, die dieses geschmacklose Graubrot gekauft hat. Kauf nächstes Mal bitte normalen Toast und kein Vollkorn. Das schmeckt immer so muffig«, trug Manfred mir auf und schloss wieder die Augen.

Mir verschlug es die Sprache vor so viel Dreistigkeit. Ab sofort würde ich nur noch Pumpernickel kaufen, schwor ich mir und zog die Tür zu.

»Leonie, Vincent, wir müssen noch mal einkaufen gehen!«, brüllte ich in Richtung der Kinderzimmer.

»Och nö, warum müssen wir denn jetzt jeden Tag einkaufen gehen? Das nervt echt«, maulte Leonie von oben.

»Ich will hierbleiben und Alfi kennenlernen!«, schrie Vincent aus dem Wohnzimmer.

Erstaunt ging ich zu ihm. Er und Anna saßen auf dem Boden und puzzelten.

»Wer ist denn Alfi?«

»Alfi ist ein Freund von mir. Er wollte gleich vorbeikommen«, sagte Anna und strich Vincent über die Locken.

»Aber ihr wollt euch doch bestimmt ungestört unterhalten. Da wäre es doch viel besser, wenn Vincent mit mir käme.«

Vor allem wäre es mir lieber.

»Ach Quatsch. Alfi mag Kinder. Er hat selbst jede Menge Geschwister«, winkte Anna ab.

»Siehste, bäh!« Vincent streckte mir die Zunge raus.

Ich gab mich geschlagen. »Okay, dann bleiben die Kinder kurz bei dir, Anna. Ich habe mein Handy dabei. Wenn was ist, ruf bitte an.«

»Was soll denn sein? Entspann dich mal«, lachte sie und griff nach einem Modemagazin.

Vielleicht hatte sie recht. Ich sollte aufhören, mir ständig so viele Sorgen zu machen, das machte nur Falten.

Ganz so schnell, wie ich dachte, ging es dann doch nicht. Der kleine Supermarkt um die Ecke hatte nur noch helles Toastbrot – genau die Sorte, die Manfred liebte. Also lief ich weiter, bis ich einen Laden fand, in dem es hundertprozentig weizenfreies Vollkornbrot zu kaufen gab. Zwar würden die Kinder wahrscheinlich auch meckern, wenn ich es ihnen heute Abend servierte, aber erstens wollte ich nicht riskieren, dass das Brot in null Komma nichts von Manfred vertilgt werden würde, und zweitens war Vollkornbrot ja sowieso gesünder.

Ich kaufte gleich noch einen Kopfsalat, zwei Avocados und ein paar Tomaten. Alles in Bioqualität, dafür mit ein paar braunen Flecken. Das sei bei Bio aber völlig normal, erklärte mir der türkische Verkäufer mit breitem Lächeln. Ich zahlte fast das Doppelte, als ich gewöhnlich für Gemüse ausgab, und hielt mich am Gedanken fest, dass ich meine Kinder bestmöglich ernährte.

Als ich nach Hause kam, duftete es nach frisch gebackenen Schokoladenwaffeln. Verwundert ging ich in die Küche, wo Anna einen großzügigen Löffel Teig auf das Waffeleisen gab.

»Wieso backst du denn jetzt Waffeln?«, motzte ich sie an. Bei diesem unwiderstehlichen Duft konnte ich das Biovollkornbrot getrost vergessen.

»Die Mäuse und Alfi haben Hunger«, antwortete Anna unbeschwert.

»Darum habe ich doch gerade eingekauft. Ich möchte nicht, dass die Kinder jetzt Waffeln statt Brot essen!«

Es war gemein von mir, Anna so anzufahren, denn sie hatte es nur gut gemeint. Aber es nervte mich, dass es mir nicht gelang, ganz normal mit meinen Kindern zu Abend zu essen.

Wütend stapfte ich ins Wohnzimmer. »Vinci, wir werden jetzt …« Ich stockte mitten im Satz und starrte auf den Mann, der da neben meinem Sohn auf dem Sofa saß.

O Gott! Furchteinflößend war als Beschreibung für den Kerl fast noch untertrieben. Sein muskelbepackter Oberkörper steckte in einem schwarzen Achselshirt mit Totenkopfmotiv, seine beiden Arme waren komplett tätowiert, und seinen Kopf zierte ein rot-grün gefärbter Undercut. Das fehlende Kopfhaar wurde durch die starke Brustbehaarung kompensiert, die über dem Ausschnitt des Shirts hervorlugte.

O nein, jetzt hat mein Sohn schon mit fünf Jahren Kontakt zur Unterwelt!

»Na, was für eine scharfe Braut bist du denn?«, fragte mich der Totenkopf.

»Das ist meine Mama«, erklärte Vincent, und zu mir sagte er stolz: »Mami, das ist Alfi, mein neuer Freund!«

Ogottogottogott, dachte ich nur. Zu mehr war ich gerade nicht fähig.

Alfi hob seinen Arm, an dem er eine goldene Armbanduhr trug. »Schau mal, ich habe hier eine telepathische Rolex. Sie sagt mir, dass du keine Unterwäsche trägst.«

Vincent sah voller Begeisterung erst auf die Uhr und dann auf mich. »Cool! Stimmt das, Mami?«

Ich erwachte aus meiner Schockstarre. »Natürlich nicht! Selbstverständlich habe ich Unterwäsche an!«, sagte ich gereizt und ärgerte mich im gleichen Augenblick, dass ich mich auf ein Gespräch mit so einem Typen überhaupt einließ.

»Ah, dann geht meine Uhr wieder eine Stunde zu früh«, rief Alfi und brach in heiseres Lachen aus.

Mein Sohn, obwohl er diesen schwachsinnigen Witz garantiert nicht verstanden hatte, lachte ebenfalls.

Es reichte!

»Vincent, du kommst jetzt sofort zum Essen«, presste ich mit zusammengekniffenen Lippen hervor.

Vincent nickte zufrieden. »Ja, Alfi und ich haben auch schon riesigen Hunger auf Schokowaffeln. Was anderes wollen wir nicht!«

Gerade als ich überlegte, ob ich jetzt rumschreien oder heulen sollte, spazierte Kristian ins Haus. »Hallo, ihr Lieben! Oh, Alfi, altes Haus, das ist ja nett, dich auch mal wiederzusehen!«

Alfi erhob sich. »Hey, Meister!«

Die beiden umarmten sich.

Kristian warf einen Blick auf mich. »Victoria hast du wahrscheinlich schon kennengelernt?«

Alfi nickte. »Ja, du hast guten Geschmack bewiesen.«

Kristian legte mir eine Hand auf den Arm. »Alles okay?«

»Ich habe Salat, Avocados und Brot gekauft, aber keiner will es essen, weil Anna Schokowaffeln backt«, jammerte ich.

»Ach, das glaube ich nicht! Coole Typen wie Alfi, Vincent und ich essen immer erst zwei Scheiben Brot mit Salat und dann die Schokowaffeln, stimmt's Männer?«

»Na klar!«, rief Alfi. »Von Waffeln bekomme ich einen Schwabbelbauch. Echte Muskeln kommen vom Salat!« Demonstrativ hielt er seinen bunt tätowierten Arm hoch.

»Ich will auch Salat!«, schrie Vincent sofort los.

Kristian lächelte mir zu. »Wenn du den Salat machst, decke ich den Tisch für uns alle.«

Ich lächelte schwach zurück und nickte.

Beim Essen nörgelte Manni, dass er Vollkornbrot nicht ausstehen könne, dann vertilgte er fünf Scheiben davon.

Ich stocherte in meinem Salat herum und beäugte misstrauisch Alfi. Womit er wohl seinen Lebensunterhalt verdiente?

Irgendwann fing er meinen Blick auf und zwinkerte mir zu.

O nein, hoffentlich interpretierte dieser Rüpel meine Blicke nicht fehl und meinte, ich fände ihn attraktiv. Dann lieber die Wahrheit sagen.

»Ich überlege die ganze Zeit, was du beruflich machst«, sagte ich zu ihm. Ich tippte auf Türsteher, Geldeintreiber oder Hartz-IV-Empfänger.

»EDV«, antwortete er lächelnd.

»IT?«, fragte ich erstaunt zurück. An einem Computer konnte ich ihn mir nun gar nicht vorstellen.

»Hey, man kann vieles zu mir sagen, aber nicht, dass ich ein Ei bin. Weder ein Weich-Ei noch ein Ei-Ti, klar?«

Anna und Leonie kicherten, und ich überlegte, ob Alfi mit EDV gar nicht elektronische Datenverarbeitung meinte, sondern vielleicht den Erpresser-Diebe-Verein. Dem wollte ich vorerst lieber nicht auf den Grund gehen.

An den folgenden Tagen ließ ich die Kinder in der Wohnung keine Sekunde aus den Augen. Wenn sie mit Anna *Mensch ärgere dich nicht* spielten oder auch nur mit ihr redeten, wuselte ich ständig um sie herum. Wer wusste schon, mit was für Typen Anna sonst noch befreundet war. Sie war zwar sehr lieb zu Leonie und Vincent, aber nicht der richtige Umgang. Anstatt also froh zu sein, dass die beiden sich dank ihr so schnell an ihr neues Zuhause gewöhnt hatten, war ich abwechselnd wütend oder eifersüchtig, weil sie Leonie Schminktipps gab und mit Accessoires versorgte, die sie mit zehn Jahren nun wirklich nicht haben musste, oder mit Vincent Schokomuffins oder anderen ungesunden Süßkram backte. »Das finde ich jetzt nicht gut« und »Das muss jetzt nicht sein« wurden zu meinen Standardsätzen. Logischerweise konnte ich damit bei den Kindern nicht punkten. Immer häufiger stritten wir.

»Warum darf ich denn nicht mit Anna ins Kino morgen?«, motzte Leonie.

»Weil du nächste Woche eine Mathearbeit schreibst. Schon vergessen?«

»Nein! Aber ich kann nicht dauernd lernen. Ich muss mich auch mal entspannen.«

»Ich würde den Satz eher umdrehen. Du kannst dich nicht dauernd entspannen, du solltest auch mal lernen.«

Leonie sah mich mit zusammengekniffenen Augen an. »Du bist so spießig! Anna sagt das auch. Sie sagt, bis jetzt dachte sie immer, ihre Mutter ist streng, aber seit sie dich kennt, findet sie ihre Mutter voll cool.«

»Wie schön für sie! Aber meiner Meinung nach hätte Annas Mutter gut daran getan, etwas strenger zu sein. Dann hätte Anna vielleicht auch Abi.«

»Pfff, du hast Abi, und dein Leben ist viel langweiliger als das von Anna!«

Dummerweise konnte ich dem nicht widersprechen. »Du machst jetzt Hausaufgaben, und in einer Stunde komme ich zum Kontrollieren, klar?«, meckerte ich stattdessen und stapfte aus Leonies Zimmer.

Im Flur kam mir Vincent entgegen. »Gleich fängt *Die Sendung mit der Maus* an«, rief er mir zu und rannte ins Wohnzimmer.

»Vincent, ich will nicht, dass du so viel Fernsehen guckst.« Ich dachte an Frau Probst und ihren Hinweis auf seine Konzentrationsschwäche.

Ohne auf meinen Einwand zu achten, schaltete Vincent den Fernseher an.

»Vincent, hallo, ich habe dir gerade was gesagt!«

Auf dem Sofa saß Kristian und las Zeitung.

»Vincent, bist du taub?«, brüllte ich.

Kristian faltete die Zeitung zusammen und stand auf. »Victoria, ich würde dir gerne was zeigen«, sagte er und schob mich aus dem Zimmer.

»Was denn?«, fragte ich genervt.

»Den Schuppen im Garten.«

»Vincent, Kristian will uns den Schuppen zeigen«, rief ich meinem Sohn zu.

Kristian schüttelte lächelnd den Kopf. »Nein, nicht euch. *Dir.*«

»Aber Vincent …«, protestierte ich.

»Vincent schaut jetzt *Die Sendung mit der Maus*, und in der Zeit siehst du dir den Schuppen an, okay?«

Erst wollte ich noch weiter widersprechen, doch dann gab ich mich geschlagen und trottete hinter ihm her aus dem Haus und in den Garten.

Kristian öffnete die Schuppentür und ließ mir den Vortritt. Drinnen blieb ich erstaunt stehen. Die Holzhütte war viel geräumiger, als sie von außen wirkte. An den Wänden ringsherum hingen zahlreiche Werkzeuge, und in der Mitte stand ein großer Schrank, an dem Kristian anscheinend gerade arbeitete. Ich betrachtete den Schrank näher. Er war ungefähr 1,90 Meter hoch und hatte drei Schubladen, die jeweils mit unterschiedlichen Schnitzereien verziert waren.

»Was ist denn das für ein Holz?«, fragte ich und strich über die glänzende Oberfläche.

»Nussbaum. Gefällt er dir?«

»Er ist wunderschön! Er muss ein Vermögen gekostet haben.«

Kristian schmunzelte. »Nicht wirklich! Ich habe ihn für 200 Euro auf eBay ersteigert und restauriere ihn.«

»Wow, wie cool! Und was machst du jetzt mit ihm? Verkaufst du ihn weiter?«

»Mal sehen, noch ist er nicht fertig. Aber ich wollte dir etwas anderes zeigen.« Mit diesen Worten ging er in den hinteren Teil des Schuppens und deutete auf eine kleine Kommode. Die Oberfläche war verkratzt und fleckig, aber die runde Form sah sehr elegant aus.

»Hast du die auch auf eBay ersteigert?«

Kristian nickte.

»Und die restaurierst du dann, wenn du mit dem Schrank fertig bist?«

Er grinste. »Ich dachte, du könntest sie restaurieren.«

Ich musste mich verhört haben. »Ich? Kristian, bei aller Liebe, erstens kann ich das gar nicht, und zweitens habe ich dafür keine Zeit.«

»Keine Eile. Ich gebe dir einen Schlüssel, und du kannst hier immer rein, wann du willst. Jetzt zum Beispiel hast du ein paar Minuten Zeit.«

»Und in ein paar Minuten bringst du mir das Tischlern bei. Na klar!«, sagte ich sarkastisch.

Ohne meinen Einwand zu beachten, holte Kristian zwei hölzerne Hocker.

»Komm her.« Er bugsierte mich auf den einen Hocker und setzte sich auf den anderen. »Als Erstes musst du die Kommode mit Sandpapier abschleifen. Es ist wichtig, die Oberfläche zu glätten und sie so für die Weiterbehandlung vorzubereiten. Hier, du kannst mit diesem groben Sandpapier anfangen.«

Völlig überrumpelt starrte ich auf das Stück Schleifpapier, das er mir hinhielt. Ich nahm es schließlich und wischte damit vorsichtig über die Kommode.

»Ja, genau so«, sagte Kristian und erhob sich. »Ich mach dann mal mit dem Schrank weiter.«

Ich wischte wieder über die Oberfläche, diesmal mit mehr Druck. Die Arbeit machte tatsächlich Spaß. Die nächsten Minuten werkelten wir stillschweigend jeder für sich, und das erste Mal seit Tagen entspannte ich mich.

»Du hast wunderbare Kinder«, sagte Kristian plötzlich.

»Ja, stimmt«, lächelte ich.

»Es ist toll, wie offen und ohne Vorurteile sie auf andere Menschen zugehen.«

Abrupt hörte ich auf zu lächeln. Vor meinem inneren Auge sah ich wieder, wie vertraut Vincent mit Alfi umgegangen war. »Es wäre mir ganz lieb, wenn sie bei einigen Leuten nicht ganz so offen wären.«

»Findest du nicht, sie sollten ihre eigenen Erfahrungen machen?«

Ich ließ das Schleifpapier sinken. »Nein, das finde ich nicht. Und ich finde auch nicht, dass dich das etwas angeht.« Ich sah auf die Uhr und stand auf. »Jetzt muss ich auch wieder rein. Danke, dass du mir den Schuppen gezeigt hast«, sagte ich, klopfte mir meine Jeans ab und legte das Sandpapier zurück ins Regal, aus dem Kristian es genommen hatte. Dann öffnete ich die Tür.

»Victoria!«, rief Kristian mir hinterher.

Ich drehte mich um.

»Der Schlüssel!« Er gab mir einen silbernen Schlüssel, der an einer weißen Kordel hing.

»Das ist wirklich lieb von dir, aber ich glaube nicht, dass ich Zeit hierfür haben werde.«

Kristian lächelte. »Behalte ihn trotzdem. Man kann ja nie wissen.«

Als ich am folgenden Samstagmorgen die Kinder bei Hubertus ablieferte, war ich nur noch ein Schatten meiner selbst.

Hubertus lächelte zufrieden, als er mich sah. »Na, wie ist es in der WG?«, fragte er hämisch.

Leonie klatschte in die Hände. »Es ist supercool dort, Papi! Anna ist meine neue beste Freundin«, rief sie begeistert.

»Meine auch!«, schrie Vincent.

Ich war froh, dass mir dadurch eine Antwort erspart blieb. Ich hätte nicht gewusst, was ich sagen sollte.

Als ich zehn Minuten später wieder ins Auto stieg, hatte ich das Gefühl, nicht mehr zu diesem Haus zu gehören. Ich fühlte mich wie eine Fremde, die hier mal kurz zu Besuch war. Über fünf Jahre hatte ich in dieser Straße gelebt. War es da normal, dass ich nach kurzer Zeit schon keinerlei Verbindung mehr zu meinem alten Zuhause spürte?

Ich dachte an Emily und Kathrin. Bisher hatten die beiden über jede Kleinigkeit in meinem Leben Bescheid gewusst, und jetzt ahnten sie noch nicht einmal etwas von der Trennung und dem Umzug. Gut, mit Emily hatte ich mich zerstritten, aber Kathrin war nach wie vor meine Freundin. Ich fuhr rechts ran und fischte mein Handy aus der Tasche.

Nach dreimaligem Tuten ging Kathrin ran und kreischte schrill ins Telefon: »Hast du es dir jetzt anders überlegt?«

»Wie bitte?«, fragte ich verdutzt.

Kurze Pause, dann: »Vicci? Bist du das?«

»Ja, wen hast du denn erwartet?«, gab ich zurück.

»Ich dachte, es wäre Tim. Er ist so ein Arsch. Wie konnte ich nur die besten Jahre meines Lebens an ihn verschwenden?«

Offensichtlich hatte sich bei Kathrin nicht viel in den letzten Wochen getan, sie war immer noch voller Hass auf Tim. »Beste Jahre meines Lebens« – ein bisschen nervte es mich, was sie sagte. Dieser Spruch war so abgegriffen wie dämlich.

Woher wusste man denn bitte schön, welches die besten Jahre des Lebens waren? Und sicher lagen unsere besten Jahre doch noch vor uns?

Ohne darauf einzugehen, fragte ich: »Gibt es denn irgendwelche Neuigkeiten bei Tim?«

Kathrin schnaubte in den Hörer. »Er will in den Sommerferien mit dieser Melanie Koß und den Kindern Urlaub in Kanada machen.«

»Ja, und weiter?«

»Nichts weiter! Er will mir die Kinder wegnehmen.«

Puh, ich fand, dass Kathrin gerade total überreagierte. Natürlich wäre ich auch nicht glücklich, wenn Hubertus mit Leonie und Vincent in den Sommerferien verreisen würde, aber er war nun mal ihr Vater. Sie liebten und brauchten ihn – und ich fand, das sollte auch Kathrin ihren Jungs zugestehen.

»Kathrin, er will dir doch die Kinder nicht wegnehmen, sondern nur mit ihnen in die Ferien fahren. Mensch, das ist doch perfekt! Du hast Zeit für dich, kannst dich neu orientieren, und die Jungs haben ihren Spaß mit Tim.«

»Was daran perfekt sein soll, begreife ich nicht. Gerade du als Mutter müsstest mich doch verstehen.«

»Gerade weil ich Mutter bin, fände ich es wunderbar, mal zwei Wochen ganz für mich zu haben.«

Kurze Stille.

»Ach, lassen wir das! Was wolltest du denn?«

»Dich sehen! Es ist ja eine halbe Ewigkeit her, seit wir uns das letzte Mal im *Café Magnus* getroffen haben.«

Immer noch etwas mürrisch gestimmt willigte Kathrin ein, und wir verabredeten uns auf einen Kaffee an der Alster.

Irgendwie hatte Tim Kathrins ganze Lebensfreude mitgenommen. Vor der Trennung war sie stets gut gelaunt und fröhlich gewesen. »Das macht die Liebe!«, hatte sie immer gesagt. Damals war ich ziemlich neidisch gewesen, denn ich hatte mir auch immer so eine tiefe, erfüllte Liebe gewünscht. Jetzt wirkte Kathrin wie gebrochen, und ich fragte mich, was besser war: eine tiefe Liebe zu erleben und diese schmerzlich zu verlieren oder lieber nur lauwarme Gefühle zu haben, aber dafür auch keine traumatische Trennung durchzumachen? Auf mich traf definitiv das Zweite zu, mein Herz wurde nicht so stark beansprucht. Aber war das nun besser? Glücklich war ich jedenfalls auch nicht.

An der Alster schien alles unverändert. Hunde jagten über die Wiesen, und die Enten freuten sich über kleine Brotstücke, die ihnen Passanten zuwarfen.

Diesmal war ich zuerst im *Magnus*. Ich setzte mich an einen Tisch am Fenster und bestellte einen Cappuccino und ein Omelett.

Kathrin erschien zehn Minuten später – ungeschminkt, mit ungewaschenen Haaren und im Schlabberlook. Ich war erschrocken darüber, dass gerade sie, die immer viel Wert auf ihr Äußeres gelegt hatte, sich jetzt so gehen ließ.

Zugegeben, ich sah wahrscheinlich auch nicht viel besser aus. Zwar trug ich keinen Schlabberlook, sondern eine weiße Jeans und einen blauen Pullover mit V-Ausschnitt, aber die dunklen Ränder unter meinen Augen und die Falten auf der Stirn hatte ich selbst mit Make-up nicht verdecken können. Zwei Frauen, gezeichnet von ihrer Trennung, ging es mir durch den Kopf.

Wir umarmten uns, und Kathrin bestellte ebenfalls einen Cappuccino.

»Also, was gibt es Neues?«, fragte ich betont fröhlich.

Kathrin warf mir einen bösen Blick zu. »Was soll es Neues geben? Ich sitze abends nur noch zu Hause rum.« Als sie den fragenden Ausdruck in meinem Gesicht bemerkte, setzte sie hinzu: »Zu den Dinnerpartys unserer Freunde wird Tim inzwischen mit dieser grässlichen Melanie eingeladen.«

»Was? Was für Freunde sind das denn?«, regte ich mich auf. »Und du wirst gar nicht mehr eingeladen, oder wie?«

»Nur noch zu Backnachmittagen oder Geburtstagskaffeekränzchen.«

Das war gemein, aber als ich länger darüber nachdachte, auch nicht ganz verwunderlich. Kathrin hatte schon seit Jahren hauptsächlich Kontakte zu Tims Freunden gepflegt. Das hatte seiner Karriere bestimmt sehr gutgetan, ihr jedoch offensichtlich nicht. »Bei uns gibt es kein *mein* oder *dein*, sondern nur ein *uns*«, hatte sie immer gesagt, wenn ich sie vorsichtig hatte darauf aufmerksam machen wollen, dass ihr ein wenig Eigenständigkeit guttäte.

»Dann musst du jetzt anfangen, dir eigene Freunde zu suchen«, versuchte ich, sie aufzumuntern.

Kathrin trank einen Schluck von ihrem Cappuccino. Dann lehnte sie sich zurück und verschränkte die Arme. »Victoria, du hast doch keine Ahnung. Du weißt nicht, wie es ist, wenn man plötzlich allein dasteht. Neue Freunde? Wo sollen die denn bitte herkommen?« Sie fuhr sich mit der Hand über die Augen und fügte angriffslustig hinzu: »Aber klar, so naive Ratschläge würde ich vielleicht auch verteilen, wenn ich mich in einer so abgesicherten Situation befände wie du.«

Fast musste ich lachen. »Ich in einer abgesicherten Situation? Du bist diejenige, die abgesichert ist. Du hast das Glück, dass du mit einem Mann zusammen warst, der auch nach der Trennung noch finanziell für dich sorgt. Weißt du, wo ich zurzeit wohne?«, brach es aus mir heraus. »In einer WG in Ottensen, weil ich mir nichts Besseres leisten kann. Ich muss mir jetzt einen Anwalt nehmen und erstreiten, was Tim dir ohne Murren zahlt.«

Kathrin sah mich mit großen Augen an und flüsterte entsetzt: »Du und Hubertus, ihr habt euch getrennt? O Gott! Aber warum?«

Ich stützte die Ellbogen auf den Tisch und den Kopf in meine Hände. »Weil Hubertus von Anfang an der falsche Mann für mich war. Ich habe es nur sehr spät gemerkt.«

Sie berührte meinen Arm. »Du? Du hast dich getrennt? Bist du verrückt?«

»Bist du eigentlich meine Freundin oder die von Hubertus?«

Ohne auf meine Frage einzugehen, schüttelte Kathrin fassungslos den Kopf. »Wie kann man nur so dumm sein! Wirklich, Victoria, ich begreife das nicht!«

So langsam verlor ich die Geduld. Dennoch versuchte ich, ruhig zu bleiben. »Weißt du, unter einer guten Partnerschaft verstehe ich eine gewisse Gleichberechtigung. Die hat es bei uns aber nie gegeben. Hubertus hat nur an sich und seine Karriere gedacht. Meine Aufgabe war es zu parieren. Und das, Kathrin, wollte ich nicht mehr, und darum habe ich mich von ihm getrennt.«

»Aber sein Geld willst du schon?«, fuhr sie mich schrill an. »Im Ernst, Victoria, ich finde es ganz selbstverständlich, dass eine Frau ihrem Mann den Rücken freihält. Schließlich hast du es Hubertus zu verdanken, dass ihr ein schickes Haus habt und du dich um nichts sorgen musst. Da ist es ja wohl nicht zu viel verlangt, auch mal zurückzustecken.«

Ging es hier eigentlich um meine Trennung, oder ließ sie nur ihren eigenen Frust an mir aus?

Schweigend sah ich aus dem Fenster. Ich wollte jetzt keinen Streit mit ihr anfangen, Probleme hatte ich schon genug.

Aber Kathrin war noch nicht fertig. »Du solltest stolz auf Hubertus sein, er hat es immerhin zu etwas gebracht. Wirklich, Victoria, ich kann deinen Egoismus echt nicht verstehen.«

Mir reichte es. Ich legte einen Zehneuroschein auf den Tisch, stand auf und steuerte auf die Tür zu.

»Wenn du nicht verträgst, dass jemand dir mal die Wahrheit sagt, dann tust du mir echt leid«, rief sie mir hinterher.

Geh einfach weiter, sagte ich mir. Doch dann drehte ich mich noch mal zu ihr um. »Gut, dann sage ich dir jetzt auch die Wahrheit. Wenn du vielleicht ein bisschen mehr dein eigenes Leben geführt hättest, dann hättest du jetzt auch Freunde. Und wenn du weiterhin so ungepflegt rumläufst, wird keiner verstehen, warum Tim überhaupt mal mit dir zusammen war!« Damit rauschte ich aus dem Café.

Auf dem Weg zum Auto fühlte ich mich elend. Warum, verdammt, hatte ich das gesagt? Kathrin ging es schlecht, ich hätte sie trösten müssen. Aber mir ging es auch schlecht. Was war nur aus uns beiden geworden? Zwei verhärmte, unzufriedene Frauen, die sich in der Öffentlichkeit ankeiften, anstatt füreinander da zu sein. Mir ging es doch ähnlich wie ihr. Alle Menschen, die mir nahegestanden hatten oder viel bedeuteten, hatte ich verloren. Ich hatte kein richtiges Zuhause, keine echten Freunde, und meine Kinder waren übers Wochenende auch nicht bei mir.

Mit rot geweinten Augen erreichte ich später Ottensen. Als ich in meiner Tasche nach dem Wohnungsschlüssel kramte, entdeckte ich den Schlüssel für den Schuppen. Ich hatte große Lust, an der Kommode weiterzuarbeiten, wollte jedoch keinen Spruch von Kristian hören à la »Na, ich hab dir doch gesagt, dass dir das Spaß machen würde«.

Also schlich ich mich wie ein Dieb zum Schuppen, öffnete die Tür und schloss sorgfältig hinter mir ab. Eifrig fing ich an, die Kommode abzuschleifen. Ich nahm mir noch nicht einmal die Zeit, die Ärmel meines Pullovers hochzukrempeln. Sorgfältig bearbeitete ich alle Flächen und Kanten. Je länger ich dort saß und schmirgelte, desto weniger dachte ich an mein verpfuschtes Leben. Es gab nur noch mich und die Kommode. Mit Genugtuung nahm ich wahr, wie sie ihre alte Oberfläche verlor und sich in ein komplett neues Möbelstück verwandelte.

Plötzlich wurde die Tür aufgeschlossen, und Kristian kam herein. Mein Herz setzte vor Schreck eine Sekunde aus.

»Victoria!«, rief er überrascht aus.

»Hilfe, wegen dir hätte ich fast einen Herzinfarkt gekriegt! Wieso schleichst du dich so an?«

»Habe ich nicht. Wie lange bist du denn schon hier?«

Ich streckte mich und bemerkte, wie verspannt ich vom stundenlangen Sitzen auf dem Hocker war. »Oh, nicht lange«, sagte ich und hustete. Mein Hals war ganz trocken.

»Nicht lange? Du bist ja komplett weiß vom Holzstaub. Zeig mal her.« Er begutachtete die Kommode. »Alle Achtung! Ich hatte vermutet, dass dir das liegen könnte, aber so eine Meisterleistung hatte ich nicht erwartet.«

Ich freute mich über das Kompliment, schließlich war Kristian Profi.

»Kann ich die Kommode denn jetzt schon bemalen?«, fragte ich eifrig.

»Noch nicht. Bevor du die Farbe auftragen kannst, müssen wir zunächst mal sehen, ob etwas repariert oder ausgebessert werden muss. Hier, sieh dir mal diese Kratzer an. Dafür gebe ich dir Holzkitt zum Auffüllen.«

»Her damit«, sagte ich.

Kristian lachte. »Ich finde, für heute hast du genug getan. Hast du Lust, einen Kaffee mit mir zu trinken?«

Nein, hatte ich nicht, denn dann würde ich wahrscheinlich sofort wieder über all meine Probleme nachdenken, die ich gerade so erfolgreich verdrängt hatte. Kristian würde bestimmt über Alfi sprechen wollen und darüber, dass ich ihm gegenüber ein bisschen offener sein sollte. Darauf hatte ich einfach keine Lust. Aber ich wollte auch nicht unhöflich sein, schließlich gestattete er mir, in seinem Schuppen an der Kommode zu arbeiten.

»Ähm.« Ich räusperte mich und suchte angestrengt nach einer Ausrede.

Kristian deutete mein Schweigen falsch. »Prima! Dann komm!«

Na toll, und jetzt?

Schweren Herzens verließ ich den Schuppen und trottete seufzend hinter Kristian zum Haus. In der Küche ließ ich mich auf einem der weiß lackierten Holzstühle nieder.

»Weiß ist wohl deine Lieblingsfarbe«, sagte ich.

Kristian schüttelte den Kopf. »Die Farbe habe nicht ich ausgesucht, sondern … na ja, sie mochte halt gerne Weiß.«

Ich nickte, wagte aber nicht, weiter nachzufragen. Mit *sie* meinte er wohl seine Exfrau. Ich suchte nach einem unverfänglicheren Thema.

»Woher kennst du eigentlich meinen Mann?«, fragte ich also. Das interessierte mich schon die ganze Zeit.

»Mein jüngerer Bruder ist sein Chef.«

Jetzt musste ich erst einmal nachdenken. Hubertus' Chef war doch …

»Herr Völckel?«, rief ich ungläubig aus.

Kristian nickte.

»Wie kann Herr Völckel dein Bruder sein?«

Er lehnte sich auf seinem Stuhl zurück. »Mein Vater ist früh gestorben, und meine Mutter hat noch mal geheiratet. Sascha ist genau genommen mein Halbbruder, aber wir verstehen uns gut.«

Ich betrachtete Kristian nachdenklich. Sascha Völckel und er hatten nicht die geringste Ähnlichkeit miteinander. Herr Völckel hatte dunkles Haar und war eher klein, Kristian dagegen war großgewachsen und blond.

Kristian bemerkte meinen Blick und lachte. »Ich weiß, was du denkst. Und wir sind nicht nur optisch totale Gegensätze. Mir fehlte immer der Ehrgeiz, den Sascha schon als Kind hatte – er war immer der Einserkandidat in der Schule und der Beste an der Uni. Da ist es schwer zu glauben, dass sein Bruder nur ein einfacher Tischler geworden ist, nicht wahr?«

Das war es in der Tat. Die Frauen hatten sich bestimmt trotzdem immer mehr für Kristian interessiert. Er war eindeutig der Attraktivere von beiden mit seinen blonden Locken und seiner herzlichen Art.

»Bist du denn auch reich?«, rutschte es mir heraus.

Kristian grinste. »Also, ich habe natürlich dieses Haus, aber im Vergleich zu Sascha bin ich arm wie eine Kirchenmaus.«

»Bist du deshalb nicht eifersüchtig?«, fragte ich verwundert. Ich dachte an Emily. Wie oft hatte ich mir gewünscht, so unabhängig und erfolgreich zu sein wie sie.

»Warum sollte ich eifersüchtig auf meinen Bruder sein? Im Gegenteil, ich bin stolz, einen solchen Bruder zu haben. Könntest du eifersüchtig auf deine Schwester oder deine beste Freundin sein?«

Aufrichtig antwortete ich: »Ja, ich bin leider manchmal eifersüchtig. Ich wäre glücklich, wenn ich deine buddhistische Einstellung hätte, aber ich bin eben alles andere als perfekt.«

Ich schwieg und erwartete, dass Kristian etwas nach dem Motto sagen würde: »Du bist schon ganz okay, aber das und das solltest du besser ändern.«

Stattdessen legte er die Hand auf meinen Arm und sagte lächelnd: »Na, zum Glück bist du nicht perfekt!«

Wir blickten uns einen Moment lang an.

Dann sah er auf die Uhr. »Sag mal, was hältst du davon, wenn wir beim Italiener um die Ecke was essen gehen? Ich lade dich ein.«

Als ich abwehrend die Hände hob, fügte er augenzwinkernd hinzu: »Ich bin zwar nicht so reich wie Sascha, aber für zwei Pizzen und eine Flasche Wein reicht es gerade noch. Außerdem muss ich mich doch für deine Arbeit an der Kommode revanchieren.«

Darüber musste ich lächeln. Und irgendwie mochte ich auch den Abend mit Kristian verbringen. Alles war besser, als allein im Zimmer zu sitzen und zu grübeln.

Das kleine italienische Restaurant, zu dem wir gingen, lag nur ein paar Häuser weiter. Kaum hatten wir *Tonis Trattoria* betreten, kam ein kleiner dicker Mann auf uns zu, begrüßte Kristian herzlich und stellte sich mir vor. Toni führte uns zu einem kleinen Tisch am Fenster. Die rot-weiß karierte Tischdecke hatte ein paar Flecken, aber er stellte einfach eine Kerze und einen Brotkorb darauf. Unkompliziert und sympathisch. Wir bestellten zwei Salamipizzen und eine Flasche Rotwein.

Als Toni sich in die Küche verabschiedet hatte, fragte mich Kristian: »Welche Farbe fändest du für den Schrank am schönsten? Oder würdest du ihn nur lasieren?«

Ich trank einen Schluck Wein und dachte kurz nach. »Ich fände es toll, wenn der Schrank komplett bunt bemalt werden würde.«

Kristian zog erstaunt die Augenbrauen hoch. »Das meinst du nicht im Ernst, oder?«

Ich nickte eifrig. »Doch. Ich persönlich würde ihn knallbunt bemalen und vielleicht noch etwas Schönes draufschreiben.« Über Kristians verwunderten Gesichtsausdruck musste ich lachen. »Ich weiß, ich habe einen schlimmen Geschmack. Unsere Einrichtung zu Hause hat deshalb komplett Hubertus ausgesucht.«

»Das kann ich ehrlich gesagt verstehen«, lachte auch Kristian und fuhr sich mit der Hand durch die blonden Locken. Dann wurde er wieder ernst. »Vermisst du dein Zuhause?«

Ich sah auf die Tischdecke. »Ja, sehr. Trotzdem glaube ich, dass die Trennung die richtige Entscheidung war.«

»Du bist eine sehr mutige Frau.«

Jetzt musste ich doch wieder lachen. »Mutig? Ich? Nein! Ich tue nur so als ob – für die Kinder. In Wahrheit bin ich der größte Angsthase überhaupt. Ich habe zum Beispiel wahnsinnige Angst im Dunkeln. Darum gehe ich abends auch nicht so gerne weg.« Ich stützte meinen Kopf auf beide Hände und sah Kristian herausfordernd an. »Aber du bist anscheinend auch ein Angsthase, oder warum lässt du Manni und Anna bei dir wohnen? Hast du alleine Angst in dem großen Haus?«, neckte ich ihn.

Plötzlich wurde Kristian ernst. »Die beiden haben mir in einer Zeit, in der es mir gar nicht gut ging, sehr geholfen.«

»Oh, entschuldige, ich wollte dir nicht zu nahe treten.«

»Schon okay. Ich bin froh darüber, Freunde wie die beiden zu haben.«

Freunde wie die beiden. Ehrlich gesagt konnte ich mir Manfred nicht als sonderlich guten Freund vorstellen.

»Denkt Manfred auch mal an jemand anderen als an sich selbst?«, sprach ich laut meinen Gedanken aus.

»Du kennst ihn nicht«, erwiderte Kristian. »Und willst ihn auch nicht kennenlernen. Genauso wie Anna.«

Ich räusperte mich. »Ich habe nichts gegen die beiden, aber du musst zugeben, dass wir überhaupt nicht zueinanderpassen. Wir haben nichts gemeinsam.«

»Alles, was eine Freundschaft braucht, ist das hier.« Kristian klopfte sich ans Herz.

»He, ich bemühe mich, immer nett zu sein!«, rief ich entrüstet.

»Du bemühst dich vielleicht, aber es kommt nicht von Herzen. Du hältst deine Kinder von den beiden fern. Warum? Weil Anna und Manfred anders aussehen und sich anders verhalten als deine Freundinnen in den Elbvororten?«

Ich schaute auf die schmuddelige Tischdecke. »Ich glaube nur, dass Manfred und Anna ganz anders denken als ich«, versuchte ich lahm zu erklären.

Kristian beugte sich vor. »Das tun sie bestimmt, aber ist das ein Grund, sich von ihnen fernzuhalten? Weißt du, Victoria, es ist offensichtlich, dass es dir momentan nicht gut geht, und in einer solchen Phase braucht man Freunde. Warum kommt dich nie jemand besuchen?«

Ich verschränkte die Arme und war kurz davor, zu einer Schimpftirade anzusetzen, denn er hatte einen wunden Punkt getroffen. Doch dann erkannte ich, dass er mir nicht hatte wehtun wollen. Also versuchte ich, ehrlich zu sein.

»Das hört sich für dich jetzt wahrscheinlich komisch an, und ich hoffe, dass du es nicht falsch verstehst, aber ich möchte nicht, dass eine meiner Freundinnen sieht, wie ich momentan wohne. Weißt du, ich habe vorher in einem schönen Haus in Othmarschen gewohnt und möchte weder bemitleidet noch verspottet werden. Darüber, dass ich jetzt in einer WG wohne, würden die nur lästern.«

Kristian streichelte sanft über meine Wange. »Ach, Victoria, ich glaube, auf solche Freundinnen kannst du verzichten. Wahre Freunde lassen einen nicht hängen.«

Seine zarte Berührung irritierte mich, aber sie fühlte sich nicht unangenehm an.

Kurz war es still an unserem Tisch.

Dann nahm Kristian meine Hand. »Vielleicht solltest du dein Herz mal für andere Menschen öffnen?«, schlug er vor.

Ich schaute überrascht auf und sah in seine tiefblauen Augen. Im Kerzenschein erinnerten sie mich an das Meer. Für einen Augenblick vergaß ich alles um mich herum, und Kristian schien es genauso zu gehen. Es war ein magischer Moment.

Plötzlich klingelte mein Handy, das ich neben mich auf den Tisch gelegt hatte. Wir zuckten beide zusammen, und Kristian zog seine Hand zurück.

Ich blickte auf das Display: Constantin. Ich spürte einen Stich in der Magengegend, und eine Welle unterschiedlicher Gefühle durchflutete mich – Freude, Enttäuschung, Misstrauen. In Constantin hatte ich mich verliebt, aber so wie er mich in München angesehen hatte – so voller Verachtung –, war mir klar, dass er jetzt keine positiven Gefühle mehr für mich hatte. Es tat weh, das zu akzeptieren. Auf alle Fälle hatte ich jetzt weder die Stärke noch die Größe, mit ihm zu sprechen. Ich holte tief Luft, dann drückte ich das Gespräch weg und schob mein Handy beiseite.

»Wolltest du nicht rangehen?«, fragte Kristian.

Ich schüttelte den Kopf. »Ist nicht wichtig. Nur ein Bekannter.«

Toni kam an unseren Tisch und nannte uns die heutige Dessertauswahl. Während er von seinem selbst gemachten Tiramisu schwärmte und mit Kristian scherzte, dachte ich an Constantin.

Durch ihn hatte ich erfahren, wie es ist, begehrt und verehrt zu werden, und durch die Gefühle, die er in mir ausgelöst hatte, hatte ich mein bisheriges lauwarmes und gesichertes Leben zurückgelassen. Jetzt stand ich mit nichts da.

Die Geschichte vom Fischer und seiner Frau fiel mir ein.

Die wollte doch auch immer mehr, und am Ende war sie wieder genau da gelandet, wo sie am Anfang gestanden hatte. Doch im Gegensatz zu mir hatte die Fischersfrau am Schluss wenigstens ihr altes Zuhause und immer noch ihren lieben Mann, der jeden ihrer Wünsche erfüllte. Eigentlich ein Happy End, weil der Fischer ihr immer treu zur Seite gestanden hatte. Aber ich wäre natürlich auch unzufrieden, wenn ich mein ganzes Leben in einem Pisspott von Fischerhütte verbringen müsste. Da hatte ich doch Glück gehabt, dass ich dank Hubertus in einem schönen Haus hatte leben können. Tja, trotzdem war ich dort unglücklich gewesen. War ich die moderne Version der unsympathischen Fischersfrau?

»Also, Victoria, was ist? Möchtest du nun Tonis sagenhaftes Tiramisu probieren?«, unterbrach Kristian meine Gedanken.

Auf dem kurzen Nachhauseweg unterhielten wir uns zwanglos, so als hätte es diesen magischen Moment zwischen uns nie gegeben.

Vielleicht habe ich ihn mir auch nur eingebildet, dachte ich, als ich später im Bett lag. In einem Punkt hatte Kristian jedoch recht: Freunde sollte man sich nicht mit dem Verstand, sondern mit dem Herzen suchen.

Deshalb nahm ich mir fest vor, meine Vorurteile gegenüber Anna und Manfred abzulegen und mit ihnen Freundschaft zu schließen.

Am nächsten Tag versuchte ich es bei Manfred. Ich wartete ab, bis er in die Küche kam, um sich einen Kaffee zu holen.

»Manfred, hättest du vielleicht Zeit und Lust, Vincent Klavierunterricht zu geben?«

Manfred starrte mich an, als hätte ich ihn gefragt, ob er Lust auf eine Diät hätte.

»Weißt du«, erklärte ich ihm, »Vinci kann sich sehr schlecht konzentrieren, und ich dachte, vielleicht würde das Klavierspielen helfen.« Ich hatte tatsächlich in einer Elternzeitschrift gelesen, dass Klavierspielen die Konzentrationsfähigkeit förderte.

Da Manni mich jedoch immer noch irritiert anstarrte, wurde ich unsicher. »Ich zahle natürlich auch für die Stunden«, stotterte ich.

Schweigen.

Okay, ich hatte es versucht, und er wollte nicht.

Ich nahm mir eine Flasche Wasser und wollte gerade die Küche verlassen, als Manfred sagte: »Ich kann nachmittags immer ab vier. Aber Vincent soll nicht rumschreien. Und wenn du statt diesem Ökofraß mal was Anständiges kochst, passt das schon.«

»Danke, Manni!«, strahlte ich, doch er hatte sich bereits wieder der Kaffeemaschine zugewandt und summte gedankenverloren vor sich hin.

Vincent war ganz begeistert davon, von Manni Klavierunterricht zu bekommen.

»Aber schrei nicht rum und sei bitte höflich«, trichterte ich ihm noch ein, bevor er am Montagnachmittag ins Wohnzimmer rannte.

Manni saß bereits am Klavier.

»Das ist so lieb von dir, Manni! Vincent freut sich total, nicht wahr, Vinci?«, flötete ich.

»Erst einmal schauen wir jetzt, ob er Talent hat. Ohne Talent läuft gar nichts«, unterbrach Manni mich barsch.

Vincent guckte schüchtern auf den Boden. »Frau Probst sagt, ich hab kein Talent. Darum darf ich bei der Aufführung im Kindergarten auch nur den Vorhang halten. Soll ich jetzt wieder gehen?«

»Ist Frau Probst eine Künstlerin?«, fragte Manni.

»Sie ist die Leiterin von Vincents Kindergarten«, klärte ich Manni auf und tätschelte Vincents Schulter.

»Dann kann sie auch nicht beurteilen, ob du musikalisches Talent hast oder nicht«, sagte Manni zu Vincent und bedeutete mir, den Raum zu verlassen.

Ich nickte und verschwand in mein Zimmer. Die nächsten dreißig Minuten haderte ich mit mir, ob es eine gute Idee gewesen war. Vincent war musikalisch wirklich eine absolute Niete, er konnte kein einziges Kinderlied richtig singen. Daher hatte ich auch nicht protestiert, als Frau Probst ihn bei der Abschlussfeier im Kindergarten nur fürs Vorhanghalten eingeteilt hatte.

Auf einmal wurde meine Zimmertür aufgerissen, und Vincent stürmte herein. »Mami! Manni sagt, ich hab ganz doll viel Talent!« Überglücklich warf er sich in meine Arme.

Im Stillen dankte ich Manfred. Als Vincent jedoch verkündete: »Manni sagt, du sollst Frau Probst anrufen und sagen, dass ich bei der Feier was vorspiele«, wurde ich doch unruhig.

Die Verabschiedungsfeier sollte in sechs Wochen stattfinden. Wie sollte Vincent bis dahin das Klavierspielen lernen? Und dann noch bei Manfred? Im besten Fall würde er mit einem Finger »Alle meine Entchen« klimpern können. Mir schwante nichts Gutes. Einen peinlichen Auftritt wollte ich meinem Sohn – und auch mir – möglichst ersparen.

Doch als ich Manni später darauf ansprach, meinte der nur lapidar: »Vincent hat Talent. Und er muss auf die Bühne, je früher, desto besser.«

Ich seufzte und setzte meine ganze Hoffnung auf Vincents Unbeständigkeit. Wie oft hatte er schon voller Begeisterung etwas angefangen und spätestens nach zwei Wochen wieder die Lust daran verloren. Wahrscheinlich würde es mit dem

Klavierspielen genauso laufen. Ich beschloss daher, mir vorläufig erst einmal nicht mehr den Kopf darüber zu zerbrechen. Stattdessen fragte ich Anna, ob sie Lust hätte, am Samstag mit mir shoppen zu gehen.

»Wir beide zusammen shoppen?«, rief sie ungläubig aus und kniff die Augen misstrauisch zusammen. »Wieso?«

»Ich fände es einfach schön, wenn wir mal etwas Zeit miteinander verbringen. Wir könnten uns ein bisschen besser kennenlernen.«

»Bisher wolltest du mich auch nicht kennenlernen. Außerdem glaube ich kaum, dass wir einen Laden finden, in dem wir beide fündig werden!«

Ich lächelte. »Nun, ich dachte mir, du könntest mich beraten, und im Gegenzug darf ich dich beraten.«

Anna guckte skeptisch. »Du willst, dass ich mich konservativer kleide, weil ich mich so gut mit Leonie und Vinci verstehe, richtig?«

Ich schüttelte den Kopf. »Nein! Es geht ausnahmsweise mal nicht um meine Kinder, sondern wirklich nur um uns. Also, hast du jetzt Lust, etwas mit mir zu unternehmen, oder nicht?«

Man sah es Anna förmlich an, wie sie überlegte. »Wo willst du denn hin? In die City?«, fragte sie schließlich.

»Das kannst du entscheiden«, antwortete ich.

Da strahlte sie. »Super, dann weiß ich, wohin wir gehen. Aber ich will kein Gemecker von dir hören, versprochen?«

Ich versprach es hoch und heilig und hoffte im Stillen, dass ich es nicht bereuen würde.

Am folgenden Samstagvormittag fuhren wir bei strahlendem Sonnenschein mit der S-Bahn ins Schanzenviertel. Die Schanze kannte ich bislang nur aus der Zeitung, dort fanden immer die großen Demos statt. Anfänglich fühlte ich mich daher unsicher und presste meine Handtasche fest an mich.

Anna lachte. »Mach dich locker. Hier passiert dir nichts.«

»Okay«, sagte ich schwach. »Du kennst dich ja offensichtlich aus hier.«

»Allerdings«, bestätigte sie stolz und zog mich über die Straße in einen kleinen Laden.

In dem spärlich beleuchteten Geschäft standen auf engstem Raum ein Dutzend Kleiderständer, und vor der hinteren Wand saß eine junge Frau auf einem Tisch und lackierte sich gerade die Fingernägel. Von uns nahm sie keinerlei Notiz. Doch Anna war bereits in ihrem Element. Zielstrebig durchforstete sie die aufgehängten Klamotten und zog schließlich ein rosafarbenes Oberteil hervor.

»Wie süß!«, rief sie. In Windeseile hatte sie ihr Top aus- und das rosa Teil angezogen. »Na, was meinst du?«, fragte sie mich verzückt.

Ich starrte sie einige Sekunden lang an und wusste nicht so recht, was ich sagen sollte. Durch das grobmaschige Top konnte man ihren pinkfarbenen Push-up sehr deutlich sehen. Es war ja nicht so, dass ich den Anblick gruselig fand … okay, ich fand den Anblick gruselig.

»Es sieht … unglaublich aus«, stammelte ich.

»Wahnsinn!« Anna lächelte geschmeichelt.

Bevor sie weitere Scheußlichkeiten anprobieren konnte, sagte ich schnell: »Aber hatten wir nicht abgemacht, dass ich dich berate und du mich?«

Zögerlich sah sie mich an. »Ja, aber das Top magst du doch, oder?«

»Klar, aber heute schwebt mir nichts Gehäkeltes für dich vor«, sagte ich listig und fing ebenfalls an, die Kleiderständer abzugehen.

Zwei Stunden später traten wir gut gelaunt wieder ans Tageslicht. Anna trug jetzt eine blau-weiß karierte Bluse zu einer weißen Jeans. Ich hatte ein tief dekolletiertes schwarzes Top und eine schwarze Lederjacke an. Es war nicht einfach gewesen. Ich hatte zunächst ein Nietenkleid und eine Leggins mit Leopardenmuster anprobieren müssen. Dank der dezenten Beleuchtung im Laden war meine leichte Cellulite nicht zu sehen gewesen, was mich sehr gefreut hatte. Auch die Verkäuferin war letztendlich sehr nett gewesen. »Sieht geil aus!«, hatte sie mein neues Outfit anerkennend gelobt. Wenn ich da an die hochnäsigen Verkäuferinnen bei Gucci, Armani, Calvin Klein oder in Lech am Arlberg dachte. Also hatte ich nach Annas Beratung noch eine eng geschnittene Jeans in Lederoptik gekauft. Die hatte ich mir jedoch einpacken lassen und war mir auch nicht ganz sicher, ob ich sie jemals tragen würde. Aber allein das Gefühl, so etwas zu besitzen, stärkte mein Selbstbewusstsein. Anna hatte sich zwei Blusen und einen Rollkragenpullover sowie die weiße Jeans gekauft. Und das Allerbeste war: Ich hatte nie zuvor in meinem Leben so günstig eingekauft. Wahnsinn!

»Warst du echt noch nie in einem Secondhandladen?«, staunte Anna.

Nein, war ich nicht, und ich hätte auch nie im Leben gedacht, dass ein Einkauf dort so viel Spaß machen würde.

Wir beschlossen, zur Feier des Tages ins nächstgelegene Café zu gehen und auf unsere Einkäufe anzustoßen.

»Du siehst jetzt viel cooler aus!«, schwärmte Anna, als wir an einem kleinen Holztisch Platz genommen hatten.

»The same to you«, antwortete ich lächelnd und hob mein Glas Prosecco.

»Unsere Jungs werden begeistert sein«, lachte sie.

Unsere Jungs! Das war eigentlich ein gutes Stichwort, um mehr über Kristian und Manfred zu erfahren.

»Kristian ist geschieden, oder?«, fragte ich neugierig.

Anna hörte schlagartig auf zu lachen, stellte ihr Glas ab und nickte ernst.

»Warum hat es nicht geklappt mit seiner Ehe?«, fragte ich indiskret.

»Kristian hat sich einfach in die falsche Frau verliebt. Valerie war immer schon ein schwermütiger Typ gewesen. Hat fast nie gelacht. Ich habe nie verstanden, warum er sie geheiratet hat. Na ja, auf alle Fälle hat sie ein Kind von ihm erwartet. Leider ist die Kleine viel zu früh auf die Welt gekommen, ich glaube, im sechsten Monat oder so. Nach einer Woche ist sie gestorben.«

Ich vergaß einen Moment lang zu atmen. »Wie schrecklich«, flüsterte ich.

»Valerie hatte dann einen Nervenzusammenbruch. Als sie aus der Klinik kam, wollte sie nur noch weg aus Hamburg. Sie lebt jetzt bei einer Freundin in München.«

O Gott, Kristian hatte Schlimmes erlebt, und ich heulte ihm mit meinen lächerlichen Problemen die Ohren voll.

»Aber warum ist er nicht mit nach München gegangen?«

Anna zuckte die Schultern. »Ich bin froh, dass er es nicht getan hat. Auch wenn Kristian eine absolute Frohnatur ist, irgendwann wäre er an der Beziehung zu Valerie zerbrochen.«

»Und Kristian hat Valerie einfach so gehen lassen?« Das passte gar nicht zu ihm.

»Nein, natürlich nicht. Er hat, glaube ich, sogar ziemlich lange um sie gekämpft, aber nach dem Tod ihres Babys konnte sie nicht mehr und wollte alles nur noch vergessen, auch ihn. Sie hat jeden seiner Versuche, sie zu treffen, abgeblockt. Kristian war echt am Boden zerstört. So down habe ich ihn nie zuvor gesehen.«

Ich kaute auf meiner Unterlippe. Constantins Ehe war gescheitert, weil seine Frau ein Baby erwartete, das nicht von ihm war, und Kristians und Valeries Ehe war nach dem tragischen Tod ihres Babys zerbrochen. Meine Ehe war im Vergleich dazu aus lächerlichen Gründen zu Ende gegangen. Hubertus und ich hatten zwei gesunde Kinder. War uns dieses Geschenk eigentlich bewusst?

Ich sah wieder zu Anna. »Wie lange ist das jetzt her?«

»Ungefähr drei Jahre. Ob Kristian und Valerie sich seitdem wiedergesehen haben, weiß ich gar nicht. Kristian spricht jedenfalls nie darüber …«

Gerade als ich noch etwas fragen wollte, klingelte mein Handy. Ich fischte es aus meiner Tasche und sah aufs Display.

Constantin! Schon wieder!

Er hatte beim letzten Mal keine Nachricht auf der Mailbox hinterlassen, und ich hatte ihn auch nicht zurückgerufen.

Anna schielte ebenfalls neugierig auf das Display. »Wer ist Constantin?«

Ich seufzte. »Ich dachte, er wäre meine große Liebe, dabei kenne ich ihn eigentlich gar nicht richtig. Blöd, oder?«

Sie stützte den Kopf in die Hände. »Nö, romantisch! Und was ist jetzt mit dem Prinzen?«

Mein Märchen war bereits vorbei, bevor es begonnen hatte. Vor ein paar Wochen noch hatte ich geglaubt, dass Constantin mich irgendwie verstünde, wenn ich ihm nur alles erklärte. Ich hatte an eine Seelenverwandtschaft zwischen uns geglaubt. Aber seit München war mir klar, dass dies nicht mehr gewesen war als eine reine Wunschvorstellung meinerseits. Es hatte mich tief verletzt, dass er mir Verrat unterstellte und offensichtlich mit Amelie Schell zusammen war. Vielleicht hatte er inzwischen erfahren, dass Emilys Artikel geändert worden war, und wollte nun mit mir darüber reden. Aber ich konnte nicht. Wenn ich seine Stimme hören würde, bräche der

Schmerz erneut über mich herein, und dazu hatte ich momentan keine Kraft. Ich glaubte nicht mehr an Märchen, zumindest nicht an welche, in denen ich mitspielte.

Ich machte eine wegwerfende Handbewegung. »Jetzt hat der Prinz eine schöne blonde Prinzessin gefunden, die er liebt, und die dicke Dunkelhaarige tröstet sich mit Prosecco und neuen Klamotten. Prost!«

Anna lachte. »Dann war er auch nicht der Richtige!« Sie lehnte sich zurück und sah mich an. »Aber vielleicht wäre Kristian der Richtige für dich.«

Ich merkte, wie ich rot wurde. »Hör auf! Ich will keinen Mann!«

»Nicht? Ich finde Kristian total süß, aber er sieht in mir leider nur so was wie eine kleine Schwester.«

Warum mich das jetzt so freute, wusste ich auch nicht.

»Hey, schau mal, da drüben steht der Mann unserer Träume!«

Ich folgte Annas Blick und entdeckte Alfi auf der anderen Straßenseite.

Gerade als ich Anna bitten wollte, ihn nicht auf uns aufmerksam zu machen, rief sie auch schon mit heller Stimme nach ihm. »Alfi! He, hier sind wir!«

Er hob erfreut einen Arm und kam schnurstracks zu uns herüber.

Hastig trank ich noch einen großen Schluck Prosecco und hoffte, dass ich mein Versprechen – heute nicht zu meckern – würde einhalten können.

»Hey, Süße, schön, dich zu sehen!« Alfi beugte sich vor und küsste Anna auf die Wange. Dann sah er mich an. »Ah, die scharfe Braut! Sieh mal, das Shirt hab ich extra für dich angezogen.«

Missbilligend warf ich einen Blick auf sein schwarzes T-Shirt und las den aufgedruckten Spruch: »Richtige Männer stehen auf Kurven, nur Hunde spielen mit Knochen.« Ich rollte genervt die Augen. »An deiner Stelle würde ich lieber ein Shirt anziehen, auf dem EDV steht – echt doofer Vollidiot.«

Alfi ließ sich neben Anna auf die Bank fallen. Mit gespielter Verzweiflung sagte er zu ihr: »Sie mag mich einfach nicht!«

Anna sah mich so enttäuscht an, dass ich mir einen Ruck gab. »Okay, Alfi, das war gerade nicht sehr nett von mir. Entschuldige.«

Augenblicklich lächelte sie wieder, und auch Alfi grinste mich zufrieden an.

»Aber nenn mich nie wieder scharfe Braut, verstanden?«, warnte ich ihn.

»Geht klar, scharfe Braut!« Er lachte heiser. »Mann, war nur ein Scherz, Victoria. Wo sind eigentlich Vinci und Leonie?«

Es war nett, dass er sich nach den Kindern erkundigte. Vielleicht war er ja doch kein so großer Idiot, wie ich dachte. »Die Kinder sind übers Wochenende bei ihrem Vater«, antwortete ich.

»Ey, das würde mir echt das Herz brechen, wenn ich meine Kinder nur zu bestimmten Zeiten sehen dürfte«, meinte Alfi gedankenverloren, griff nach Annas Glas und trank den letzten Schluck Prosecco aus.

Hinter Alfis exzentrischem Äußeren steckt tatsächlich ein weiches Herz, stellte ich überrascht fest.

»Habt ihr beide heute Abend schon was vor?«, fragte ich spontan.

Die beiden schauten mich erstaunt an.

»Willst du mit uns um die Häuser ziehen, oder was?«, grinste Alfi.

»Nein, ich hatte Manfred versprochen, dass ich mal für uns alle koche. Habt ihr Lust?«

Anna jubelte: »Super, ein richtiges WG-Festessen! Danke!«

»Da sag ich natürlich nicht nein. Danke, scharfe … äh … Victoria.«

Ich trank meinen letzten Schluck Prosecco und stand auf. »Prima, dann rufe ich jetzt noch Kristian an und frage ihn, ob er auch kann, und dann wird der nächste Supermarkt gestürmt. Kommst du mit, Anna?«

»O ja!«, freute sie sich und sammelte ihre Tüten zusammen.

Der Abend wurde zum Wendepunkt in meiner Beziehung zu Alfi. Es war zwar nicht so, dass ich ihn nach diesem Abend unglaublich mochte, aber ich lehnte ihn nicht mehr ab, und das war, wie ich fand, schon ein gewaltiger Fortschritt. Auch Manfred war an diesem Abend bedeutend umgänglicher. Er kam aus seinem Zimmer geschlurft, um für das WG-Festessen – wie Anna es nannte – Bier und Wein kaltzustellen.

Pünktlich um 20 Uhr klingelte Alfi. Ich hätte ihn fast nicht erkannt. Statt eines geschmacklosen T-Shirts trug er ein blauweiß gestreiftes Hemd und Jeans mit Gürtel.

»Wow, du siehst ja richtig gut aus«, entfuhr es mir bei seinem Anblick.

»Na, na, keine billige Anmache«, witzelte er.

Ich hatte Lasagne gemacht und zum Nachtisch Mousse au Chocolat vorbereitet. Als alle am großen Esstisch im Wohnzimmer Platz genommen hatten, lief ich schnell noch in die Küche, um das Baguette zu holen.

Dort fing Kristian mich ab. »Du überraschst mich immer wieder, Victoria.«

Ich hielt inne und sah ihn an. »Positiv oder negativ?«

Er lachte. »Positiv, ganz klar positiv!«

Die Gesprächsthemen am Tisch hätten nicht gegensätzlicher sein können als die Dinnerkonversationen, die ich bisher gewohnt war. Wenn wir bei Freunden zum Essen eingeladen waren, philosophierte Hubertus grundsätzlich bei Tisch über politische Entwicklungen, Anlagestrategien oder sonstige Wirtschaftsthemen. Hier debattierten wir über die Castingshows im Fernsehen.

»Es nervt voll, dass man zwanzig Folgen gucken muss, um zu erfahren, welcher Loser zum Schluss gewonnen hat. Da schimmelt einem doch die Geduld weg«, sagte Manfred zwischen zwei Bissen Lasagne.

»Ich mag am liebsten *The Voice of Germany*. Es ist total spannend zu sehen, ob sich einer der vier Juroren umdreht oder nicht.« Anna blickte begeistert in die Runde.

»Hey, als ich heute Nachmittag im Bus laut gepupst habe und sich vier Leute umdrehten, ging's mir ähnlich«, krächzte Alfi, und alle lachten.

Als ich nach meinem Weinglas griff, fühlte ich Kristians Blick auf mir ruhen. Ich sah auf und ihm in die Augen. Sein warmer, sanfter Blick nahm mich komplett ein. Ich verlor mich richtiggehend im Blau seiner Augen und vergaß für einen kurzen Moment die anderen um uns herum.

»Kristian, das Bier ist alle«, ertönte da Manfreds Stimme, und Kristian und ich drehten schlagartig die Köpfe zu ihm herum.

Bis spät in die Nacht redeten und lachten wir. Beschwingt ging ich später ins Bett. Bevor ich einschlief, dachte ich darüber nach, dass ich lange nicht mehr so herzlich gelacht hatte wie an diesem Abend. Noch vor ein paar Tagen hätte ich es nicht für möglich gehalten, mich bei Anna, Kristian, Manfred und Alfi wohlfühlen zu können. Was war passiert? Hatte ich mich ihnen niveaumäßig angenähert, oder war es etwa so, dass ich sowieso nie in die noble Welt der Elbvororte gepasst hatte? Diesen Gedanken fand ich höchst beunruhigend, denn schließlich war das die Welt, in die ich möglichst bald mit meinen Kindern zurückwollte.

Kapitel 12

Am Montagmorgen stand ich mit Beate in der kleinen Teeküche unserer Büroetage. Während der Kaffee aus der rot lackierten Hightechmaschine in unsere Becher floss, erzählte ich ihr von meiner ersten Shoppingtour in der Schanze.

»Hast du dir auch was gekauft oder nur gestaunt?«, fragte Beate amüsiert.

»Ich bin jetzt stolze Besitzerin einer schwarzen Lederleggings!« Ich konnte es nicht oft genug erzählen.

»Eine schwarze Lederleggings?«, ertönte eine bekannte Stimme hinter meinem Rücken. »Zu meiner Zeit hast du noch braune Strickkleider mit Pelzbesatz getragen.«

Ich drehte mich um und sah Emily im Türrahmen stehen. »Tja, es hat sich viel verändert seit damals«, bemerkte ich steif.

Emily nickte, sagte aber weiter nichts. Mir fiel auch nichts ein. Es war Beate, die das unbehagliche Schweigen beendete, indem sie sich ihren Becher nahm und sich an ihren Schreibtisch verabschiedete. Ich nickte ihr zu.

Als Beate verschwunden war, sah ich in Emilys Augen Tränen schimmern.

»Vicci, es tut mir alles so leid! Ich wollte das nicht! Tölle hat mich dazu gezwungen. Er hat einen richtigen Wutanfall bekommen, als er die ursprüngliche Fassung meines Artikels gelesen hat. Ein so lascher Artikel stünde in keinem Verhältnis zu den hohen Kosten, die die Reise verursacht hätte, hat er geschrien. Darum habe ich schließlich Constantins Namen erwähnt. Aber eines musst du mir glauben: Tölle hat diesen Satz so formuliert.«

Ich räusperte mich und starrte unbehaglich auf die Kaffeemaschine. Die Hälfte der Reisekosten war ja durch mich entstanden, trotzdem war es nicht fair.

»Du hättest es mir sagen sollen. Es war doch klar, dass ich es früher oder später erfahren würde.«

Emily rang die Hände. »Ja, das war falsch von mir. Ich habe in dem Moment einfach nicht nachgedacht. Du weißt, wie viel mir mein Job bedeutet.« Sie machte eine kurze Pause, dann fügte sie mit leiser Stimme hinzu: »Aber mir ist in den letzten Wochen klar geworden, dass unsere Freundschaft mir mehr bedeutet.«

Ich wusste, wie schwer es Emily fiel, über Gefühle zu sprechen, und was sie gerade gesagt hatte, berührte mich sehr. Ohne ein weiteres Wort umarmte ich sie, und sie schlang fest die Arme um mich. Emily bedeutete mir auch sehr viel. Neben meiner Familie war sie diejenige, die mich am besten kannte. Sicherlich würde ich diesen Vertrauensbruch nicht so schnell vergessen können, aber doch verzeihen. Sie liebte ihren Job, er war ihr Ein und Alles. Und dass Tölle ein einschüchternder Mensch war, hatte ich ja am eigenen Leib erfahren. Ich drückte sie noch einmal ganz fest, dann ließ ich sie los und wischte mir verstohlen eine Träne aus dem Auge.

»Wie konntest du Tölle überhaupt dazu überreden, den Satz rauszunehmen?« Sie sah mich gespannt an.

Ich grinste. »Ich sag nur so viel: Wissen ist Macht.«

Emily zog die Stirn kraus. »Wieso, von welchem Geheimnis weißt du, von dem ich nicht weiß?«

Jetzt lachte ich: »Würde ich es dir erzählen, wäre es ja kein Geheimnis mehr.«

Emily schaute ein wenig verärgert, entschloss sich aber,

nicht weiter nachzubohren, sondern das Thema zu wechseln. »Wann sehe ich denn diese scharfe Lederleggings an dir?«, fragte sie betont locker.

»Ich weiß nicht. Es gibt zurzeit keinen Anlass, sie anzuziehen«, antwortete ich schulterzuckend.

»Oh, doch, es gibt einen! Thorsten und ich wollen dich und Hubertus am Wochenende ausführen, und da könntest du sie wunderbar tragen.«

Thorsten? Ich hatte angenommen, dieser blasierte Typ wäre schon wieder passé. Aber anscheinend hielt die Beziehung diesmal länger als sonst.

»Willst du nicht wissen, warum wir mit euch feiern wollen?«, fragte Emily grinsend.

»Nun sag schon«, drängelte ich sie leicht alarmiert.

»Thorsten und ich haben uns verlobt!«, strahlte sie und fiel mir wieder um den Hals.

Verlobt? O je, dann werden wir den ja gar nicht mehr los, dachte ich, versuchte jedoch, mich für Emily zu freuen.

»Das ist ja wirklich toll! Herzlichen Glückwunsch!«, stieß ich hervor.

»Ich bin die letzten Tage fast geplatzt, weil ich nicht mit dir darüber reden konnte. Thorsten ist der Richtige für mich! Du musst ihn unbedingt besser kennenlernen. Samstag geht doch klar, oder? Thorsten hat nämlich schon einen Tisch im *Reds* reserviert.«

Ich lächelte gequält. »Ich komme natürlich, aber mit Hubertus wird das problematisch. Bei mir ist nämlich auch einiges passiert in der Zwischenzeit.«

»Ich kann dir aber nicht garantieren, dass es ein lustiger Abend wird«, warnte ich Kristian vor.

Emily war über meine Trennung von Hubertus schockiert

gewesen. Fast ebenso schockiert war sie über meinen Vorschlag, dann doch einfach zu dritt ihre Verlobung zu feiern. Als sie anfing, laut zu überlegen, welchen männlichen Single sie einladen konnte, schlug ich vor, Kristian mitzubringen. Nach dem Henning-Desaster auf Beates Party wollte ich kein Risiko eingehen, und Kristian wäre mit seiner fröhlichen, unkomplizierten Art ein angenehmer Gegenpol zu Thorsten.

Emily war sofort damit einverstanden. »Ja, super! Dann lerne ich auch gleich einen deiner neuen Freunde kennen.«

So kam es, dass ich am Abend Kristian gefragt hatte, ob er mich zur Verlobungsfeier begleiten wolle. Dass Emilys Verlobter in meinen Augen ein eingebildeter Lackaffe war, hatte ich vorsichtshalber verschwiegen. Kristian hatte zugesagt, und ich hoffte inständig, dass es trotz allem ein entspannter Abend werden würde. Vielleicht täuschte ich mich ja auch in Thorsten.

Da das *Reds* zu den schickeren Restaurants der Stadt zählte, hatte ich Kristian vorsichtig darauf hingewiesen, einen Anzug anzuziehen – sofern er denn einen besäße. Er hatte nur gelacht und gemeint, er würde mal schauen, was er in seinem Schrank so finden würde.

Als er vor meiner Zimmertür stand, erkannte ich ihn fast nicht wieder. Er trug einen dunkelblauen Anzug und hatte seine widerspenstigen blonden Locken mit Gel gebändigt. Er sah umwerfend aus, ein bisschen wie der junge Robert Redford in *Der große Gatsby*.

»Du siehst aus wie ein Hollywoodstar«, sagte ich anerkennend.

»Nur schade, dass ich weder reich noch berühmt bin«, grinste Kristian. »Du siehst aber auch toll aus.«

Ich selbst hatte einen schwarzen Hosenanzug gewählt. Dazu trug ich das neue schwarze Top und hohe Stiefeletten.

Meine Haare hatte ich offen gelassen und, abgesehen von rotem Lippenstift, nur wenig Make-up aufgelegt.

»Es fiel mir vorher schon schwer, dich nicht die ganze Zeit anzuschauen, und jetzt ist es nicht unbedingt leichter«, sagte Kristian und bot mir galant seinen Arm an.

Im Treppenflur kam uns Manni entgegen. »Ist jemand gestorben?«, fragte er auf seine uncharmante Art.

»Wie kommst du denn darauf?«, fragte ich pikiert zurück.

»Na, ihr seht aus, als wärt ihr auf dem Weg zu einer Beerdigung. Oder seid ihr etwa unter die Vertreter gegangen?«

Im Auto machte ich mir dann doch Sorgen, dass der Abend für Kristian eher langweilig als lustig werden würde.

»Warum sollte es kein lustiger Abend werden? Ich denke, sie ist deine Freundin?« Kristian sah mich von der Seite an.

»Sie schon, aber ihr Verlobter ist … ähm … sehr speziell«, antwortete ich ausweichend.

Er lachte. »Na wunderbar! Mit speziellen Menschen verstehe ich mich besonders gut. Denk nur an Manni.«

Hm, Manni und Thorsten hatten ungefähr so viel Ähnlichkeit wie Heidi Kabel und Brigitte Bardot, aber gut. Gequält lächelte ich ihn an.

Emily und Thorsten waren bereits im Restaurant und saßen an einem Tisch am Fenster, als wir eintrafen. Emily sah atemberaubend aus. Sie hatte ihr volles, dunkles Haar hochgesteckt und trug ein tief ausgeschnittenes, glitzerndes Kleid. Ihr leicht gebräuntes Dekolleté schmückte eine glänzende goldene Kette mit bunten Steinen. Thorsten trug einen dunkelblauen Anzug mit buntem Einstecktuch und weißem Hemd. Die beiden gaben ein schillerndes Paar ab.

»Ah, da seid ihr ja!«, begrüßte uns Thorsten.

Emily umarmte sowohl mich als auch Kristian. »Wow, hätte ich mich nicht gerade mit Thorsten verlobt, würde ich mir Kristian schnappen«, wisperte sie mir scherzend zu.

»Bringen Sie gleich noch zwei Gläser Champagner«, wies Thorsten den Kellner an, ohne vorher Kristian und mich zu fragen, was wir trinken wollten.

»Ich freue mich so sehr, dich endlich kennenzulernen, Kristian. Vicci hat mir schon viel von dir erzählt«, sprudelte Emily hervor.

So viel hatte ich ihr eigentlich nicht von ihm erzählt. Ich wollte etwas sagen, betrachtete dann aber fasziniert ihre Halskette.

»Die Kette habe ich Emily zur Verlobung geschenkt«, sagte Thorsten stolz, der meinem Blick gefolgt war.

»Sie ist sehr schön. Stammt der Ring auch von dir?«, fragte ich und deutete auf den funkelnden Halbkaräter an Emilys Hand.

»Ähm, nein, den hatte sie schon vorher …«

Emily blickte kurz von Kristian zu mir, dann auf ihre Hand. »Ach, den Ring kennst du doch. Der ist schon alt. Von irgendeinem Ex.«

»Und dann trägst du ihn noch?«, wunderte ich mich.

»Warum nicht? Meine Gefühle für den Ring haben sich doch nicht geändert«, antwortete sie nonchalant.

Gerade als ich etwas erwidern wollte, fragte Thorsten Kristian, was er beruflich mache. Kristian erzählte von seiner Tischlerei und den alten Möbeln, die er restaurierte.

»Mm, und was springt dabei raus?«, fragte Thorsten.

Ich rutschte unbehaglich auf meinem Stuhl hin und her, aber Kristian antwortete entspannt: »Also, ich komme gut klar mit dem, was die Tischlerei abwirft. Das ist mir auch nicht so wichtig.«

»Nicht so wichtig?«, platzte Thorsten heraus, doch bevor

er noch etwas hinzufügen konnte, legte Emily ihm die Hand auf den Arm.

»Oh, okay … Und, Victoria, wie geht's deiner Familie?«, wandte er sich dann an mich.

Ich sah ihn befremdet an.

»Vicci, entschuldige.« Emily stupste Thorsten sanft an und sagte leise zu ihm: »Schatz, Vicci steckt doch gerade mitten in der Trennung von ihrem Mann.«

»Echt? Sorry, Victoria … Tja, die Ehe ist wie eine belagerte Burg. Die, die drin sind, wollen raus, und die, die draußen sind, wollen rein«, lachte er daraufhin nervös.

Ich nippte an meinem Champagnerglas. »Erzähl doch mal von dir, Thorsten. Bei welchem Käseblatt bist du gleich angestellt?«

»Bei … oha!« Er stockte und sagte zu Emily: »Du hattest recht. Deine Freundin kann ganz schön biestig sein.«

Empört starrte ich Emily an. Die vertiefte sich rasch in die Speisekarte und tat so, als hätte sie den letzten Satz nicht gehört.

»Der Ausblick auf den Hafen ist wirklich genial«, bemerkte Kristian, darum bemüht, die Stimmung zu retten.

Ich riss mich zusammen, denn ich wollte Emily nicht den Abend verderben, auch wenn ihr Verlobter ein kompletter Idiot war.

»Erzählt doch mal von eurer Verlobung. Wo hat Thorsten dir denn den Antrag gemacht?«, versuchte ich es versöhnlich.

Emily strahlte und griff nach Thorstens Hand. »Oh, das war so romantisch. Wir sind für ein Wochenende nach Paris geflogen.«

Thorsten lächelte selbstgefällig.

»Und auf dem Eiffelturm hat er mich dann gefragt.« Verliebt schaute sie ihn an.

Der Eiffelturm und romantisch? Ohne das Gedränge der vielen Touristen vielleicht. Aber bestimmt hatte es Thorsten auch gefallen, dass ein Haufen Zuschauer seinen Antrag und die Verlobungskette bestaunte. Doch ich verkniff mir jeglichen Kommentar und versuchte, begeistert zu nicken.

»Wo wollt ihr denn heiraten?«, fragte ich dann. Solange die beiden von sich erzählten, bestand wenigstens nicht die Gefahr, dass Thorsten indiskrete Fragen stellte.

Während Emily und Thorsten von den Vor- und Nachteilen verschiedener Locations berichteten, sah ich verstohlen auf meine Uhr.

»... Die Räumlichkeiten dort sind natürlich fantastisch, aber das Essen kannst du wirklich vergessen.« Auf einmal hielt Emily inne und starrte zur Tür. »Oh, du glaubst nicht, wer gerade reingekommen ist, Vicci.«

Ich wandte den Kopf zum Eingang und sah – Constantin. Ich spürte, wie mir alles Blut aus dem Körper in den Kopf schoss. Gleichzeitig schlug mein Herz wie ein Presslufthammer gegen meinen Brustkorb.

Bitte, ich will ihn nicht sehen! Nicht jetzt und nicht hier!

Ich drehte mich wieder um und bemerkte, wie meine Hände zitterten, als ich mein Glas anheben wollte.

»Willst du nicht Hallo sagen?«, flüsterte Emily mir zu.

»Jetzt nicht«, murmelte ich.

»Wow, was für ein Topmodel hat der denn als Begleitung?« Thorsten gab einen Pfiff von sich.

Konnte der Kerl nicht eine Spur leiser sein? Auch ohne mich umzudrehen, wusste ich, dass er Amelie Schell meinte.

»Hast du inzwischen eigentlich mal mit ihm gesprochen? Er hat bei mir in der Redaktion angerufen, weil er unbedingt mit dir reden wollte. Ich hab ihm deine Festnetznummer gegeben, weil er dich mobil nie erreichen konnte«, sagte Emily.

Tja, unter meiner alten Festnetznummer war nur noch Hubertus erreichbar.

Zum Glück brachte der Kellner in diesem Moment den Hauptgang, sodass sich all unsere Aufmerksamkeit nun auf die kunstvoll angerichteten Speisen richtete.

Ich bückte mich nach meiner Handtasche unter dem Stuhl, um unauffällig nach Constantin und seiner Begleitung spähen zu können. Zu meiner großen Erleichterung hatten sie am anderen Ende des Raumes Platz genommen und uns hoffentlich nicht gesehen.

Das Gespräch drehte sich wieder um die bevorstehende Hochzeit. Ich trank Champagner, dann Rotwein und versuchte weiterhin zuzuhören. Zwischendurch warf ich immer wieder verstohlen einen Blick auf Constantin und Amelie Schell. Sie trug ein edles graues Kleid und Constantin einen dunklen Anzug. Warum interessierte ich mich überhaupt noch für die beiden? Constantin und ich hatten eine schöne Zeit miteinander verbracht, aber daraus hatte sich nichts Ernstes entwickelt. Und was war schon zwischen uns gewesen? Eigentlich doch nur ein Flirt, ein One-Night-Stand, wie ihn Millionen von Frauen schon erlebt hatten. Warum zum Himmel tat es mir immer noch so verdammt weh, die beiden miteinander zu sehen?

Als der Kellner mir Wein nachschenkte, legte Kristian eine Hand auf meinen Arm. »Dann fahre ich besser zurück, oder?«

»Häh?«

»Na, ich glaube, du solltest heute nicht mehr Auto fahren.«

Ich lächelte schuldbewusst. »Ja, das wäre ganz lieb von dir.«

»Wieso seid ihr überhaupt mit dem Auto gekommen? An einem Samstagabend?« Thorsten schüttelte verständnislos den Kopf. »Hey, in der HafenCity hat ein neuer Club aufgemacht. Da sollten wir noch einen Absacker trinken.«

»Wir haben einfach nicht mehr deinen jugendlichen Elan, Thorsten«, winkte Kristian augenzwinkernd ab.

Auch ich wehrte ab. »Tut mir leid, aber ich bin total müde. Lieber ein anderes Mal.«

Thorsten startete noch einen Versuch. »Komm schon, du bist doch keine Oma! Willst du wirklich an einem Samstagabend um 23 Uhr ins Bett gehen?«

Ich wollte.

Thorsten konnte darüber nur den Kopf schütteln.

Kurz überlegte ich, ihm die Wahrheit zu sagen: Lieber Thorsten, es liegt an dir. Du gehst mir auf die Nerven. Emily zuliebe tat ich es nicht.

Als wir uns vom Tisch erhoben, umarmte ich Emily.

»Ich verabschiede mich schon mal von euch, da ich noch kurz auf die Toilette muss«, sagte ich zu ihr. In Wirklichkeit wollte ich nur nicht gemeinsam mit ihnen an Constantin vorbeigehen. Sicherlich würde Emily ihn begrüßen wollen, und Thorsten würde indiskrete Fragen stellen.

Nach ein paar Dankesworten für den netten Abend verschwand ich um die Ecke, während Kristian am Tisch sitzen blieb und auf mich wartete.

Die Toiletten befanden sich ein Stockwerk tiefer. Während ich die Treppe hinunterging, hielt ich mich am Geländer fest, da sich der Alkohol inzwischen bemerkbar machte. Unten angekommen setzte ich mich auf eine der Treppenstufen und sah auf die Uhr. Fünf Minuten würde ich hier warten, nahm ich mir vor, und wenn Emily und Thorsten verschwunden waren, konnte ich mit Kristian unauffällig das Restaurant verlassen. Das war zwar kindisch, aber ich hatte leider immer noch nicht die Kraft, Constantin gegenüberzutreten. Ich stützte meinen Kopf in die Hände und wippte mit den Schuhspitzen hin und her.

»Entschuldigung, dürfte ich mal durch?«

Erschrocken fuhr ich herum.

Constantin!

Er sah mich genauso überrascht an wie ich ihn. »Victoria!«, rief er und bückte sich, um meinen Arm zu berühren. »Was machst du denn hier unten? Geht es dir nicht gut?«

Ich sprang auf. »Doch, doch. Ich ... äh ... ich warte nur auf jemanden«, stotterte ich und deutete auf die Toilettentür.

»Wieso hast du mich nie zurückgerufen? Ich muss dringend mit dir reden.«

Eine ältere Dame kam aus der Damentoilette. Constantin und ich gingen zur Seite, um sie vorbeizulassen.

»Ich ... äh ...«, stotterte ich weiter.

Mein Gott, konnte mir denn nicht mal etwas Schlagfertiges einfallen?

»Victoria, ich weiß jetzt, dass du nichts mit dem Artikel zu tun hattest. Und es tut mir sehr leid, dass ich in München so unfreundlich zu dir gewesen bin. Ich dachte, es wäre um irgendeine Wette zwischen dir und deiner Freundin gegangen.«

Es tat weh, dass er mich so eingeschätzt hatte.

»Eine Wette? Hast du mir das wirklich zugetraut?«, fragte ich gekränkt.

»Eigentlich nicht. Aber ich hätte dir auch nie zugetraut, dass du verheiratet bist und zwei Kinder hast.«

Wir schwiegen beide.

Dann trat Constantin einen Schritt auf mich zu. »Ähm, ich habe übrigens vor zwei Tagen mit deinem Mann gesprochen. Er sagte mir, du seist ausgezogen ...«

Bevor ich antworten konnte, kam Kristian die Treppe herunter. »Victoria, wo bleibst du denn? Ist alles in Ordnung?«, fragte er besorgt, bevor er sich Constantin zuwandte. »Oh, hallo. Kristian Schröder«, stellte er sich vor.

»Constantin von Holt, freut mich«, entgegnete Constantin und wirkte dabei nicht im Geringsten erfreut. Irritiert musterte er sein Gegenüber.

Derweil sah Kristian mich fragend an. »Was machst du denn so lange hier unten?«

»Ich habe auf jemanden gewartet«, entgegnete ich stur. Wenn man einmal log, war es das oberste Gebot, an dieser Lüge festzuhalten.

»Auf wen denn?«, ließ er nicht locker.

Mist, aus der Nummer kam ich nicht mehr raus. Ich versuchte es trotzdem. Vielleicht würde Constantin doch nicht denken, dass ich nicht mehr ganz bei Trost sei.

»Auf dich natürlich!«, sagte ich wenig überzeugend zu Kristian.

»Auf mich? Ich hab doch am Tisch auf dich gewartet.«

»Ach so, das wusste ich nicht«, log ich weiter.

Netterweise schwieg Kristian, aber sein Blick sprach Bände.

»Gut, dann lass uns jetzt gehen. Constantin, es hat mich gefreut, dich mal wiederzusehen«, sagte ich und betete, dass meine Stimme dabei locker klang. Dann wandte ich mich zum Gehen.

»Victoria!«, rief Constantin mir nach. »Wo wohnst du jetzt?«

»Bei ihm«, antwortete ich trotzig und deutete auf Kristian.

Der zog die Augenbrauen hoch, und Constantin sah mich mit einem durchdringenden Blick an, als wolle er sagen: »Das ist jetzt nicht wahr!«

Du hast da oben dein Cameron-Diaz-Double sitzen, dachte ich trotzig.

»Also, schönen Abend noch!«, sagte ich daher kühl und stakste auf wackligen Beinen die Treppe hinauf.

Als wir im Auto saßen, sah Kristian mich von der Seite an. »Netter Abend.«

»Wie?«, fragte ich gedankenverloren.

Constantin dachte jetzt sicher, dass Kristian der neue Mann in meinem Leben war. Vielleicht hielt er auch ihn für den Trennungsgrund von Hubertus. Na ja, eigentlich konnte es mir egal sein, was Constantin von mir dachte. Hoffentlich hatte Hubertus nicht irgendeinen Stuss erzählt. Sein guter Ruf war ihm tausendmal mehr wert als meiner.

»Victoria, hallo, ich rede mit dir!«

Erschrocken fuhr ich hoch. »Entschuldige, Kristian, ich war ganz in Gedanken. Was meintest du gerade?«

Kristian startete den Motor. »War das eben dieser Constantin? Deine große Liebe, von der du Anna erzählt hast?«

Ich starrte ihn an. »Oh, das hat sie dir erzählt?«

Kristian lenkte das Auto geschickt aus der Parklücke. »Anna kann ganz schlecht was für sich behalten.«

Ich ließ mich in den Sitz zurückfallen. »Gut zu wissen! Ich werde ihr nie wieder etwas erzählen, und übrigens stimmt es auch nicht. Constantin war nur ein One-Night-Stand.«

»Victoria, wir kennen uns vielleicht noch nicht sehr lange, aber auch ein Blinder hätte sehen können, wie viel er dir bedeutet.«

Empört wollte ich widersprechen, doch Kristian hob die Hand. »Ich habe dich noch nie so unsicher und durcheinander erlebt wie eben. Wieso hast du nicht gesagt, dass du mit uns allen zusammenwohnst? Wolltest du ihn mit mir eifersüchtig machen?«

Ich schwieg betroffen.

»Hör mal, Gefühle lassen sich leider nicht vom Verstand steuern. Trotzdem sollten wir zu ihnen stehen«, setzte Kristian dann sanfter hinzu.

Eine Ampel vor uns sprang auf Rot, und er bremste.

Ich musste an unser WG-Essen am letzten Samstag denken

und daran, wie Kristian mich angesehen hatte. Bis eben noch hatte ich gedacht, dass da etwas Besonderes zwischen uns sei. Jetzt war ich mir jedoch nicht mehr sicher. Vielleicht konnte er sich auch einfach nur gut in mich hineinversetzen, weil auch er ein gebrochenes Herz hatte.

»Und du?«, fragte ich daher vorsichtig. »Hast du noch Gefühle für Valerie?«

Kristian drehte sich abrupt zu mir um. »Woher weißt du von Valerie?«

»Wie du schon sagtest: Anna kann schlecht etwas für sich behalten«, antwortete ich schüchtern und bereute schon, das Thema angesprochen zu haben.

Kristian seufzte. »Anna kann sich auf was gefasst machen.«

Die Ampel sprang auf Grün, und er gab Gas.

»Ich dachte, man soll zu seinen Gefühlen stehen«, murmelte ich.

»Das ist was anderes!«

»Und warum?«

»Vicci, an dieser Sache bin ich fast zerbrochen. Warum, glaubst du, wohne ich mit Anna und Manfred zusammen? Weil es mir finanziell so schlecht geht? Nein! Weil ich es ohne Valerie nicht mehr ausgehalten habe. Es war schwer genug, unser Kind zu verlieren, aber der Verlust von Valerie raubte mir fast den Verstand. Manchmal begreift man erst, wie wertvoll etwas ist, wenn man es verloren hat.«

Ich legte sanft meine Hand auf seinen Arm.

»Weißt du, ich hatte mir immer eingeredet, ich sei gut für Valerie, ich würde sie glücklich machen. Aber als unser Kind gestorben ist, konnte ich ihr nicht helfen. Bis zu diesem Zeitpunkt war es mir immer gelungen, sie mitzureißen oder sie aufzuheitern, aber im schlimmsten Moment, als sie mich am meisten gebraucht hat, habe ich versagt.«

»Du hast auch getrauert, das ist doch verständlich.«

Kristian sah mich kurz von der Seite an. »Ja, aber ich hätte mich zusammenreißen sollen. Ich hätte stark sein müssen für uns beide.«

Ich betrachtete sein Profil im Scheinwerferlicht der anderen Autos. Dann fragte ich behutsam: »Habt ihr euch deshalb getrennt?«

»Nach dem Tod von ... Sophie ... hat es Valerie nicht mehr in unserem Haus ausgehalten. Sie ist dann zu einer Freundin nach München gezogen. Ich wollte mit ihr nach München gehen, aber das hat sie vehement abgelehnt ... wie jeden meiner Versuche, für sie da zu sein. Nachdem sie gegangen war, hat sie den Kontakt abgebrochen ...« Kristian fiel es sichtlich schwer, über die Vergangenheit zu sprechen. Er lächelte matt. »Du siehst, Gefühle lassen sich nicht steuern. Ich hätte damals alles darum gegeben, mich von diesen Gefühlen zu befreien.«

»Du bist ein Gefühlsmensch, und Gefühlsmenschen lieben und leiden nun mal mehr als die anderen.«

»Und was bist du?«, fragte Kristian.

Ich lächelte schwach. »Ich war ein Kopfmensch, der sich – hoffentlich! – gerade zu einem Gefühlsmenschen entwickelt.«

»Dann sei auf der Hut. Gefühle können sehr schmerzlich sein.«

»Ja, aber wer keinen Schmerz empfindet, der entwickelt sich auch nicht weiter.«

Ich musste an Kathrin denken. Kristian hatte nach seiner Trennung Manfred und Anna gehabt, und ich hatte das große Glück, sie alle drei an meiner Seite zu haben. Aber wen hatte Kathrin? Gleich morgen würde ich sie anrufen.

»Wichtig ist, dass man im Leben erkennt, wo man hingehört. Ich gehöre zu meinen Freunden und nicht zu einer einzelnen Frau«, griff Kristian den Faden unseres Gesprächs wieder auf. Dann schaute er auf mich. »Und du? Weißt du, wo dein Platz ist?«

»Jetzt gleich erst einmal im Bett, und ansonsten habe ich ehrlich gesagt keine Ahnung.«

Wir mussten beide lachen.

Das Gespräch mit Kristian beschäftigte mich noch eine ganze Weile. Was hatte ich eigentlich aus meiner Trennung gelernt? Auf alle Fälle, den Wert einer Freundschaft zu schätzen. Ich hätte es vorher nie für möglich gehalten, dass Freunde eine Art Familie sein konnten.

Lächelnd dachte ich an Vincent und Manfred. Jeden Tag lief mein Sohn freudestrahlend ins Wohnzimmer, um dort für eine halbe Stunde mit Manfred Klavier zu üben. Es rührte mich, dass Manni sich so viel Zeit für ihn nahm und so gut mit ihm klarkam. Ich hatte ihn für einen egoistischen Nichtsnutz gehalten und damit komplett danebengelegen.

Die enormen Fortschritte, die Vincent durchs Klavierspielen machte, waren auch Frau Probst nicht verborgen geblieben. Er würde sich deutlich besser konzentrieren, hatte sie mir letztens gesagt. Ja, allein hätte ich diese Wandlung bei Vincent nicht hervorrufen können!

Auch Kristian sah ich jetzt in einem anderen Licht. Die Zeit, die er mit mir beim Tischlern im Schuppen verbracht hatte, oder sein Interesse an mir waren allesamt freundschaftlicher Natur gewesen. Er sah in mir eine liebe Mitbewohnerin, sein Herz gehörte uns allen und niemandem allein. Das war einerseits zwar sehr schön, andererseits schmerzte mich diese Erkenntnis schon ein bisschen. Irgendwie hatte ich gehofft … Ach, was soll's. Ich sollte einfach nur dankbar sein, dass die Kinder und ich in ihm einen so tollen Freund gefunden hatten. Und Freundschaft war das Einzige, was im Leben wirklich zählte.

Kapitel 13

Sonntagabend. Endlich konnte ich die Kinder wieder abholen.

Gerade als ich die Auffahrt unseres Hauses betrat, riss Vincent die Haustür auf und stürmte heraus.

»Mami!!!«, rief er und fiel mir um den Hals.

»Hallo, mein Schatz! Hattet ihr ein schönes Wochenende?« Ich ging in die Knie, drückte ihn fest an mich und atmete tief den Duft seiner Haut ein. Schon zwei Tage ohne meine Kinder kamen mir jedes Mal vor wie eine Ewigkeit.

»Ja, wir waren im Zoo bei den Eisbärbabys!«

Sieh mal einer an, dachte ich. Als wir noch eine Familie gewesen waren, war Hubertus nie mit den Kindern in den Zoo gegangen. Die Arbeit war ihm immer wichtiger gewesen.

Jetzt erschien er an der Tür.

»Sieht aus, als würdest du alles nachholen, wovor du dich die letzten zehn Jahre gedrückt hast.« Diesen kleinen Seitenhieb konnte ich mir einfach nicht verkneifen.

»Ach komm, so ein schlechter Vater war ich nun auch wieder nicht, oder?«, fragte Hubertus freundschaftlich und zwinkerte mir sogar zu.

Seit ein paar Wochen war das Verhältnis zwischen uns deutlich besser. Wir bemühten uns beide, nett zueinander zu sein, wenn wir uns trafen.

Ich lächelte. »Wenn du wirklich mal Zeit für die Kinder hattest, warst du ganz okay.«

Hubertus grinste, und irgendwie kam er mir anders vor als sonst. Viel ausgeglichener.

Leonie erschien mit ihrer Segeltasche an der Türschwelle. »Ah, da bist du ja endlich! Ist Anna zu Hause? Ich muss unbedingt mit ihr reden«, sagte sie geschäftlich und ging an mir vorbei zum Auto.

»Leonie scheint von dieser Anna ja ganz angetan zu sein«, bemerkte Hubertus. »Sie erzählt ständig von ihr.«

Ich sah Leonie nach und lächelte. »Ich glaube, es gibt da einen Jungen, den unsere Kleine toll findet, und so etwas bespricht sie lieber mit Anna als mit uns.«

Hubertus stemmte gespielt entrüstet die Arme in die Hüfte. »Waaas? Sie findet jetzt schon einen Jungen gut? Muss ich eifersüchtig sein?«

Ich vergrub die Hände in den Hosentaschen. »Wenn sie nach mir kommt, hast du nichts zu befürchten. Dann wird sie eher eine Spätentwicklerin.«

»Nun, du hast eben auf Qualität geachtet«, grinste er breit.

»Mamaaaa! Können wir jetzt los?«, maulte Leonie vom Auto aus.

»Klar! Also, mach's gut.« Ich winkte Hubertus mit zwei Fingern zum Abschied zu.

»Ähm, Victoria«, rief er mir nach.

Fragend blickte ich mich um.

»Ich würde gerne etwas mit dir besprechen. Hättest du an einem Abend nächste Woche Zeit, um mit mir essen zu gehen?«

Diese Einladung irritierte mich noch mehr als seine Ausgeglichenheit. »Warum willst du mit mir essen gehen? Wenn es etwas zu besprechen gibt, sag es mir doch jetzt.«

Hubertus schüttelte den Kopf. »Nicht zwischen Tür und Angel. Ich würde dich gerne ins *Le Canard* einladen.«

Mir fiel die Kinnlade herunter. Das *Le Canard* war unser Restaurant für ganz besondere Anlässe gewesen. Dort hatten wir unsere Verlobung gefeiert, und ich hatte Hubertus dort stolz meine Schwangerschaften verkündet. Wieso wollte er mit mir ins *Le Canard*?

»Hubertus, ist das irgendein Trick, damit ich mir keinen Anwalt nehme?«, fragte ich alarmiert.

»So ein Quatsch! Was denkst du eigentlich von mir? Aber das wollte ich dir auch noch sagen: Du brauchst keinen Anwalt. Ich kaufe dir eine Wohnung, wenn du möchtest.«

»Was?«

Jetzt verstand ich gar nichts mehr. Er wollte mir freiwillig eine Wohnung kaufen? Er, der jeden Cent dreimal umdrehte?

»Woher dieser Sinneswandel?«, fragte ich und verschränkte die Arme vor der Brust.

»Lass uns einfach nächsten Mittwochabend essen gehen, okay? Dann besprechen wir alles.«

Ich nickte zögerlich. Irgendetwas stimmte ganz und gar nicht.

»Prima! Dann bis Mittwoch«, freute er sich und verschwand im Haus.

Nachdenklich fuhr ich mit den Kindern nach Ottensen. Während Vincent von den Eisbären erzählte, zermarterte ich mir das Hirn, was Hubertus' plötzlichen Sinneswandel ausgelöst haben könnte.

Auf einmal fiel mir ein, was Kristian gesagt hatte: *Manchmal begreift man erst, wie wertvoll etwas ist, wenn man es verloren hat.*

War es möglich, dass Hubertus mich vielleicht doch vermisste und wollte, dass ich zu ihm zurückkehrte? Hegte er doch tiefere Gefühle für mich? Das wäre einerseits natürlich schön, aber andererseits: Wie stand es bei mir? Vermisste ich ihn? Wollte ich ihn zurück?

Auf alle Fälle wollte ich nicht in das Leben zurück, das ich vorher mit ihm geführt hatte.

Und wenn er sich wirklich geändert hatte?

Als wir in der Villa ankamen, pfefferte Leonie ihre Tasche auf die Treppenstufen und rannte sofort zu Anna in die Küche. Auch Vincent ließ seinen kleinen Winnie-Puh-Koffer fallen und stürmte Richtung Wohnzimmer. »Mami, ich muss noch Klavier üben«, rief er mir zu, bevor er die Tür hinter sich schloss.

Vincent und sein Klavier. Normalerweise würde so ein Satz jedes Mutterherz höher schlagen lassen. Auch ich war drauf und dran gewesen, meine Eltern und Lotti anzurufen, um ihnen von Vincents musikalischem Talent vorzuschwärmen und davon, wie begeistert er vom Klavierunterricht war.

Meine Euphorie war inzwischen jedoch deutlich geschmälert. Während der Klavierstunde letzte Woche hatte Manfred kurz das Wohnzimmer verlassen, um zu telefonieren, und ich hatte die Gelegenheit genutzt, um Vincent zuzuhören. Doch anstatt eine Melodie zu spielen, drückte er nur unkontrolliert auf den Tasten herum.

»Was machst du denn da?«, hatte ich ihn entgeistert gefragt.

»Das Stück übe ich gerade mit Manni«, hatte Vincent stolz erwidert.

Tja, dabei handelte es sich dann wohl um eine von Manfreds Eigenkompositionen.

Natürlich war ich nach wie vor glücklich und dankbar, dass Manni sich Zeit für Vincent nahm. Die musikalischen Ergebnisse der Unterrichtsstunden klangen in meinen Ohren nur leider gar nicht überzeugend. Doch da Vincent so viel Spaß daran hatte und sich laut Frau Probst sogar besser konzentrieren konnte, sagte ich nichts weiter dazu. Sogar der sehnlichst gewünschte Hamster war vergessen.

Irgendwann würde ich Vincent bei einem richtigen Klavierlehrer anmelden, nahm ich mir vor. Das hatte jedoch Zeit. Jetzt wollte ich zuallererst Kathrin anrufen.

Mir war klar geworden, dass wir beide auf unsere eigene Art mit der Trennung von unseren Männern umgingen. Hubertus und ich hatten es in dieser Hinsicht anscheinend am leichtesten. Warum? Weil wir unsere Gefühle eher verdrängten, statt auszuleben, oder weil wir einfach keine tieferen Gefühle füreinander hatten? Ich tippte auf Letzteres, wunderte mich aber immer noch, warum sich Hubertus auf einmal so großzügig zeigte. Kathrin hingegen und auch Kristian hatten wahren Schmerz empfunden. Kristian hatte nach der Trennung seine Freunde gehabt, die ihn aufgebaut hatten. Und ich war nun einmal Kathrins Freundin. Anscheinend auch ihre einzige, denn Emily hatte zurzeit nur noch Augen und Ohren für Thorsten.

Ich werde jetzt für Kathrin da sein, dachte ich, als ich ihre Nummer auf meinem Handy aufrief.

»Ja, hier bei Mörle«, meldete sich eine unbekannte Stimme. Klang nach einem Mädchen. War es vielleicht eine Freundin von Jonathan?

»Hallo, hier ist Victoria Dansmann. Ist Kathrin da?«

»Tut mir leid, aber Frau Mörle ist ausgegangen«, sagte die Stimme jetzt etwas erwachsener. Vielleicht war es die Babysitterin. Würde mich auch wundern, wenn der altkluge Jonathan schon eine Freundin hätte.

»Wann kommt sie denn wieder?«

»Sie hat gesagt, dass es spät wird. Soll ich ihr was ausrichten?«

Das wunderte mich jetzt doch. Kathrin hatte mir im *Magnus* gesagt, dass sie jeden Abend allein auf dem Sofa verbringen würde. Und außerdem war Sonntagabend. Wo konnte sie denn so lange sein?

»Ich melde mich einfach morgen wieder. Tschüss«, sagte ich und legte auf.

Am nächsten Morgen schaffte ich es zum ersten Mal pünktlich zum Kindergarten. Die Wochen zuvor hatte ich stets vor bereits geschlossener Tür gestanden und klingeln müssen, damit Frau Probst öffnete und Vincent hereinließ. Dafür musste sie jedes Mal das Morgenlied unterbrechen, was sie mit einem bitterbösen Blick zu quittieren pflegte.

Wie schafften es bloß all die anderen Frauen, Kinder und Karriere zu managen? So viele Mütter waren schließlich berufstätig und lieferten ihre Kinder trotzdem pünktlich und fröhlich in Kindergarten und Schule ab.

Wahrscheinlich mangelte es mir einfach am richtigen Organisationstalent. Mein Tag war nicht gewissenhaft geplant, sondern richtete sich nach der Gemütslage der Kinder. Waren sie gut drauf, wurde es ein guter Tag, und ich schaffte viel. Waren sie jedoch schlecht gelaunt, zog sich alles in die Länge. Und leider waren meine Kinder echte Morgenmuffel. Nur heute war ausnahmsweise mal alles glattgelaufen.

Ich parkte und brachte Vincent im Laufschritt nach drinnen.

Vor dem schwarzen Brett standen Andrea und Ulrike, in einen Plausch vertieft. Als sie Vincent und mich bemerkten, verstummten sie schlagartig. Jedoch nur kurz.

»Victoria, dich haben wir ja eine Ewigkeit nicht mehr gesehen!« und »Ja, sag mal, ist das alles wahr, was man hört?«, sprudelten sie beide gleichzeitig los und schauten mich sensationslüstern an.

Ich kniete mich hin, um Vincent beim Ausziehen seiner Straßenschuhe zu helfen. »Keine Ahnung, was ihr gehört habt«, antwortete ich über die Schulter hinweg.

Wahrscheinlich hatten sie aufgeschnappt, dass ich von der

gutsituierten Ehefrau zur mittellosen Alleinerziehenden mutiert war. Das war wohl auch der Grund dafür, warum sich seit geraumer Zeit sonst niemand aus meinem Bekanntenkreis bei mir meldete.

Frau Probst kam zur Garderobe. »Guten Morgen, Vincent. Schön, dass du heute mal pünktlich bist.«

Ohne auf den Seitenhieb einzugehen, stand ich auf, drückte Vincent einen Kuss auf seine blonden Locken und machte mich mit den Worten »Schönen Tag noch« eiligst wieder auf den Weg.

Andrea und Ulrike folgten mir ganz aufgeregt.

»Jetzt warte doch mal!«, rief Andrea.

Widerwillig blieb ich stehen.

»Das tut mir so leid mit deiner Trennung! Du Arme! Wo wohnst du denn jetzt?« Andrea guckte mich bedauernd an.

»Bei Freunden. Und es ist auch alles nicht so schlimm«, gab ich trotzig zurück. Die gespielte Mitleidsnummer der beiden nervte mich.

»Nicht so schlimm? Eine Trennung ist immer schlimm, vor allem für die Kinder! Du kannst ruhig ehrlich zu uns sein«, sagte Ulrike und warf Andrea einen vielsagenden Blick zu.

»Leonie und Vincent kommen ganz gut damit zurecht, und jetzt entschuldigt mich bitte. Ich muss los«, versuchte ich, sie abzuwimmeln, und ging weiter.

Mir war klar, dass die beiden gerne ein paar Details gehört hätten, die sie beim nächsten Kaffeeklatsch weitergeben konnten. Am liebsten irgendetwas Dramatisches. Aber ich hatte keine Lust darauf, das Gesprächsthema der nächsten Wochen zu werden, und wollte daher schnellstmöglich verschwinden.

»Dass Vincent jetzt so toll Klavier spielt, ist ja sensationell. Ist sicher auch eine gute Ablenkung für ihn«, rief mir Ulrike hinterher.

Ich hatte keine Ahnung, wie sie darauf kam, aber es gab Schlimmeres, als dass sie Vincent irrtümlicherweise für musikalisch hielt.

Ich nickte und stieg ins Auto.

»Wir sind alle schon auf sein Vorspielen gespannt!« Ulrike konnte sich ein Kichern nicht verkneifen.

Ruckartig hielt ich inne. »Welches Vorspielen?«

»Weißt du das etwa nicht? Bei der Abschlussfeier spielt er zur Eröffnung ein Stück vor.«

Meine offensichtliche Verwirrung bestärkte Ulrike darin weiterzureden.

»Wir haben uns auch gewundert, warum Frau Probst Vincent bevorzugt. Weil – ohne dir jetzt zu nahe treten zu wollen – Musik war ja bisher nicht gerade die Stärke deines Sohns. Denk nur an die letzte Weihnachtsaufführung.«

Sehr taktvoll, mich daran zu erinnern. Die Kinder hatten bei der letzten Weihnachtsfeier den Eltern »Oh, du fröhliche« vorgesungen. Leider hatte Vincent in der ersten Reihe gestanden, und leider hatte er auch sehr laut mitgesungen. Sehr laut und sehr, sehr falsch. Die anderen Mütter hatten angefangen zu kichern und zu flüstern. Frau Probst hatte Vincent schließlich vor der letzten Strophe von der Bühne geschickt, »damit noch einmal ein einheitlicher Gesang ertönen könne«. Darüber war Vincent so unglücklich gewesen, dass es mir fast das Herz gebrochen hatte.

Trotzdem musste ich Ulrike recht geben: Vinci hatte kein Musiktalent. Fand ich nun auch gar nicht schlimm. Schlimm fand ich es nur, dass sie über ihn herzog und mich für eine übertrieben ehrgeizige Mutter hielt, die ihren Sohn zwang, Klavier spielen zu lernen und aufzutreten.

»Die Abschlussfeier soll für die Kinder doch etwas ganz Besonderes sein. Deswegen solltest du dir gründlich überlegen, ob du Vincent wirklich vorspielen lassen möchtest«, sagte Ulrike mit strenger Miene.

»Das Vorspielen war nicht meine Idee.«

»Nicht?«, fragten Ulrike und Andrea wie aus einem Mund.

»Nein!«

Andrea musterte mich mit zusammengekniffenen Augen. »Dann lass uns jetzt noch mal mit Frau Probst reden. Denn das interessiert mich nun doch.«

Ich seufzte. »Können wir das nicht morgen klären?«

»Morgen???«, kreischte Ulrike. »Die Aufführung ist nächste Woche! Wir sollten das wirklich jetzt besprechen!«

Was blieb mir anderes übrig. Hätte ich wiederholt, dass ich jetzt leider dringend losmüsse, wären sie überzeugt gewesen, ich lüge ihnen die Hucke voll und wolle jetzt nicht auffliegen.

Also kehrten wir im Gänsemarsch zum Kindergarten zurück, und Ulrike drückte fest auf den Klingelknopf.

Kurz darauf erschien eine sichtbar verärgerte Frau Probst. »So geht das nicht! Ständig wird der Morgenkreis unterbrochen. Wer hat jetzt hier geklingelt?«

Sofort zeigte ich mit dem Finger auf Ulrike.

Sie strich sich das Haar aus dem Gesicht. »Entschuldigen Sie, aber es geht um die Abschlussfeier, die uns allen ja am Herzen liegt. Frau Dansmann sagte gerade, dass sie auch nicht versteht, warum ihr Sohn auf dem Klavier vorspielen soll.«

»So habe ich das überhaupt nicht gesagt …«, haspelte ich.

Ulrike ignorierte meinen Einwand. »Ich meine, dann könnte mein Timmi ja auch vorspielen. Er hat schon seit zwei Jahren Flötenunterricht.«

Aha, daher wehte der Wind!

Frau Probst faltete die Hände. »Frau Hundt, normalerweise bin ich komplett bei Ihnen. Aber Herr Janus hat mich davon überzeugt, Vincent vorspielen zu lassen.«

»Wer ist Herr Janus?«, fragten Ulrike und ich gleichzeitig.

Frau Probst sah mich an, als hätte ich sie nicht mehr alle. »Herr Janus ist Vincents Klavierlehrer. Den werden Sie ja wohl kennen!«

Manni? Er hatte mit Frau Probst gesprochen? Wann?

Trotz meiner grenzenlosen Verwirrung bemerkte ich, wie die anderen mich kritisch musterten.

Um einigermaßen mein Gesicht zu wahren, fragte ich leichthin: »Wann haben Sie denn mit Herrn Janus gesprochen?«

»Er rief vor ein paar Wochen an und sagte mir, Vincent sei sein begabtester Schüler und müsse unbedingt die Möglichkeit haben, sein Talent auch zeigen zu können. Das hat mich dann darin bestärkt, ihn bei der Abschlussfeier einzuplanen.« Frau Probst lächelte wohlwollend.

Sein begabtester Schüler? Mit Sicherheit war Vincent der einzige Schüler, den Manfred je gehabt hatte.

»Trotzdem! Frau Dansmann will ja gar nicht, dass ihr Sohn vorspielt«, ereiferte sich Ulrike weiter.

So stimmte das nun auch wieder nicht. Ich hielt das Vorspielen zwar für eine schwachsinnige Idee, aber ich würde es Vincent deshalb noch lange nicht verbieten.

»Doch, natürlich kann er vorspielen, wenn er möchte«, widersprach ich und erntete einen bösen Blick von Ulrike.

»Gut, dann wäre das ja erledigt. Ich bitte Sie übrigens, den Morgenkreis in Zukunft nicht mehr zu stören«, rügte uns Frau Probst. »Das heißt auch, dass Sie die Kinder pünktlich bringen.« Sie warf mir einen letzten strengen Blick zu, bevor sie die Tür schloss.

Andrea räusperte sich. »Na, dann wissen wir ja jetzt Bescheid.«

Ulrike sah mich weiterhin böse an. »Also willst du doch,

dass er spielt. Dann hättest du vorher gar nicht so scheinheilig tun müssen. Ich halte es jedenfalls nicht für sehr klug, Kinder solch psychischem Stress auszusetzen – vor allem wenn sie so schwierige Zeiten wie die Trennung der Eltern durchstehen müssen. Aber dir scheint es ja wichtiger zu sein, dass dein Sohn seinen großen Auftritt hat. Wollen wir mal für ihn hoffen, dass es auch ein solcher wird. Tschüss«, zischte sie mir zu und ging gemeinsam mit Andrea zu ihrem roten Kombi.

Auf dem Kofferraum prangte ein großer Aufkleber. »Timmi an Bord«, stand dort in einem großen Warndreieck, daneben ein paar blaue Schuhe. Was sollte dieser Aufkleber eigentlich bezwecken? Achtung, in diesem Auto wird der gefährliche Timmi mit den blauen Schuhen transportiert? Aber nein, gefährdet war in Ulrikes Augen ja mein Sohn, schließlich lief er durch seinen Soloauftritt im Kindergarten Gefahr, für immer traumatisiert zu werden. Und schuld an diesem Psychodrama war natürlich ich.

Wenn ich es mir recht überlegte, war dieser Gedanke gar nicht mal so abwegig. Alle würden Vincent auslachen, und er würde sich nie wieder an ein Klavier setzen. Ich war ehrlich gesagt auch nicht scharf darauf, mich zum Gespött des ganzen Kindergartens zu machen.

Allmählich wurde ich richtig böse auf Manfred, der hinter meinem Rücken diesen hirnrissigen Auftritt für meinen Sohn arrangiert hatte. Wie kam er denn bitte schön dazu? Ich hatte immer gedacht, außer für sich selbst würde er sich für niemanden interessieren. Aber genau genommen wusste ich eigentlich nichts über ihn. Noch vor fünf Minuten hatte ich nicht einmal seinen Nachnamen gekannt.

Unruhig und voller Wut startete ich den Motor. Eines stand fest: Manfred musste diesen Auftritt unter irgendeinem plausiblen Vorwand absagen.

Ich sah auf meine Armbanduhr. Trotz vorgetäuschter Eile hatte ich Zeit und beschloss, auf meinem Weg zur Arbeit kurz bei Kristians Tischlerei vorbeizuschauen. Erstens hatte ich diese noch nicht gesehen, und zweitens wollte ich mit Kristian über diese Wahnsinnsidee zum Vorspielen reden. Vielleicht konnte ja er Manfred davon abbringen. Er hatte sowieso den besseren Draht zu ihm.

Kristians Tischlerei befand sich im Innenhof eines Altbaus in Altona. Eine Glocke ertönte, als ich die Eingangstür öffnete und den Ausstellungs- und Büroraum betrat.

Einige antike, kunstvoll restaurierte Möbelstücke standen neben modernen Entwürfen, die in ihrer schlichten Schönheit jedem dänischen Designerstudio alle Ehre gemacht hätten. Auf einem schicken Aktenschrank aus Buche und gebürstetem Stahl entdeckte ich ein paar Kunstblumen und musste schmunzeln. Es waren die gleichen, die bei uns im Wohnzimmer standen.

An einem Regal hing eine Preisliste. Ich las sie mir durch und stellte überrascht fest, dass Kristians Arbeiten absolut erschwinglich waren. Wie konnte das sein? Die meisten der Möbel waren doch sicher Einzelstücke.

»Guten Morgen, was kann ich für Sie tun?«, riss mich ein höflicher junger Mann in brauner Latzhose, der aus der Werkstatt trat, aus meinen Gedanken.

»Ich hätte gerne Herrn Schröder gesprochen«, sagte ich.

»Tut mir leid. Herr Schröder ist nicht da, und ich weiß auch nicht, wann oder ob er heute überhaupt noch kommt.«

Tja, dann würde ich ihn wohl anrufen müssen.

Wieder im Auto, tippte ich Kristians Nummer auf meinem Handy an.

»Hey, Vicci«, meldete er sich bestens gelaunt wie immer.

»Hallo, Kristian. Wo steckst du denn? Ich war gerade in der Tischlerei«, sagte ich und merkte im selben Augenblick, dass ich wie eine eifersüchtige Ehefrau klang, die ihrem Mann hinterherspionierte.

»Echt, du warst in der Tischlerei? Und das zu dieser frühen Stunde? Ich sitze noch mit Manni beim Frühstück. Was wolltest du denn?«

Er saß noch mit Manni beim Frühstück? An einem Montagmorgen um kurz vor neun? Ich war fassungslos, und auf einmal konnte ich Hubertus verstehen. Er hatte sich auch immer aufgeregt, wenn er gegen 10 Uhr morgens zu Hause angerufen hatte und ich ihm erzählte, dass ich noch im Bademantel am Frühstückstisch saß. Aber schließlich hatte ich keinen Betrieb zu leiten. Bei einer solch laxen Arbeitsmoral würde aus der Tischlerei vermutlich nie ein florierendes Unternehmen werden. Schade eigentlich, denn die Möbelstücke, die ich dort gesehen hatte, zeugten davon, dass Kristian echt großes Talent besaß.

Allerdings war das jetzt nicht der richtige Zeitpunkt, um mit ihm über seine Arbeitseinstellung zu diskutieren. Ich verkniff mir also einen bissigen Kommentar und sagte stattdessen: »Eigentlich wollte ich mit dir über Manfred reden. Er hat für Vincent im Kindergarten einen Auftritt organisiert. Am Klavier. Und wenn Vincent noch nicht richtig spielen kann – was ich ehrlich gesagt denke –, dann sollte er diesen Auftritt wieder absagen. Und zwar am besten glei…«

»Moment«, unterbrach mich Kristian. Dann hörte ich ihn Manfred fragen: »Kann Vincent gut Klavier spielen?«

»Jo«, antwortete Manfred im Hintergrund.

»Victoria, alles paletti. Vincent kann gut Klavier spielen. Du kannst also ganz entspannt sein, und jetzt muss ich Schluss machen, sonst bleibt kein Brötchen mehr für mich übrig. Du kennst ja Mannis Appetit. Tschüss.«

Aaargh! Wütend schlug ich auf das Lenkrad. In neun Tagen war die Feier. Dann würde ich am Abend wohl selbst ein ernsthaftes Gespräch mit Manni führen müssen.

Als ich am Nachmittag mit Vincent zu Hause eintraf, war niemand da.

»Sag mal, Vinci, du möchtest doch beim Abschiedsfest ein Lied auf dem Klavier vorspielen. Willst du das wirklich?«

Vincent strahlte. »Ja, ist echt voll fett, dass Frau Probst es erlaubt hat!«

Voll fett??? Den Ausdruck musste er von Anna gelernt haben.

»Äh, kannst du mir dein Lied mal vorspielen?«

Vincent schüttelte den Kopf. »Manni sagt, es soll eine Überraschung sein.«

Ja, und bestimmt keine gute, dachte ich und versuchte es mit Bestechung: »Bitte, Vinci. Wir erzählen Manni auch nichts davon. Wenn du es mir vorspielst, dann gehe ich mit dir zum Kiosk, und du darfst dir eine Tüte Süßigkeiten kaufen.«

Süßigkeiten zogen bei Vincent immer. Verschwörerisch zog er mich ins Wohnzimmer und setzte sich ans Klavier. Er zählte leise und drückte dann mal zwei Tasten hier und dann wieder drei Tasten da. Das machte er ungefähr zwei Minuten lang. Zwischendurch stand er sogar kurz auf und klatschte in die Hände. Nachdem er das Tastendrücken beendet hatte, sah er mich erwartungsvoll an.

Ich war fassungslos. Das war weitaus schlimmer als alles, was ich mir in den letzten schlaflosen Nächten zusammenfantasiert hatte.

»Und das willst du vorspielen?«, fragte ich mit schwacher Stimme.

Vincent nickte begeistert. »Aber psst! Manni sagt, das soll noch geheim bleiben.«

Ja, am besten für immer. Ich wollte gar nicht darüber nachdenken, was Ulrike und Andrea dazu sagen würden.

»Schatzi, ich finde das echt ganz toll, aber willst du wirklich vorspielen? Also ich selbst hätte wahnsinnige Angst vor so vielen Leuten.«

Vincent kicherte. »Ja, du! Du bist ja auch kein Künstler wie ich. Manni sagt, Künstler wie ich gehören auf die Bühne und Mäuse wie du an den Schreibtisch.«

Aha. Ich konnte es kaum erwarten, bis Manni nach Hause kam. Dem würde ich was erzählen!

Aber Manni tauchte nicht auf. Als er um halb neun immer noch nicht da war, fragte ich Kristian, wo er denn wohl sein könne.

»Der hat heute Künstlertreffen. Da wird es immer spät.«

Ich stöhnte, und Kristian sah mich fragend an.

»Kristian, da kommt eine echte Katastrophe auf uns zu. Vincent kann überhaupt nicht Klavier spielen. Er hat mir heute das Lied für die Abschlussfeier vorgespielt, und weißt du, was? Das war gar kein Lied. Er hat nur blindlings irgendwelche Tasten gedrückt. Manfred muss diesen Auftritt so schnell wie möglich absagen, sonst wird das für uns alle die größte Blamage aller Zeiten.« Verzweifelt lief ich in der Küche auf und ab.

Kristian musterte mich aus leicht zusammengekniffenen Augen. »Geht es hier eigentlich um dich oder um Vincent?«

»Um uns beide!«, schrie ich.

Kristian hielt mich am Arm fest. »Victoria, es ist doch nur ein Auftritt im Kindergarten. Keiner wird erwarten, dass Vincent perfekt vorspielt.«

Ich lachte höhnisch auf. »Du hast keine Ahnung vom Leben in den Elbvororten. Wenn Vincent das vorspielt, mache ich mich zur absoluten Lachnummer dort – und zwar für die nächsten Jahre.«

»Ja, und? Willst du denn überhaupt wieder in die Elbvororte zurück?«

Erstaunt sah ich ihn an. »Natürlich, was denkst du denn?«

»Ich weiß nicht, aber eigentlich hatte ich bisher immer das Gefühl, dass ihr hier ganz glücklich seid.«

»Hier?«, rief ich entsetzt, was ich jedoch im selben Augenblick wieder bereute. »Entschuldige. Es ist wirklich wunderbar bei euch, und ich bin dir über alle Maßen dankbar, dass ich mit den Kindern hier wohnen darf. Aber siehst du nicht, wie realitätsfremd Manfred ist und wo das gerade hinführt?«

»Ich würde Manfred nicht als realitätsfremd bezeichnen«, entgegnete Kristian kühl.

Es ärgerte mich, dass er mich nicht verstand oder nicht verstehen wollte. »Dann bist du also genauso realitätsfremd? Ich meine, wovon lebt Manfred überhaupt? Womit verdient er sein Geld? Bestimmt nicht mit seinem merkwürdigen Klavierspiel. Er nennt sich Künstler, aber der Einzige, der ihn dafür hält, ist er selbst. Ich weiß, dass er dein Freund ist. Trotzdem musst du mir doch recht geben. Ehrlich, Kristian, ich möchte nicht, dass mein Sohn wegen Mannis abgefahrenen Ideen ein Fiasko erlebt, von dem er sich Zeit seines Lebens nicht mehr erholen wird.«

Kristians Miene verdüsterte sich. »Victoria, was ist los mit dir? Ich dachte, du hättest begriffen, dass dieses ganze oberflächliche Getue nichts wert ist. Wieso benimmst du dich plötzlich wie eine arrogante, egoistische Zicke? Dein Sohn soll nicht Klavier spielen, obwohl es sein größter Wunsch ist? Und warum? Weil sein Spiel vielleicht nicht der gängigen Norm entspricht? Es wundert mich echt, dass dir die Meinung der anderen Tussis immer noch so wichtig ist. Hat irgendeine von denen dir geholfen, als es dir schlecht ging?«

Ich schwieg. Komisch, genau das hatte ich auch Hubertus

immer vorgeworfen. Dass er unser Leben den Erwartungen anderer unterordnete. Tat ich wirklich das Gleiche?

Kristian legte seine Hand auf meinen Arm. »Tut mir leid, dass ich das so offen sage, aber du bist mir wirklich wichtig, Victoria. Und ich fände es sehr schade, wenn du dich selbst und die Kinder verbiegen würdest, nur um dich diesen gelangweilten Vorstadtmuttis anzupassen, die nichts Besseres zu tun haben, als sich über andere das Maul zu zerreißen. Victoria, das hast du nicht nötig. Im Grunde deines Herzens weißt du doch ganz genau, worauf es wirklich ankommt. Und glaub mir: Du bist stärker, als du denkst.«

In gewisser Weise hatte er ja recht. Man brauchte Kraft und Selbstbewusstsein, um sich nicht verbiegen zu lassen. Und es war schön, sich selbst treu zu bleiben. Auf der anderen Seite gab es im Leben nun mal Dinge, nach denen man sich richten musste – zumindest wenn man erfolgreich sein wollte.

»Vielleicht hast du recht. Ich bin feige. Es ist leichter, Schwierigkeiten aus dem Weg zu gehen und sich nicht zu widersetzen. Wenn man kein Risiko eingeht, kann man auch nicht scheitern, nicht wahr?«

Kristian nickte.

Bevor er jedoch etwas sagen konnte, redete ich weiter: »Aber sprechen wir mal von dir. Du hast gesagt, dass du um Valerie gekämpft hast. Aber hast du wirklich gekämpft? Ich habe bei dir immer den Eindruck, dass du die Dinge einfach laufen lässt. Wenn etwas nicht gleich beim ersten Mal klappt, lässt du es sein. Die Tischlerei ist auch so ein Beispiel. Du könntest erfolgreich sein und jede Menge Geld mit deinen Möbeln verdienen, aber du verschenkst die Stücke offensichtlich lieber, anstatt anständige Preise dafür zu verlangen.«

Kristian zuckte nur mit den Schultern. »Na und? Mir reicht es zum Leben. Und andere Dinge sind mir wichtiger.«

Ich verschränkte die Arme. »Klar, mit Manni ausgiebig frühstücken zum Beispiel. Wahrscheinlich hast du auch noch die Brötchen bezahlt, weil er mal wieder pleite ist. Habe ich recht?«, raunzte ich ihn an.

Kristian wurde blass im Gesicht. »Und wenn schon? Meine Freunde sind mir wichtiger.«

»Willst du denn nicht irgendwann mal etwas erschaffen? Aus deinem Geschäft etwas machen? Eine Familie gründen?«, rief ich aus.

Seine Gesichtszüge verhärteten sich. »Was willst du mir eigentlich sagen? Dass ich ein hoffnungsloser Versager bin?«

Ich sah ihm in die Augen. »Nein, ich will dir sagen, dass du noch viel mehr Angst vorm Versagen hast als ich. Bloß nichts Neues ausprobieren, es könnte ja schiefgehen. Es tut mir wirklich von Herzen leid, was damals zwischen dir und Valerie passiert ist. Deshalb aber für den Rest deines Lebens im Stillstand zu verharren ist richtig feige.«

»Die Sache mit Valerie …«

»Stopp!«, fuhr ich dazwischen. »Kristian, wenn du sie immer noch liebst, dann unternimm endlich etwas. Wenn du sie nicht mehr liebst, dann lass die Sache ruhen. Solange du nicht aktiv wirst, wird die Geschichte mit Valerie dich wie ein dunkler Schatten bis an dein Lebensende verfolgen.«

Ich hatte mich so in Rage geredet, dass ich mehr sagte, als ich eigentlich wollte.

Kristian stand so schnell auf, dass sein Stuhl umkippte und gegen die Wand donnerte.

»Hör auf damit!«, fuhr er mich an.

»Denk darüber nach, Kristian. Es wäre schade, wenn du aus purer Bequemlichkeit oder Feigheit dein Glück verpasst.«

Er verließ wortlos die Küche.

Zehn Sekunden später hörte ich die Haustür zuknallen.

War ich zu weit gegangen? Mir war klar, dass ich seinen wunden Punkt getroffen hatte, fand aber, dass das auch bitter nötig gewesen war. Wir waren schließlich Freunde, und Freunde sagten sich nun mal die Meinung, auch wenn sie dem anderen nicht gefiel.

»Was ist denn mit Kristian los? So habe ich ihn ja noch nie erlebt.« Anna kam entgeistert in die Küche und stellte eine benutzte Tasse ins Spülbecken.

»Na ja, er war etwas aufgebracht über das, was ich ihm gerade gesagt habe«, antwortete ich ausweichend.

»Wow, du hast ihm deine Liebe gestanden. Ich wusste es!«, rief Anna erfreut.

»O Mann, Anna, Kristian liebt Valerie noch immer wie am ersten Tag! Und ich finde, er sollte sich diesen Gefühlen endlich mal stellen.«

Annas Lächeln erlosch. »Was hast du gesagt?«

»Dass er Valerie immer noch liebt und dass er viel mehr aus sich machen könnte.«

Anna sah mich nachdenklich an und öffnete den Kühlschrank. »Er hat halt Angst vor seinen Gefühlen.«

»Wer hat das nicht?«, seufzte ich. »Aber ich will auch nicht zusehen, wie geliebte Menschen ihr Potential verschleudern.«

Zwei Tage später machte ich mich auf den Weg zum Abendessen mit Hubertus. Ich trug ein buntes Kleid, das ich mir am Wochenende zuvor in der Schanze gekauft hatte, wo ich mittlerweile regelmäßig und sehr gerne shoppen ging. Auf den Beifahrersitz legte ich einen Stapel Immobilienangebote, die ich im Internet gefunden hatte. Da Hubertus sich bereit erklärt hatte, mir eine geeignete Wohnung zu kaufen, wollte ich die Gelegenheit beim Schopf ergreifen, bevor er es sich wieder anders überlegte.

Auf der Fahrt ins *Le Canard* kehrten meine Gedanken immer wieder zu Kristian zurück. Seit zwei Tagen ging er mir nun schon aus dem Weg. War es doch ein Fehler gewesen, ihm gegenüber so offen zu sein? Aber er hatte mir doch auch seine Meinung gesagt, weil ihm etwas an unserer Freundschaft lag. Umgekehrt verhielt es sich genauso. Ich hatte ihm nur helfen und ihn nicht verletzen wollen.

Seufzend parkte ich an der Elbchaussee und betrat das Restaurant. Ein Kellner führte mich an den Tisch, an dem Hubertus bereits auf mich wartete.

Als er mich sah, erhob er sich und küsste mich überschwänglich rechts und links auf die Wange. »Schön, dich zu sehen! Du siehst toll aus.«

Ich staunte. Eigentlich hasste er die Art von Kleidern und hatte leuchtend bunte Farben nie ausstehen können. Aus diesem Grund war ich über zehn Jahre lang nur in dunklen oder cremefarbenen Kostümen und Hosenanzügen herumgelaufen. Trotzdem konnte ich mich nicht daran erinnern, dass er mir auch nur ein einziges Mal ein Kompliment gemacht hätte. Selbst an unserem Hochzeitstag hatte er nur »Nettes Kleid« genuschelt.

Großzügig gab ich das Kompliment zurück: »Danke! Du siehst auch gut aus.«

Dann sprachen wir über die Kinder, und ich erzählte Hubertus, was in den letzten Tagen in Leonies Schule und Vincents Kindergarten los gewesen war. »Nächste Woche ist übrigens die Abschlussfeier. Es wäre schön, wenn du kommen könntest. Vincent spielt etwas auf dem Klavier vor.«

Ich hatte mich dazu entschlossen, die Sache mit dem Auftritt durchzuziehen, denn einerseits wollte Vincent unbedingt vorspielen, und andererseits hatte ich mir Kristians Kritik zu Herzen genommen. Und ich hatte mir fest vorgenommen, nach dem Auftritt aufzustehen und laut und anhaltend zu klatschen – auch wenn ich dabei die Einzige bliebe. Darum wäre es natürlich schön, wenn Hubertus ebenfalls käme. Dann würde wenigstens noch einer außer mir klatschen.

»Ja, Vincent hat mir letztes Wochenende davon erzählt. Natürlich komme ich.«

Ich lächelte ihn dankbar an.

Als wir beide in der Speisekarte blätterten, musterte ich Hubertus unauffällig. Er sah aus wie immer. Dunkler Anzug, gestreifte Krawatte, Brille und unveränderte Frisur. Er schien ein bisschen nervös zu sein, was ich irgendwie süß fand.

»Victoria«, sagte Hubertus mit ernster Miene, als der Kellner mit unserer Bestellung von dannen gezogen war, »das hier war ja immer unser Restaurant für besondere Anlässe …«

Langsam bekam ich Herzklopfen. O Gott, wenn er mich nun fragen würde, ob wir wieder ein Paar sein könnten? Was sollte ich dann sagen? Ich liebte ihn nicht, das war mir in der letzten Zeit klar geworden, aber für die Kinder wäre es bestimmt schön, und die beiden waren doch schließlich am wichtigsten. Unauffällig wischte ich meine feuchten Hände an meinem Kleid ab.

»In den letzten Wochen ist bei uns beiden ja sehr viel passiert. Natürlich war es für uns alle ziemlich schwierig, und es wird auch in Zukunft immer wieder schwierige Momente geben. Das Wichtigste ist einfach, dass wir uns alle gut verstehen und vor allem ehrlich zueinander sind. Für uns und unsere Kinder.«

Das hatte er schön gesagt. Ergriffen sah ich ihn an. »Das sehe ich ganz genauso.«

Vielleicht hatte er sich ja tatsächlich geändert und die Trennung ihm die Augen geöffnet.

Während ich nachdenklich auf meiner Unterlippe kaute,

ergriff Hubertus wieder das Wort. »Victoria, da wir jetzt immer ehrlich zueinander sein wollen, möchte ich, dass du es als Erste erfährst: Es gibt eine neue Frau in meinem Leben.«

Mir war, als hätte er mir mit voller Wucht ins Gesicht geschlagen.

»Was?«, rief ich und hielt mich mit beiden Händen an der Tischplatte fest. Gerade hatte ich mir noch vorgestellt, wie sich unsere Familie über eine Versöhnung freuen würde. Ich hatte es den Kindern zuliebe sogar in Erwägung gezogen, aber Hubertus hatte solche Gedanken offenbar nie gehabt. »Du hast eine neue Frau?«

Hubertus nickte. »Ich dachte, das würde dich freuen. Du bist doch schließlich auch wieder liiert«, stieß er verständnislos hervor.

»Liiert? Ich? Nein, wie kommst du denn darauf?«

»Na, ich dachte, du bist mit dem Schröder zusammen. Der hat dir doch auch beim Umzug geholfen.«

Mit Kristian? Langsam dämmerte mir, warum Hubertus während der letzten Wochen so freundlich zu mir gewesen war und sich so überaus großzügig gezeigt hatte. Er hatte angenommen, ich sei mit dem Bruder seines Chefs zusammen. Eine gütliche Einigung würde sich natürlich wesentlich besser machen, wenn man bedachte, wer da über seine weitere berufliche Karriere entscheiden würde. Und ich dumme Kuh hatte gedacht, er hätte sich geändert. Seine plötzliche Großzügigkeit – das Angebot, mir eine Wohnung zu kaufen, und dieses sündhaft teure Abendessen – war nicht auf tiefere Gefühle für mich zurückzuführen, sondern auf knallharte Berechnung. Gott, ich war ja so dämlich! Warum fiel ich nur immer wieder auf ihn herein? Nur keine Blöße zeigen und in Tränen ausbrechen, befahl ich mir. Hubertus war schon immer ein Egoist gewesen, er hatte mich nie geliebt. Und jetzt hatte er eben eine andere. Aber warum so schnell? Das war eigentlich gar nicht seine Art. Kannte er sie schon länger?

»Ist es eine Kollegin von dir?«, wollte ich wissen.

Er schüttelte den Kopf. »Nein, niemand aus der Bank. Du kennst sie aber trotzdem.«

Ich kannte sie?

»Wer ist es denn?«, fragte ich verblüfft, während sämtliche Frauen aus unserem Bekanntenkreis an meinem inneren Auge vorüberzogen wie Models auf dem Catwalk. Angefangen bei Vincents Kindergärtnerin bis hin zur blasierten Daniela Körner.

»Es ist Kathrin«, antwortete er und sah verlegen auf das Tischtuch.

»Welche Kathrin?«, flüsterte ich und vergaß weiterzuatmen.

»Na, Kathrin Mörle, deine Freundin.«

Nein, das konnte nicht sein. Das musste ein blöder Scherz sein, aber Hubertus sah nicht aus, als hätte er soeben einen Witz gemacht. Die Welt blieb für einen kurzen Moment stehen, bevor sich alles um mich herum drehte wie in einem außer Kontrolle geratenen Karussell. Kathrin war die neue Frau im Leben meines Mannes?

Tausend Bilder stürmten auf mich ein: Kathrin als Schülerin, Kathrin glücklich mit Tim vereint, ihre Hochzeit und unsere ganzen Gespräche – vor allem über meine Ehe mit Hubertus. Ich hatte ihr in den letzten Tagen immer wieder Nachrichten hinterlassen. Nur eine kurze SMS von ihr war zurückgekommen, sie sei arg im Stress und werde sich bald melden. Ich spürte Zorn in mir aufsteigen.

»Seit wann seid ihr zusammen?«, fragte ich kalt.

»Seit knapp drei Wochen.«

»Wie kam es dazu?«

»Victoria, bitte, ich sehe doch, wie hart das für dich ist. Hätte ich gewusst, dass du nicht mit dem Schröder zusammen bist, hätte ich es dir gar nicht erzählt, um dich nicht zu verletzen. Also erspare dir jetzt doch die Details.«

»Das ist wirklich nett von dir«, erwiderte ich sarkastisch. »Ich möchte es aber wissen. Habt ihr euch zufällig getroffen, oder hat sie den ersten Schritt gemacht?«

»Sie hat mich vor ein paar Wochen angerufen und vorgeschlagen, essen zu gehen.«

Sie hat es ganz bewusst getan, schoss es mir durch den Kopf. Sie wusste von unserer Trennung und hat dieses Wissen ausgenutzt, um sich Hubertus zu angeln. Warum ausgerechnet ihn? Mein Zorn schlug in blinde Wut um. Schon oft hatte ich in Zeitschriften oder Romanen Geschichten über Frauen gelesen, die mit den Ehemännern ihrer Freundinnen zusammenkamen, und nur den Kopf darüber geschüttelt. Niemals hätte ich gedacht, dass mir so etwas passieren würde. Ich glaubte nicht an den Quatsch wie »Wir konnten nichts dafür, wir haben uns einfach verliebt«. Jeder war für sein Tun und Handeln selbst verantwortlich.

Der Kellner kam und servierte das Essen.

Ich entschuldigte mich kurz und lief zur Toilette. Dort spritzte ich mir kaltes Wasser ins Gesicht, um wieder klar denken zu können.

Kathrin, meine biedere Freundin, war jetzt also mit meinem Mann, oder besser Exmann, zusammen. Am liebsten hätte ich herumgeschrien und Hubertus den sündhaft teuren Wein über seine gegelten Haare gekippt, aber mir war klar, dass ich mir damit nur selbst geschadet hätte. Ich musste jetzt Haltung bewahren und um das kämpfen, was mir zustand. Erhobenen Hauptes marschierte ich zum Tisch zurück.

Hubertus erhob sich sofort, als er mich kommen sah. »Alles okay?«, fragte er besorgt.

»Sicher«, antwortete ich kühl. »Ich würde gerne mit dir die Immobilienangebote durchgehen, die ich herausgesucht habe.« Ich kramte die Ausdrucke aus meiner Tasche.

Während Hubertus sich die Vorschläge und vor allem die Kaufpreise ansah, versuchte ich die Bilder zu verdrängen, die sich in meinen Kopf schlichen. Wie Kathrin Hubertus innig küsste, wie Hubertus Kathrin langsam auszog. Warum ausgerechnet sie und nicht irgendeine Fremde?

»Also, da hast du dir ja ganz schön noble Sachen rausgesucht«, brummte Hubertus.

Wenn ich gewusst hätte, dass du hinter meinem Rücken mit meiner Freundin anbandelst, hätte ich mir nur die Villen mit Elbblick rausgesucht, dachte ich.

»Hubertus, es sind alles normale Dreizimmerwohnungen. Wenn du das für übertrieben hältst, bitte. Kristians Bruder kann mir bestimmt einen guten Anwalt empfehlen, und dann sehen wir uns eben vor Gericht wieder.«

Hubertus zuckte zusammen. »Reg dich ab. Ich habe ja nicht gesagt, dass ich das nicht zahle. Entscheide selbst, welche Wohnung du willst. Mehr als 500 000 Euro sind aber nicht drin, und damit sind alle weiteren Forderungen abgegolten. Für immer.«

Das war mehr, als ich erhofft hatte. Trotzdem war ich wütend und fühlte mich gedemütigt.

Nach dem Hauptgericht ließ Hubertus die Rechnung kommen. Genau wie ich schien er froh zu sein, dass unser Treffen endlich vorüber war.

»Ach, ich soll dich noch von Kathrin grüßen. Sie meldet sich in den nächsten Tagen mal bei dir«, versuchte er es noch einmal versöhnlich.

Ich glaubte, mich verhört zu haben. Kathrin hatte die letzten Tage meine besorgten Anrufe einfach ignoriert, und jetzt, da Hubertus mir ihre Beziehung offenbart hatte, sollten wir weitermachen wie bisher?

»Hubertus, sag ihr, sie soll sich nie wieder bei mir melden.«

Verunsichert sah er mich an. »Was soll das denn jetzt? Bist du etwa sauer auf Kathrin?«

O ja, ich war sauer auf sie. Und wie. Diese miese kleine Schlange, die stets den Moralapostel gespielt hatte, angeblich immer auf das Wohl der Kinder bedacht.

Auf einmal durchzuckte mich ein anderer hässlicher Gedanke. Was, wenn die beiden heirateten? Dann wäre Kathrin so etwas wie eine zweite Mutter für meine Kinder. Ärgerlich musste ich mir eingestehen, dass meine Kinder sie vergötterten. Da sie neben Emily meine älteste Freundin war, kannten die Kinder sie von Geburt an, und sie konnte gut mit ihnen umgehen. Sie hatte immer lustige Geschichten oder Spiele parat. Hätte ich meine Kinder gefragt, ob sie lieber bei mir oder bei Kathrin und den vier Js wohnen wollten – ich war mir nicht sicher, ob die Entscheidung zu meinen Gunsten ausgefallen wäre.

»Hubertus, ich habe keine Lust, weiter mit dir darüber zu reden. Ich will einfach keinen Kontakt mehr zu ihr. Also komm bloß nicht auf die Idee, sie zur Kindergartenfeier mitzubringen.«

Obwohl es dann natürlich noch eine weitere Person gäbe, die klatschen würde. Aber darauf konnte ich gut verzichten.

Als ich im Auto saß, schaute ich noch einmal zum Restaurant. So schnell würde ich dort wohl nicht wieder essen gehen. Wenn ich genau darüber nachdachte, war ich mir sogar sicher, nie wieder dort essen zu gehen. Es war einer der Orte, die ich mit Hubertus verband, und der hatte sich gerade freigekauft. Mit 500 000 Euro für eine Wohnung. Ich würde mich jetzt also auf die Suche machen und erneut umziehen, sobald ich ein passendes Apartment gefunden hatte.

Komisch, die Aussicht, bald in einer eigenen Wohnung zu leben, fand ich eher deprimierend als erfreulich. Ich hatte mich inzwischen so sehr an Anna, Kristian und den skurrilen Manni gewöhnt, dass ich mir gar nicht mehr vorstellen konnte, allein zu leben. Mit den dreien war alles so einfach. Ich brauchte keinen Babysitter mehr, weil eigentlich immer jemand da war, der nach den Kindern sehen konnte. Und es war schön, immer jemanden zum Reden zu haben.

Ich zwang mich, nicht sentimental zu werden. Das Leben war ein stetiger Fluss. Es änderte sich ständig und hielt immer wieder Überraschungen bereit. Bestimmt würde ich mich nach ein paar Wochen in einer eigenen Wohnung auch sehr wohlfühlen. Ich musste einfach nur fest daran glauben.

Als ich Ottensen erreichte, hatte ich mich immer noch nicht beruhigt.

Kathrin war wirklich hinterhältig. Während ich mir Sorgen um sie gemacht hatte, hatte sie mit meinem Mann angebandelt. Und auch Hubertus war kein Stück besser. Wieso musste er sich ausgerechnet meine zweitbeste Freundin als seine neue Partnerin aussuchen?

So aufgewühlt, wie ich war, sah ich mich außerstande, jetzt ins Haus oder gar schlafen zu gehen.

Plötzlich fiel mir der Tischlerschuppen ein. Die Arbeit an der Kommode hatte mich bislang immer ablenken und besänftigen können. Also zog ich den Schlüssel, den ich wie einen Talisman in meiner Handtasche bei mir trug, hervor.

Als ich den Schuppen betrat, fühlte ich mich sofort geborgen. Der Geruch nach Holz und Farbe gab mir das Gefühl, in einer ganz anderen Welt zu sein. In der Mitte des Raumes stand unverändert der Schrank. Er war wie ein Sinnbild von Kristian: groß, ruhig und unerschrocken. Sanft fuhr ich mit der Hand über das glatte Holz. Von draußen drang der Ruf eines Vogels zu mir, und ich zuckte zusammen. Wie ertappt ließ ich blitzschnell meine Hand sinken und ging rasch zur Kommode. Sie wirkte auf mich wie ein Sinnbild von mir: klein, schutzlos und durch das Abschleifen nackt und verletzlich.

Ich betrachtete sie nachdenklich, und Tränen liefen mir über die Wangen. »Ich werde dich wunderschön machen. Dein nächster Besitzer wird stolz auf dich sein und dich lieben. Nie wieder wirst du bei eBay zu einem Ramschpreis verhökert werden.«

Ich suchte in den Regalen nach passenden Acrylfarben und Pinseln. Mit einer Dose hellblauer und einer Dose weißer Farbe kniete ich mich schließlich vor die Kommode und begann, sie zu streichen. Es störte mich nicht, dass dabei Farbe auf mein Kleid tropfte.

Während ich jede einzelne Schublade strich, spürte ich, wie sich Ruhe in mir ausbreitete. Genau wie beim letzten Mal, dachte ich. Doch es gab einen Unterschied. Damals wollte ich unbedingt allein sein und hatte Kristians Anwesenheit als störend empfunden, jetzt wünschte ich mir nichts sehnlicher, als dass er hier wäre.

Gerade als ich die letzte Schublade vorsichtig vor mir auf den Boden stellte, ging die Schuppentür auf. Mein Herz schlug mir vor Freude bis zum Hals.

Aber es war nicht Kristian, sondern Anna, die hereinkam und mich überrascht ansah. »Was machst du denn hier? Ich hab mir schon voll die Sorgen um dich gemacht. Weißt du, wie spät es ist?«

Ich sah auf die Uhr und erschrak. Schon nach Mitternacht. »O Gott! Ich habe vollkommen die Zeit vergessen.«

Anna kam näher. »Wieso hast du dir denn keinen Kittel übergezogen? Ich glaube, das Kleid kannst du vergessen.« Ihr

Blick war voller Sorge. »Ist alles okay mit dir? Du siehst total fertig aus.«

Ich zuckte mit den Schultern. »Mein Mann ist jetzt mit meiner zweitbesten Freundin zusammen.«

Anna stieß einen entsetzten Schrei aus. »Das ist ja das Allerletzte! So ein Miststück!«

Ich wollte lachen, musste dann aber weinen. »Ich komme mir so dumm vor …«, schluchzte ich. »Ich bin nicht nur von einem, sondern gleich von zwei Menschen, denen ich vertraut habe, hintergangen worden.«

Anna griff nach meiner Hand und streichelte sie. »Du solltest dich dafür rächen. Sollen wir Alfi Bescheid sagen?«

Erschrocken zog ich meine Hand weg. »Du meinst, Alfi als Schläger auf die beiden ansetzen?« Auch wenn der Gedanke im ersten Moment verlockend war, rief ich entsetzt aus: »Auf gar keinen Fall!«

Anna grinste. »Alfi ist doch kein Schläger. Was du immer gleich denkst. Nein, Alfi kann die beiden in sämtlichen Hamburger Clubs auf die schwarze Liste setzen, dann kommen sie nirgendwo mehr rein.«

»Ehrlich?«

»Yes! Alfi hat super Connections. Es gibt keinen Club in Hamburg, in dem Alfi nicht irgendwie mitmischt«, erklärte sie stolz.

Wow. Ich war beeindruckt und erleichtert, dass Alfi kein brutaler Rambo war, lehnte Annas Angebot aber ab. Die auf Rache sinnende Exfrau wollte ich nun nicht sein.

»Er kauft dir echt eine Wohnung? Okay, das ist steuerlich natürlich sehr profitabel für ihn. Und, bist du zufrieden?« Beate zog an ihrer Zigarette.

Wir machten eine kurze Pause im Hinterhof, und ich hatte

ihr von dem Gespräch mit Hubertus erzählt. Im Gegensatz zu Anna war sie ganz sachlich geblieben.

»Ja, ich denke, es ist okay – obwohl ich mir sicher bin, dass ihn die Wohnung nur einen Bruchteil seines Vermögens kosten wird.«

Das Klingeln meines Handys unterbrach uns. Ich sah auf das Display und erstarrte, als ich den Namen las. Kathrin. Unentschlossen hielt ich Beate das Handy hin.

»Geh ran und geig ihr die Meinung«, forderte Beate mich auf. Sie drückte ihre Zigarette im Aschenbecher, den jemand auf einen Mauervorsprung gestellt hatte, aus und ging wieder ins Gebäude.

Ich atmete tief ein, dann nahm ich den Anruf an.

»Was willst du?«, sagte ich mit einer Stimme, die mich selbst erschaudern ließ.

»Victoria, bitte, es tut mir alles so leid«, flüsterte Kathrin und fing an zu weinen.

Das war grotesk. Wenn jemand Grund zu weinen hatte, dann wohl eher ich. Sie hatte sich schließlich meinen Mann geangelt und damit unsere langjährige Freundschaft zerstört.

»Warum Hubertus?«, fragte ich nur.

»Ich wollte doch gar nicht mit Hubertus zusammenkommen. Ich wollte einfach nur mit ihm reden. Ich weiß schließlich, wie schlimm es ist, vom Partner verlassen zu werden und dann allein zu sein.«

»Ja, das war wirklich sehr mitfühlend von dir. Und um ihn wieder aufzubauen, bist du mit ihm ins Bett gegangen.«

Kathrin stieß einen empörten Schrei aus. »Victoria, wie kannst du so was sagen! Können wir uns bitte normal unterhalten?«

»Oh, ich hatte nicht den Eindruck, dass du mit mir reden willst. Ich habe dir ungefähr zehn Nachrichten auf deinem

Anrufbeantworter hinterlassen, und du hast nicht einmal zurückgerufen.«

Kathrin räusperte sich. »Ich war ziemlich beschäftigt in der letzten Zeit.«

»Ja, und inzwischen weiß ich auch, womit.«

Dann schwiegen wir beide.

Ich konnte nicht fassen, dass sie meine Wut nicht verstand.

»Kathrin, erinnerst du dich noch vage an deinen Hass auf Melanie Koß?«, fragte ich schließlich.

Kathrin schnaubte.

»Das war ja wohl etwas ganz anderes. Tim hat mich mit ihr betrogen, noch als wir verheiratet waren. Hubertus und du, ihr lebt getrennt. Er hat dich nicht betrogen.« Sie hatte aufgehört zu schluchzen und sprach mit kalter Stimme weiter: »Du hast im *Magnus* so von deiner Selbstverwirklichung geschwärmt, da hat er mir unendlich leidgetan. Du kannst ihm jetzt keinen Vorwurf machen!« Den letzten Satz schrie sie.

»Nein, aber dir! Du hast mich betrogen! Siehst du das denn nicht? Du hast immer den Moralapostel gespielt, und dann spannst du mir meinen Mann aus, kaum dass wir getrennt sind«, brüllte ich zurück.

Kathrin fing wieder an zu schluchzen. »Ich weiß, und du kannst mir auch glauben, dass ich mich deswegen wirklich schlecht fühle. Aber ich war einfach so einsam, und die Abende mit Hubertus haben mich wieder glücklich gemacht. Kannst du das nicht ein bisschen verstehen?«

Zwei Kollegen betraten den Hinterhof und zündeten sich Zigaretten an.

Ich versuchte, leiser zu sprechen. »Ja, ich kann verstehen, dass man sich nach einem Partner sehnt, aber nicht um jeden Preis. Dir war das wichtiger als unsere Freundschaft.«

Die beiden Kollegen musterten mich interessiert. Ich ging ein paar Schritte weiter weg.

»Glaubst du, dass du mir irgendwann verzeihen kannst?«, fragte Kathrin mit flehender Stimme.

»Vielleicht kann ich dir irgendwann verzeihen, aber ich werde es niemals vergessen, und darum wirst du niemals wieder meine Freundin sein.« Dann drückte ich sie einfach weg.

Ich starrte auf die graue Mauer vor mir. Schon wieder war eine feste Stütze in meinem Leben einfach weggebrochen. Es tat weh. Kathrin war so lange meine beste Freundin gewesen, wir hatten viel zusammen erlebt. Aber mein Vertrauen war zerstört.

Traurig kehrte ich ins Büro zurück. Ich hätte wirklich gerne mit jemandem darüber gesprochen, aber Beate telefonierte, und auch Hanne und Marco waren in ihre Arbeit vertieft. Trotz meines theatralischen Seufzers schauten sie beide nicht von ihren Bildschirmen auf.

Dann eben nicht, dachte ich und nahm mir eine neue Bilddatei vor. Doch meine Gedanken schweiften immer wieder ab, also entschied ich mich, Emily den neuesten Stand zu berichten. Da ich aber nicht schon wieder eine Pause einlegen konnte, um in ihrem Büro vorbeizugehen, schrieb ich ihr eine Mail.

Hallo Emily, Kathrin hat jetzt was mit Hubertus.
Kuss, Vicci

Emilys Antwort kam postwendend.

Wow, das ist ja der Hammer! Ausgerechnet Kathrin tritt deine Nachfolge an. Aber gewisse Ähnlichkeiten zwischen Tim und Hubertus sind durchaus vorhanden. Beide sind – sorry! – langweilige Spießer. Ich hoffe, es macht dir nicht allzu viel aus. Denk an die Vorteile: Kathrin kann Hubertus bei eurer Scheidung positiv beeinflussen, und in optischer Hinsicht ist sie auch keine Steigerung im Vergleich zu dir. Ist doch besser als so ein Superweib, mit dem du dich ständig vergleichen müsstest.

Tja, dann kommt Hubertus wohl mit Kathrin zur Party. Wie sieht es bei dir aus? Bringst du jemanden mit? Kristian fand ich mega attraktiv. Frag ihn!!! Ansonsten hat Thorsten in seinem Freundeskreis jede Menge nette und gut aussehende Singlemänner. Kannst es dir ja überlegen. Muss jetzt leider weiterarbeiten. Lass uns heute Abend telefonieren. Brauche dringend Tipps fürs Menü!

xxx E.

Klasse, nach dieser Mail ging es mir noch schlechter als vorher. Zuvor war ich nur wütend gewesen, jetzt war ich wütend und deprimiert. So viele Unverschämtheiten in so wenigen Zeilen! Das brachte nur eine Klatschreporterin fertig, die bei Deutschlands auflagenstärkster Zeitung für Analphabeten volontiert hatte. Weder Kathrin noch ich sähen wirklich gut aus, unsere Männer seien die letzten Spießer, und dann wollte Emily mir auch noch einen von Thorstens Freunden auf den Hals hetzen. Ich wusste sowieso nicht, ob ich Lust hatte, zu einer Verlobungsparty zu gehen, bei der mein Exmann mit meiner Exfreundin auftauchen würde. Ich löschte die Mail und versuchte, mich auf meine Arbeit zu konzentrieren.

Als ich am frühen Nachmittag nach Hause kam, fand ich einen weißen Briefumschlag vor meiner Zimmertür. Ich hob ihn auf, schloss die Tür hinter mir und setzte mich, ohne die Jacke oder Schuhe auszuziehen, auf den Boden. Mit klopfendem Herzen riss ich den Umschlag auf.

Liebe Victoria,
ich bin froh, dass wir uns gegenseitig mal die Meinung gesagt haben. Das meine ich ernst. Du weißt, dass ich kein Typ für oberflächiges Gerede bin. Und du hast recht – ich bin träge geworden und lasse viel zu oft Gelegenheiten ungenutzt an mir vorbeiziehen. Ich fahre jetzt für ein paar Tage an die Ostsee, ich muss mal raus und über alles nachdenken. Mal sehen, was daraus wird. Bis bald!
Kristian

PS: Und du? Steh zu deinen Gefühlen! Und lass dich nicht mehr von dem dummen Gerede anderer beeinflussen!

Ich ließ den Brief sinken. Kristian war weggefahren?

Ich vermisste ihn schon jetzt.

Einen Moment lang dachte ich an Constantin. Nach ihm hatte ich auch so eine starke Sehnsucht verspürt – bis ich ihn dann in den Armen von Amelie Schell gesehen hatte und er mich aufgefordert hatte zu gehen. Vielleicht würde ich bei Kristian ähnlich fühlen, wenn ich ihn mit Valerie zusammen sähe. Doch für ihn hatte ich andere Gefühle als für Constantin. Constantin war trotz allem mein Märchenprinz, Kristian hingegen ein Freund, mein Fels in der Brandung. Was wäre, wenn ich diesen Fels nun auch noch verlieren würde?

Kapitel 14

»Also hat sich Sharon Stone jetzt liften lassen, oder ist sie wirklich eine Naturschönheit, wie sie immer behauptet?« Beate stand in der Mitte des Büros und schaute uns erwartungsvoll an.

»Na, wenn sie das behauptet, wird es schon stimmen«, murmelte ich und sortierte weiter Bilddateien.

»Ha, natürlich hat sie sich liften lassen«, rief Marco. »Schau dir doch nur mal die Haut an. Victoria ist über zehn Jahre jünger, und trotzdem sieht sie im Vergleich zu Sharon Stone aus wie Falten-Else.«

Empört sah ich auf. »Hey, ich sage auch nichts über deine missratene Dauerwelle!«

Marco lachte nur. »Nimm es nicht persönlich, Victoria. Mit vierzig baut man einfach ab. Das ist der Lauf der Dinge.«

»Wirst du nicht auch bald vierzig?«, fragte ich.

Marco winkte ab. »Bei einem Mann ist das was ganz anderes. Männer werden mit zunehmendem Alter interessant. Charlie Chaplin ist mit fünfundsiebzig noch Vater geworden.«

»Das arme Kind«, sagte ich nur und wandte mich wieder meinem Computer zu.

Falten-Else war ja wohl das Gemeinste, was man zu einer Frau sagen konnte. Zugegeben, ich hatte in der Tat ein paar Falten mehr in meinem Gesicht entdeckt. Ob es an der Aufregung der letzten Zeit oder meinem fortschreitenden Alter lag? Vielleicht sollte ich mal Emilys Kosmetikerin aufsuchen.

Mein Telefon klingelte.

»Frau Dansmann, hier unten ist ein Herr, der Sie sprechen möchte«, sagte der Portier.

»Worum geht es denn?«, fragte ich misstrauisch.

»Er sagt, es sei privat.«

»Ich komme«, seufzte ich.

Wenn es privat war, konnte es nur Hubertus sein. Was er wohl wollte? Mir sagen, dass ich mich mit Kathrin versöhnen solle? Oder wollte er mich um eine schnellstmögliche Scheidung bitten, um Kathrin demnächst heiraten zu können?

Genervt ging ich hinunter zum Empfang. Da ich Hubertus nirgends entdecken konnte, fragte ich den Portier, wo der Herr denn nun sei.

Er zeigte auf die rote Sitzgruppe rechts vom Eingang. Dort saß Constantin.

»Constantin, was tust du denn hier?«, fragte ich, als er mich umarmte.

Komisch, noch ein paar Wochen zuvor im *Reds* war mir bei seinem Anblick ganz anders geworden, und ich hatte hektisch überlegt, was ich sagen sollte und ob ich wohl schick genug angezogen war. Jetzt erhöhte sich mein Pulsschlag kaum, und ich sah ihn gelassen an. War ich zu einer gefühllosen Falten-Else mutiert? Vielleicht bot mir mein derzeitiges Leben auch einfach so viele Überraschungen, dass ich gar nicht mehr im Stande war, mich gebührend über eine neue aufzuregen.

»Können wir ein paar Schritte gehen?«, bat Constantin.

»Jetzt?« Ich musste fast lachen. Dachte er, ich wäre hier Chef und könnte, wann immer ich wollte, einen Spaziergang machen?

»Bitte. Nur zehn Minuten.«

Natürlich könnte ich ablehnen. Constantin hatte mir in München auch keine Chance gegeben. Auf der anderen Seite wäre dies eine Gelegenheit, endlich mal Größe zu zeigen. Was immer er mir sagen würde, ich würde es mit Fassung tragen. Also nickte ich und folgte ihm nach draußen.

Es war ein kühler Tag und der Himmel wolkenverhangen. Ich fröstelte in meiner dünnen Bluse und schlang die Arme um meinen Körper im kläglichen Versuch, mich zu wärmen. Verstohlen sah ich auf meine Armbanduhr. Länger als zehn Minuten konnte ich unmöglich wegbleiben. Beate würde für einen Spaziergang während der Arbeitszeit bestimmt kein Verständnis haben, zumal ich stets pünktlich Feierabend machte, um Vincent rechtzeitig vom Kindergarten abholen zu können.

»Woher weißt du eigentlich, wo ich arbeite?«, fragte ich Constantin.

»Von deinem Bekannten.«

»Welcher Bekannte?«

»Na, dein Freund aus dem Restaurant. Kristian Schröder heißt er, glaube ich.«

Kristian hatte mit Constantin gesprochen? Warum?

»Was wollte er denn von dir?«, fragte ich fassungslos.

Constantin lächelte. »Er meinte, dass ich mich mit dir aussprechen solle, dass da einiges Ungesagtes zwischen uns steht. Und deshalb bin ich hier. Meine Anrufe ignorierst du ja.«

In meinem Kopf fing es an zu arbeiten. Kristian hatte dieses Treffen arrangiert, weil er wusste, dass ich in Constantin verliebt war. Wahrscheinlich hoffte er, dass es ein Happy End für ihn und mich gäbe.

»War ich der Grund für die Trennung?«, wollte Constantin jetzt wissen.

»Wie bitte?« Verwirrt schaute ich ihn an.

»Na, ich habe gehört, dass du seit einiger Zeit von deinem Mann getrennt lebst.«

Ach so, er meinte Hubertus. Wahrscheinlich befürchtete er,

eine glückliche Familie zerstört zu haben. Nun, diese Angst konnte ich ihm guten Gewissens nehmen.

»Nein«, sagte ich. »Du warst nicht der Grund. Es war die Erkenntnis, dass Hubertus und ich einfach nicht zueinanderpassen. Ich habe immer versucht, seine Erwartungen zu erfüllen, aber ich war nicht glücklich dabei. Und er war nicht mehr glücklich mit mir. Tja, keiner hatte also an der Trennung Schuld. Hubertus und ich haben einfach immer zu sehr auf alles andere geachtet und dabei übersehen, dass es zwischen uns nicht stimmt.«

Wir gingen im Gleichschritt nebeneinanderher.

»Bist du denn wenigstens glücklich mit deiner Lebensgefährtin?«, fragte ich.

»Mit wem?« Constantin zog erstaunt die Augenbrauen hoch.

»Na, Amelie Schell!«

»Aber Amelie ist doch nicht meine Lebensgefährtin.«

Ich blieb stehen. »Ich glaube dir aber nicht, wenn du jetzt sagst, dass sie deine Schwester oder Cousine ist.«

Constantin lachte. »Nein, nein, sie ist nur eine Freundin. Amelie lebt in New York und war letztens nur ein paar Wochen geschäftlich in Deutschland.«

Ich spürte eine zaghafte Freude in mir aufsteigen, war aber immer noch misstrauisch. »Und warum stand in der Zeitung, dass sie deine Lebensgefährtin sei?«

»Die Presse macht aus jeder Frau, die ich zu einer Veranstaltung mitbringe, meine Lebensgefährtin. Das heißt noch lange nicht, dass es stimmt.«

Ich schmunzelte. Also war Amelie Schell wahrscheinlich die Art von Karrierefrau, die ich ihm in Lech vorgespielt hatte.

Dann sah ich ihm in die Augen. »Warum bist du hier?«

»Um dir zu sagen, dass ich mich in dich verliebt habe!«

Ich starrte ihn an. Er hatte sich in mich verliebt??? Noch vor ein paar Wochen wäre ich ausgeflippt vor Freude. Aber in der Zwischenzeit war so viel passiert, dass seine Worte nicht so recht den Weg in mein Herz fanden. Wie konnte er in mich verliebt sein? Er kannte mich doch gar nicht richtig.

»Constantin, das macht doch alles keinen Sinn. Wieso sagst du jetzt auf einmal, dass du dich in mich verliebt hast? Du weißt doch fast nichts über mich. Und in München hast du mir noch eine ganz klare Absage erteilt. Du hast mir sogar Verrat unterstellt. Und jetzt, Wochen später, ist plötzlich alles anders für dich?«

Constantin sah mich beschwörend an. »Ich liebe dich seit unserer ersten Begegnung im Fahrstuhl. Als ich dann erfuhr, dass du verheiratet bist und Kinder hast, verbat ich mir jedoch jeglichen Gedanken an dich. Ich wollte deine Familie nicht zerstören. Glaub mir, ich weiß, wie schmerzhaft so etwas sein kann.« Er senkte kurz den Kopf, dann sah er mir wieder in die Augen. »Victoria, ich liebe dich, und ich möchte mit dir zusammen sein.«

Er ergriff meine Hand, doch ich entzog sie ihm wieder.

»Constantin, wir waren drei Tage in Lech zusammen, und ich habe mich als jemand anders ausgegeben. Ich bin chaotisch, ängstlich und trete in jedes Fettnäpfchen. Du brauchst eine weltgewandte, charmante, schlanke und kinderlose Frau an deiner Seite. Ich bin nicht die richtige für dich. Du brauchst eine, die dich perfekt auf dem roten Teppich begleiten kann. Nein, sag jetzt nichts«, rief ich aus, als Constantin mich unterbrechen wollte. »Seit ich in der Bildredaktion arbeite, habe ich schon etliche Fotos von dir auf irgendwelchen Partys gesehen. Weißt du, ich schreibe die Bildunterschriften dazu.«

Constantin nahm mein Gesicht in seine Hände. »Sag mir nur eines: Liebst du mich?«

Ich zögerte. Meine Gefühlswelt war derzeit ein einziger Scherbenhaufen, aber trotz aller Enttäuschungen war er nach wie vor der Mann meiner Träume. Ich sah in seine Augen und erinnerte mich vage an die märchenhafte Zeit, die ich vor einer gefühlten Ewigkeit mit ihm in Lech erlebt hatte.

»Ja, ich liebe dich, aber …«

Weiter kam ich nicht, denn Constantin zog meinen Kopf zu sich und küsste mich.

Erst als sich seine Lippen von meinen lösten und ich wieder zu Atem gekommen war, plapperte ich weiter. »Ich habe Kinder, um die ich mich kümmern muss. Ich bin spätestens um zehn Uhr abends müde. Ich habe keine besonderen Talente, außer vielleicht mir irgendwelche Krankheiten einzubilden. Ich …«

Constantin legte einen Finger auf meinen Mund. »Victoria, hast du gemerkt, dass ich dich gerade geküsst habe? Normalerweise sagt man sich danach irgendwas Nettes. Du bist wahrscheinlich die einzige Frau im ganzen Universum, die nach einem Kuss davon redet, wann sie abends müde wird.«

»Weil ich dich nicht enttäuschen und auch selbst nicht mehr enttäuscht werden will.«

»Ich werde dich nicht enttäuschen. Vertrau mir.«

Zweifelnd sah ich ihn an. Meinen absoluten Traummann. Meinen Prinzen. Eigentlich hatten mich die vergangenen Monate gelehrt, nicht mehr an Märchen zu glauben. »Und wenn es nicht klappt mit uns?«

»Eine lebenslange Garantie gibt es nie. Niemand weiß, was morgen sein wird, aber ich liebe dich nun mal. Das ist alles, was in diesem Augenblick zählt.«

Ich zögerte noch immer. War es vernünftig, das Märchen aus Lech wieder aufleben zu lassen? Aber war Vernunft ausschlaggebend für das große Glück? Meine Eheschließung mit

Hubertus war auch vernünftig gewesen, und trotzdem waren wir gescheitert.

Ich dachte an Kristian. Er hatte mir geraten, auf meine Gefühle zu hören, und dieses Treffen arrangiert. Und ich sollte jetzt nicht dumm sein.

»Okay, lass es uns probieren«, sagte ich vorsichtig.

Constantin zog eine Augenbraue hoch und fragte lächelnd: »Ohne lebenslange Garantie und Bedingungen?«

»Ohne Garantie, aber mit Bedingungen«, antwortete ich grinsend.

»Und die wären?«

Ich stellte mich auf die Zehenspitzen und flüsterte ihm ins Ohr: »Zweimal, nein, viermal die Woche ganz viel Leidenschaft.«

Zwanzig Minuten später lief – nein – schwebte ich zurück ins Büro. Die ärgerlichen Blicke von Beate, Marco und Hanne nahm ich nur am Rande wahr.

»Victoria, so geht das nicht! Auch wenn du hier nicht fest angestellt bist, musst du dich an die gleichen Regeln halten wie wir alle. Und eine dieser Regeln lautet: Während der Arbeitszeit wird gearbeitet.«

Ich lächelte sie glückselig an. »Entschuldige bitte tausendmal! Es wird nicht mehr vorkommen. Ich hänge heute auch eine halbe Stunde dran.« Zum Glück konnte Vincent auch bis 17 Uhr im Kindergarten bleiben.

Beate sah mich noch einmal strafend an, dann wandte sie sich wieder ihrem Computer zu. Und ich tat den restlichen Nachmittag so, als würde ich konzentriert arbeiten, doch in Wirklichkeit überschlugen sich meine Gedanken.

Mein Traum war wahr geworden! Wahnsinn! Ich war jetzt mit Constantin zusammen. Mit dem Mann, nach dem ich mich so lange gesehnt hatte. Der mich mit seinen wunderschönen Augen aufmerksam anschaute. Der mich auch nackt schön fand. Allein dafür liebte ich ihn abgöttisch. Er war einfach perfekt!

Ich fing an, mir die Zukunft mit ihm vorzustellen, sah uns an weißen Sandstränden spazieren gehen, beim romantischen Candle-Light-Dinner, im Kino. Ob er auch so über Adam Sandler lachen konnte wie ich?

Das Einzige, was ich mir noch nicht so richtig vorstellen konnte, war, wie er mit Leonie und Vincent umgehen würde. Ich konnte mir ehrlich gesagt nicht vorstellen, dass er auf allen vieren durch die Wohnung krabbeln und Vincent auf seinem Rücken reiten lassen würde – so wie Kristian es oft tat. Auch als wilden Indianer im Park sah ich Constantin nicht. Kristian hingegen zog oft mit Vincent los, verkleidet und mit wilder Kriegsbemalung, für die sie sich Annas Schminke ausliehen. Nein, all das würde Constantin bestimmt nicht machen. Aber warum verglich ich ihn überhaupt mit Kristian? Er hatte andere Qualitäten. Ich dachte an seine Selbstsicherheit, seine Intelligenz und seinen Humor. Bestimmt würde er mit den Kindern gute Gespräche führen können.

Heute Abend wollte Constantin mit mir essen gehen. Ich hatte ihn gebeten, selbst das Restaurant auswählen zu dürfen, weil ich wollte, dass es ein besonderer Abend wurde.

Gegen 16:30 Uhr war ich endlich so weit mit meiner Arbeit fertig und fuhr zum Kindergarten. Zum Glück holten Ulrike und Andrea ihre Kinder immer schon um die Mittagszeit ab, sodass ich nicht fürchten musste, wieder in eine dieser sinnlosen Diskussionen mit ihnen zu geraten.

Doch als ich hineinging, wusste ich sofort, dass etwas nicht stimmte.

Normalerweise musste ich Vincent immer erst im Gruppenraum ausfindig machen und ihn dazu überreden, sich von seinen Freunden zu verabschieden. Heute aber saß er bereits fertig angezogen und mit hängendem Kopf an seinem Garderobenplatz.

Ich kniete mich vor ihn und befühlte seine Stirn. »Vinci, bist du krank? Tut dir was weh?«

Er schüttelte den Kopf und stand auf. »Ich will jetzt nach Hause.«

Schweigend trottete er vor mir her zum Auto.

Als ich mich anschnallte, fing er hinter mir an, gegen meinen Sitz zu treten.

»Könntest du bitte damit aufhören?«, bat ich ihn sanft.

»Nö«, brummte er und trat umso kräftiger gegen meine Rückenlehne.

»Was ist denn passiert? Hattest du Streit mit jemandem?«

»Nö!«

So zauberhaft Vincent manchmal sein konnte, so unausstehlich war er, wenn ihn etwas bedrückte. Ich versuchte, ruhig zu bleiben und seine Tritte zu ignorieren, was mir nicht gerade leichtfiel.

»Ich spiele übermorgen nicht vor«, brach es schließlich aus ihm heraus.

Na, das war ja fast schon eine gute Nachricht, dachte ich erleichtert.

»Schatzi, das musst du doch auch nicht. Wenn du nicht willst, spreche ich gleich morgen früh mit Frau Probst. Kein Problem!«

Doch anstatt wie ich erleichtert zu sein, fing Vincent an zu weinen. »Ich hab mich sooo drauf gefreut«, schluchzte er.

Jetzt war ich verwirrt. »Aber ich dachte, du willst nicht vorspielen.«

»Doch, aber ich will keine Lachnummer sein!«, schrie er.

»Wie kommst du denn darauf? Alle finden es ganz großartig, dass du vorspielst.«

»Timmi hat gesagt, dass seine Mama meint, mein Auftritt wäre eine Lachnummer, und das würden auch die anderen Mamis so sehen. Du auch!«

»Wie bitte?« Ich war wie vor den Kopf gestoßen und machte beinahe eine Vollbremsung. Wie konnte Ulrike nur so was sagen? »Vincent, so ein Quatsch! Ich bin so stolz auf dich, dass du den Mut hast aufzutreten. Ich wäre nicht so mutig, und Timmis Mama schon gar nicht. Die hat das nur gesagt, weil sie neidisch auf dich ist, die dumme Kuh.«

Vincent hörte auf zu weinen. »Kann ich das Timmi sagen?«

»Was?«

»Dass du gesagt hast, dass seine Mami nur neidisch ist und dass sie eine dumme Kuh ist.«

Einen Moment lang zögerte ich. Da Ulrike aber so schamlos gegen den mütterlichen Ehrenkodex verstoßen hatte, niemals ein Kind vor einem anderen schlechtzumachen, egal wie untalentiert oder hässlich es auch war, stimmte ich zu: »Ja, sag Timmi ruhig, dass deine Mami gesagt hat, dass Ulrike eine dumme Kuh ist, und mit einem viel zu dicken Popo noch dazu.«

Mir war klar, wie infantil und indiskutabel das war, aber Vincent lachte wieder, und nur das zählte für mich in diesem Augenblick.

»Wann kommt Kristian wieder? Ich will endlich wieder mit ihm spielen«, fragte Vincent drei Sekunden später.

Ich schluckte. »Hm, ich weiß nicht genau, aber Papi kommt zur Kindergartenfeier«, versuchte ich ihn aufzumuntern.

Doch Vincent reagierte nicht darauf. »Kommt Kristian auch?«

»Nein, aber ich werde deinen Auftritt filmen, und dann kannst du ihm das Video später zeigen.«

»Ich trete nicht auf!«, schrie Vincent darauf und trat wieder gegen meinen Sitz.

Ich seufzte. »Wenn du dich darauf gefreut hast, trittst du auch auf. Nur weil irgendeine dumme Frau was Dummes gesagt hat, machst du jetzt keinen Rückzieher.«

Ich erkannte, wie sehr sich Vincent das Vorspielen zu Herzen nahm. Wenn ihm der Auftritt so wichtig war, dann war er auch mir wichtig. Selbst wenn mein Sohn nur drei Tasten anschlagen konnte, er würde vorspielen. Da konnte Ulrike noch so hinterhältig sein, ich würde nicht zulassen, dass sie Vincent seinen Wunsch vermieste.

Die restliche Fahrt über sagte Vincent nichts mehr. Zuhause schaltete er dann direkt den Fernseher an.

Ich klopfte an Annas Zimmertür.

Sie war gerade dabei, sich die Nägel leuchtend rot zu lackieren. »Schau mal, ist das nicht eine coole Farbe?«, fragte sie und streckte mir eine Hand entgegen.

»Äh, ja, sehr schön …« Trotz meiner Wut über Ulrike musste ich lächeln. Dann setzte ich mich neben Anna auf den Boden und erzählte ihr, was vorgefallen war.

»So eine gemeine Ziege!«, rief sie, als ich geendet hatte. »Aber mach dir keine Sorgen. Von so einer lässt sich Vinci nicht einschüchtern.« Dann stand sie auf. »Weißt du was? Lass uns heute Abend was Schönes mit Vincent machen. Das bringt ihn auf andere Gedanken.«

Gerade als ich begeistert nicken wollte, fiel mir ein, dass ich ja mit Constantin verabredet war. Natürlich konnte ich ihn bitten, mit uns allen zusammen den Abend zu verbringen, doch mein Bauchgefühl riet mir davon ab. Ich konnte ihn mir einfach nicht mit uns allen zusammen vorstellen – zumindest jetzt noch nicht. Sollte ich ihm absagen? Aber der heutige Abend sollte doch unser erster als Paar werden.

Ich biss mir auf die Lippe und fragte Anna mit unendlich schlechtem Gewissen, ob sie am Abend auf die Kinder aufpassen könne.

Lotti hätte mich in dieser Situation mit einem Du-bist-eine-Rabenmutter-Blick abgestraft, doch Anna reagierte herrlich unkompliziert. »Na klar! Hast du was vor?«

Ich strich mir verlegen die Haare aus dem Gesicht. »Ja, ähm, ich treffe mich mit Constantin.« Es war mir unangenehm, ihr von meiner neuen Beziehung zu erzählen.

»Constantin?« Anna überlegte kurz. »Der, von dem du mir in der Schanze erzählt hast?«

Ich nickte und spürte, dass ich rot wurde.

»Wow, wie cool! Was ist denn aus seiner blonden Prinzessin geworden?«

Ich machte eine wegwerfende Handbewegung. »Ist nur eine Freundin.«

Anna lachte höhnisch. »Warum können Männer nicht mal die Wahrheit sagen? Mein Ex erzählte auch immer von seiner guten Freundin. Tja, und dann habe ich ihn mit ihr im Bett erwischt.«

Ich schluckte und kämpfte gegen das ungute Gefühl an, das in mir aufstieg. »Nein, nein, Amelie Schell ist für Constantin wirklich nur eine Freundin. Sie lebt in New York.«

Anna pustete auf ihre Fingerspitzen, damit der Nagellack schneller trocken wurde. »Mensch, Vicci, deine beste Freundin hat dir gerade deinen Mann ausgespannt, und du glaubst immer noch, Männer und Frauen könnten einfach so befreundet sein?«

Ich beschloss, dass es besser war, dieses Gespräch nicht weiter zu vertiefen, und erhob mich. »Es ist so lieb, dass du dich heute Abend um Vincent und Leonie kümmerst. Danke! Ich revanchiere mich, versprochen.«

»Du tust so, als ob das stressig wäre. Ich passe gerne auf die beiden auf! Es ist immer lustig, und außerdem sind sie ehrlich – im Gegensatz zu den Männern.« Sie zwinkerte mir vergnügt zu.

Ich lächelte und verließ ihr Zimmer.

Gab es wirklich keine echte Freundschaft zwischen Mann und Frau? Ich dachte an Kristian. Für mich war er mein bester Freund. Trotzdem fand ich die Vorstellung, dass er noch Gefühle für Valerie haben könnte, bedrückend. Warum eigentlich? Ich hatte doch jetzt Constantin.

»Es ist kein Bier mehr da!«, rief Manni und hielt meinen Autoschlüssel hoch. »Kann ich kurz dein Auto leihen? Dann fahre ich eben zur Tanke und kaufe neues.«

Gedankenverloren nickte ich. Manfred war doch auch ein Freund, und für ihn würde ich mich wirklich freuen, wenn er eine Frau fände. Ha, es gab sie also doch, die Freundschaft zwischen Mann und Frau!

Ich machte kehrt und riss Annas Zimmertür auf. »Mit Manfred bin ich auch befreundet – ohne tiefere Gefühle auf beiden Seiten.«

Anna lachte. »Manfred ist ja auch ein Freak. Ist dein Constantin etwa wie Manfred?«

Dazu fiel mir nichts ein.

Anna schien auch keine Antwort zu erwarten, sondern sprang auf. »So, ich setze jetzt mal Wasser für Nudeln auf.«

Mein Blick fiel auf meine Armbanduhr, und ich erstarrte. Fast 19 Uhr. O nein, in zehn Minuten würde Constantin hier sein, und ich war weder fertig angezogen, noch hatte ich mir Gedanken gemacht, wo wir essen gehen könnten. Mist! Dabei hatte ich ihm großspurig verkündet, dass ich mich um alles kümmerte. Dann schnell noch irgendwo einen Tisch reservieren.

Ein kurzer Blick in den Spiegel überzeugte mich jedoch davon, erst einmal mein Äußeres aufzupolieren. Ich rannte in mein Zimmer und probierte in Windeseile zehn verschiedene Outfits an. Aber keines davon gefiel mir so recht. Es sah alles so gewollt aus. Gewollt, aber nicht gekonnt. Und so wollte ich um nichts in der Welt mit Constantin ausgehen. Panisch durchwühlte ich den Kleiderschrank.

Als es klingelte, stand ich immer noch verzweifelt und in meinem hautfarbenen Bauchwegmieder vor dem offenen Schrank. Ich wickelte mich in ein Handtuch und raste zur Sprechanlage.

»Hallo Eisprinzessin, ich bin's«, erklang Constantins tiefe Stimme.

»Ähm, ja, ich bin gleich da.«

»Soll ich nicht reinkommen?«

Ich tat so, als hätte ich die Frage gar nicht mehr gehört, und raste zurück in mein Zimmer. Das fehlte mir gerade noch, dass er hereinkäme und mich in meiner fleischfarbenen Bauchwegunterwäsche sähe.

Ich streifte mir das nächstbeste Kleid über und meine schwarze Lederjacke. Die Haare band ich zum Pferdeschwanz und tuschte die Wimpern. Dann legte ich schnell noch etwas Rouge und Parfüm auf und eilte in die Küche, um mich von Anna und den Kindern zu verabschieden.

Anna sah so bezaubernd in ihrer rot-weiß karierten Kochschürze aus, dass ich es den Kindern nicht verdenken konnte, dass sie sie anhimmelten. Ein Grund mehr übrigens, warum ich Constantin nicht hereingebeten hatte. Neben Anna – dem absoluten Männertraum von einer Frau – konnte ich nur alt aussehen.

Als ich schließlich nach draußen ging, sah mich Constantin mit gespielter Entrüstung an. »Ich dachte, du hättest es dir anders überlegt und lässt mich sitzen oder vielmehr im Regen stehen.« Er deutete zu den dunklen Wolken hoch.

»Niemals!«, lachte ich und küsste ihn auf den Mund.

Dann erst bemerkte ich, dass er einen Anzug trug.

»Hey, ich hatte doch gesagt, du sollst dich leger anziehen«, protestierte ich und boxte ihn sanft auf die Schulter.

»Wieso? Das ist doch leger. Oder siehst du irgendwo eine Krawatte? Komm, das Taxi wartet.«

Ich zwinkerte verschwörerisch. »Wir brauchen kein Taxi. Wir gehen heute Abend in mein Lieblingslokal. Dort gibt es die beste Pizza, die du je gegessen hast.«

Die Pizzeria um die Ecke war mir wenige Sekunden zuvor eingefallen. Die Atmosphäre bei Toni war gemütlich, das Essen lecker, und wir würden dort auf jeden Fall einen Tisch bekommen.

Constantin machte ein nicht allzu begeistertes Gesicht. »Eine Pizzeria? Für unseren ersten Abend als Paar hatte ich mir etwas anderes vorgestellt.«

Ich hakte mich bei ihm unter und zog ihn mit mir. »Ach, komm, es wird dir dort gefallen. Du wirst die Pizza lieben!«

»Ich weiß gar nicht mehr, wann ich das letzte Mal Pizza gegessen habe. Ich glaube, das war in der Grundschule.«

»In der Grundschule? Wow, ich könnte keine vier Wochen ohne Pizza auskommen. Dann hast du ja Glück, dass du heute Abend von mir in die beste Pizzeria von ganz Hamburg ausgeführt wirst«, lachte ich.

Der weitere Abend verlief nicht ganz so, wie ich gehofft hatte.

Die Pizzeria war bis auf einen kleinen Tisch am Fenster voll besetzt und erfüllt vom Stimmengewirr der zahlreichen Gäste. Zu allem Überfluss wirkte Constantin in seinem Anzug wie ein bunter Hund. Er fühlte sich sichtlich unwohl, und auch ich war inzwischen angespannt und mir längst nicht mehr sicher, ob es eine gute Idee gewesen war, mit ihm hierherzukommen. Als er dann auch noch den Kellner um eine neue Tischdecke bat, der aber mit gleichmütiger Miene einfach den Salz- und den Pfefferstreuer auf den riesigen Rotweinfleck stellte, stand ihm das blanke Entsetzen ins Gesicht geschrieben.

Besänftigend nahm ich seine Hand. »Entschuldige, ich glaube, wir hätten doch woanders hingehen sollen.«

Da wurde Constantins Blick wieder weich. »Mir dir gehe ich überallhin, Prinzessin.«

Bei »Prinzessin« musste ich an Amelie Schell denken. Sie sah eher wie eine Märchenprinzessin aus als ich. Ich seufzte.

»Woran denkst du?«, fragte Constantin und streichelte liebevoll meinen Handrücken.

»An nichts. Ich genieße den Augenblick«, log ich.

»Du bist wunderschön«, flüsterte er.

Anstatt mich über das Kompliment zu freuen, überlegte ich, ob er das auch zu Amelie Schell sagte. Sie war um einige Klassen hübscher und schlanker als ich. O Gott, warum konnte ich nicht endlich aufhören mit den ewigen Vergleichen? Nichts nagte so sehr an meinem Selbstbewusstsein wie solche Gedanken.

»In welchem Hotel übernachtest du?«, fragte ich ihn, um mich abzulenken.

»Im *Vier Jahreszeiten*. Dort buche ich immer ein Zimmer, wenn ich in Hamburg bin«, sagte er. »Du wirst es nachher ja sehen. Schließlich will ich deine Bedingungen erfüllen«, fügte er lächelnd hinzu und legte zärtlich die Hand an meine Wange.

Bedingungen erfüllen? Stimmt ja, ich hatte vorhin noch ganz keck ein leidenschaftliches Liebesleben gefordert. Wie oft hatte ich von unserem Nachmittag in Lech geträumt und mir gewünscht, so etwas noch einmal zu erleben. Jetzt war der Traum in greifbare Nähe gerückt. Aber warum löste die Vorstellung von einer gemeinsamen Nacht mit ihm nun ein solches Unbehagen in mir aus? Es musste daran liegen, dass ich mir Sorgen um Vincent machte. Und außerdem spukte mir die ganze Zeit Amelie Schell im Kopf herum.

»Ist Amelie wieder gut in New York angekommen?«, fragte ich so beiläufig wie möglich.

»Amelie? Oh, sie ist gerade wieder in München.«

»Ach«, erwiderte ich nur, während in meinem Kopf die Alarmglocken losschrillten.

»Ich glaube, sie denkt darüber nach, wieder ganz nach Deutschland zurückzukommen.«

Ich trank einen Schluck Wein. Im Grunde genommen war es ja auch völlig egal, wo sie wohnte. »Ich hatte wirklich gedacht, ihr wärt ein Paar.«

Constantin schüttelte den Kopf. »Amelie wäre mir viel zu anstrengend als Partnerin. Sie ist sehr besitzergreifend und eifersüchtig. Sie lässt einem keine Luft zum Atmen.«

Erstaunt sah ich ihn an. »Das klingt, als ob sie sehr an dir interessiert wäre.«

Er zuckte mit den Schultern. »Vielleicht … Aber ich will dich! Ich liebe deine unkomplizierte, lustige Art.«

Meine unkomplizierte, lustige Art? Ich war alles andere als unkompliziert. Und lustig? Na ja, vielleicht unfreiwillig komisch.

Constantin nahm meine Hand und küsste die Fingerspitzen. Das war sehr erotisch, trotzdem musste ich darüber nachdenken, dass Amelie sich offensichtlich doch mehr als eine nette Freundschaft von ihm erhoffte.

»Nächste Woche muss ich geschäftlich nach Dubai. Komm doch einfach mit«, schlug Constantin vor und schenkte mir Rotwein nach.

»Constantin, ich kann meine Kinder nicht einfach allein lassen.«

»Kann sich dein Mann nicht ein paar Tage um die Kinder kümmern?«

»Da kennst du Hubertus aber schlecht. Für ihn hat immer seine Arbeit Vorrang. Er hätte überhaupt keine Zeit, sich um Vincent und Leonie zu kümmern. Und außerdem habe ich ja auch einen Job, den ich nicht einfach sausen lassen kann.«

Mit Beate hätte ich bestimmt darüber reden können, und da waren natürlich immer noch Anna oder sogar Kathrin, die wahrscheinlich liebend gerne auf die Kinder aufpassen würden, aber beides widerstrebte mir.

Enttäuscht lehnte sich Constantin zurück. »Wieso schickt ihr die Kinder eigentlich nicht in ein Internat?«

Welch schrecklicher Gedanke!

»Kommen da nicht nur schwer erziehbare oder wohlstandsverwahrloste Scheidungskinder hin?«, entfuhr es mir.

»So ein Quatsch!«, konterte Constantin und schüttelte den Kopf. »Meine sechs Jahre auf dem Internat waren die besten meiner Schulzeit. Die Freundschaften, die ich dort geschlossen habe, halten bis heute. Ehrlich, Victoria, für ein Kind gibt es nichts Besseres. Hätte ich Kinder, würde ich sie sofort ins Internat schicken.«

Zum Glück hatte ich keine Kinder mit ihm. Ich könnte es niemals übers Herz bringen, sie in ein Internat zu schicken.

Nach dem Essen zahlte Constantin und bat den Kellner, ein Taxi zu rufen. Dann sah er mich erwartungsvoll an. »Bereit für den zweiten Teil des Abends?«

Ich sah in seine wunderschönen Augen und las das Verlangen darin. Einerseits wollte ich ihn nicht schon wieder enttäuschen, andererseits wollte ich jetzt zurück zu meinen Kindern. Vincent brauchte mich.

Ich strich ihm sanft über die Wange. »Bitte, bitte sei nicht enttäuscht, aber Vincent ist heute im Kindergarten sehr geärgert worden, und darum möchte ich ihn nicht so lange allein lassen.«

Eigentlich hatte ich ihm die ganze Geschichte mit Ulrike erzählen wollen, aber plötzlich das Gefühl gehabt, dass es ihn nicht sonderlich interessieren würde. Darum fügte ich so lasziv wie möglich hinzu: »Aber am Wochenende holen wir alles nach. Und ich schwöre dir, danach wirst du dich freuen, wenn du dich wieder eine Woche lang von mir erholen kannst.«

O Gott, ich hörte mich an wie die Darsteller eines schlechten Pornos. Na ja, manchen Männern gefiel das ja.

Constantin lächelte. »Okay, dann gibt es aber keine Ausreden mehr.«

Ich warf ihm eine Kusshand zu, fühlte mich jedoch unter Druck gesetzt.

Als wir uns vor dem Lokal voneinander verabschiedeten und ich dem Taxi hinterherwinkte, fragte ich mich, ob ihm der Abend gefallen hatte. Die Pizza hatte ihm definitiv nicht geschmeckt, er hatte gerade mal ein Viertel davon gegessen.

Müde kehrte ich zur Villa zurück. In der Küche brannte noch Licht.

»Hallo, ich bin wieder da«, rief ich durch die offene Küchentür.

»Gott, hast du mich erschreckt!« Anna hob ruckartig den Kopf. »Mit dir habe ich überhaupt noch nicht gerechnet. War ja ein kurzes Date.«

Verlegen zuckte ich die Schultern. »Lief alles gut hier? Hat Vincent noch was wegen dem Auftritt gesagt?«

Anna schüttelte den Kopf. »Ich hab mit ihm gar nicht mehr darüber gesprochen. Wir haben Spaghetti gegessen und Nils Holgersson geguckt. Und dann ist Kristian mit den beiden durchs Haus getobt, bis sie ordentlich müde waren. Er hat Vincent auch ins Bett gebracht und mit ihm noch mal über die Sache geredet. Bevor er selbst schlafen gegangen ist, meinte er noch, dass das Vorspielen schon hinhauen wird.«

Kristian war wieder da? Ich spürte, wie mein Herz einen Satz machte, bevor es sich schmerzhaft zusammenzog.

Anna musterte mich neugierig. »Und wie war dein Abend? Jetzt erzähl mal! Ist es die große Liebe?«

Ich ließ mich auf einen Küchenstuhl fallen. »Ach, weißt du, wir müssen uns erst richtig kennenlernen. Ich habe so lange von ihm geträumt und davon, mit ihm zusammen zu sein, dass ich jetzt von der Wirklichkeit fast überfordert bin. Verstehst du, er hat bisher mehr oder weniger nur in meiner Fantasie gelebt, und da war er eben perfekt. Also perfekt für mich.«

Mitfühlend sah sie mich an. »Und in der Realität ist er es jetzt nicht mehr?«

»Doch, er ist toll! Aber ich habe auch Angst, seinen Ansprüchen nicht zu genügen.«

Anna stützte nachdenklich den Kopf auf die Hände. »Weißt du, meine Oma sagte immer: Der Kuchen, der im obersten Regal steht und nicht erreichbar ist, sieht immer leckerer aus als der, den man in der Hand hält. Und wenn man eines Tages doch an den Kuchen ganz oben rankommt, merkt man, dass er gar nicht so gut schmeckt wie der, den man bisher gegessen hat.«

Ich lehnte mich zurück. »Ja, ich glaube, den Spruch kenne ich auch. Allerdings in einer anderen Version.«

Anna gähnte und stand auf. »Na dann, ich gehe jetzt ins Bett. Gute Nacht.«

»Gute Nacht. Und danke für heute Abend!«

Als sie in ihrem Zimmer verschwunden war, hing ich noch meinen Gedanken nach.

Constantin war perfekt. Sowohl äußerlich als auch innerlich. Ich war diejenige, die nicht perfekt war. Die immer eher das Negative als das Positive sah. Ich würde mich bemühen, unkomplizierter zu werden. Ich würde mich zwar nicht so verstellen, wie ich es in meiner Ehe oft getan hatte, sondern wollte mich einfach mehr bemühen. Das würde auch mir und den Kindern guttun.

Mit diesem Vorsatz schaltete ich das Licht aus und ging ebenfalls ins Bett.

Kapitel 15

»Victoria, hier spricht Lieselotte, deine Schwiegermutter!«

»Lotti! Wie schön, dass du anrufst!«, rief ich freudig aus und klemmte mir das Handy zwischen Kopf und Schulter, um mein Auto aufzuschließen.

»Tja, auf einen Anruf von dir warte ich ja vergeblich«, erwiderte sie beleidigt.

Bitte keinen Streit, betete ich. Ich hatte heute Morgen bereits einen großen Kampf mit Vincent durchgestanden, weil er nicht in den Kindergarten gehen wollte. Im Laufe unserer Auseinandersetzung hatte er mich als Lügnerin beschimpft (weil er immer noch keinen Hamster bekommen hatte), als Dooffrau (weil es natürlich allein meine Schuld sei, dass er seinen Papi fast nie sah) und als Verräterin (weil ich ihn in den Kindergarten zerrte). Gerade hatte ich ihn unter größter Anstrengung dort abgeliefert und war mit meiner Kraft am Ende. Das Letzte, was ich jetzt noch gebrauchen konnte, waren Vorwürfe von meiner Exschwiegermutter.

»Ich rufe an, weil ich in Hamburg bin«, wechselte sie zu meiner Erleichterung das Thema.

»Du bist in Hamburg? Das ist ja wunderbar, dann kannst du ja morgen zu Vincents Abschiedsfeier im Kindergarten mitkommen.«

»Ja, aber ich bin wirklich schwer enttäuscht, dass du mit den Kindern immer noch woanders wohnst. Ich hatte so gehofft, dass du und Hubertus eure kleinen Streitereien beigelegt hättet.«

Kleine Streitereien? Darüber musste ich fast lachen. Irrtümliche Ehe wäre treffender. Da ich Lotti aber nicht reizen wollte, schwieg ich.

»Victoria, ich will dir ja keine Angst machen, aber da ist so ein Frauenzimmer, das sich an deinen Mann ranschmeißt.«

Ach was.

»Carl Schrader hat mir berichtet, dass die sogar vier Kinder hat. Na, die sucht sich wohl einen anständigen Versorger für ihren Nachwuchs. Aber ich pass schon auf, dass mein Sohn nicht auf so eine hereinfällt!«

Ich wusste immer noch nicht recht, was ich sagen sollte. Beinahe hatte ich Mitleid mit Kathrin.

»Du musst jetzt wirklich wieder nach Hause kommen. Sonst ist es irgendwann zu spät!«, plapperte Lotti aufgeregt weiter.

Das Einzige, was zu spät war, war unsere Trennung gewesen. Die hätten wir schon vor Jahren durchziehen sollen, dachte ich. Vielleicht wusste Lotti das aber auch und war einfach zu stur, um es wahrhaben zu wollen. Ich fand jedoch, dass es nicht meine Aufgabe war, ihr das beizubringen. Schließlich war sie Hubertus' Mutter.

»Lotti, lass uns später reden. Ich komme mit den Kindern heute Nachmittag vorbei, ja? Jetzt bin ich nämlich beim Verlag angekommen.«

»Dann koche ich heute Abend was Schönes. Ich vermisse meine beiden Süßen so sehr!«

»Ja, sie vermissen dich auch! Bis später, Lotti.«

Kurz darauf rief Emily an. »Süße, ich muss dich unbedingt sprechen. Können wir uns später um eins in der Kantine treffen?«

Ich willigte ein, schon um weiteren Diskussionen zu entgehen. Allerdings hatte ich überhaupt gar keine Lust, sie zu sehen. Seit sie mit Thorsten verlobt war, drehten sich ihre Gedanken sowieso nur um den Blödmann und die bevorstehende Hochzeit.

Was soll's, dachte ich, eine kurze Pause konnte nicht schaden. Ich würde die Zeit nutzen, um ein großes Glas Wasser zu trinken, das entschlackt und sorgt für ein straffes Bindegewebe. Und das war wichtig, denn nächstes Wochenende würde ich Constantin nicht mehr hinhalten können. Natürlich wollte ich ihn auch nicht hinhalten, ich freute mich ja. Trotzdem fühlte ich mich bei den ganzen schlanken Schönheiten, die ihn umgaben, unter Druck gesetzt.

In der Kantine duftete es dann verführerisch nach Lasagne. Nach einem kurzen Blick auf die Speisetafel verwarf ich meinen Plan, nur ein Glas Wasser zu trinken. Es war bestimmt nicht gesund zu hungern. Das führte nur zu Nährstoffmangel, stumpfem Haar und Mundgeruch. Also reihte ich mich nach kurzem Zögern in die Essensschlange ein.

Mit vollbeladenem Tablett setzte ich mich zehn Minuten später zu Emily, die schon an einem Tisch auf mich wartete.

»Wie kannst du nur so ein fettiges Zeug essen?«, fragte sie entsetzt und starrte auf meine Lasagne. Sie selbst hatte ein winziges Schüsselchen mit Blattsalat vor sich. Ohne Dressing.

»Was gibt es denn Dringendes zu besprechen?«, erwiderte ich genervt, ohne meine Essensgelüste weiter zu kommentieren.

Emily holte tief Luft und sah mir in die Augen. »Ich habe Thorsten gesagt, dass ich ihn nicht heiraten kann, solange ihr beiden euch hasst.«

Ich ließ meine Gabel sinken. »Wie bitte? Thorsten hasst mich? Warum denn?«

Emily beugte sich näher zu mir. »Du findest ihn doch auch doof.«

»Ja, aber ich hasse ihn nicht.« Dafür war er mir nun wirklich viel zu unwichtig.

»Okay, vielleicht ist hassen das falsche Wort, aber ihr mögt euch nicht. Und das finde ich schlimm. Überleg doch mal, wie soll das denn in Zukunft gehen?«

Ich schob mir einen Bissen Lasagne in den Mund.

»Du könntest dich trennen«, sagte ich grinsend, legte aber sogleich meine Hand besänftigend auf ihre. »Sorry, das war ein dummer Scherz. Aber ich kann nichts dafür, wenn Thorsten mich nicht mag.«

Emily lehnte sich zurück und verschränkte die Arme. »Ich bin mir sicher, wenn ihr euch richtig kennen würdet, dann würdet ihr euch auch mögen. Darum will ich heute Abend mit euch essen gehen. Und ich wünsche mir von euch beiden, dass ihr euch Mühe gebt, Freunde zu werden – mir zuliebe.«

Emily sah mich so flehend an, dass ich gar nicht anders konnte, als zuzustimmen.

Erst als ich wieder an meinem Schreibtisch saß, fiel mir ein, dass Lotti ja für heute Abend ein Familienessen geplant hatte. Aber ich könnte mich bestimmt ausklinken. Hubertus wäre sicher froh, wenn ich absagen würde.

»Und wie alt sind deine Kinder?«

»Fast sechs und zehn Jahre alt.«

»Aha.«

»Und du? Hast du Geschwister?«

»Nein. Du?«

»Nein, ich auch nicht.«

Wir saßen zu dritt in einem kleinen italienischen Restaurant in der Innenstadt, das Emily vorgeschlagen hatte. Die Unterhaltung zwischen Thorsten und mir lief schleppend. Wir fanden einfach kein Thema, über das wir sprechen konnten, und Emily hielt sich ganz bewusst zurück.

Trotzdem empfand ich zum ersten Mal so etwas wie Sympathie für Thorsten, weil er sich wirklich sehr bemühte, nett zu sein. Zwischendurch schaute er immer wieder liebevoll Emily an. Er scheint sie wirklich zu lieben, dachte ich und freute mich.

Als Emily sich kurz entschuldigte, um zur Toilette zu gehen, sagte ich zu ihm: »Hör zu, wir beide lieben Emily. Ich weiß, du findest mich ein bisschen doof und ich dich ja auch, aber das Wichtigste ist doch, dass sie glücklich ist. Darum …« – ich hielt ihm meine Hand hin – »… Freunde?«

Thorsten sah mich ungläubig an. Dann lachte er und ergriff meine Hand. »Du bist echt speziell. Aber ja. Freunde! Und übrigens, so doof finde ich dich nun auch nicht.«

Als Emily zurückkam, zwinkerten Thorsten und ich uns verschwörerisch zu.

»Gott sei Dank!«, rief sie. »Ich wusste doch, dass ihr euch mögen würdet.«

Und wir lachten herzlich miteinander.

Es war gut gewesen, dass ich Lotti abgesagt hatte. Nicht mehr ich gehörte zu Hubertus, sondern Kathrin. Auch wenn mir das nicht gefiel, so musste ich das ebenso akzeptieren wie Lotti. »Für die koche ich aber nicht!«, hatte sie geschrien, als ich ihr den Vorschlag machte, an meiner Stelle Kathrin einzuladen. Gut, vielleicht war es zu früh gewesen, und Lotti würde sich mit der Zeit an die neue Situation gewöhnen. Wenn nicht, war das auch nicht mein Problem.

»Hey, wie wäre es, wenn wir noch einen Absacker in diesem neuen Club in der HafenCity trinken?«, fragte Thorsten begeistert.

Ich erinnerte mich, dass er den gleichen Vorschlag schon

beim Verlobungsessen gemacht hatte, ohne Erfolg. Ehrlich gesagt hatte ich auch jetzt keine Lust darauf, wollte aber nicht wieder die Spaßbremse sein. Er hatte sich schließlich sehr bemüht heute Abend, also würde ich mich jetzt auch bemühen und willigte ein.

Die lange Menschenschlange vor dem *Sky* – so hieß der neue Club – sahen wir schon von Weitem.

»Wow, ist das voll! Ich glaube nicht, dass wir da reinkommen«, äußerte ich erste Bedenken.

»Hey, mach dir da mal keine Sorgen. Mit dem hier komme ich überall rein.« Thorsten hielt mir seinen Presseausweis unter die Nase.

Zweifelnd sah ich Emily an, doch die zuckte nur die Schultern.

Ganz so einfach, wie Thorsten es sich vorstellte, war es dann jedoch nicht. Die Leute am Anfang der Schlange gingen zwar zur Seite, als er mit dem Ausweis wedelte und stolz »Wir sind von der Presse« verkündete. Der bärtige Türsteher zeigte sich jedoch vollkommen unbeeindruckt: »Hey, Pressefuzzi, wie du siehst, stehen hier alle an. Auch du, klar? Zurück, und zwar ans Ende der Schlange!«

Also quetschten wir uns wieder an all den anderen Anstehenden vorbei, die uns hämisch angrinsten oder gar beschimpften.

»Das fand ich jetzt gerade ziemlich gruselig«, sagte ich, als wir wieder am Ende der Schlange angekommen waren.

Aber Thorsten meinte, die Sprüche wie »Gibt gleich eins auf die Fresse!« seien doch eher lustig als beängstigend.

»Mmh, die gleiche Art von Humor haben wir schon mal nicht«, gab ich missmutig zurück.

»Komm, wir trinken einfach bei uns noch was«, versuchte Emily, die Situation zu retten.

Aber Thorsten wollte in den Club. »So lange wird es schon nicht dauern, bis die uns reinlassen.«

»Zurzeit lassen die gar keinen rein. Ich habe wirklich keine Lust, die nächsten zwei Stunden hier abzuhängen«, nörgelte Emily und trat von einem Bein auf das andere.

»Jetzt sei doch nicht so ungeduldig«, brummte Thorsten.

Da fiel mein Blick auf das Schlangentattoo auf dem Nacken des Mannes vor mir, und auf einmal hatte ich eine Idee.

Ich rief Anna an und bat sie um Alfis Nummer.

»Was machst du denn jetzt?«, fragte Emily erstaunt dazwischen.

»Ich sorge dafür, dass wir in den Club kommen.«

Thorsten sah mich entgeistert an. »Du? Ach, Quatsch!« Dann starrte er aber gespannt auf mein Handy.

»Unterschätze deine neue Freundin nicht«, sagte ich mit erhobenem Zeigefinger.

Kurz darauf hatte ich Alfi dran.

»Alfi, ich bin's, Victoria. Ich würde gerne mit zwei Freunden ins *Sky*. Es ist allerdings brechend voll. Siehst du eine Möglichkeit für uns, da reinzukommen?«

»Kein Problem!«, krächzte Alfi gewohnt heiser. »Wo seid ihr jetzt?«

Ich sah mich um. »Wir stehen vor dem Schaufenster dieses Jeansladens neben dem *Sky*.«

»Alles klar, bleibt da stehen. Ich sag Wiener Günther Bescheid. Viel Spaß im Club! Und Victoria? Bleib sauber!« Dann legte er auf.

Ich drehte mich strahlend zu Emily und Thorsten um. »Alles geklärt! Wir werden gleich abgeholt.«

Die beiden starrten mich an, als hätte ich mich in einen Alien verwandelt. Ach, es war einfach traumhaft, in ihre erstaunten Gesichter zu schauen. Und sie guckten noch ungläubiger, als kurz darauf ein schwarz gekleideter Typ kam und mich fragte, ob ich die scharfe Braut sei.

»Vicci, was genau ist in den letzten Wochen bei dir passiert?«, fragte Emily aufgeregt, als wir hinter dem Türsteher her durch den Seiteneingang in den Club marschierten.

»Respekt, Victoria! Du hast ja echt super Kontakte. Kennst du den Eigentümer hier?«, raunte mir Thorsten zu. Bewundernd sah er mich von der Seite an. »Ich muss sagen, ich hab dich echt unterschätzt.«

Ich grinste ihn selbstbewusst an. »Ich kenne Alfi, und das reicht.«

»Könntest du mich mit dem mal bekannt machen?«, fragte er.

Ich nickte freundlich. Warum nicht? Ich fand auch, dass es an der Zeit war, meine neuen Freunde vorzustellen.

Thorsten bestellte eine Flasche Champagner, und wir tranken auf uns drei. Dann tanzte er mit Emily ausgelassen in der Menge.

Ich sah auf die Uhr. Es war spät, und ich wollte am nächsten Tag nicht gerädert zur Abschiedsfeier im Kindergarten erscheinen.

»Möchtest du tanzen?«, fragte auf einmal eine bekannte Stimme dicht an meinem Ohr.

Ich fuhr herum und blickte in Kristians blaue Augen.

Mein Herz machte einen Sprung. Fast wäre ich ihm um den Hals gefallen. Es kam mir wie eine Ewigkeit vor, seit wir uns zuletzt gesehen hatten.

»Was machst du denn hier?«, rief ich.

»Nun, du hast mal gesagt, dass du Angst im Dunkeln hast. Und jetzt ist es draußen dunkel.« Seine Stimme war weich und zärtlich. Kurz blickten wir uns tief in die Augen.

Dann sah Kristian weg und räusperte sich. »Alfi hat mich

angerufen. Er fand, ich sollte mal nach dir sehen. So gehört sich das schließlich unter Freunden.« Er klang wieder ganz sachlich und unverbindlich.

Klar waren wir Freunde. Ich fand, dass er das nicht immer wieder zu betonen brauchte. Gerade so, als hätte er Angst, ich könnte es vergessen.

»Wie war es an der Ostsee?«, fragte ich.

Kristian lächelte zufrieden. »Gut.« Dann sah er mir wieder in die Augen. »Und wie geht es Constantin?«

»Auch gut, danke! Und, hast du nachgedacht?« Instinktiv hielt ich die Luft an.

»Komm, lass uns tanzen!« Statt mir eine Antwort zu geben, nahm Kristian meine Hand, und ich glitt vom Barhocker. Ich versuchte, ihm in die Augen zu schauen, doch er wich meinem Blick aus und zog auf der Tanzfläche sanft seine Hand zurück. Ich spürte, dass er mich bewusst auf Abstand hielt. Warum? Hatte er Angst, ich könnte mich in ihn verlieben?

Da es brechend voll war, wurden wir auf der Tanzfläche aneinandergedrückt. Ich schloss die Augen und atmete den Duft seines Aftershave ein. Er roch nach Minze und Meer.

Plötzlich stürmten Emily und Thorsten herbei und umarmten Kristian. »Wow, was machst du denn hier?« und »Wann bist du zurückgekommen?«, riefen sie gleichzeitig. Es freute mich, dass die drei wie alte Freunde miteinander umgingen.

Thorsten zog uns zurück an die Bar. »Lasst uns noch was trinken!«

Die Musik war inzwischen so laut, dass wir brüllen mussten, um uns überhaupt zu verständigen.

»Kristian ist ein toller Mann«, schrie Emily mir ins Ohr. »Du kannst dich echt glücklich schätzen, ihn zum Freund zu haben!«

»Ja, ich bin überglücklich«, kreischte ich zurück. Die Ironie in meiner Stimme nahm Emily zum Glück nicht wahr.

Nach einem letzten Drink verließen wir das *Sky* und verabschiedeten uns herzlich voneinander.

»Danke«, flüsterte Emily mir ins Ohr. »Du weißt gar nicht, wie glücklich du mich damit machst, dass du dich jetzt mit Thorsten verstehst.«

»Solange er dich glücklich macht, mag ich ihn. Und wenn er dir jemals wehtun sollte, rufen wir Alfi an.«

»Ist Alfi ein Schläger?«, fragte sie genauso erschrocken wie ich neulich Anna.

»Viel besser! Alfi kann jeden auf die schwarze Liste der Clubs setzen.«

Emily lachte laut auf. »Das würde Thorsten sogar noch viel mehr fürchten als Schläge.«

Wir grinsten uns verschwörerisch an.

Nach der lauten Musik kam mir die Stille in Kristians Auto wie Urlaub vor. Ich genoss es, einfach schweigend neben ihm zu sitzen.

»Wie war es denn mit Constantin?«, fragte Kristian plötzlich.

Es schien ihm überhaupt nichts auszumachen, dass ich jetzt mit Constantin zusammen war. Ehrlich gesagt ärgerte mich das sehr. Umgekehrt wäre ich an seiner Stelle in Tränen aufgelöst gewesen. Aber er sah in mir – wie er ja immer wieder betonte – nur eine Freundin.

»Schön! Constantin hat gefragt, ob ich mit ihm nach Dubai fahre«, antwortete ich daher betont begeistert.

»Toll, und fährst du mit?«

Er fragte gar nicht für wie lange. Es schien ihm wirklich egal zu sein.

»Diesmal fahre ich nicht mit, aber Constantin führt ein wahres Jetset-Leben. Wahrscheinlich werde ich auch bald viel unterwegs sein. Tja, Kristian, dann werden wir beide uns wohl ab jetzt seltener sehen.« Erwartungsvoll sah ich ihn an. Ich wollte ihn provozieren. Jetzt musste er doch mal irgendeine Art von Bedauern äußern.

»Wir können uns ja jederzeit mailen«, meinte er stattdessen gut gelaunt.

Beleidigt schwieg ich.

Die Abschiedsfeier im Kindergarten. Heute war es so weit.

In aller Windeseile machte ich mich morgens fertig und sauste nach Othmarschen, um die Kinder bei Lotti und Hubertus abzuholen. Ob Vincent sich trauen würde, heute am Klavier vorzuspielen?

Als ich aus dem Auto stieg, stürmte er aus dem Haus und auf mich zu. »Ich trete nicht auf! Nur damit du es weißt!«

Okay, das war eine klare Ansage.

»Könntest du mir erst mal vernünftig Guten Morgen sagen?« Ich sah die Anspannung in seinem kleinen Körper, seine fest zu Fäusten geballten Hände. »Okay. Vincent, wenn du wirklich nicht willst, dann brauchst du nicht vorzuspielen. Ich möchte nur, dass du das selbst entscheidest und dich nicht von jemand anderem beeinflussen lässt.« Ich umarmte ihn und gab ihm einen Kuss.

Er blieb jedoch vollkommen steif und verschränkte die Arme.

»Okay, ich werde Frau Probst nachher Bescheid sagen. Fühlst du dich jetzt besser?«

Vincent sagte nichts, sondern starrte einfach geradeaus.

»Komm, wir gehen jetzt zusammen ins Haus zu Leonie und Omi. Hattet ihr gestern einen schönen Abend?«

Da ich wieder keine Antwort erhielt, beschloss ich, ihn erst einmal in Ruhe zu lassen.

Leonie und Lotti saßen noch am Frühstückstisch.

»Guten Morgen, ihr beiden«, rief ich fröhlich. Aber auch hier schien die Stimmung nicht gut zu sein.

»Kann ich mit zu Vincis Abschiedsfeier?«, knurrte mich Leonie an.

»Nein, natürlich nicht. Du musst in die Schule. Schon vergessen?«

»Mann, du bist echt voll uncool!« Wütend marschierte sie in ihr Zimmer.

Kopfschüttelnd sah ich ihr nach. »Sie hat ja mal wieder tolle Laune. War es nett gestern?«, wandte ich mich dann an Lotti.

Lotti sah mich so verstört an, dass ich schon dachte, etwas Falsches gesagt zu haben.

»Ist alles in Ordnung, Lotti?«

Sie stand auf und schloss die Tür. Dann blickte sie mich ernst an. »Carl möchte mich heute Mittag zum Essen einladen.«

»Wie nett! Ich dachte allerdings, dass wir nach Vincents Kindergartenabschied alle zusammen essen gehen. Carl kann ja mitkommen. Wir könnten doch …«

»Du verstehst nicht«, unterbrach sie mich. »Er will mich ins *Louis C. Jacob* ausführen.«

Oh, wie schick, das Sternerestaurant an der Elbchaussee. Das hätte ich dem alten Geizkragen gar nicht zugetraut.

»Er hat so eine Andeutung gemacht, dass es um unsere Beziehung geht. Ich glaube, er hat ernste Absichten.«

»Meinst du?« Ich ließ mich auf einen Stuhl fallen. Die Vorstellung, dass Carl Schrader meiner Schwiegermutter einen Antrag machen könnte, fand ich geradezu grotesk. Sie selbst schien auch nicht glücklich darüber zu sein. »Ich würde gar nicht mit ihm essen gehen. Sag ihm gleich, dass du dir eine feste Bindung mit ihm nicht vorstellen kannst.«

»Aber ich kann es mir ja vorstellen!«, rief Lotti.

»Im Ernst? Aber du siehst so unglücklich aus.«

»Weil ich das dem Bub nicht antun kann.«

Der Bub wird in der Tat rasen, wenn er von seinem neuen Stiefvater erfährt.

»Nun, Hubertus wird darüber hinwegkommen«, befand ich trotzdem.

»Ehrlich gesagt finde ich dich ziemlich kalt, Victoria. Ich finde es erschreckend, dass Hubertus und du eure Ehe einfach so mir nichts, dir nichts wegschmeißt. Nach zehn Jahren! Irgendwann wird es euch leidtun, aber dann ist es zu spät. Diese andere Frau scheint ja auch ernste Absichten zu haben. Aber ich habe Hubertus gestern gesagt, dass, solange ich da bin, die andere hier nichts zu suchen hat.«

»Ach, Lotti, was soll das denn? Weißt du, ich bin auch nicht begeistert, dass Kathrin die neue Frau an Hubertus' Seite ist. Aber wenn ich meinen ganzen persönlichen Ärger darüber ausblende, so muss ich sagen, dass sie eine tolle, warmherzige Frau ist. Sie wird Hubertus bestimmt glücklich machen. Und die Kinder mögen sie auch. Gib den beiden eine Chance. Und wenn du den beiden eine Chance gibst, werden sie dir und Carl auch eine Chance geben.«

Lotti sah mich zweifelnd an. »Du meinst also, ich soll die Einladung annehmen?«

»Wenn du Carl magst, unbedingt!«

Lotti lächelte vorsichtig.

»Trotzdem finde ich es natürlich schade, dass du heute Mittag dann nicht bei uns sein kannst«, sagte ich.

»Aber wir könnten ja heute Abend noch ein wenig feiern, hier, mit allen. Ich bereite alles vor.« Entschlossen stemmte sie die Hände in die Hüften.

»Wirst du Kathrin dazu einladen?«

»Nein!«

»Überlege es dir noch mal. Lotti, es tut mir leid, aber Hubertus und ich werden nie wieder zusammenkommen, und da wäre es doch schön, wenn er eine andere liebe Frau an seiner Seite hätte, oder?«

Gott, was war ich nett, mich so für Kathrin und Hubertus ins Zeug zu legen. Aber ich hatte in der Zwischenzeit begriffen, dass es weitaus schlimmer wäre, wenn Hubertus eine Frau hätte, die meine Kinder nicht mochte.

Lotti stand auf. »Das muss nicht jetzt entschieden werden.«

Ich sah auf die Uhr. »Ja, wir sollten los. Ich muss Leonie vor dem Kindergarten noch in der Schule absetzen. Ihr Fahrrad steht ja in Ottensen.«

Während ich nach den Kindern rief, überlegte ich, wie wir den heutigen Tag verbringen könnten. Ich hatte mir freigenommen, sodass ich genügend Zeit hatte. Schade, dass Lotti heute Mittag bereits verabredet war. Ob Carl ihr wirklich einen Antrag machen würde? Ich beschloss, Hubertus anzurufen und ihn zu fragen, wo wir essen gehen könnten. Es waren schließlich auch seine Kinder. Da sollte er sich ruhig auch mal Gedanken machen.

Ich rief ihn auf dem Handy an.

»Dansmann«, meldete er sich förmlich wie immer.

Mein Gott, er sah doch meine Nummer auf dem Display, oder hatte er mich bereits aus seinem Verzeichnis gelöscht?

»Hier auch Dansmann – zumindest vorläufig noch«, antwortete ich schnippisch.

»Was ist los? Ist die Feier im Kindergarten abgesagt worden?«

Das würde dir so passen, dachte ich. »Nein, aber ich überlege gerade, wo wir danach alle zusammen essen gehen könnten. Vielleicht hast du ja eine gute Idee.«

»Keine Ahnung, wo ihr danach essen geht. Ich muss nach dem Kindergartenfest gleich wieder in die Bank.«

Ich war fassungslos. »Hubertus, das ist nicht dein Ernst. Bei Leonie sind wir damals auch zusammen essen gegangen. Dafür kannst du dir ja wohl mal die Zeit nehmen. Ich habe mir heute auch einen Urlaubstag genommen.«

Er lachte verächtlich. »Klar, bei dir fällt das wahrscheinlich auch nicht auf, ob du im Büro bist oder nicht. Aber ich, liebe Victoria, trage nun mal Verantwortung. Das hast du ja leider schon in den letzten zehn Jahren nicht begriffen.«

Ich schluckte eine heftige Erwiderung hinunter. Es hatte keinen Zweck mit ihm. Schade war nur, dass ich für diese Erkenntnis tatsächlich zehn Jahre gebraucht hatte. Mal schauen, wie Kathrin das Leben mit ihm meistern würde.

»Außerdem – was regst du dich so auf? Meine Mutter kommt doch mit.«

Ich hielt es für besser, ihm nichts von dem bevorstehenden Date zwischen seiner Mutter und Carl Schrader zu erzählen. Er würde einen Anfall bekommen.

»Gut, dann sehen wir uns gleich im Kindergarten«, sagte ich nur, bevor ich ihn wegdrückte.

Während der Autofahrt gab ich mir redlich Mühe, gute Laune zu verbreiten – leider ohne Erfolg. Lotti sagte keinen Ton, wahrscheinlich war sie mit ihren Gedanken schon im *Louis C. Jacob* und bei Carl. Leonie maulte, weil sie in die Schule musste, obwohl sie lieber mit zur Abschiedsfeier kommen wollte, aber ich blieb hart. »Wenn deine Noten etwas besser wären, könntest du gerne mal einen Tag schwänzen. Bei deiner derzeitigen schulischen Leistung ist das aber echt nicht drin.«

Sie schnitt eine Grimasse und schmollte, doch als wir an ihrer Schule hielten, verabschiedete sie sich sehr liebevoll von

Vincent. »Viel Spaß, Vinci! Vergiss nicht: Für mich bist du immer der Größte und Beste.«

Die beiden umarmten sich, und mein Mutterherz schmolz dahin. Lotti warf sie eine Kusshand zu. Auch wenn sie mich als Einzige keines Blickes würdigte, fand ich doch, dass das ein guter Start in den Tag war.

Zehn Minuten später erreichten wir den Kindergarten. Es war bereits einiges los, sodass ich eine ganze Weile nach einem Parkplatz suchen musste.

Ich nahm meinen Korb mit den Muffins aus dem Auto, und Lotti trug einen Apfelkuchen, den sie gestern noch gebacken hatte. Vincent gab ich einen zärtlichen Schubs. »Nun komm! Papi ist bestimmt schon da.«

Ich hatte recht. Vor dem weißen Kindergartentor, das mit bunten Luftballons geschmückt war, stand Hubertus, geschniegelt und gegelt wie immer. In seinem dunklen Businessanzug wirkte er an diesem Ort genauso fehl am Platz wie Constantin in Tonis Pizzeria.

»Huhu, Hubertus«, rief Lotti ihm zu.

»Er ist da!«, kreischte Vincent aufgeregt und riss sich von mir los.

Ich war verblüfft. So sehr hatte sich Vincent bisher noch nie über den Anblick seines Vaters gefreut. Aber anstatt zu Hubertus zu laufen, rannte er an ihm vorbei und warf sich in die Arme von – Kristian.

Neben dem Eingang standen tatsächlich Kristian, Anna und Manfred. Mein Herz zog sich zusammen vor Freude und Rührung. Die drei Langschläfer waren tatsächlich zu dieser frühen Stunde aufgestanden, um zu Vincents Abschiedsfeier zu kommen.

»Was macht ihr denn hier?«, rief ich und lief ihnen entgegen.

»Na, Vincents Auftritt wollten wir auf keinen Fall verpassen«, strahlte Anna.

Ich umarmte sie, dann küsste ich Manfred etwas unbeholfen auf die Wange und schaute schließlich Kristian in die Augen. »Es ist schön, dass ihr da seid. Auch du, trotz der kurzen Nacht«, lächelte ich ihn an. Es war gestern schon halb zwei gewesen, als wir wieder zu Hause angekommen waren.

»Du weißt, wie wichtig mir Vincent ist.«

In dem Moment stießen Hubertus und Lotti zu uns.

»Na, das ist ja eine Überraschung! Herr Schröder, schön, Sie zu sehen. Ihr Bruder hat mir gestern von Ihren großen Plänen für die Tischlerei erzählt. Herzlichen Glückwunsch!«, sagte Hubertus und schüttelte Kristians Hand.

»Danke, danke«, antwortete Kristian abwinkend.

Große Pläne für die Tischlerei? Wovon redete er?

Meinem fragenden Blick wich Kristian jedoch geschickt aus, indem er sich Lotti zuwandte. Wow, dann schien es sich an der Ostsee um ein größeres Projekt zu handeln, sonst wüsste Hubertus sicherlich nicht davon. Ich nahm mir vor, Kristian später ausgiebig nach seinen Plänen zu befragen.

Nachdem Lotti allen die Hand gegeben und ein paar Worte mit Kristian gewechselt hatte, hob Kristian Vincent auf seine Schultern und trabte mit ihm, Manfred und Anna im Schlepptau, in den Kindergarten.

Hubertus hielt mich am Ärmel fest. »Ich verstehe nicht ganz, warum Kathrin nicht mitkommen darf, dein Lover hier aber willkommen ist«, zischte er mir zu.

»Ach, ist das dein neuer Lebensgefährte?«, fragte Lotti interessiert und sah Kristian nach.

»Nein! Erstens ist Kristian nicht mein Lover oder Lebensgefährte, und zweitens ist er wegen Vincent hier. Das seht ihr doch!«

»Er ist sehr sympathisch. Vincent scheint ihn zu mögen«, sagte Lotti bedächtig.

Ich lächelte sie dankbar an.

Hubertus lachte nur verächtlich. »Dann hätte ich ja gar nicht zu kommen brauchen. Im Übrigen, Mutter, verstehe ich nicht, dass du wegen Kathrin so einen Aufstand machst, aber Victorias neuen Freund so sympathisch findest.«

Oh, bitte jetzt keinen Familienstreit vor dem Kindergarten!

Lotti strich ihrem Sohn liebevoll über den Arm. »Hubi, ich habe nichts gegen deine Kathrin. Ich mache heute Abend eine kleine Feier für Vincent bei uns. Lade sie doch ein, ja?«, schlug sie ihm fröhlich vor.

Der guckte daraufhin so verdutzt, dass ich fast laut aufgelacht hätte.

»Und du bringst auch deinen neuen Partner mit, ja?«, sagte sie dann großzügig zu mir und wandte sich zum Gehen. »Nun kommt, Vincis Auftritt beginnt gleich.«

»Hast du meine Mutter unter Drogen gesetzt, oder was ist los?«, raunte mir Hubertus zu, sobald Lotti außer Hörweite war. »Gestern hat sie noch rumgeschrien, dass Kathrin keinen Fuß ins Haus setzen darf. Verstehst du das?«

Ich grinste. »Wahrscheinlich ist sie so großzügig, weil sie nun auch einen neuen Partner hat.«

Hubertus sah mich begriffsstutzig an. »Wen denn? Du meinst hoffentlich nicht diesen beschränkten Carl Schrader, oder? Da bist du aber auf der ganz falschen Spur.«

Ich zuckte mit den Schultern und lief den anderen hinterher.

Am Eingang standen Ulrike und Andrea und winkten mir scheinheilig zu. Ulrike trug einen überdimensional großen Hut, als wäre sie auf dem Weg zu einem Pferderennen.

»Hallo, Victoria. Das ist ja schön, dass die ganze Familie

Dansmann mal wieder komplett ist. Habt ihr euch wieder versöhnt?«, fragte sie betont freundlich.

»Oh, bei uns ist alles bestens! Toller Hut«, erwiderte ich ebenfalls mit zuckersüßer Stimme.

»Findest du? Er verdeckt doch fast Ulrikes ganzes Gesicht«, bemerkte Andrea kritisch.

»Darum gefällt er mir ja auch so gut«, sagte ich und ging lächelnd weiter.

Am Kuchenbüfett neben der Garderobe deponierte ich erst einmal meine Muffins zwischen all den anderen mitgebrachten Kuchen und Süßspeisen. Ein dicklicher Mann mit Brille beobachtete mich dabei.

»Schatz, kommst du bitte.« Die Frau mit dem Pagenkopf rauschte um die Ecke. »Mein Gott, wir hatten auf der Versammlung doch besprochen, dass es nicht so viel Süßkram geben soll!« Böse funkelte sie mich an.

»Oh, ich wollte eigentlich selbst gemachte Bio-Reiskräcker mitbringen, aber die Frau da draußen mit dem großen Hut bestand auf Schokomuffins«, log ich.

Mit zusammengekniffenen Lippen stampfte der Pagenkopf Richtung Ulrike.

Plötzlich sauste Vincent um die Ecke. »Mami, du musst jetzt reingehen und dich hinsetzen. Es geht gleich los!«

»Okay, ich lauf noch schnell zu Frau Probst und sag ihr, dass du doch nicht vorspielen möchtest.«

Vincent hielt mich fest. »Nein, nein, ich will doch vorspielen! Kristian, Anna, Papi und Omi wollen es unbedingt hören, und Manfred drückt mir ganz doll die Daumen, hat er gesagt.«

Ich sank vor ihm auf die Knie. »Bist du dir jetzt auch ganz sicher?«

Vincent nickte ernst. Dann drehte er sich um und rannte zurück in den Gruppenraum.

Ich schloss kurz die Augen. Vielleicht sollte ich mich hinter Ulrike setzen und ihr die Hutkrempe komplett über die Rübe ziehen, dachte ich. Dann müsste ich ihr hämisches Grinsen nicht sehen, wenn alles schiefging. Ich drehte mich um und sah, wie sie das Ungetüm gerade vom Kopf nahm. Schade eigentlich.

»Geht es bald los? Ich kann schließlich nicht ewig bleiben«, zischte Hubertus mir von hinten zu.

Genervt wandte ich mich ihm zu. »Unterhalte dich doch noch ein bisschen mit deiner Mutter.«

Wo war Lotti überhaupt? Als ich mich suchend nach ihr umsah, klatschte Frau Probst in die Hände und rief: »So, wenn Sie nun bitte alle Platz nehmen wollen! Unsere Vorstellung beginnt in wenigen Minuten.«

Hubertus marschierte sofort los.

Gerade als ich ihm folgen wollte, hielt mich Kristian an der Hand fest. »Vincent wird das ganz toll machen. Hab Vertrauen in ihn und Manni.« Er ließ meine Hand wieder los und schob mich sanft an den Schultern in den Gruppenraum.

Der gelb gestrichene Saal war komplett mit einfachen Holzbänken und Kinderstühlen vollgestellt, von denen die meisten schon von schwatzenden Müttern und gelangweilten Vätern besetzt waren. Lotti entdeckte ich in der ersten Reihe. Hoheitsvoll fächelte sie sich mit dem von den Kindern selbst gebastelten Programmheft Luft zu. Hubertus saß in einer der hinteren Reihen am Rand. Ein günstiger Ort, um unauffällig verschwinden zu können, falls die Bank anrief, dachte ich gehässig und setzte mich mit Kristian und Anna in die erste Reihe neben Lotti. Von dort aus würde ich wenigstens die hämischen und entsetzten Blicke der anderen nicht sehen können.

Frau Probst betrat die Bühne. »Liebe Eltern, Großeltern

und Geschwister unserer diesjährigen Vorschulkinder, ich begrüße Sie alle aufs Herzlichste. Auch dieses Jahr haben unsere Kinder extra für den heutigen Tag ein selbst geschriebenes Musical einstudiert, das sie Ihnen nun präsentieren möchten. Die Aufführung wird eröffnet von Vincent Dansmann und seinem Klavierlehrer Manfred Janus.« Sie ging zur Seite, und das Publikum klatschte brav.

Ich verhakte nervös meine Finger ineinander und beobachtete gebannt, wie Vincent mit ernster Miene zum Klavier schritt. Er deutete eine kurze Verbeugung an und setzte sich. Dann schlug er nacheinander drei verschiedene Tasten an.

Auf einmal setzte sich Manfred neben ihn. So schnell und gewandt hatte ich ihn nie zuvor erlebt. Und dann spielten die beiden vierhändig.

»Oh, wie schön! Das ist doch die ›kleine Nachtmusik‹ von Mozart«, flüsterte Lotti neben mir ganz gerührt.

Es war unglaublich. Ich hörte die scheinbar zusammenhanglosen Töne, die Vincent mir vor einiger Zeit vorgespielt hatte, überhaupt nicht mehr heraus. Stattdessen ergab sich aus dem Spiel der beiden eine wunderschöne Melodie. Ob es tatsächlich ein Stück von Mozart war oder eine Eigenkomposition von Manni, konnte ich nicht sagen. Es war mir ein Rätsel, wie er es schaffte, es so bezaubernd klingen zu lassen, denn in Wirklichkeit konnte Vincent doch nur ein paar Tasten drücken. Wenn ich es nicht besser gewusst hätte, wäre ich in diesem Moment selbst davon überzeugt gewesen, dass mein Sohn einen wichtigen Part innehatte.

Als Vincent und Manni endeten, jubelte der ganze Saal.

»Bravo!«, rief Lotti und teilte dem Vater neben sich gleich ungefragt mit, dass Vincent ihr Enkel sei.

»Wo hast du nur diese Koryphäe von einem Klavierlehrer aufgetrieben? Der hat ja wahre Wunder bei deinem Sohn vollbracht! Kannst du mir seine Nummer geben?«, flüsterte mir Ulrike von hinten zu.

»Frag ihn selbst«, antwortete ich, ohne mich zu ihr umzudrehen.

Dann drückte ich ergriffen Kristians Hand. »Ich hätte das wirklich nie für möglich gehalten. Du hattest recht, Kristian, ich habe Manni total unterschätzt.«

Ich spürte förmlich, wie die Anspannung der vergangenen Tage schlagartig von mir abfiel und einer großen Erleichterung wich. Das darauf folgende Musical nahm ich kaum wahr. Ich war viel zu aufgewühlt und unendlich dankbar, wie gut Vincents Auftritt abgelaufen war.

»Also Vicci, ganz toll! Du musst Vincents musikalisches Talent unbedingt weiterfördern. Der kann Karriere machen«, sagte Lotti so laut, dass es jeder in den ersten drei Reihen gut verstand.

»Psst! Können Sie nicht leiser reden? Ich möchte auch meinen Sohn hören«, raunte der Mann neben ihr genervt.

»Nur keinen Neid! Es kann schließlich nicht jeder so ein Talent haben wie mein Enkel.«

Beschwichtigend legte ich meine Hand auf Lottis Knie und bat sie ebenfalls um Ruhe, bevor die Situation eskalierte. Vincent selbst saß mit überglücklichem Gesicht am Rand der Bühne. Gerade ging Hubertus zu ihm und umarmte ihn. Er sagte etwas, und Vincent lachte freudestrahlend. Manfred dagegen konnte ich nirgends entdecken.

Nachdem das Musical zu Ende war und sich alle Kinder unter tosendem Applaus mehrmals verbeugt hatten, verkündete Frau Probst, dass das Büfett nun eröffnet sei.

Lotti und ich liefen zu Vincent und umarmten ihn endlich.

»Schatz, du warst so toll! Ich bin so stolz auf dich!«

Er strahlte. »Danke, Mami! So viel hab ich gar nicht gespielt. Manfred hat …«

Ich legte ihm einen Finger an die Lippen. »Psst! Künstler verraten nie ihre Tricks, Vinci! Du hast ganz toll gespielt, und nur das zählt, okay?«

Er nickte und machte sich von mir los.

»Vincent, du warst eindeutig der Beste von allen!«, rief Lotti mit schriller Stimme.

»Pst!«, machte ich erschrocken. Wie peinlich! Sie benahm sich ja noch schlimmer als Ulrike.

»Papi meint, ich bin ein echter Künstler! Er ist übrigens schon weg.«

Während Vincent stolz zu Anna lief, die ihn ebenfalls überschwänglich umarmte und küsste, blickte Lotti nervös auf die Uhr. »Wollen wir dann bald mal nach Hause? Ich muss mich ja auch noch fürs Mittagessen umziehen!«

»Ja, gleich, ich möchte nur noch kurz mit Manfred sprechen.« Ich sah mich suchend um und entdeckte ihn natürlich am Kuchenbüfett. Neben ihm stand Ulrike. Ich blieb in sicherer Entfernung stehen und belauschte die beiden.

»Das war großartig, Herr Janus. Ich hätte nie gedacht, dass der kleine Vincent zu solchen musikalischen Leistungen fähig ist. Er war ja nie besonders musikalisch, wissen Sie. Aber da zeigt sich ganz klar Ihr professionelles Können. Sie müssen unbedingt meinen Sohn Timmi kennenlernen, er ist nämlich sehr musikalisch«, redete Ulrike auf Manfred ein, der damit beschäftigt war, Kuchen und Süßspeisen auf seinen Teller zu stapeln.

Dann sah er Ulrike zum ersten Mal an, die daraufhin sofort Timmi zu sich heranzog. »Das ist mein Sohn Tim. Er kommt ganz nach mir.«

Manfred stopfte sich einen Schokomuffin in den Mund und nickte Timmi zu: »Na ja, nimm's nicht so schwer. Hauptsache, du bist gesund.«

Timmi guckte ihn mit großen Augen an, und auch Ulrike war kurz aus dem Konzept gebracht. Doch dann plapperte sie unbeirrt weiter. »Bislang hat Timmi sehr erfolgreich Blockflöte gespielt, aber ich denke, Klavier würde seinem Talent mehr entsprechen. Wann hätten Sie denn noch Termine frei?«

Manfred schüttelte den Kopf. »Schaut schlecht aus. Ich gebe keinen Klavierunterricht.«

Jetzt war Ulrike komplett verwirrt. »Ja, aber Vincent hat doch auch Unterricht bei Ihnen, oder etwa nicht?«

Manfred zog das letzte Stück des Muffins durch die Sahne seines Tiramisus und schob es sich genüsslich in den Mund. »Vincent ist ein echtes Talent, aber das ist bei den wenigsten der Fall. Und jetzt muss ich los. Ich vertrage es nicht, so lange mit schreienden Kindern in einem Raum zu sein.«

»Könnte ich mich in den nächsten Tagen noch mal bei Ihnen melden?« Ulrike gab einfach nicht auf.

»Klar können Sie sich melden – aber nicht bei mir«, brummte Manfred und spazierte davon.

Ich fing ihn ab. »Manni, vielen, vielen Dank! Das werde ich dir nie vergessen.«

Er wischte sich seinen Mund mit einer Serviette ab. »Gibt es hier eigentlich auch was zu trinken?«, fragte er nur.

Ich lächelte. »Lauwarmen Kakao oder Leitungswasser. Wenn du aber Lust auf ein kühles Bier hast, komm doch gleich mit Anna, Kristian und dem Rest mit zum Mittagessen. Ich lade euch alle ein.« Der Gedanke war mir gerade eben gekommen. Wenn Lotti und Hubertus keine Zeit hatten, könnten wir auch mit Kristian, Anna und Manfred essen gehen. Vincent würde sich darüber sogar noch mehr freuen.

Manfred war einverstanden und marschierte mit leuchtenden Augen nach draußen.

Im Gruppenraum entdeckte ich Vincent, der Hand in Hand

mit Anna und Kristian durch den Saal marschierte und den beiden alles zeigte. Ich hielt kurz inne und beobachtete die drei. Sie wirkten wie eine Insel der Seligkeit, und ich fühlte eine tiefe Dankbarkeit in mir, dass Kristian und Anna und natürlich auch Manfred in unser Leben getreten waren.

»Hey, ihr drei«, rief ich ihnen zu. »Was haltet ihr davon, wenn wir gleich alle zusammen essen gehen? Ich lade euch ein!«

Vincent jubelte. Anna und Kristian nickten erfreut.

Bevor Vincent ins Freie stürmen konnte, hielt ich ihn am Ärmel fest. »Vincent, du musst dich noch von Frau Probst verabschieden«, sagte ich streng und deutete mit dem Kopf in ihre Richtung.

»Okay.« Er zog Anna und Kristian hinter sich her. »Tschüss, Frau Probst!«

Frau Probst bedachte ihn mit einem wohlwollenden Blick, dann musterte sie Anna und Kristian. »Na, Vincent, wen hast du denn da mitgebracht?«

Bevor Anna, Kristian oder ich etwas erwidern konnten, rief Vincent: »Anna und Kristian sind meine Familie.«

Einen Augenblick lang herrschte überraschtes Schweigen. Ich schaute zu Anna und Kristian und sah, dass die beiden genauso gerührt über Vincents Worte waren wie ich. Familie. Bis vor Kurzem zählte ich Hubertus und Lotti zu meiner Familie. Allerdings hatte ich in den elf Jahren, die wir zusammen waren, niemals so einen Rückhalt und eine Geborgenheit gespürt wie bei meinen Mitbewohnern. Wer hätte das gedacht?

Frau Probst schien von der Wirkung, die Vincents Worte auf uns hatten, nichts mitzubekommen. »Vincent, auf alle Fälle wünsche ich dir für deinen weiteren Lebensweg alles erdenklich Gute. Denke immer daran, dass …«

»Jaja, tschüss, Frau Probst!«, fiel ihr Vincent ins Wort und zog Anna und Kristian mit sich.

»Gehören die beiden wirklich zu Ihrer Familie?«, erkundigte sich Frau Probst neugierig bei mir.

Ich sah sie an und überlegte einen Moment lang, was ich antworten sollte. Dann fiel mir ein Spruch ein, den ich mal in einer Zeitschrift gelesen und ausnahmsweise behalten hatte. »Das Band, das die wahre Familie verbindet, ist keines aus Blut, sondern eines aus Liebe«, trug ich ihr feierlich vor.

Frau Probst starrte mich entgeistert an. Wahrscheinlich fragte sie sich, ob ich mich irgendeiner Sekte angeschlossen hatte. »Also dann, alles Gute«, sagte sie steif und wandte sich ab.

Beschwingt verließ ich den Kindergarten.

Draußen zog Lotti mich unsanft beiseite. »Schnell, lass uns gehen. Da hinten am Zaun steht so ein finsterer Typ. Vielleicht sollte der Kindergarten vorsichtshalber die Polizei rufen.«

Ich folgte ihrem Blick und entdeckte Alfi, der uns nun ebenfalls gesehen hatte.

»O nein, schneller. Der hat's auf uns abgesehen«, rief Lotti mir und Vincent zu und war drauf und dran zu flüchten.

»Lotti, warte, das ist Alfi«, sagte ich, doch sie schien mir gar nicht zuzuhören. In Schockstarre verfallen starrte sie Vincent hinterher, der in Alfis Arme rannte und von ihm durch die Luft gewirbelt wurde. Dann stieß sie einen erstickten Schrei aus.

Bevor sie einen Herzinfarkt erleiden konnte, legte ich ihr beruhigend die Hand auf den Arm. »Lotti, du musst keine Angst haben. Das ist Alfi, den kennen wir.«

»Du kennst diesen Kerl?«, fragte sie entsetzt.

Gut, ich war genauso geschockt gewesen, als ich Alfi das erste Mal gesehen hatte. Leider hatte er auch heute wieder eines seiner primitiven Sprüche-Shirts an, das sich über seinen tätowierten Oberarmen spannte. »Hey, scharfe Braut, ich wollte nur kurz dem Zwerg gratulieren, dass er die Krippe lebend überstanden hat.«

Ich lächelte ihn an, dann räusperte ich mich und warf einen besorgten Blick auf Lotti. »Alfi, ich würde dir gerne meine Schwiegermutter vorstellen, Lieselotte Dansmann.«

Anstatt ihn zu grüßen, starrte Lotti völlig entgeistert auf Alfis schwarzes T-Shirt, auf dem *Ich wär gern ein Löwe: Bumsen, Fressen, geile Frisur* stand. Okay, ein bisschen konnte ich ihre Fassungslosigkeit nachvollziehen.

»Lotti, das ist Alfi, ein guter Freund von uns«, sagte ich, bevor Alfi den Mund aufmachen konnte. Trotz seines gewöhnungsbedürftigen Aussehens wusste ich ja inzwischen, dass er ein gutes Herz hatte.

»Schön, dann lasst uns jetzt bitte fahren. Vincent, steig sofort ins Auto«, befahl Lotti. Offensichtlich wollte sie keine Sekunde länger mit Alfi verbringen.

»Wow, danke! Ich hätte nie gedacht, dass du mich mal als einen deiner Freunde bezeichnen würdest«, staunte Alfi.

»Hätte ich mir vor ein paar Wochen auch nicht vorstellen können«, zwinkerte ich ihm zu. »Aber es stimmt. Und es ist total nett von dir, dass du an Vincents Abschiedsfeier gedacht hast und dass du uns neulich ins *Sky* geschleust hast.«

»Kein Problem. Und wegen dieser Kleinigkeiten bezeichnest du mich jetzt schon als Freund?«

»Na ja, es war auch richtig lieb von dir, dass du Kristian zum *Sky* geschickt hast.«

»Was soll ich gemacht haben?«, wunderte sich Alfi. »Da hast du definitiv was falsch verstanden. Kristian stand neben mir, als du angerufen hast, und wollte sofort wissen, wo du bist und bei wem. Ich fand's voll asozial, dass er dann abgehauen ist. Eigentlich wollten wir nämlich ein Bier trinken gehen. Aber was soll's. Du scheinst ihm echt viel zu bedeuten.«

Ich starrte ihn an. »Meinst du wirklich?«

»Bist du blind, oder was?«, fragte Alfi zurück.

»Aber er sieht doch nur eine Freundin in mir, oder?«

»Das musst du ihn fragen. Ich muss jetzt los. Wichtiger Auftrag ganz in der Nähe.«

Ich nickte und umarmte ihn. Dabei unterdrückte ich ein Grinsen – fünf Meter weiter stand Ulrike samt ihrer Familie und starrte uns mit offenem Mund an.

»Wenn das dein neuer Lebensgefährte ist, werde ich dafür kämpfen, dass dir das Sorgerecht für die Kinder entzogen wird«, presste Lotti aus zusammengebissenen Zähnen hervor, als ich ins Auto stieg.

»Lotti, ich weiß, Alfi sieht etwas gewöhnungsbedürftig aus, und ich habe am Anfang genauso gedacht wie du, aber er ist ein herzensguter Mensch.«

»Victoria, hast du sein T-Shirt gesehen? Dieser Mann ist indiskutabel. Ich bin mehr als geschockt, dass du das nicht auch so siehst.«

Ich schwieg, um Lotti nicht noch mehr anzustacheln. Bis vor ein paar Monaten hatte ich die Welt noch mit ihren Augen gesehen. Ansehen, Reichtum, gutes Aussehen waren die Dinge, die gezählt hatten. Allerdings hatte ich erst echte Freunde gefunden, als ich lernte, hinter die Fassade eines Menschen zu schauen. Alle vier – Kristian, Anna, Manfred und Alfi – waren zum Abschiedsfest meines Sohnes gekommen, und keiner von ihnen hatte es als Zeitverschwendung empfunden wie Hubertus.

»Wer ist denn jetzt dein neuer Lebensgefährte?«, unterbrach Lotti meine Gedanken.

»Constantin von Holt. Er führt ein Medienunternehmen.«

Lotti guckte beeindruckt und erleichtert zugleich. »Na, das ist doch in Ordnung.«

Als ich sie dann vor meinem alten Zuhause in Othmarschen absetzte, war sie reichlich nervös. »Mein Gott, Victoria, ich weiß einfach nicht, wie ich mich bei Carl gleich verhalten soll«, flüsterte sie mit einem Blick auf Vincent, der aber über Kopfhörer *Benjamin Blümchen* hörte und nichts von unserem Gespräch mitbekam.

»Hör auf dein Herz, dann kannst du gar nichts falsch machen.«

Lotti strich sich über die Augen. »Ach, wenn das so einfach wäre. Was sollen denn die Leute denken?«

»Lotti, anderen Leuten ist es egal, ob du glücklich oder traurig bist. Willst du auf dein Glück verzichten, nur weil irgendwelche Leute eine Meinung haben könnten?«

Unschlüssig sah sie mich an. »Hm, dass dir die gesellschaftliche Meinung egal ist, habe ich ja gerade erlebt.« Sie wandte sich zum Gehen. »Bis heute Abend, Victoria.«

»Viel Glück, Lotti!«, rief ich ihr nach.

Wir holten Leonie von der Schule ab und fuhren zum nächstgelegenen Steakhaus, wo die anderen bereits auf uns warteten.

»O Mann, dieses Weib hat mich gar nicht in Ruhe gelassen.« Manfred schüttelte den Kopf und griff sich an die Stirn.

»Du meinst Ulrike?«, fragte ich grinsend.

»Ulrike? Die sah eher aus wie Räuber Hotzenplotz. Was hat die denn bloß für Augenbrauen?«

»Sie lässt sich die Augenbrauen färben, um ihrem Gesicht mehr Ausdruck zu verleihen.«

»Einen echt gruseligen Ausdruck. Ich dachte erst, die wollte mich erschrecken.«

»Ich fand die anderen Väter viel schlimmer. Die haben mich alle angehimmelt. Haben die keine Frauen, oder was?«, sagte Anna dazwischen.

»Na, wenn die so einen Hotzenplotz zu Hause haben, ist doch klar, dass sie dich toll finden.« Kristian erhob sein Glas. »Trinken wir auf unseren Pianisten Vincent! Vinci, du hast einen super Auftritt hingelegt!«

Vincent strahlte und hielt sein Limonadenglas hoch.

»Kristian, jetzt erzähl endlich mal, wie es an der Ostsee war«, forderte ich ihn auf, nachdem wir alle angestoßen hatten.

»Genau, hast du wirklich die Tischlerei von deinem Freund in Kiel übernommen?«, hakte Anna nach.

Kristian nickte. »Ja, ist eine super Gelegenheit. Er selbst ist zu alt und war schon länger auf der Suche nach einem Nachfolger. Ich werde mich also künftig um viele namhafte Kunden im Norden kümmern dürfen, die ich von ihm übernommen habe.«

Ich war beeindruckt. »Das klingt ja großartig! Kannst du die Kunden denn auch von hier aus betreuen?«

»Teilweise. Solange ich aber noch keinen geeigneten Geschäftsführer für das Geschäft in Kiel gefunden habe, werde ich dort arbeiten.«

»Oh.« Ich versuchte, mir meine Enttäuschung nicht anmerken zu lassen.

»Heißt das, du lässt uns in der Villa allein?«, sprach Anna meine Ängste aus.

»Was heißt allein? Erstens komme ich hin und wieder nach Hamburg, und zweitens habt ihr doch noch Manni.«

Der schlürfte sein Bier, als ginge ihn das alles nichts an.

»Warum machst du das überhaupt?«, wollte Anna wissen.

»Es war an der Zeit«, antwortete Kristian, ohne mich dabei anzusehen.

Ich spürte, wie mir heiß wurde. Ich hatte ihn indirekt dazu gedrängt. Ohne meine Vorwürfe hätte er das Angebot vielleicht nicht angenommen. Aber andererseits war es eine großartige Chance für ihn.

»Und wann fährst du wieder?«, fragte ich.

»Heute Abend.«

In den enttäuschten Gesichtern von Vincent und Leonie spiegelte sich meine eigene Gemütslage wider.

Als ich nach dem Essen die Waschräume aufsuchte, hörte ich meine Mailbox ab. Constantin hatte mir eine Nachricht hinterlassen: »Hallo, Prinzessin, könntest du am Wochenende auch nach München kommen? Amelie feiert ihren Geburtstag und möchte uns unbedingt dabeihaben. Gib mir schnell Bescheid, für wann ich dir den Flug buchen soll. Bis dann!«

Amelie feiert ihren Geburtstag und möchte uns unbedingt dabeihaben? Mich ganz bestimmt nicht.

Ich spürte, wie wieder dieses Gefühl tiefer Unsicherheit in mir aufstieg, das mich während meiner Ehe mit Hubertus erbarmungslos im Griff gehabt hatte. Ich wollte nicht mit Amelie Schell konkurrieren, doch darauf würde es letztendlich hinauslaufen. Niemand auf ihrer Party würde verstehen, warum sich Constantin für mich, die mollige, geschiedene Mutti, entschieden hatte, obwohl ihn die schöne, schlanke Amelie so offensichtlich anhimmelte. Wahrscheinlich würde ihm ohnehin bald aufgehen, dass ich gar nicht so unkompliziert und lustig war, wie er dachte. Was also sollte ich tun? Eigentlich hatte ich gar keine Wahl. Ich würde den Kampf gegen Amelie aufnehmen müssen, denn die Alternative wäre nur die Trennung von meinem Traummann, und das wollte ich auf keinen Fall. Auch wollte ich mich nicht mehr verstellen, aber anscheinend ging es nicht anders.

Als ich an den Tisch zurückkehrte, hatte Kristian schon bezahlt.

»He, ich wollte euch doch einladen«, protestierte ich.

»Entschuldige, aber bald kommt so viel Geld in die Kasse, da muss ich erst mal mein altes loswerden«, grinste er.

»Angeber«, brummte Manfred und gähnte.

Anna sah auf ihr Handy. »Oh, schon fünf! Ich muss dringend noch mal in die Agentur. Morgen Abend eröffnet Lorenzo Portofino einen neuen Store in der City – ihr wisst schon, dieser total angesagte Designer –, und die Pressemappen müssen noch gepackt werden.«

»Soll ich dich schnell hinfahren?«, bot Kristian an.

»O ja! Du bist ein echter Schatz, danke!« Anna strahlte.

Ich räusperte mich. »Ich bringe die Kinder zu meiner Schwiegermutter, und dann fahre ich noch mal schnell nach Ottensen, bevor die Party steigt. Soll ich dich mitnehmen, Manfred?«

»Gute Idee, nach dem ganzen Kindergeschrei brauche ich dringend ein Schläfchen.«

Gemeinsam verließen wir das Steakhaus. Draußen umarmte ich Anna. »Sehen wir uns nachher noch?«, fragte ich Kristian.

»Ich glaube nicht. Ich fahre gegen Abend schon los.«

Ich biss mir auf die Unterlippe und nickte. Dann umarmte ich ihn steif. »Alles Gute, Kristian. Ich freue mich für dich.« Und das meinte ich ernst.

Er drückte mich sanft und küsste meine Haare. »Pass auf dich auf«, sagte er leise. »Und vergiss nicht, du selbst zu bleiben.«

Auf der Fahrt waren Manfred und ich ziemlich schweigsam, was in erster Linie daran lag, dass die Kinder ununterbrochen redeten. Während Manfred ab und zu lachte und hie und da eine Zwischenfrage stellte, hing ich meinen Gedanken nach.

Ich sollte glücklich sein, denn ich war mit Constantin zusammen. Dem Mann meiner Träume. Meine Eltern waren begeistert gewesen, als ich ihnen von uns erzählt hatte, und auch Lotti schien sich zu freuen. Außerdem hatte mein Sohn einen großartigen Auftritt hingelegt. Alles war bestens. Warum nur war mir so zum Heulen zumute?

»Alles in Ordnung?« Manfred schaute mich von der Seite an.

Ich nickte und realisierte, dass wir in unserer alten Straße angekommen waren. Am Gartentürchen hingen bunte Luftballons.

Langsam stieg ich aus und blieb neben dem Auto stehen, Vincent und Leonie rasten bereits zur Haustür und klingelten Sturm.

Jonathan öffnete. »Hey, mein Beileid. Jetzt fängt auch für dich die Schule an«, grinste er Vincent an, bevor die drei ins Haus drängten.

Dann kam Kathrin nach draußen. Sie wurde rot, als sie mich ansah. »Deine Schwiegermutter ist oben. Komm doch bitte rein.«

Ich steckte die Hände in die Hosentaschen. »Schon gut, ich muss noch mal kurz nach Ottensen.«

»Victoria?«

»Ja?«

»Lieselotte hat mir erzählt, dass du dich bei ihr sehr für mich eingesetzt hast. Danke! Das rechne ich dir hoch an.«

»Ist sie jetzt mit Carl verlobt?«

»Ja! Hubertus hat getobt, aber ich habe ihm gesagt, dass eine Patchworkfamilie nur funktioniert, wenn jeder Verständnis für den anderen hat, und wenn er das nicht einsähe, könnten wir unsere Beziehung auch gleich wieder beenden. Ich glaube, er hat es kapiert.«

Wow, nicht schlecht. Ich schaute ihr in die Augen und erinnerte mich an die Zeit, als wir noch eng befreundet waren.

Mein Schweigen veranlasste sie weiterzureden. »Ich weiß, dass du mich auf ewig hassen wirst, und du hast auch allen Grund dazu. Ich schwöre dir, dass ich dir immer den Vortritt lassen werde. Ich werde …«

Ich hob beschwichtigend den Arm. »Kathrin, ich hasse dich nicht. Okay, vielleicht habe ich dich mal ganz kurz gehasst, aber jetzt nicht mehr. Vincent und Leonie sind mir das Wichtigste, und solange du lieb zu ihnen bist – und ich weiß, dass du das bist –, musst du mir nirgends den Vortritt lassen. Hubertus ist jetzt dein Partner. Gut, das fühlt sich immer noch komisch für mich an, aber für die Kinder ist das die beste Lösung. Darum habe ich mich für dich bei Lotti starkgemacht. Hätte ja auch schlimmer kommen können«, sagte ich mit schiefem Grinsen.

»Du bist mir also nicht mehr böse?«, fragte sie.

Ich zuckte die Schultern. »Ein bisschen schon noch, aber da ich Hubertus nicht zurückhaben möchte, ist es eigentlich okay, dass du seine Freundin bist.«

Kathrin machte einen Schritt auf mich zu, um mich zu umarmen, aber ich wich zurück. »So weit bin ich noch nicht. Also dann, ich bin gleich wieder da.«

Als wir losfuhren, sah ich, dass Kathrin an der Tür stand und mir nachblickte.

»Und? Hast du ihr verziehen?«, fragte Manfred mit geschlossenen Augen.

»Woher weißt du denn von Kathrin?«, wunderte ich mich.

»Nun, ich habe eine ziemlich gute Antenne, wenn's um meine Freunde geht.«

»Ich habe aber nie mit dir über Kathrin gesprochen.«

»Reden wird überbewertet. Und? Hast du ihr verziehen?«

»Noch nicht ganz. Verzeihen ist leider nicht meine Stärke.«

Manfred nickte. »Ich weiß.«

Zu Hause gähnte er dann herzhaft. »Ich leg mich 'ne Runde aufs Ohr. Also bitte die nächsten zwei Stunden nicht stören.«

»Manfred?«

Unwirsch drehte er sich um. »Was gibt's denn noch?«

»Meinst du, ich soll am Wochenende zu Constantin nach München fahren?«

»Als Allererstes solltest du aufhören, andere nach ihrer Meinung zu fragen, klar?« Damit verschwand er im Flur.

Langsam ging ich die Treppe hoch und setzte mich in meinem Zimmer aufs Bett.

Natürlich hatte Manfred recht. Nicht andere, sondern ich musste über mein Leben entscheiden, und ich hatte mich doch für Constantin entschieden. Ich wählte seine Nummer.

»Victoria, hallo!«, freute Constantin sich und lachte ins Telefon. »Du glaubst nicht, wo ich gerade bin. Bei Gucci in der Maximilianstraße. Amelie will sich für die Party ein Kleid kaufen und bestand darauf, dass ich sie berate.«

»Ich wusste gar nicht, dass du so viel von Abendkleidern verstehst«, sagte ich und versuchte, nicht säuerlich zu klingen.

»Tu ich auch nicht. Aber Amelie meinte, ohne männliche Meinung würde ihr immer erst zwei Wochen später auffallen, dass ihr ein Kleid nicht steht.«

»Warum kauft sie ihr Kleid nicht bei Zalando? Da kann sie es nach zwei Wochen ohne Probleme zurückschicken.«

Constantin lachte, als hätte ich einen guten Witz gemacht. »Amelie, nimm das! Das sieht wirklich klasse aus!«, rief er und sagte dann leise ins Telefon: »Aber nicht mal halb so toll, wie du am Samstag aussehen wirst.«

Ich spürte, wie ich leichte Kopfschmerzen bekam. Wie sollte ich gegen eine Amelie Schell, die ein funkelnagelneues Gucci-Kleid trug, ankommen? »Lass uns später noch mal telefonieren«, schlug ich vor.

»Okay. Nur noch ganz kurz: In zwei Monaten bin ich auf ein großes Event in New York eingeladen. Da will ich dich auf alle Fälle dabeihaben. Also kümmere dich rechtzeitig um eine Kinderbetreuung.«

»Sonst fahre ich mit«, säuselte eine weibliche Stimme im Hintergrund. Das war dann wohl Amelie.

»Ich küss dich. Bis später«, sagte Constantin noch und legte auf.

New York? Darum werden mich bestimmt alle beneiden. Sogar die blöde Kuh im Gucci-Kleid wollte nur zu gerne mit mir tauschen. Sei glücklich, Victoria, sagte ich mir. Warum war mir nur so elend zumute? Irgendwie fühlte ich mich gerade mit allem überfordert.

Ich schaute in den Spiegel und massierte meine Schläfen. Es lag nur an diesem bescheuerten Abend, der mir bevorstand. Welche Frau ging schon gerne zu einer Party in ihrem ehemaligen Zuhause, um dort mit ihrer Exschwiegermutter zu feiern, die sich gerade mit dem Mann verlobt hatte, den man die letzten fünf Jahre gemieden hatte? Ganz zu schweigen davon, dass ich den Abend gemeinsam mit meinem Exmann und meiner Exfreundin verbringen musste. Wer bekam bei dieser Aussicht keine Depression?

Kristian fiel mir ein. Er würde es schaffen, dem Ganzen etwas Gutes abzuringen. Als ich ihn einmal gefragt hatte, wie er zu seiner beneidenswert positiven Einstellung gekommen war, hatte er mich ernst angesehen und gesagt: »Weißt du, wenn du in deinem Leben einmal wirklich etwas Schlimmes erlebst, dann regst du dich nicht mehr über Kleinigkeiten auf.«

Ich seufzte. Wahrscheinlich hatte er recht, und vielleicht würde der Abend auch gar nicht so schlimm werden.

Der Abend wurde noch viel, viel schlimmer.

Schon als Hubertus mir mit verkniffenem Mund die Tür öffnete und mich böse anfuhr: »Warum hast du meine Mutter darin bestärkt, den Antrag von dem Schrader anzunehmen? War das deine Rache, oder was?«, wäre ich am liebsten sofort wieder gegangen. Einzig der Kinder und Lottis wegen riss ich mich zusammen. Mit einem – wie ich hoffte – strahlenden Lächeln ließ ich Hubertus einfach stehen und ging ins Wohnzimmer, um den frisch Verlobten zu gratulieren. Doch auch Lotti und Carl wirkten reichlich angespannt.

»Jaja, danke, setz dich mal gleich zu Kathrin.« Lotti drückte mich unsanft aufs Sofa, wo ich mich neben einer eingeschüchterten Kathrin wiederfand. Überflüssig zu erwähnen, dass ein Gespräch zwischen ihr, Hubertus und mir nicht zustande kam. Worüber sollten wir auch reden? Wie nett es war, mal wieder auf der Sofagarnitur zu sitzen, die Hubertus und ich in glücklichen Zeiten gekauft hatten?

»Das Essen ist fertig«, rief Lotti, und wir erhoben uns erleichtert.

»Kathrin, Sie sitzen bestimmt gerne neben meinem Sohn, nicht wahr?«, fragte sie dann spitz und bedachte mich mit einem Hättest-du-mal-besser-aufgepasst-Blick.

Erschöpft ließ ich mich neben Carl nieder. Konnte es noch schlimmer werden? Ja, es konnte!

Die steife Unterhaltung während des Essens wurde von so schneidenden Blicken begleitet, dass mir jeglicher Appetit verging. Es war wie in einem Krimi ohne Leiche. Unausgesprochene Vorwürfe, Schuldzuweisungen und unterdrückte Wut lagen in der Luft. Hubertus musterte finster Carl, und Lotti beäugte kritisch Kathrin und gab mir ständig das Gefühl, dass es ja meine Schuld sei, dass wir keine intakte Familie mehr waren. »Jeder, wie er es mag und verdient«, sagte sie mehrmals mit einem strengen Seitenblick auf mich. Wir fühlten uns alle sichtbar unwohl, aber keiner sprach es aus. Einzig die Kinder schienen von der angespannten Atmosphäre der Erwachsenen nichts zu bemerken. Ausgelassen und fröhlich tobten sie durchs Haus.

Nach zwei Stunden hielt ich die schlechte Stimmung nicht mehr aus. Ich rief nach Leonie und Vincent und verabschiedete mich. Mein Gehen schien keiner zu bedauern, im Gegenteil. Ich hatte das Gefühl, alle waren erleichtert, dass einer weniger im Raum war.

Zurück in der Villa, berichtete ich Anna von dem Abend, aber sie konnte meine Gefühle nicht nachvollziehen.

»Ach, mach dir nicht so viele Gedanken. Das findet sich alles. Eine Patchworkfamilie ist doch mega! Alle zusammengewürfelt wie in einer WG.«

Tja, von außen betrachtet klang Patchworkfamilie wahrscheinlich nach Spaß und großer Gemeinschaft. Nur wenn man selbst mittendrin steckte, war vom Spaß nicht mehr viel übrig.

Die nächsten Tage kreisten meine Gedanken immer wieder um Lotti, Hubertus und Kathrin. Wie konnte es sein, dass das Zusammensein mit diesen Menschen, die mir mal so nahe gestanden hatten, so gruselig verlief? Würde das jetzt für immer so bleiben? An dem Abend hatte ich das erste Mal Hubertus und Kathrin zusammen erlebt. Leider ließ es mich nicht so kalt, wie ich gehofft hatte. Es hatte mir wehgetan zu sehen, wie Hubertus beim Aufstehen vom Sofa Kathrins Lippen mit seinem Mund gestreift oder wie sie ihm liebevoll am Tisch die Hand gedrückt hatte.

»Wieso stört dich das denn?«, fragte Emily ganz nüchtern, als ich ihr mittags in der Kantine davon berichtete. »Du hast doch jetzt Constantin. Oder willst du etwa Hubertus zurück?«

Nein, das wollte ich natürlich nicht, und darum ging es auch gar nicht. Ach, Mensch, Kristian würde mich verstehen, aber er hatte sich seit seiner Abfahrt nicht mehr gemeldet, und mein Stolz verbot es mir, ihn anzurufen. Es wäre auch nicht fair. Er war gerade dabei, sich etwas Großartiges aufzubauen. Wenn überhaupt brauchte er Zuspruch und nicht das Gejammer einer geschiedenen Frau.

Ich selbst musste jetzt auch nach vorne schauen. Es war gut, dass ich am Wochenende nach München fuhr. Es kostete mich zwar eine enorme Überwindung, die Kinder bei Kathrin und Hubertus zu lassen, aber daran musste ich mich gewöhnen. Je früher, desto besser. Schließlich hatte Hubertus das gleiche Recht, die Kinder zu sehen, wie ich. Leonie und Vincent freuten sich zudem sehr auf das Wochenende, sodass ich mal wieder die Einzige war, der der Abschied schwerfiel.

Erst im Flugzeug beruhigte ich mich etwas. Voller Vorfreude blickte ich dem Wiedersehen mit Constantin entgegen. Lächelnd dachte ich an die SMS, die er mir gestern Abend geschickt hatte. *Ich kann es kaum erwarten, bis ich meine Prinzessin wieder im Arm halte.* Etwas kitschig vielleicht, aber sehr lieb. Bei diesem Mann würde ich jetzt alles richtig machen. Wie hatte er bei unserem letzten Treffen gesagt? »Ich liebe deine unkomplizierte und lustige Art.« Gut, dann würde ich ab sofort unkompliziert und lustig sein. Zumindest wollte ich es versuchen.

Als das Flugzeug landete, erinnerte ich mich an meinen letzten Trip nach München. Voller Panik war ich durch die Schalterhalle gestürzt, um dem Mann meiner Träume meine Liebe zu gestehen. Niemals hätte ich es für möglich gehalten, dass mein Märchen wahr werden könnte.

Zufrieden schulterte ich meine Reisetasche und ging Richtung Ausgang, lässig, cool und unaufgeregt. Mein Herzschlag beschleunigte sich erst, als ich erkannte, dass Constantin nicht da war.

Mmh, vielleicht stand er im Stau oder hatte es nicht rechtzeitig aus dem Büro geschafft? Aber es war Samstagmorgen – arbeitete da überhaupt jemand im Verlag? Ich versuchte, ihn auf dem Handy zu erreichen, landete aber nur auf der Mailbox. Mir blieb also nichts anderes übrig, als mich auf eine der roten Bänke am Eingang zu setzen und zu warten.

Während ich da saß, beobachtete ich die ankommenden Passagiere. Es gibt kaum etwas Rührenderes als Menschen in der Ankunftshalle eines Flughafens. Stürmische Umarmungen, Freudentränen, rote Rosen und bunte Heliumluftballons zeugen von echten Glücksgefühlen. Richtig schön!

Richtig schön wäre es allerdings auch, wenn ich abgeholt werden würde.

Ich schaute auf die Uhr. Schon eine halbe Stunde saß ich hier herum. Allmählich schwand meine gute Laune. Dann fing ich an, mir Sorgen zu machen. Vielleicht war Constantin etwas zugestoßen? Vielleicht hatte er einen Unfall und lag bewusstlos in einem Krankenwagen?

Gerade als ich auf meinem Handy googelte, wie viele Krankenhäuser München hatte, öffnete sich die große Glastür und ein abgehetzter Constantin in Jeans und weißem T-Shirt eilte herein. Ich war so glücklich, ihn lebend und unversehrt zu sehen, dass ich ihm um den Hals flog.

»Es tut mir leid, Liebes«, entschuldigte er sich und küsste meine Haare. »Ich war joggen und hab total die Zeit vergessen.«

Joggen? Für vieles hätte ich Verständnis gehabt. Stau, Geschäftstermin, Unfall. Aber joggen? Gerade als ich mich entsprechend aufregen wollte, fiel mir mein Vorhaben aus dem Flugzeug wieder ein: unkompliziert und lustig zu sein.

»Das macht doch überhaupt nichts«, säuselte ich deshalb und hakte mich bei ihm unter. »Hauptsache, du bist jetzt da.« Na, das war doch wirklich sehr unkompliziert.

Constantin drückte mich fest an sich, was ich als Zeichen wertete, dass ihm meine Reaktion gefiel.

»Was machen wir jetzt?«, fragte ich unternehmungslustig, sobald wir im Auto saßen. »Einen romantischen Spaziergang im Englischen Garten, oder zeigst du mir deine Wohnung oder vielleicht dein Lieblingslokal?«

Constantin lächelte mich kurz von der Seite an. »Wir machen alles, was du willst! Zuerst fahren wir aber noch kurz bei meiner Schwägerin vorbei. Dann kannst du gleich meine Mutter kennenlernen.«

Ich sah ihn an und wartete darauf, dass er lachte als Zeichen dafür, dass dies ein Scherz gewesen war. Leider lachte er nicht.

»Deine Mutter?«, fragte ich vorsichtig.

»Ja, mein Vater und Bruder sind heute auf dem Golfplatz. Die lernst du dann beim nächsten Mal kennen.«

»Wie nett«, murmelte ich.

»Ich versuche, meine Familie jedes Wochenende wenigstens kurz zu sehen. Ich hoffe, das ist okay für dich?«, fragte er dann besorgt.

»Natürlich«, log ich tapfer. »Ich hatte dich gar nicht als Familienmenschen eingeschätzt.«

»Bist du jetzt enttäuscht oder begeistert?«

Kommt auf die Familie an, dachte ich. »Natürlich begeistert«, antwortete ich stattdessen lahm.

Wir hielten vor einer imposanten Villa im Bauhausstil.

»Gefällt es dir?«, fragte Constantin.

Ich betrachtete das weiße Anwesen. Alles wirkte eine Spur zu groß, zu protzig und zu sauber. »Hat dein Bruder keine Kinder?«

»Doch, Tessa und Antonia besuchen aber ein Internat in England und sind nur in den Ferien hier.«

Aha.

»Nun, es ist sehr modern und zeitlos«, erwiderte ich ausweichend. Unpersönlich hätte es besser beschrieben.

»Ich finde es fantastisch. Wenn ich in ein Haus ziehen würde, dann in genau so eines«, schwärmte Constantin.

Ich nickte und schwieg.

Constantin drückte auf die Klingel, und kurz darauf erschien eine große blonde Frau, die mich sofort unangenehm an Daniela Körner erinnerte. Blondierte hochgesteckte Haare, knochendürr und ein dunkelblaues, glänzendes Kostüm. Viel zu gestylt für einen Samstagvormittag.

»Wie schön, dass ihr da seid. Kommt herein«, sagte sie freundlich, doch ihre Augen blieben ernst. »Ich bin Evelyn von Holt«, stellte sie sich mir dann hoheitsvoll vor und reichte mir eine schlappe, kühle Hand.

»Schön, Sie kennenzulernen«, lächelte ich und fügte schuldbewusst hinzu: »Es tut mir leid, dass ich gar nichts mitgebracht habe.« Hätte Constantin mich etwas früher vorgewarnt, hätte ich am Flughafen wenigstens noch einen kleinen Blumenstrauß kaufen können.

Evelyn winkte ab. »Unsere Familientreffen sind immer total unkompliziert, da braucht keiner etwas mitzubringen.« Es wirkte jedoch hoch formell, als sie uns ins Wohnzimmer führte und bat, Platz zu nehmen. »Deine Mutter hat angerufen. Sie verspätet sich etwas«, sagte sie dabei lächelnd zu Constantin.

Auf dem Tisch vor uns stand ein Tablett mit einem Teeservice und einem Teller Gebäck. Da mein Frühstück schon wieder einige Stunden her war, griff ich gedankenverloren nach einem hellen Keks und steckte ihn mir in den Mund.

»Ich finde, wir sollten noch warten, bis Constantins Mutter

da ist«, rügte mich Evelyn streng, als ob es sich um ein Drei-Gänge-Menü handelte.

»Natürlich, Entschuldigung«, nuschelte ich und würgte rasch den Keks hinunter. Der Keks war so staubtrocken, dass ich gerne um ein Glas Wasser gebeten hätte, mich aber nicht traute. Sicherlich sollte auch damit gewartet werden, bis Constantins Mutter eintraf. Ich betete, sie möge bald erscheinen, denn das Sofa, auf dem wir saßen, war erstaunlich unbequem.

Während Evelyn uns von ihren Töchtern erzählte – eine der beiden hatte gerade irgendeinen bedeutenden Preis beim Golfen eingeheimst –, betrachtete ich ihr knochiges Dekolleté, das vom glänzenden Stoff des Kostüms eingerahmt wurde. Es sah fast nach einer Mangelernährung aus.

»Ernähren Sie sich vegan?«, unterbrach ich Evelyn mitten im Satz.

Von meiner Frage irritiert stoppte sie ihren Monolog und sah mich pikiert an. »Nein, wieso?«

Zum Glück ertönte in diesem Moment die Klingel, sodass es mir erspart blieb zu antworten, denn Evelyn sprang hektisch auf und eilte zur Tür.

»Sie scheint deine Mutter ja sehr zu lieben«, sagte ich zu Constantin.

»O ja«, lächelte er. »Evelyn ist ein unglaublich warmherziger Mensch.«

Warmherzig? Ich fand, sie war eher genau das Gegenteil – kalt wie ein Kühlschrank. Vielleicht lag es aber auch daran, dass ich sie nicht kannte. Allerdings verspürte ich auch nicht die geringste Lust, sie näher kennenzulernen.

»Mutter, hallo!« Constantin ging freudig auf die kleine drahtige Frau im eleganten Kostüm zu, die jetzt ins Wohnzimmer kam.

»Na, mein Großer, wie schön, dass du uns mal wieder weibliche Verstärkung mitbringst«, rief sie mit rauchiger Stimme und warf einen Blick auf mich, während Constantin sie umarmte.

Lächelnd stand ich auf.

»Na, Tino bringt uns doch ständig weibliche Verstärkung mit«, spottete Evelyn.

Constantin lachte nur und legte eine Hand auf meinen Rücken. »Mutter, darf ich dir Victoria Dansmann vorstellen. Victoria, das ist meine Mutter, Theresia von Holt.«

Freundlich gaben wir uns die Hand. Theresia von Holt hatte das gleiche sympathische Gesicht wie Constantin, ansonsten war sie eher klein und etwas beleibt.

Ich ließ mich wieder vorsichtig auf das Sofa nieder und blieb kerzengerade und mit beiden Händen im Schoß auf der äußersten Kante sitzen.

»Seit wann sind Sie denn mit meinem Sohn befreundet?«, wollte Constantins Mutter wissen.

Was sollte ich sagen? Die große Leidenschaft habe ich mit Ihrem Sohn vor ein paar Monaten erlebt, aber offiziell sind wir erst seit zwei Wochen zusammen? »Noch nicht sehr lange«, antwortete ich ausweichend.

»Victoria hat sich erst vor Kurzem von ihrem Mann getrennt. Solange musste ich noch warten«, erklärte Constantin mit einem Lächeln, während er galant meine Hand nahm und sie küsste.

»Verheiratet?«, fragte Evelyn so erschrocken, als hätte Constantin gesagt, ich sei gerade aus dem Gefängnis entlassen worden. »Haben Sie denn auch Kinder?«

»Ja, zwei«, antwortete ich.

Evelyn fasste sich mit einer dramatischen Geste ans Herz. »Oh, das tut mir für die Kinder immer so in der Seele weh! Die armen, armen Kinder!«

Hastig trank ich einen Schluck Tee, um meine aufsteigende Wut wieder in den Griff zu kriegen und nicht so etwas zu erwidern wie: »Mir tun Kinder leid, die ins Internat abgeschoben werden und deren Zuhause so unpersönlich aussieht wie die Seite eines Möbelkatalogs.« Natürlich sagte ich nichts dergleichen, sondern versuchte, weiterhin höflich zu lächeln.

Evelyn seufzte noch einmal theatralisch und erkundigte sich dann bei Constantin über die neuesten geschäftlichen Entwicklungen.

Als wir uns eine Stunde später verabschiedeten, stand für mich ganz klar fest, dass ich nicht noch einmal einen Vormittag mit dieser dämlichen Kuh verbringen wollte.

»Na, was hältst du von Evelyn und meiner Mutter?«, fragte Constantin, als wir im Auto saßen.

»Deine Mutter ist wirklich sehr nett«, sagte ich und meinte es auch ehrlich. Sie war offen und entspannt und nicht von so falscher Herzlichkeit wie diese eingebildete Ziege Evelyn.

»Da bin ich aber froh«, freute er sich. »Es ist mir nämlich sehr wichtig, dass du dich gut mit ihnen verstehst.«

O weh! Entweder müsste ich mir zukünftig ein anderes Gemüt zulegen, oder es würden schwere Zeiten auf mich zukommen.

Erst als wir im Biergarten saßen, konnte ich mich langsam entspannen. Zwar konnten wir auch dort keine Zweisamkeit genießen, weil sich eine Horde Studenten zu uns an den Tisch setzte, aber ich hatte endlich das Gefühl, wieder frei atmen zu können.

Irgendwann sah Constantin auf die Uhr und erschrak. »Vicci, wir müssen los. Amelies Feier fängt schon in zwanzig Minuten an.«

Hand in Hand liefen wir zum Auto und fuhren zu Constantins Wohnung, die sich mitten in der Stadt in einem noblen Eckgebäude befand.

Constantin parkte das Auto in der Tiefgarage, und wir fuhren mit dem Lift nach oben. Seine Wohnung bestand aus einem einzigen großen Raum, nur das Badezimmer war durch milchverglaste Türen abgetrennt. Sehr schick, aber so unpraktisch und wenig blickdicht. Wo soll ich mich denn hier umziehen, ohne dass er meine Bauch-weg-Unterwäsche sieht?, war mein erster Gedanke. Die Mitte der Wohnung zierte eine teure Küche, die aussah, als wäre sie noch nie benutzt worden. Auch die übrige Einrichtung war modern und minimalistisch und wirkte ähnlich kühl und unpersönlich wie Evelyns Haus. Wahrscheinlich war das der Familiengeschmack.

»Der Ausblick ist umwerfend.« Staunend trat ich ans Fenster. Von hier konnte man weit über die Dächer der Münchner Innenstadt schauen. »Ich kann ja fast Italien sehen!«

Constantin trat hinter mich und legte seine Hände auf meine Taille. Dann zog er mich eng an sich und küsste meinen Nacken. »Es ist schön, dass du bei mir bist«, flüsterte er in mein Haar.

Ich drehte mich zu ihm um und seufzte: »Ja, und jetzt sind wir endlich allein.«

Wir küssten uns innig.

»Aber du magst meine Familie?«, fragte er, nachdem wir uns voneinander gelöst hatten.

»Ich kenne ja noch gar nicht alle«, versuchte ich, mich geschickt um die Antwort zu drücken, und knöpfte, um weiteres Nachforschen seinerseits zu verhindern, neckisch sein Hemd auf. »Müssen wir sofort los?«

»Ich denke, auf eine halbe Stunde kommt es nicht an. Wir müssen ja nicht die Ersten sein.« Er grinste und ließ seine Hände sanft über meine Schultern gleiten.

Ich schloss die Augen, um die zarte Berührung zu genießen – da piepste plötzlich mein Handy.

Sofort öffnete ich die Augen wieder und blickte mich suchend nach meiner Tasche um, in der das Handy lag.

»Lass doch. Jetzt zählen nur wir beide«, flüsterte Constantin und küsste meinen Hals, während sich seine Hände unter mein Shirt schoben.

Wer könnte mir eine SMS geschickt haben? Die Kinder? Vielleicht war etwas passiert? Behutsam löste ich mich aus Constantins Armen. »Ich schau nur ganz kurz, wer mir geschrieben hat. Du weißt, die Kinder …«

Er seufzte. »Beeil dich.«

Ich ging zum Sofa und wühlte in meiner Tasche, bis ich das Handy gefunden hatte. Keine Nachricht von den Kindern, sondern von Kristian. Ich warf einen Blick zu Constantin, der gerade eine Zeitung durchblätterte, die auf der Fensterbank lag, und öffnete ich die Nachricht.

Liebe Victoria, ich habe lange darüber nachgedacht, was du gesagt hast, und ich glaube inzwischen, dass du recht hast. Ich kämpfe zu wenig für das, was mir wirklich wichtig ist. Also bin ich zu Valerie gefahren und habe mich endlich mit ihr ausgesprochen. Danke, dass du mich dazu gezwungen hast! War das Beste, was ich machen konnte.

Kristian

Mein Herz schlug hart und schnell gegen meinen Brustkorb. Er hatte sich mit Valerie ausgesprochen? Es war das Beste, was er machen konnte? Das hieß übersetzt wohl, dass die beiden wieder glücklich vereint waren.

»Victoria, ist was passiert?« Constantin stand plötzlich neben mir.

»Ja, äh, nein«, stammelte ich und ließ augenblicklich das Handy sinken. »Es ist alles in Ordnung.«

»Warum schaust du dann so verzweifelt?«

»Ich schaue nicht verzweifelt, sondern eher überrascht. Es ist … ach, es ist egal.« Ich räusperte mich und warf das Handy zurück in meine Tasche. Dann wandte ich mich wieder ihm zu. Ich wollte jetzt endlich die Zeit mit ihm genießen. Leider konnte ich es nicht verhindern, dass meine Gedanken zu Kristian abschweiften.

Auch er hat sein Happy End gefunden.

»Du hast so wunderschöne Augen«, sagte Constantin in mein Ohr und bedeckte meine Stirn, meine Nasenspitze und meinen Mund mit zärtlichen Küssen.

Ist Valerie überhaupt die richtige Frau für Kristian? Anna hat doch gesagt, Valerie sei so negativ und passe gar nicht zu ihm.

»Victoria? Ist wirklich alles in Ordnung?«

»Wie? Natürlich. Warum fragst du?«

»Du bist so abwesend.«

»Ach, entschuldige, es ist nur, ähm … ich bin schon so aufgeregt wegen der Party.« Schuldbewusst lächelte ich ihn an. Ich konnte ihm schlecht sagen, dass mich die Nachricht, dass mein bester Freund jetzt vergeben war, so durcheinandergebracht hatte.

Constantin zog die Augenbrauen hoch. »Hm, eigentlich hatte ich gehofft, dass wir noch ein paar Minuten unsere Zweisamkeit genießen, aber wenn du dich schon so auf die Party freust …« Die Enttäuschung war ihm deutlich anzusehen.

Ich biss mir auf die Unterlippe und fühlte mich wie eine Spielverderberin, aber seit ich Kristians Nachricht gelesen hatte, war ich in einer ganz komischen Stimmung. Ich konnte noch nicht einmal sagen, warum. Ich hatte mich so nach diesem Moment mit Constantin gesehnt. Jetzt war er da, und ich blöde Kuh musste dauernd an Kristian denken. Vielleicht würde es mir wirklich besser gehen, wenn ich unter Leute käme.

Constantin und ich hatten ja noch die ganze Nacht vor uns, versuchte ich mich zu beruhigen.

Resigniert ließ Constantin die Hände sinken. »Komm, dann ziehen wir uns für die Party um.«

»Okay, ich verschwinde kurz im Bad«, lächelte ich, küsste seine Wange und griff dann nach meiner Reisetasche. Auf keinen Fall würde ich mich jetzt vor ihm ausziehen. Unsere Beziehung war noch so frisch, da sollte man sich dem anderen nur nackt präsentieren, wenn Leidenschaft im Spiel war, denn das kaschiert wunderbar kleine Speckröllchen und mangelndes Selbstbewusstsein.

Bevor Constantin etwas sagen konnte, lief ich ins Bad und schloss die Tür. Dort musste ich erst einmal meine Gedanken sortieren.

Kristian war jetzt wieder mit Valerie zusammen, und eigentlich müsste ich mich für ihn freuen. Ach, verdammt, es freute mich überhaupt nicht! Im Gegenteil, ich war eifersüchtig. Am liebsten hätte ich ihn auf der Stelle angerufen. Aber was sollte ich sagen? Bitte geh keine Beziehung mit Valerie ein. Zwar könntest du mit ihr bis auf ewig glücklich werden, doch ich würde dann bis in alle Zeiten unglücklich werden. Super, Victoria, du scheinst echt die beste Freundin zu sein, die man haben kann, dachte ich sarkastisch. Wenn jemand Glück wirklich verdient hatte, dann Kristian. Also nahm ich mir vor, von nun an all meine eigennützigen und egoistischen Gefühle zu unterdrücken und ihn zu unterstützen.

Ich holte mein Handy aus der Tasche und las noch einmal die Mitteilung. Irgendwas sollte ich antworten. Also schrieb ich:

Lieber Kristian, es ist schön, dass du dich mit Valerie ausgesprochen hast!

Und nach kurzem Zögern fügte ich noch hinzu:

Und? Bist du richtig verliebt?

Ich drückte auf »Senden« und starrte in den Spiegel. Dann holte ich mein Kosmetiktäschchen aus meiner Reisetasche und begann halbherzig, mich zu schminken. Kurz darauf piepte mein Handy. Kristian hatte geantwortet:

Ja!

Eine tiefe Enttäuschung machte sich in mir breit. Verdammt, wieso war mir plötzlich so zum Heulen zumute? Ich hatte meinen Traummann gefunden, da war es doch nur mehr als schön, dass auch Kristian seine Traumfrau wiedergefunden hatte. Früher oder später hätte ich ihn sowieso verloren. Ich wischte mir eine Träne aus dem Augenwinkel und schrieb zurück:

Das ist schön! Freue mich für dich, alles Liebe!

»Victoria, bist du fertig?«, rief Constantin.

»Sofort!« Ich drückte die Hände fest gegen die Schläfen, um die aufsteigenden Tränen zu unterdrücken. Dann zog ich schnell meine Jeans und Bluse aus und schlüpfte in mein rotes Kleid. Meine Haare band ich streng zurück und legte tiefroten Lippenstift auf.

»Wow, du schaust atemberaubend aus«, sagte Constantin anerkennend, als ich das Bad verließ. »Bist du sicher, dass du wirklich schon loswillst?«

»Ja.«

»Schade. Na, dann los!«

Die Geburtstagsfeier von Amelie Schell fand in einem schicken Hotel in der Nähe von Constantins Wohnung statt. Obwohl wir fast pünktlich eintrafen, war es bereits brechend voll.

»Constantin!«

»Schön, dich zu sehen!«

»Wie geht es dir?«

Sofort wurden wir von mehreren Leuten umringt. Schulterklopfen, Küsschen rechts und links und viele unbekannte Personen, die mir ihre Namen ins Ohr schrien. Die Form hätte es verlangt, dass ich neben Constantin stehen blieb, aber bis auf ein Lächeln ab und zu oder ein kurzes Händeschütteln gab es für mich nichts zu tun. Constantin war sowieso ins Gespräch vertieft, da konnte ich ruhig schon mal einen Blick ins Innere des Hotels werfen. Ich drängte mich an den Menschenmassen vorbei ins Foyer, wo ein Kellner im Frack Getränke und kleine Leckereien auf einem Silbertablett anbot. Alles wirklich sehr edel und schick! Ich stopfte mir zwei gefüllte Pastetchen in den Mund und ging durch eine gläserne Flügeltür auf die mit rotem Scheinwerferlicht angestrahlte Tanzfläche zu. Auf einem Podest thronte der DJ. Er lächelte mir aufmunternd zu und erinnerte mich mit seinen bunten Tattoos und dem eng anliegenden Motto-Shirt vage an Alfi.

Zurück im Foyer entdeckte ich Amelie Schell, die in der Mitte des Raumes stand. Sie trug ein blassgrünes, tief ausgeschnittenes Abendkleid und sah einfach traumhaft aus. Neben ihr stand Constantin. Sie strahlte ihn an und legte wie zufällig ihre Hand auf seinen Arm. Dann sagte sie etwas zu ihm, worauf er lachte. Dabei bemerkte er mich.

»Vicci, Liebes, komm her«, rief er laut.

Ich ging zu ihnen, und er nahm mich herzlich in den Arm. »Victoria hat sich schon so sehr auf deine Party gefreut«, erzählte er dabei Amelie.

Sie lächelte mich liebenswürdig an, und ich hatte das erste Mal Gelegenheit, sie aus der Nähe zu betrachten. Von Nahem fand ich sie nicht mehr ganz so schön, wie sie von Weitem auf mich gewirkt hatte – ihre Augen standen etwas zu eng beieinander, und ihre Zähne waren ein bisschen schief –, aber das war nicht der Grund, warum ich meine Meinung über sie änderte. Sie war einfach herzlich und lieb und behandelte mich und jeden anderen Gast, der sich zu uns gesellte, genauso freundschaftlich wie Constantin.

Ich lächelte sie an und dachte, wie gut, dass sie nicht wusste, dass ich sie früher gehasst hatte. Ja, ich hatte ehrlich gesagt ein richtig schlechtes Gewissen deswegen.

»Komm, lass uns tanzen«, rief Constantin mir plötzlich zu und zog mich durch die Menge hindurch auf die Tanzfläche.

Warum war ich immer so negativ? Ich freute mich nicht über das Glück meines besten Freundes und hatte Amelie Schell für einen hinterhältigen Vamp gehalten, nur weil sie bildhübsch war und sich gut mit Constantin verstand. Ach, wieso konnte ich nicht so locker und souverän sein wie Constantin?

Während wir tanzten, betrachtete ich ihn. Er sah großartig aus in seinem dunklen Anzug, und dass er ein hervorragender Tänzer war, wusste ich ja bereits. Zudem war er immer liebenswürdig und geduldig.

»Du bist wirklich ein Märchenprinz«, stellte ich ehrfürchtig fest – und im gleichen Moment wurde mir schlagartig bewusst, dass ich keine Märchenprinzessin war und es auch nie sein würde. Ich spielte nur wieder eine Rolle und belog damit ihn und mich selbst auch. Abrupt blieb ich stehen und löste mich aus seinen Armen. Ich wollte jetzt endlich aufhören, mich immer wieder zu verstellen. Ich wäre ansonsten ein Leben lang eine unechte Kopie und niemals ein Original. So konnte ich einfach nicht glücklich werden.

»Ich muss mit dir reden.«

Verwundert hielt Constantin inne. »Jetzt? Was ist los? Warum schaust du so ernst?«

»Nicht hier. Komm!« Ich griff nach seiner Hand und bedeutete ihm mit dem Kopf, mir zu folgen.

Ich zog ihn vors Hotel.

»Was ist los?«

Eine Gruppe hübscher Frauen vor dem Eingang musterte uns neugierig.

»Können wir noch ein kleines Stück weitergehen? Dahin, wo nicht so viele Leute sind?«

»Na klar, aber allmählich machst du mir Angst«, sagte Constantin und sah mich mit gerunzelter Stirn von der Seite an.

Wir gingen schweigend ein Stück weiter die Straße hinunter. Ich atmete tief ein und schloss kurz die Augen.

Constantin schaute mich besorgt an. »Ist alles in Ordnung? Geht es dir nicht gut?«

»Doch oder nein, aber das ist egal. Mir ist etwas klar geworden. Etwas sehr Wichtiges. Constantin, du bist ein echter Märchenprinz, und ich wäre so gerne deine Märchenprinzessin, aber ich bin es nicht und werde es nie sein.«

Constantin machte Anstalten, mich zu unterbrechen, aber ich hob die Hand und sprach weiter: »Ich habe versucht, für dich die lustige und unkomplizierte Victoria zu sein, die, die du glaubst zu lieben, aber ich bin es nicht. Ich habe mal wieder nur eine Rolle gespielt, einfach um dir zu gefallen. Die echte Victoria – so wie ich wirklich bin – passt nämlich leider überhaupt nicht zu dir. Ich hasse es zu fliegen. Es hat mir etwas ausgemacht, heute so lange am Flughafen zu warten. Ich hatte auch keine Lust, zu deiner Schwägerin zu fahren, und ehrlich gesagt kann ich sie genauso wenig leiden wie Daniela Körner.«

Constantin war blass geworden. Entsetzt starrte er mich an. »Was redest du denn da?«

»Ich finde Internate ganz schrecklich und das Haus deiner Schwägerin auch.« Es war ungemein erleichternd, endlich die Wahrheit zu sagen, auch wenn Constantins Gesicht immer mehr versteinerte. »Aber verstehst du? Alle diese Dinge sind meine Fehler. Ich habe dich immer für den Richtigen gehalten, und das tue ich jetzt auch noch. Nur ich bin nicht die Richtige für dich und dein Leben.« Während ich sprach, spürte ich, wie Tränen über meine Wangen liefen. »Es tut mir alles so leid. Ich wollte dich nie belügen. Ich wollte einfach nur glücklich werden mit dir.«

»Und jetzt ist dir aufgefallen, dass du nicht glücklich bist, wenn du dich meinem Leben anpasst?«

Ich nickte schluchzend.

Constantin nahm meinen Arm. »Lass uns zu mir fahren und in Ruhe reden.«

»Nein. Du gehst besser zurück zur Party und zu deinen Freunden, und ich werde in einem Hotel übernachten.« Er wollte widersprechen, doch ich legte sanft meine Hand auf seinen Mund. »Bitte. Ich komme morgen bei dir vorbei und hole meine Tasche.«

»Du willst wirklich in einem Hotel übernachten?«

Ich nickte.

»Und du siehst keine Zukunft für uns?« Er sprach es eher wie eine Feststellung als eine Frage aus.

Ich nickte wieder.

Constantin fuhr sich durch die Haare. »Gut, dann gehe ich jetzt und genehmige mir einen starken Drink. Hast du genug Geld für ein Hotelzimmer?«

Was für ein Gentleman! Ich an seiner Stelle hätte getobt, aber er war eben anders.

Er wandte sich um und ging. Nach drei Schritten drehte er sich noch einmal um und kam zurück. »Du bist eine tolle Frau. So wie du bist.« Zum Abschied streifte er kurz mit dem Mund meine Lippen. Dann war er weg.

Ich ging ein paar Schritte weiter und atmete die kühle Nachtluft ein. Überkam mich jetzt die große Reue oder Traurigkeit? Verwundert nahm ich ein anderes Gefühl war. Stolz und eine Art innere Stärke. Ich hatte mein Vorhaben, ich selbst zu sein, endlich in die Tat umgesetzt, und das gab mir Kraft. Ich war keine Märchenprinzessin, sondern eine Frau mit Fehlern und Schwächen. Ich war nicht perfekt, aber ich stand dazu. Endlich war ich mir selbst treu geblieben, obwohl das die Trennung von einem Märchenprinzen wie Constantin mit sich brachte.

»Willst du hier draußen erfrieren?«, sagte plötzlich eine vertraute Stimme hinter mir. Dann spürte ich, wie mir jemand eine Jacke um die Schultern legte.

Erstaunt drehte ich mich um. Vor mir stand, in Jeans und dunkelblauem Pullover, Kristian. Ich starrte ihn an wie einen Geist.

»Was machst du denn hier?«, brachte ich schließlich hervor.

Er strahlte. »Anna hat mir gesagt, wo du bist, und da wollte ich ...«

»Da wolltest du als guter Freund nach mir schauen. Das ist nett, danke, aber jetzt geh bitte wieder zu Valerie.« Mein Ton war schärfer als beabsichtigt, aber seine ständige Angst, ich könnte in ihm mehr als einen guten Freund sehen, nervte mich.

»Wieso bist du hier draußen und nicht auf der Party?«, entgegnete er, ohne auf meine Worte einzugehen.

»Wieso bist du hier und nicht bei Valerie?«, fragte ich zurück.

»Valerie und ich haben uns ausgesprochen, wir haben nun

beide mit der Vergangenheit abgeschlossen. Jeder ist glücklich mit seinem Leben – so wie es ist.«

Hm, sollte das jetzt heißen, dass die beiden doch nicht zusammen waren? Aber warum nicht? Er liebte sie doch. Warum kämpfte er dann nicht?

»Hast du immer noch nicht gelernt, um dein Glück zu kämpfen?«, giftete ich und verschränkte die Arme.

»Warum bist du eigentlich so aggressiv?«, fragte Kristian verwundert.

Ich sah ihn an. Die blonden Locken, die ihm immer wieder ins Gesicht fielen, und die strahlend blauen Augen. »Kristian, verdammt, es nervt mich einfach, dass du nicht offen zu deinen Gefühlen stehst! Sprich sie aus! Was soll denn dieses blöde Gerede: ›Jeder ist glücklich mit seinem Leben – so wie es ist‹? Das bist nicht du! Das sieht doch jeder, dass du dir was vormachst. Du hast dir die Zeit genommen, zu Valerie nach München zu fliegen, obwohl du dir gerade ein zweites Standbein an der Ostsee aufbaust. Du wärst wohl kaum hier, wenn da nicht tiefere Gefühle im Spiel wären.«

Kristian schaute mich an, sagte aber nichts.

Da wusste ich, dass ich mit meiner Aussage richtiggelegen hatte. »Weißt du, Kristian, dafür, dass dir Freunde angeblich so wichtig sind, finde ich es ziemlich erbärmlich, dass du nicht offen mit mir sprichst.«

Er sah an mir vorbei in die Dunkelheit und zuckte die Schultern. »Ich wollte es dir eben ersparen.«

»Du wolltest es mir ersparen?«, rief ich aufgebracht. »Glaubst du, du könntest mir nicht die Wahrheit über dich und Valerie sagen? Glaubst du, ich würde deshalb in Tränen ausbrechen? Verdammt, ich dachte, wir wären Freunde. Wenn du glaubst, mir die Wahrheit nicht sagen zu können, dann hat auch unsere Freundschaft keinen Wert.«

Ich wollte gehen, aber Kristian hielt mich an den Schultern fest. »Das hat nichts mit unserer Freundschaft zu tun. Vielleicht bin ich einfach zu feige und wollte es nicht dir, sondern mir ersparen.«

Etwas an seinem Ton hielt mich davon ab, seine Hände abzuschütteln und wegzugehen. »Was wolltest du dir ersparen? Mit mir zu reden?«

»Ich wollte es mir ersparen, mich mit meinen Gefühlen für *dich* auseinanderzusetzen.«

Ich schwieg verwirrt.

»Weißt du, wie es ist, jemanden zu lieben, dem man seine Gefühle nicht zeigen darf aus Angst, denjenigen ansonsten komplett zu verlieren? Weißt du, wie viele Nächte ich nicht schlafen konnte, weil ich an nichts anderes denken konnte als an dich? Und weißt du, wie sehr ich mich dafür gehasst habe?«

Ich konnte überhaupt nicht begreifen, was er da gerade sagte. »Aber, du liebst doch Valerie. Das hast du mir vorhin geschrieben.«

»Ich habe nur deine Frage beantwortet, ob ich verliebt bin. Das Ja bezog sich jedoch nicht auf Valerie.«

Verwirrt starrte ich ihn an. Versuchte er mir gerade zu sagen, dass er mich liebte? Aber wie konnte er in mich verliebt sein, wenn er von all meinen Fehlern wusste? Er kannte mich meckernd und gereizt, wahrscheinlich wusste er sogar, dass ich körperformende Unterwäsche trug. Und trotz all dieser Makel war er in mich verliebt? Wirklich?

Ein Glücksgefühl durchflutete meinen Körper.

»Ich habe es am Ende nicht mehr ausgehalten, Tag für Tag mit dir in einem Haus zu leben und immer nur so zu tun, als wären wir Freunde.«

»Aber du wolltest es so, das hast du immer wieder gesagt.«

»Weil du nicht frei warst. Du hattest Constantin von Holt

im Kopf, und gegen den sah ich für mich keine Chance. Also habe ich mit aller Macht versucht, meine Gefühle zu unterdrücken. Es war die Hölle. Die Tischlerei an der Ostsee sah ich dann als eine gute Möglichkeit zu fliehen.«

»Ich habe immer geglaubt, du liebst Valerie.«

»Ich habe Valerie geliebt. Sehr sogar. Sie macht einen wichtigen Teil meiner Vergangenheit aus, aber das mit uns ist eben Vergangenheit. Durch unser Gespräch gestern konnten wir beide jetzt endlich abschließen.«

»Und warum bist du nun hierhergekommen?«

»Weil ich dich sehen wollte.« Kristian lächelte leicht. »Ich wollte dich mit Constantin zusammen sehen. Ich dachte, wenn ich dich mit ihm zusammen erlebe, sehe, wie glücklich du mit ihm bist, dann kommt auch irgendwann in meinem Herzen die Botschaft an, dass du zu ihm gehörst – und niemals zu mir. Ich wollte endlich einen Schlussstrich ziehen.« Er ließ meine Schultern los. »Ich wünsche dir auf alle Fälle, dass du mit ihm glücklich wirst.«

Es kam mir vor, als drehte sich alles. »Kristian …«, sagte ich zaghaft, doch er hatte sich bereits abgewandt und ging. »Warte! Vielleicht verhält es sich genau umgekehrt. Vielleicht sollte dein Verstand die Botschaft von deinem Herz übernehmen«, rief ich ihm nach.

»Was?«, fragte er verständnislos.

Ich lief zu ihm und nahm seine Hände, die sich von der Arbeit rau anfühlten.

Er schüttelte hilflos den Kopf. »Lass mir etwas Zeit. Irgendwann stehe ich drüber und kann wieder dein bester Freund sein«, sagte er leise.

Ich schlang meine Arme um seinen Hals und zog sein Gesicht zu mir. »Du dummer Kerl, bist du nie auf die Idee gekommen, dass ich auch in dich verliebt sein könnte?«

Ungläubig starrte er mich an. »Aber Constantin …«

»Constantin ist ein toller Mann, aber nicht der richtige für mich. Wenn du nicht Amor gespielt hättest, hätten du und ich keine wertvolle Zeit verloren.« Ich stellte mich auf die Zehenspitzen und küsste ihn sanft auf die Lippen.

Kristian erwiderte meinen Kuss. Erst zart und vorsichtig, dann voller Begehren. Ich hatte das Gefühl, in diesem Kuss lag unser ganzes unterdrücktes Verlangen der letzten Monate. Seine Hände drückten mich so fest an seinen Körper, dass ich fast keine Luft mehr bekam.

Als ich mich vorsichtig von ihm löste, hatte ich kurz die Orientierung verloren. Hätte Kristian mich nicht gehalten, wäre ich wahrscheinlich hingefallen. Zärtlich sah ich zu ihm hoch. In seinen Augen sah ich Liebe und Begehren, aber auch eine gewisse Unsicherheit und Angst. Ich verstand ihn nur zu gut. Wir waren keine zwanzig mehr. Wir hatten beide eine Vergangenheit hinter uns. Beziehungen, die trotz großer Hoffnungen und Bemühungen nicht gehalten hatten.

»Weißt du, da ich ja nun keine Märchenprinzessin bin und auch nicht mehr so tun möchte, als wäre ich eine, habe ich für mich beschlossen, dass ich mich nur auf eine Beziehung mit jemandem einlasse, der genauso unperfekt ist wie ich. Also eine Partnerschaft auf Augenhöhe. Kannst du diesen Anspruch erfüllen?«, fragte ich zaghaft und sah mit großer Erleichterung, wie die Unsicherheit in Kristians Augen seiner alten Fröhlichkeit wich.

Er lachte und drückte mich fest an sich. »Ich bin chaotisch und unordentlich. Würde dir das reichen?«

»Das wäre schon mal ein guter Anfang.«

Kapitel 16

Drei Jahre später

Ich liege entspannt auf einer Gartenliege und blinzle in den Himmel. Wenn die Sonne wirklich so viel Energie ausstrahlt, weshalb macht ein Sonnenbad dann so faul?

Langsam öffne ich die Augen etwas weiter und sehe die Umrisse meines Hauses.

Ja, dieses entzückende Reetdachhaus da vorne gehört wirklich mir. Ich kann es immer noch nicht glauben. Vor einem Jahr picknickten Kristian und ich mit den Kindern an der Schlei und entdeckten dabei das alte Bauernhaus. Es war etwas heruntergekommen, aber wunderschön und liegt in Ufernähe.

Kristian erkundigte sich bei der Stadt und fand heraus, dass es zum Verkauf stand. Und da mir bei der Scheidung ein Teil von Hubertus' Vermögen zugesprochen worden war, kaufte ich es. Die Jugendstilvilla ist weiterhin in Kristians Besitz, ein paar der Räume dienen jetzt als Ausstellungsräume für besondere restaurierte Möbelstücke.

Hubertus schüttelte nur den Kopf, als er von meinem Hauskauf erfuhr. »Gott, Victoria, was willst du mit diesem alten Kasten? Du schmeißt mein sauer verdientes Geld einfach zum Fenster raus. Du hättest dir lieber etwas Anständiges in Hamburg kaufen sollen.«

Aber in Hamburg brauche ich keine Wohnung mehr, denn aus Ottensen will ich nicht mehr weg.

Ich schaue vom Haus zum Wasser, und dieser Anblick macht mich noch viel glücklicher: Kristian mit Leonie und Vincent in einem kleinen Segelboot.

Die drei haben sich nicht davon abbringen lassen zu segeln, obwohl heute überhaupt kein Wind geht. Jetzt treibt ihr Boot vor dem Anlegesteg gemächlich hin und her. Bestimmt erzählen sie sich Geschichten und tauschen Geheimnisse aus.

Kristian.

Mit ihm führe ich das Leben, das ich mir immer gewünscht habe. Er gibt mir das Gefühl, etwas Besonderes zu sein.

Natürlich streiten wir auch ab und zu – und wie. Aber zum Glück folgt auf jeden Streit eine leidenschaftliche Versöhnung. Manchmal denke ich, wir streiten nur, weil wir beide die Versöhnung so lieben.

Seit ich mit ihm zusammenlebe, habe ich ganz neue Talente an mir entdeckt. Nicht nur das Tischlern, sondern auch Inneneinrichtung und Gestaltung sind zu meinen Hobbys geworden.

Während Kristian vergangenes Jahr das Haus von außen wieder in Schuss brachte, kümmerte ich mich um die Einrichtung der Räume. Es war herrlich, Kissen und Möbel so zu arrangieren, wie ich es wollte – ohne dass hinter mir jemand stand und nörgelte.

Statt »Wie sieht das denn aus?« werde ich nun gefragt: »Ist das Landhausstil oder Laura Ashley?« Und voller Stolz antworte ich dann immer: »Das ist mein Stil.«

In der Diele neben der Haustür steht der große Schrank, den Kristian damals restauriert hat. Er hat ihn mir zuliebe ganz bunt gestrichen und auf die drei großen Schubladen in schnörkeliger Schrift jeweils unsere Namen geschrieben: Victoria, Leonie, Vincent.

Auch wenn die Einrichtung vielleicht nicht jedermanns Geschmack trifft, so ist sie doch sehr gemütlich, wie mir sogar Lotti bestätigt hat.

Sie kommt oft mit Carl zu Besuch.

»Carl tut die körperliche Beschäftigung bei euch sehr gut«, flüstert sie mir dann immer zu.

Und wirklich, er wirkt hier wie ausgewechselt. Man sieht ihn pfeifend Holz hacken oder fröhlich mit seiner Angelrute am Steg sitzen. Weder die Kinder noch ich können glauben, dass er der gleiche Mann ist, der uns noch vor ein paar Jahren über den Gartenzaun hinweg anbrüllte.

Auch Hubertus hat sich zum Glück mit der Beziehung zwischen Carl und seiner Mutter abgefunden. Letztes Wochenende haben sie alle uns hier besucht. Zwar blieb Hubertus als Einziger nicht über Nacht, weil er wichtige Termine in Hamburg wahrnehmen musste, aber das Treffen war trotzdem harmonisch.

»Gibt's eigentlich noch Kuchen?«, reißt Manfred mich aus meinen Gedanken.

Er liegt im Liegestuhl neben mir.

Manfred ist uns zum Glück erhalten geblieben.

Als Anna vor einem Jahr auszog, waren wir alle furchtbar traurig. Sie selbst auch, aber sie hat nun ebenfalls den Mann ihres Lebens gefunden und ist zu ihm nach Berlin gezogen. Nächsten Monat wird ihr erstes Kind zur Welt kommen, und Alfi und ich werden die Taufpaten sein.

»Was ist jetzt mit Kuchen?«, brummt Manfred noch mal.

»Du vergisst, dass Lotti nicht da ist. Außerdem, was willst du jetzt noch Kuchen?« Ich werfe einen Blick auf meine Armbanduhr. »Wir wollen doch grillen, wenn unsere drei Matrosen wieder an Land sind.«

In diesem Moment piepst mein Handy.

»Wer schreibt?« Manfred reckt neugierig den Hals.

Ich schaue aufs Display. »Constantin«, sage ich erfreut und lese die eingegangene SMS.

Ich rechne es Constantin hoch an, dass er mit mir in Kontakt geblieben ist. Ich weiß nicht, ob ich die gleiche Größe an seiner Stelle besessen hätte. In unregelmäßigen Abständen schreiben wir uns SMS oder Mails, um den jeweils anderen auf dem Laufenden zu halten. Ab und an telefonieren wir auch. Manchmal macht er zwar ein paar spitze Bemerkungen über Kristian, aber im Großen und Ganzen freut er sich für uns.

»Und was?«, will Manfred wissen.

Ich strahle ihn an. »Stell dir vor, Constantin hat sich verliebt. In eine Stewardess, die er auf dem Flug von München nach Chicago kennengelernt hat. Ist das nicht toll?«

»Ja«, sagt Manfred und schließt wieder die Augen.

Ich lese die Nachricht ein zweites Mal und freue mich, denn nach Constantins Worten zu urteilen scheint er sehr glücklich zu sein.

»Wollen wir Constantin und seine neue Freundin für nächstes Wochenende zu uns an die Schlei einladen? Was meinst du? Er schreibt, dass er nächste Woche geschäftlich im Norden zu tun hat.«

Manfred spitzt die Lippen. »Ja, lad sie ein und frag auch Lotti, ob sie kommen kann. Ihr gedeckter Apfelkuchen ist unschlagbar.«

Ich lache und schaue zum Steg. »Oh, schau, Kristian und die Kinder kommen wieder. Dann können wir gleich anfangen zu grillen.«

Ich stehe auf und winke den dreien zu.

Übrigens: Märchen brauche ich nicht mehr, die Realität ist viel schöner.

Dank

Von ganzem Herzen möchte ich allen danken, die mich während des Schreibens unterstützt haben. Meinem Agenten Dr. Harry Olechnowitz – es ist eine Ehre und Freude zugleich, mit ihm zusammenarbeiten zu dürfen. Susanne Rick für die ideenreichen Gespräche und Verbesserungsvorschläge während der Entstehungsphase des Romans. Meiner Lektorin Kerstin Schaub für die tolle Zusammenarbeit, ihre wunderbaren Ideen und die lieben Mails, die mich stets motiviert haben. Ich könnte mir keine bessere Lektorin wünschen. Vera Thielenhaus und dem Team vom Goldmann Verlag für das großartige Engagement. Aus tiefstem Herzen danke ich meiner Familie und meinen Freunden – dafür, dass es sie gibt und sie immer für mich da sind. Ein besonderer Dank gilt dabei meiner Schwester Nina von Pfeil. Nicht nur für meine Romanfigur Victoria hattest du gute Ratschläge parat, sondern hast sie auch immer wieder für mich – und das schon seit 40 Jahren. Danke, Nini! Darum habe ich dieses Buch dir gewidmet.